WIEBKE LORENZ | Bald ruhest du auch

WIEBKE LORENZ

BALD RUHEST DU AUCH

Thriller

Diana Verlag

MIX
Papier aus verantwortungsvollen Quellen
FSC® C014496

Verlagsgruppe Random House FSC® N001967
Das für dieses Buch verwendete
FSC®-zertifizierte Papier *Super Snowbright*
liefert Hellefoss AS, Hokksund, Norwegen.

Redaktion: Heiko Arntz
Umschlaggestaltung: t.mutzenbach design, München
Umschlagmotiv | © shutterstock
Autorenfoto | © Iris Terzka
Satz | Leingärtner, Nabburg
Druck und Bindung | GGP Media GmbH, Pößneck
Printed in Germany 2015

ISBN 978-3-453-29171-3

www.diana-verlag.de

Für meine Tochter Luzie

Über allen Gipfeln
Ist Ruh,
In allen Wipfeln
Spürest du
Kaum einen Hauch;
Die Vögelein schweigen im Walde.
Warte nur, balde
Ruhest du auch.

Johann Wolfgang von Goethe, *Wandrers Nachtlied*

Es ist zu grausam, wenn man diejenige ist, die zurückbleibt. Schutz nirgendwo, denn der bist du gewesen. Du bist tot, ich muss leben.

Beatrix Gerstberger, *Keine Zeit zum Abschiednehmen: Weiterleben nach seinem Tod*

Prolog

Nun also noch drei Stunden. Drei Stunden bleiben. Danach ist alles vorbei. Dann ist Emma tot, und mit ihr wird auch sie selbst sterben. So oder so. Genau wie Daniel. Genau wie all die anderen, die schon ihr Leben lassen mussten. Und wie Guinness. Ihr treuer Freund und Weggefährte, ebenfalls tot.

Drei Stunden.

Sie sitzt im Auto und betrachtet noch einmal die leicht unscharfen Fotos. Die meisten Aufnahmen sind von Emma. Nicht fürs Familienalbum gemacht. Nicht, um sie in ein rosafarbenes Buch mit vorillustrierten Seiten einzukleben, in dem neben Emmas Gewicht und Größe auch das Datum ihrer ersten Schritte und ihre ersten Worte festzuhalten wären. Und die Abdrücke ihrer Händchen und Füßchen, die natürlich auch.

Nein, dafür sind die Bilder nicht gedacht. Diese Fotos wurden aufgenommen von einem kranken Menschen, der ihr kleines Mädchen irgendwo da draußen vor ihr versteckt. Der es gefangen hält und ermorden wird. Es sei denn, sie kommt der Tat zuvor. Irgendwie.

Bis Mitternacht bringst du dich um,
oder deine Tochter stirbt.

So schlicht, so einfach ist sie, diese letzte Botschaft. Und umso herzzerreißender das Bild, das zu dieser Nachricht gehört: Emma in einem hellgelben Strampler. In einem weißen Gitterbett, die Augen geöffnet und lächelnd, ihre kleinen Hände gen Himmel gereckt, als würde sie sagen wollen: »Mama, komm! Komm her, und nimm mich auf den Arm!«
Ein paar Tränen tropfen auf das Bild, mit dem Ärmel ihres Trenchcoats wischt sie sie fort. Zurück bleiben ein paar Flecken. Dann fährt sie mit einem Finger sanft über das Gesicht ihrer Tochter, zeichnet die zarten Linien ihrer Wangen nach.

»Wo bist du, mein Schatz?«, flüstert sie. »Wo bist du nur? Wer tut dir das an? Wer tut *uns* das an? Und warum?«

Sie findet keine Antwort. Es gibt keine Antwort auf diese Frage, die vielleicht Erkenntnis, die vielleicht Erlösung bringen würde – die ihre Tochter und auch sie retten könnte. Retten könnte vor dem Schlimmsten, vor dem Unaussprechlichen.

Sie soll also bezahlen. Wofür auch immer. Mit ihrem Leben – oder mit dem ihres über alles geliebten Kindes. Ein unschuldiges Baby, gerade erst auf der Welt. Ein schutzloses Wesen, das nichts dafürkann, dass der Mensch so grausam ist …

oder deine Tochter stirbt.

Die Fahrertür wird aufgerissen, er ist zurück. Sie schiebt die Fotos zusammen und steckt sie wieder in den Umschlag.

Drei Stunden noch. Sie ist bereit.

ICH

Du wirst büßen für das, was du uns angetan hast, denn du hast unser Leben zerstört.

Es gibt keine Vergebung für diese Schuld, nichts, das du tun könntest, um deiner Strafe zu entgehen. Du hast eine Entscheidung getroffen. Und in dem Moment, in dem du das getan hast, war auch dein eigenes Schicksal besiegelt.

»Warum?«, wirst du dich fragen, »warum geschieht mir das?«

Es wird der Tag kommen, an dem dir das »Darum« klar vor Augen steht. Dann wirst du erkennen. Und dich mit Freuden in das fügen, was für dich vorgesehen ist.

Denn für dich gibt es nur noch einen einzigen Weg, dich zu befreien.

1

Du bist tot, ich muss leben …

Wie ein stummes Echo hallt der Satz in ihr wider – wieder und wieder. Ob sie schläft oder wach ist, ob sie weint oder lacht oder rein gar nichts tut. Er ist immer da. Jeden Augenblick, jede Minute und Sekunde, nur dieser eine, dieser grauenvolle Satz, der doch aber wahr ist. So wahr, so unfassbar und unerträglich wahr, ganz egal, wie sehr sie sich wünscht, wie sehr sie betet, er wäre es nicht. *Du bist tot, ich muss leben.* Muss leben, leben, sie muss leben!

Lena weiß nicht mehr, in welchem der Bücher, die ihr eine wohlmeinende Bekannte geschenkt hatte, sie diesen Satz gelesen hat. In irgendeinem der Trauerratgeber und Erfahrungsberichte von Leidensgenossen, die sie überflogen hatte in der Hoffnung, ein wenig Trost zu finden. Irgendwo dort hatte er gestanden und sich binnen Sekunden unauslöschlich in ihr Gedächtnis eingebrannt.

Weil doch kein anderer Satz so treffend zum Ausdruck bringt, was sie fühlt und denkt: Daniel ist tot. Aber sie muss leben.

Daniel. Mit einem Streich erlegt wie eine lästige Fliege. Von einer Sekunde auf die nächste dahingerafft. Acht Tage ist es her. Auf der B73 zwischen Buxtehude und Stade, auch die »Todesstraße« genannt. Den Straßenrand säumen fast ebenso viele Holzkreuze wie Bäume. Und jetzt sind es eben noch zwei mehr.

Eins für ihn, Daniel Andersen, und eins für Thomas Krohn – für den Mann, der in dem anderen Wagen saß, als sie in einer Kurve bei Hedendorf frontal ineinanderkrachten. Tot, alle beide, keine Chance, nicht für Daniel und nicht für den anderen.

Und sie, Lena, muss nun leben. Weiterleben. Nicht für sich selbst. Aber für das Kind, das jetzt, während sie sich wie jede Nacht in ihrem Bett herumwälzt, in ihr strampelt. Als würde es sagen wollen: »Hey! Ich bin auch noch da!«

Ja, sie ist auch noch da. Die kleine Emma. Seit siebenunddreißig Wochen in Lenas Bauch, inzwischen fünfundvierzig Zentimeter groß und 2900 Gramm schwer, ein Winzling mit pochendem Herzen und zuckenden Gliedern. Mit Füßen und Fäusten, die sich strecken, die treten und trommeln, dass man es manchmal sogar von außen sehen und fühlen kann. Emma ist da und fordert von ihrer Mutter, was diese am meisten fürchtet: leben. Weiterleben, um in wenigen Wochen neues Leben zu schenken.

Ein Leben, auf das sie und Daniel sich gefreut hatten. So sehr, so *unbändig* gefreut. Fünfzig Prozent Mama, fünfzig Prozent Papa. Ein toter Papa, einer, über den Lena später zu Emma sagen wird, dass er irgendwo im Himmel auf einer Wolke sitzt und zu ihnen herunterguckt. Dass er alles sieht und immer bei ihnen ist, auch wenn er nicht mehr da ist.

Ich bin tot, aber du darfst leben. Nein, so funktioniert er leider nicht, der Satz. Ohne Lena keine Emma, und ohne Emma nichts von Daniel. Nichts, das bleibt. Das weiter besteht, das die Erinnerung an ihn in Lenas Herz wachhalten kann.

»Ich vermisse dich«, flüstert sie in ihr Kissen, das von Tränen durchweicht ist. Nass wie ein Stofftier, das man bei Regen über Nacht draußen im Garten vergessen hat. »Ich vermisse dich *so sehr.*« Sie hofft, dass Daniel sie hören kann. Da oben auf seiner Wolke, auf der er sitzt und auf sie hinunterguckt.

»Du musst etwas essen! Wenigstens ein bisschen.« Ihre Schwiegermutter Esther ist da und hat für Lena gekocht. Nürnberger Rostbratwürstchen mit Kartoffelpüree. Kein Sauerkraut, das bläht so, da kennt Daniels Mama sich aus. Immerhin hat sie selbst ein Kind zur Welt gebracht. Das nun tot ist.

Aber für Lena muss Esther nun da sein und kochen und die Wohnung aufräumen und Wäsche waschen und bügeln. Damit sie nicht wahnsinnig wird im Nichtstun, wie sie sagt. Damit sie nicht verrückt wird bei dem Gedanken, was mit Daniel geschehen ist. Deshalb kommt sie nun beinahe jeden Tag vorbei, macht sich nützlich. Oder sitzt einfach nur mit Lena da. Und weint mit ihr.

»Danke«, sagt Lena, nimmt mit der Gabel etwas von dem Püree und schiebt es sich in den Mund. »Lecker«, sagt sie, obwohl sie überhaupt nichts schmeckt. Aber sie weiß, dass Esther recht hat, sie muss essen und ihren Körper erhalten. Auch wenn sie selbst noch kein Kind zur Welt gebracht hat, weiß sie das. Sie ist Hebamme und hat schon viele Frauen betreut, viele glückliche Mütter – und viele stolze Väter gleich dazu.

Stopp, nicht diese Gedanken! Nicht diese Bilder von verliebten Paaren, die lachen und strahlen, weil sie jetzt nicht mehr zu zweit, sondern zu dritt, zu viert oder zu fünft sind. Die verzückt neben einem Himmelbettchen stehen. Die stundenlang nichts anderes tun können, als händchenhaltend ihr Baby zu betrachten, sich dabei in den Arm zu nehmen und immer wieder zu seufzen vor Freude und Glück über das kleine Wunder, das da vor ihnen liegt. Nein, stopp, aufhören! Bitte, bitte, nicht diese Gedanken!

Natürlich, es waren auch Frauen dabei, die allein waren, von ihren Männern verlassen. Aber da war der Mann nur abgehauen, nicht tot. Ist das besser? Oder ist es sogar noch schmerzvoller, wenn einer freiwillig geht? Wenn er die Wahl hätte zu bleiben, es aber einfach nicht tut? Wenn er nicht in einem Autowrack liegt, die Karosserie derart zerstört, dass man ihn vor der Beerdigung nicht mal mehr sehen darf? Weil der Bestatter sagt, es sei »besser so«?

Dieses *besser so* kostet Lena fast den Verstand. Wie leicht wachsen der Fantasie Hörner, wenn ihr niemand Grenzen setzt! Lena wird von Bildern verfolgt, Tag für Tag und Nacht für Nacht ... Daniels Körper komplett verbrannt, die Reste seiner Haut eine einzige, blutrot triefende und eiternde Wunde, das Gesicht bis zur Unkenntlichkeit entstellt, seine Augen zerplatzt, das Weiße läuft in klebrigen Rinnsalen aus seinem schwarz verkohlten und merkwürdig geschrumpften Schädel, der wie in einem letzten wilden Gelächter die Zähne bleckt ... Oder der Kopf vollständig abgetrennt, abgehackt von einem scharfkantigen Teil der zerstörten Karosserie, Haut, Muskeln, Sehnen, das Genick einfach durchgeschnitten wie bei einem enthaupteten Huhn ... sein Ehering ein verbogenes Stück Metall, das tief in die zerfetzte Haut seines Ringfingers schneidet, seine Fingerkuppen nur noch bloße Knochen, die anklagend auf den ebenfalls entstellten Fahrer des anderen Wagens zeigen ... Der liegt blutüberströmt auf der Motorhaube seines Autos, zersplitterte Knochenstücke ragen aus seinen Gliedmaßen hervor, als wäre er an tausend Stellen aufgespießt ...

Eine Weile hat sie überlegt, ob sie den Rat ignorieren und sich Daniels Leiche in der Kühlzelle des Bestattungsinstituts doch ansehen sollte. Aber Emma zuliebe hat sie darauf verzichtet. Wer weiß schon, was ein Ungeborenes miterlebt? Was es miterleidet? Was sich durch die Mutter überträgt, welche Gefühle und Sinneseindrücke? Hat Lenas Tochter nicht schon jetzt einen traurigen Start ins Leben? Den Vater bereits verloren, bevor sie das Licht der Welt erblickt.

Ich bin das Licht der Welt. Der Spruch in der Traueranzeige, für den sie und ihre Schwiegermutter sich entschieden haben. *Wer mir nachfolgt, der wird nicht wandeln in Finsternis, sondern wird das Licht des Lebens haben.* Sie glaubt nicht einmal an Gott. Und trotzdem betet sie nun darum, dass Daniel im Licht wandeln darf und nicht in derselben Finsternis umherirren muss wie sie.

»Nimm auch ein Würstchen«, sagt Esther und verscheucht Lenas Gedanken.

»Ja«, antwortet sie und beißt ein Stück von der Nürnberger ab, kaut darauf herum und starrt an die weiße Küchenwand. Ihr Blick bleibt an einem Fleck auf Höhe der Tischplatte hängen. Ein rotbrauner, handtellergroßer Klecks, umgeben von ein paar Spritzern. Rotwein aus einem zersprungenen Glas. Das erste und letzte, das Daniel jemals in Lenas Gegenwart getrunken hat.

Vor acht Monaten, als sie ihm gesagt hatte, dass sie schwanger ist, da hatte er vor Freude ein einziges Mal mit seinem obersten Grundsatz gebrochen. Hatte sich die Flasche Rotwein von der Dunstabzugshaube überm Herd geschnappt und sich ein Glas eingeschenkt. Schon nach wenigen Schlucken war er davon so betrunken gewesen, dass er das Glas mit einer fahrigen Handbewegung umstieß.

Sie hatten darüber gelacht. Hatten sich einen Tee gekocht und sich auf der Wohnzimmercouch unter einer Decke ganz dicht aneinandergekuschelt. Dann hatten sie sich geliebt. Und noch einmal geliebt, so glücklich waren sie darüber, dass nun endlich bald ein gemeinsames Kind zur Welt kommen würde.

»Soll ich dich nachher zur Vorsorgeuntersuchung bringen?« Esthers Stimme holt sie zurück in die Gegenwart. »Ich bleib dann im Wartezimmer, bis du fertig bist.«

»Nicht nötig, ich fahre mit dem Bus.«

»Ich kann dich wirklich gern …«

»Danke, aber ich mach das lieber allein.«

»In Ordnung, wie du meinst.«

Beide sitzen da, essen, schweigen, starren vor sich hin. Bis auf einmal ein Schluchzen erklingt, ein lautes, ein atemloses Schluchzen, von dem Lena erst nach Sekunden bemerkt, dass es ihr eigenes ist.

»Lena!« Esther legt einen Arm um sie, zieht sie zu sich heran. »Wir schaffen das«, sagt Daniels Mama und streicht ihr über den Kopf. »Zusammen schaffen wir das. Ganz bestimmt.«

»Ja«, sagt Lena und schließt die Augen. »Wir schaffen das.«

Das Klopfen ist mehr ein nasses Pulsieren, regelmäßig und schnell, ein seltsames Unterwassergeräusch. Beim Ultraschall war alles in Ordnung, der Arzt ist sehr zufrieden mit seiner Patientin. Nun liegt Lena auf der Pritsche neben dem CTG, das zwanzig Minuten lang die Herzfrequenz ihres ungeborenen Babys misst und ihre Wehen überprüft.

Sie lauscht dem Herzschlag ihrer Tochter, der aus dem Gerät tönt. Lässt sich einlullen von diesem schmatzenden Pochen, so laut, so satt, so gesund. Emma ist wach, tritt und strampelt so heftig, dass ihre Füßchen in kleinen Beulen über Lenas Bauchdecke tanzen. Wie so oft in letzter Zeit. Wie auch an dem Tag, an dem ihr Vater starb.

Lena dämmert weg, sieht sich wieder mit Daniel im Auto, auf dem Weg nach Postmoor. Sie war mit dabei, bei dieser Todesfahrt, saß neben ihrem Mann im Wagen und stritt mit ihm. Über nichts, über rein gar nichts. Auch wenn es ihnen beiden an diesem schicksalhaften 2. Juli bedeutungsvoll und groß erschien.

2

»Ich verstehe nicht, warum wir uns das Haus überhaupt ansehen.« Lena verschränkte die Arme vor der Brust, zog einen Flunsch wie ein bockiges Kind. »Ich will nicht aufs Land ziehen.«

»Aber es ist ein sehr gutes Angebot«, erwiderte Daniel und warf einen schnellen Blick auf seine Uhr. »Das Haus ist toll. Und wir haben da einen riesigen Garten.«

Das stimmte, er hatte Lena vor einigen Tagen ein paar Fotos eines alten Resthofs in Postmoor bei Buxtehude gemailt – ein großes Anwesen, malerisch am Rand des Alten Landes gelegen. Am Abend hatte er sich zusammen mit ihr die Bilder angesehen, hatte Lena die Vorteile des Hauses in den schillerndsten Farben ausgemalt, hatte von der frischen Landluft geschwärmt und davon, dass sie dort keine nervigen Nachbarn, sondern stattdessen jede Menge Platz haben würden.

Tatsächlich lag der große Fachwerkbau aus dem 19. Jahrhundert mit Reetdach inmitten eines romantischen Parkgrundstücks. Mit farbenfrohen Narzissen und Rhododendren, mit weitläufigen Rasenflächen, einer Dorflinde und einem altertümlichen Rundbrunnen. Obstbäume säumten die breite Auffahrt, und am mächtigsten Ast einer knorrigen Eiche hing sogar eine Schaukel, die nur darauf zu warten schien, dass ein Kind sich auf ihr in die höchsten Höhen schwang.

Auch das Innere des Haupthauses war imposant: Eine riesige Eingangshalle mit dicken Deckenbalken führte direkt in einen großen Wohnbereich mit offener Küche und Kachelofen. Insgesamt verfügte das Haus über sechs Zimmer und drei Bäder, allesamt frisch renoviert und modernisiert. Hinzu kamen noch ein Wintergarten, eine Sonnenterrasse und drei Nebengebäude, die als Waschküche, Gästehaus und Schuppen genutzt werden konnten. Ein Traum, das musste Lena zugeben.

Und trotzdem.

Trotzdem wollte sie da nicht hin und war vor einer halben Stunde nur widerwillig ins Auto gestiegen, um sich das Haus »wenigstens mal anzugucken«, wie Daniel gesagt hatte.

»Wir haben doch auch jetzt einen Garten«, entgegnete sie nun.

Daniel lachte. »Wenn du mit ›Garten‹ das handtuchgroße Stück hinter unserer Wohnung meinst, hast du natürlich recht.«

»Mir reicht das Handtuch völlig!«

Er warf ihr einen überraschten Seitenblick zu. »Das ist mir neu! Du hast doch immer gesagt, dass du mit Kind gern etwas mehr Grün hättest.«

»Das schon«, gab sie zu. »Aber doch nicht am Ende der Welt!«

»Tut mir leid, mein Schatz. Ein Bauernhof direkt an der Mönckebergstraße ist nun mal schwer zu finden.«

»Ich habe nie davon gesprochen, dass ich mitten in der City wohnen möchte.« Sie schmollte. »Und wie gesagt, mir reicht unser Garten fürs Erste völlig.«

»Mir aber nicht!« Daniel schlug mit der flachen Hand aufs Lenkrad, und sein Ton wurde plötzlich schärfer. Das passierte immer häufiger in letzter Zeit. Je näher der 5. August, der errechnete Geburtstermin, rückte.

Lena kannte das von anderen werdenden Vätern. Sie wurden von einer gewissen Panik erfasst – vor dem neuen Leben und der

Verantwortung, die ein Baby mit sich bringt. Doch niemals hätte Lena erwartet, dass auch Daniel sich so verändern würde. In den fünf Jahren, die sie ihn kannte, hatte sie ihn fast immer ruhig und besonnen erlebt, selbst im größten Stress blieb er Herr der Lage. Aber seit ihrer Schwangerschaft litt auch er unter dieser Nervosität und Gereiztheit, die sie und ihre Kolleginnen scherzhaft als »männliche Umstandsbeschwerden« bezeichneten.

»Unsere Freunde wohnen alle in der Stadt«, sagte sie nun. »Ich werde da draußen total vereinsamen.«

»Die können uns besuchen kommen und bei uns schlafen, wir haben da mehr als genug Platz.«

»Das macht doch sowieso keiner.«

»Auf Freunde, die sich nicht mal für eine Stunde ins Auto setzen, können wir getrost verzichten.«

»*Du* kannst darauf verzichten!«, gab sie wütend zurück.

Jetzt seufzte er. »Ich möchte einfach nicht, dass unsere Tochter in der Stadt aufwächst.«

»Deine erste Tochter hat ihre Kindheit doch auch in der Stadt verbracht«, antwortete sie.

»Schön, dass du jetzt Josy ins Spiel bringst!«

»Tut mir leid.« Und das tat es auch. Daniel hatte seine Tochter Josy – Josephine – quasi für Lena verlassen. Hatte sich von seiner Frau Rebecca getrennt und dafür sogar in Kauf genommen, seine Josy zu verlieren. Für seine Liebe zu Lena, für ein neues Leben mit ihr. »Ich finde nur den Gedanken, so weit ab vom Schuss zu leben, einfach furchtbar.« Lena versuchte, wieder etwas weicher, versöhnlicher zu klingen. »Und irgendwann werde ich ja auch wieder arbeiten wollen, was in Buxtehude oder Stade bestimmt nicht so einfach wird.«

»Da werden auch Kinder geboren«, erwiderte Daniel. »Es ist doch ganz egal, wo du Babys zur Welt bringst.«

»Klar«, die Wut stieg erneut in ihr auf, »das ist natürlich total egal! Meine Wünsche und Bedürfnisse spielen wohl überhaupt keine Rolle!«

»Lena, du kannst doch auch weiterhin in Hamburg arbeiten, was spricht denn dagegen?«

»Unser Kind? *Das* spricht dagegen! Wie soll ich das denn schaffen? Ich kann mich schließlich nicht wie der feine Herr morgens einfach in mein Auto setzen und abhauen! Bis ich in der Stadt bin, ist es so spät, dass ich schon wieder umkehren muss, weil die Kita schließt.«

»Jetzt werd doch bitte nicht unsachlich!«

»Du willst mich gegen meinen Willen irgendwohin verschleppen, und *ich* werde unsachlich?«

Er trat abrupt in die Bremsen, hielt mitten auf der Landstraße an und drehte sich zu Lena. »Verschleppen? Ich will dir ein umwerfendes Haus zeigen, nach dem andere Frauen sich alle zehn Finger lecken würden. Und du tust so, als ginge es in die Diaspora!«

»Verstehe«, gab sie zurück. »Ich soll also dem Herrgott auf Knien danken, dass ich so einen tollen Mann habe, der sich ein *umwerfendes Haus* leisten kann, oder wie? Und wenn ich das gar nicht will?«

»Lena! Was soll das?«

»Gar nichts soll das! Wir haben eine schöne, große Altbauwohnung in Hamburg, mit Garten und Platz genug für uns und ein Kinderzimmer – warum lassen wir es nicht einfach so?«

»Zum einen ist die Wohnung nicht ›groß‹. Außerdem ist sie nur gemietet, und ich finde, es wird Zeit für was Eigenes!«

»Prima. Kaufen wir halt irgendwas in der Stadt. Aber bitte nicht mitten in der Pampa!«

Er schüttelte genervt den Kopf. »Wenn wir uns das Haus ansehen, heißt das doch noch lange nicht, dass wir da auch hinziehen!«

»Aber wenn ich da überhaupt nicht hinziehen *will*, müssen wir es uns doch auch gar nicht erst ansehen!«

»Du machst mich wahnsinnig!«

»Nein, *du* machst *mich* wahnsinnig!« Sie sah ihn an und hoffte, dass er gleich in Gelächter ausbrechen würde, denn ihr war längst danach. Aber Daniel blieb ernst. Und dann schrie er sie plötzlich an.

»Ich habe meine Familie für dich verlassen! Ich habe alles für dich aufgegeben, zahle jeden Monat ein Vermögen an Rebecca und für Josys Internat, nur damit wir zwei zusammen sein können! Und du machst ein Riesendrama wegen nichts?«

Seine Worte trafen sie wie Schläge. »Pass auf, was du sagst«, sagte sie leise. »Du weißt, dass das so nicht stimmt. Du warst todunglücklich in deiner Ehe, schon vergessen?«

»Nein, habe ich nicht. Aber vielleicht hätten Rebecca und ich es wieder hinbekommen …«

Sie warf ihm einen entsetzten Blick zu. So etwas hatte Daniel noch nie zu ihr gesagt, noch *nie*. Sie konnte nicht glauben, dass er das ernst meinte. Nein, sicherlich wollte er sie nur verletzen. Was ihm gelungen war. Ja, es tat weh. Lena spürte, wie Wut in ihr aufstieg.

»Wieder *hinbekommen?*« Sie sprach wieder ganz leise. Um gleich darauf umso lauter zu werden. »Deine Frau hat dich ignoriert, als wärst du tot! Du warst am Ende, als ich dich kennengelernt habe, völlig fertig, ein Wrack!«

Er trat aufs Gaspedal und fuhr mit quietschenden Reifen weiter.

»Daniel!«, sagte sie und krallte sich mit beiden Händen am Sitz fest. »Fahr bitte vorsichtig!«

Er antwortete nicht, sondern schaltete nur einen Gang höher. Sein Handy klingelte, und er fischte es aus der Seitenablage seiner Tür.

»Jetzt telefonier doch bitte nicht auch noch!«

Er warf einen kurzen Blick aufs Display und steckte das Telefon dann wieder weg. »Der Makler. Vermutlich fragt er sich, wo wir bleiben.«

»Aber wir sind doch gar nicht zu spät!«

»Ach, was weiß ich«, blaffte er. »Ist wohl ungeduldig.« Er beschleunigte den Wagen noch mehr, nahm halsbrecherisch eine Linkskurve.

»Bitte, Schatz!«, schrie Lena. »Hör auf damit!«

Übelkeit stieg in ihr auf, ihr Magen krampfte sich zusammen. Und plötzlich spürte sie die Tritte. Das Baby war wach und bewegte sich so wild, dass es von außen zu sehen war. Rechts von ihrem Bauchnabel zeichnete sich deutlich eine Beule unter ihrem engen Umstandsshirt ab. Ein Füßchen oder eine Faust von Emma. Wieder und wieder strampelte das Kind gegen dieselbe Stelle. »Sieh dir das an! Sie bekommt alles mit, und sie protestiert!«

Er warf einen flüchtigen Blick auf ihren Bauch. »So, und das ist jetzt auch meine Schuld?«

»Unsere.« Sie versuchte, versöhnlicher zu klingen. »Es tut mir leid. Ich wollte dir keine Vorwürfe machen. Ich liebe dich doch!«

»Mir tut auch so einiges leid«, antwortete er und starrte weiter nach vorn auf die Straße. Ein Transporter kam ihnen entgegen. Als die Luft, die die beiden Fahrzeuge vor sich herschoben, aufeinanderprallte, bekam ihr Wagen einen regelrechten Schlag.

Wieder trat Emma von innen gegen ihren Bauch. Lena legte schützend eine Hand darauf und fing an, das Kind zu streicheln.

»Daniel«, bat sie ihn erneut, »fahr langsamer. Denk bitte an das Kind! Das Baby kann doch nichts dafür!«

Als hätte sie mit diesem Satz einen Schalter umgelegt, stieg Daniel mit einem Mal in die Bremsen und steuerte den Seitenstreifen an. Der Wagen kam so ruckartig zum Stehen, dass Lena nach vorn geworfen und schmerzhaft gegen ihren Gurt gepresst wurde.

»Uh«, stöhnte sie auf und umklammerte ihren Bauch mit beiden Händen. »Daniel, was tust du? Du bringst uns noch um!«

Er sagte nichts. Saß einfach nur da und starrte vor sich hin.

»Daniel?«, fragte sie nach einer Weile. »Was hast du denn?«

Keine Antwort. Stattdessen drehte er sich zu ihr um, legte eine Hand auf ihren Bauch und betrachtete versonnen die kleine Beule, die sein Kind immer wieder entstehen ließ. Ein Lächeln huschte über sein Gesicht.

Dann sagte er: »Steig aus.«

»Was?«

»Steig bitte aus!«

»Daniel, du kannst mich doch nicht im Nirgendwo auf die Straße setzen!«

Er griff in die Seitenablage seiner Tür, holte sein Portemonnaie hervor und gab Lena einen Hunderteuroschein. »Da vorn«, er zeigte unbestimmt die Straße entlang, »kommt gleich eine Tankstelle. Ruf dir von da aus ein Taxi, und fahr nach Hause.«

»Das ist doch Unsinn«, entgegnete sie. »Warum soll ich denn nach Hause fahren?«

»Weil ich allein sein will.«

»Daniel, bitte! Du weißt nicht, was du tust.« Sie wollte nach seiner Hand greifen, aber er wehrte sie ab.

»Lass mich«, sagte er. »Steig aus! Ich treffe mich mit dem Makler und sehe mir das Haus an. Danach fahre ich zurück.«

»Ich will aber mitkommen!«

»Nein, das willst du nicht. Und ich will auch nicht mehr, dass du mitkommst.«

»Es tut mir leid!«, wiederholte sie. »Lass uns bitte nicht mehr streiten.«

»Ich will mich auch nicht mehr streiten. Aber ich möchte jetzt allein sein und einfach ein bisschen runterkommen.«

»Bist du sicher?«

»Ja.«

Sie wartete einen Moment, ob er seine Meinung noch ändern würde, dann öffnete sie die Tür und stieg aus. Kaum stand sie neben dem Wagen, fuhr Daniel wieder an. Die Tür schlug von allein zu. Er raste davon. Wieder viel zu schnell. Lena hoffte nur, dass er sich wieder beruhigen würde.

3

»Bei Fuß, Guinness!« Der Hund kommt wieder näher und trottet dann brav neben ihr her, sodass die Leine locker zwischen ihnen baumelt. Er hört aufs Wort, darauf hat sie von Anfang an Wert gelegt. »Das ist wichtig, wenn wir irgendwann ein Baby haben«, hatte sie Daniel erklärt und Guinness bei der Hundeschule angemeldet. Weihnachten vor zwei Jahren hatte der Labrador-Retriever auf einer Decke unterm Baum gelegen. Damals noch ein Welpe, ein kleines Knäuel aus schwarzem Flausch.

»Für dich«, hatte ihr Mann gesagt und sie geküsst. »Damit du nicht mehr so traurig bist, weil es noch nicht geklappt hat.« Erst an Nikolaus war der Test wieder einmal negativ gewesen. Keine Schwangerschaft, noch immer nicht, obwohl sie es seit fast drei Jahren versucht hatten. Erfolglos, obwohl bei ihnen beiden laut ihren Ärzten alles in Ordnung war. »Guinness wird dich wieder aufmuntern!«

»Guinness?«, hatte Lena gefragt.

»Ja«, hatte Daniel gesagt. »Oder magst du den Namen nicht?«

»Doch. Er ist perfekt!« Und sie hatte gedacht: Er wird unser Kind, das noch kommen wird, beschützen. Er wird neben seinem Bettchen schlafen und aufpassen, dass nichts passiert. Er wird sein erster Spielkamerad und bester Freund sein.

Jetzt ist nur noch Guinness da. Ob sie den Rüden behält, wenn das Baby erst geboren ist, weiß Lena nicht. Kind und Hund, ganz allein – bis auf die Hilfe ihrer Schwiegermutter –, das wird ihr vielleicht zu viel. Und obwohl sie Guinness liebt, wirklich *liebt*, hasst sie das Tier doch auch dafür, dass es sie an Daniel erinnert und daran, wie die beiden immer miteinander herumgetollt sind.

Herumtollen, das muss der Hund jetzt allein tun, in ihrem Zustand kann Lena Daniel nicht ersetzen.

Am Rand der Hundewiese an der Alster löst sie seine Leine vom Halsband und sieht Guinness nach, wie er zu den anderen Hunden tobt und freudig nach Spielgefährten sucht.

Lena setzt sich ächzend auf eine Bank, froh, einen Moment ihre Beine entlasten zu können. Über fünfzehn Kilo hat sie schon zugenommen, ein Großteil davon wird Wasser sein. Ihre Glieder schmerzen, ihre Füße sind aufgeschwemmt und ihre Hände so geschwollen, dass sie sie kaum noch schließen kann.

Lena ist froh, dass es bald vorbei ist. Nein, sie genießt es wirklich nicht, schwanger zu sein. Von Anfang an hat sie das nicht getan, bei aller Vorfreude nicht. Erst die Übelkeit und die Müdigkeit, dann das permanente Sodbrennen und die Verdauungsstörungen, und schließlich das stetig zunehmende Gewicht. Mit jedem Tag wird sie schwerfälliger. Auch als Daniel noch da war, hat sie diesen Zustand nicht genossen, wie andere Frauen es in Elternzeitschriften und Internetforen behaupten zu tun.

»Ach, sieh an!«

Eine Stimme reißt Lena aus ihren Gedanken. Sie blickt auf. Eine Frau und ihr Begleiter. Lena zuckt unwillkürlich zusammen, als sie die beiden erkennt. Die Frau mit kurzen blonden Haaren, der Mann mit brünettem Lockenkopf und Nickelbrille, beide in Poloshirt und Jeans.

»Hallo Babette«, sagt Lena, steht auf und reicht der Frau unsicher die Hand. Aber diese ergreift sie nicht, starrt nur wortlos auf Lenas Babybauch. »Sebastian …« Lena wendet sich an ihren Mann. Auch er macht keinerlei Anstalten, ihre angebotene Hand zu schütteln, sodass sie sie zögernd wieder zurückzieht und in der Tasche ihres Sommermantels verschwinden lässt.

»Wusste ich ja gar nicht«, sagt Babette und nickt in Richtung ihres Bauches. »Wann ist es denn so weit?«

»Am 5. August«, antwortet Lena. »Es wird ein Mädchen«, fügt sie hinzu und bemerkt, wie entschuldigend sie dabei klingt. Als würde sie sagen wollen: ein Mädchen, kein Junge wie bei euch. Kein Junge, wie Oskar einer war.

Oskar. Gestorben vor knapp drei Jahren. Gerade zwei Monate alt. Lag eines Nachmittags einfach tot in seinem Stubenwagen. Erst Stunden zuvor hatte Lena im Rahmen der Nachsorge nach ihm gesehen und ihn bei bester Gesundheit vorgefunden. Seine Eltern, Babette und Sebastian Schuster, hatten nicht geraucht, hatten ihren Sohn im Schlafsack und auf dem Rücken hingelegt. Ohne Stofftiere oder Kissen, die ihm die Luft rauben könnten, alles so, wie Lena es erklärt hatte. Und trotzdem war es passiert, trotzdem war Oskar gestorben. Niemandes Schuld, weder von Lena noch von Babette und Sebastian, das hatte auch der Notarzt festgestellt. SIDS hatte er auf dem Totenschein vermerkt – Sudden Infant Death Syndrome, plötzlicher Kindstod. Der Albtraum aller Eltern.

Und natürlich auch für jede Hebamme, obwohl solche Fälle hin und wieder vorkamen. Die Schusters erstatteten gegen Lena Strafanzeige wegen fahrlässiger Tötung. Die Staatsanwaltschaft prüfte und stellte kurz darauf das Ermittlungsverfahren wieder ein.

Damit war der Fall offiziell vom Tisch. Doch Lena hadert bis heute, fragt sich, ob sie damals etwas übersehen hat, ob sie

Oskars Tod hätte verhindern können. Ein halbes Jahr später hatte sie Babette und Sebastian einen langen Brief geschrieben, Worte des Mitgefühls und des Bedauerns. Doch der Brief war zurückgekommen. Hatte ungeöffnet in einem neuen Umschlag gesteckt, zusammen mit einem Foto von Oskar. Kommentarlos. Unversöhnlich.

Hätte Daniel ihr nicht immer wieder eingetrichtert, dass sie sich nichts hatte zuschulden kommen lassen – Lena hätte ihren Beruf vermutlich an den Nagel gehängt. Hätte sich stattdessen an eine Supermarktkasse gesetzt – oder irgendetwas anderes gemacht, bei dem keine Kinder sterben können. Daniel gab ihr die Kraft und die Zuversicht im Leben zurück. So, wie sie ihn – wie er oft sagte – zurück ins Leben geholt hatte.

»Dann hat es bei euch also auch geklappt.« Babette lächelt bitter. »Schön für dich. Und für deinen Mann. Er freut sich bestimmt mächtig.« Lena will gerade zu sprechen anfangen, will ihr erzählen, was mit Daniel geschehen ist, doch Babette wendet sich an Sebastian und lässt sie nicht zu Wort kommen. »Weißt du noch, wie du dich gefreut hast, Schatz?«

»Ja, ich war selig.«

»Stimmt«, sie nickt, »wir beide waren selig.« Sie richtet den Blick wieder auf Lena. »Wie schön, dass du das nun endlich auch erleben darfst.«

»Danke«, sagt Lena, atmet tief ein und aus, um ihr wild klopfendes Herz zu beruhigen.

Babette geht ein, zwei Schritte auf sie zu, kommt ihr so nah, dass sie Lena fast berührt. »Und ich hoffe, dass du auch alles andere erleben darfst.« Ihre Stimme ist leise, aber zischend scharf. »Dass du erleben darfst, wie es ist, wenn du dein Kind aus seinem Bettchen holen willst und siehst, dass seine Haut marmoriert und blau ist. Dass es nicht mehr atmet, dass es kalt in deinen Armen liegt, wenn du es hochhebst.« Nun wird sie lauter. »Dass es sich nicht rührt, nicht die Augen öffnet, egal wie sehr du es schüttelst und schreist. Dass sein Köpfchen dabei kraftlos und schlaff hin- und herfällt.« Dann brüllt sie so laut, dass Passanten die Köpfe nach ihr drehen. »Dass dein Kind tot ist!«

»Ich ...«, setzt Lena an. »Es tut mir leid, es tut mir so schrecklich leid! Es war ein tragisches Unglück, ich ...«

»Ja«, sagt Babette, »natürlich! Du kannst nichts dafür. Das haben uns ja alle gesagt.« Sie hebt eine Hand, als würde sie Lena schlagen wollen, lässt sie dann aber wieder sinken.

»Bitte, Babette ...« Lena legt eine Hand auf ihre Schulter.

»Fass mich nicht an!«, schreit diese und stößt Lena beiseite. »Wag es bloß nicht, mich anzufassen!«

Ein Knurren erklingt, Lena fährt herum. Guinness. Er steht direkt hinter ihnen und fixiert Babette und Sebastian mit gesenktem Kopf und gesträubtem Nackenhaar. Die Zähne gefletscht, aus seinen Lefzen tropft der Speichel. Den Schwanz hat er aufrecht gestellt, kauert in gebückter Haltung, wie zum Sprung bereit. So hat Lena ihn noch nie gesehen, ein Labrador ist schließlich kein Kampfhund.

»Hooo ...« Sebastian hebt abwehrend die Hände, tritt vorsichtig einen Schritt zurück und bedeutet seiner Frau mit einem Nicken, ihm zu folgen. Aber sie rührt sich nicht.

»Der tut nichts«, sagt Lena und denkt im selben Moment, wie absurd das angesichts des aggressiven Rüden klingt.

»Nein, natürlich nicht.« Babette klingt spöttisch. Dann beugt sie sich zu dem Tier hinunter, streckt die Hand nach ihm aus und streichelt ihm über den Kopf. Guinness lässt es geschehen, allerdings ohne seine Haltung zu verändern. »Pass schön auf dein Frauchen auf«, sagt sie. Dann richtet sie sich wieder auf und nimmt die Hand ihres Mannes. »Komm, wir gehen.«

Lena blickt ihnen nach, schockiert, sprachlos. Guinness gibt ein leises Fiepen von sich, drängt sich gegen ihre Beine und wedelt mit dem Schwanz. Lenas Hände sind kalt und klamm, als sie sich neben ihn kniet und versucht, den Hund an die Leine zu nehmen.

Als sie wieder zu Hause ist, füttert sie Guinness und macht sich dann selbst das Essen warm, das ihre Schwiegermutter in die Mikrowelle gestellt hat, bevor sie ging. Auf dem Heimweg hat Lena mit Esther telefoniert, hat ihr von der Begegnung mit Babette und Sebastian erzählt und sie gefragt, was sie tun soll.

»Sie anzeigen«, hatte Esthers Antwort gelautet, »das war eine eindeutige Drohung!«

»Nein, das glaube ich nicht. Die beiden sind nur verzweifelt.«

Esther gab ein abschätziges Schnalzen von sich. »Dann mach am besten gar nichts und vergiss die ganze Sache einfach. Die Schusters haben damals versucht, dir die Schuld in die Schuhe zu schieben, und das ist ihnen nicht gelungen. Du musst auch heute keine Angst vor ihnen haben.«

»Ich *habe* keine Angst! Ich mache mir nur Gedanken.«

»Lena!« Ihre Schwiegermutter seufzte. »Das verstehe ich ja, aber im Moment hast du es wirklich schwer genug. Und eigentlich sind das doch fremde Leute für dich.«

Lena war da anderer Meinung. Immerhin baute sie zu den Müttern bei ihrer Arbeit eine recht intime Beziehung auf. Aber sie wusste, wie Esther es gemeint hatte.

»Du hast recht«, hatte sie daher gesagt und sich fest vorgenommen, den Rat ihrer Schwiegermutter zu befolgen und nicht mehr an den Vorfall zu denken. Sie will sich keine Vorwürfe mehr machen, sich die eigenen Schuldgefühle ein für alle Mal verbieten. Oder will es wenigstens versuchen.

Nach dem Essen geht sie ins Wohnzimmer, setzt sich aufs Sofa und schaltet den Fernseher ein. Lässt ihn flimmern, ohne recht zu begreifen, was sie da eigentlich sieht.

Zwanzig Uhr. Um diese Zeit wäre Daniel normalerweise nach Hause gekommen. Jetzt kommt er nicht mehr. Das scheint sogar Guinness zu wissen. Sonst ist er regelmäßig gegen acht Uhr im Flur vor der Tür auf und ab gelaufen. Damit hat er schlagartig aufgehört, seit Daniel gestorben ist. Es gibt Dinge zwischen Himmel und Erde, die man nicht erklären kann …

Himmel und Erde.

Daniels Bestattung. Sie findet übermorgen statt. Lena weiß nicht, ob ihr Mann lieber verbrannt worden wäre. Darüber haben sie nie gesprochen. Warum auch? Mit dreißig, vierzig oder fünfzig Jahren denkt man für gewöhnlich nicht an solche Dinge. Da scheint das Ende so weit weg, so weit entfernt, dass man glaubt, es würde einen niemals treffen.

Nach ihrer Vorsorgeuntersuchung gestern war Lena noch bei einer Therapeutin. Sie hatte ihr geraten, von Daniel nur noch in der Vergangenheitsform zu sprechen. Nicht »Daniel ist«, sondern »Daniel war«. Er *war* ein guter Mann. Er *war* ihre große Liebe. Er *war* alles, wovon sie immer geträumt hatte.

Du bist tot, ich muss leben.

Warum nur? Warum? Sie sitzt auf dem Sofa, denkt daran, wie sie ihn zum letzten Mal gesehen hat. Im Auto, nach ihrem Streit. Wie sie ausgestiegen und ratlos zur Tankstelle gegangen ist. Ratlos und noch immer wütend. Natürlich wütend! Wer setzt seine hochschwangere Frau schon auf der Landstraße aus? Mit Taxigeld, ja. Es ist ihr bis heute ein Rätsel, was an jenem 2. Juli in ihn gefahren ist.

Wenn sie doch nur gewusst hätte, dass sie ihn danach nie wieder sehen würde! Dass er zehn Minuten später tot sein würde, dass die Polizei am Abend bei ihr zu Hause klingeln und sie von dem Unfall in Kenntnis setzen würde, den Daniel nicht überlebt hatte.

Der Gedanke daran, dass ihr Streit vielleicht der Grund dafür war, dass Daniel deshalb so aufgewühlt war, dass er viel zu schnell fuhr. Dass er deshalb in dieser verdammten Kurve mit Thomas Krohn zusammenkrachte. Dieser Gedanke – er bringt sie fast um den Verstand. Neben ihrer Trauer ist da noch dieses unfassbare Schuldgefühl. Hätte sie es geahnt, hätte sie es nur geahnt! Niemals hätte sie diesen nichtigen Streit vom Zaun gebrochen. Niemals!

Wie gern würde sie Daniel jetzt in den Arm nehmen. Ihn halten, ihn küssen, ihm über den Kopf streicheln und ihm sagen, dass es ihr leidtut. Dass sie nicht mehr mit ihm streiten will. Dass sie mit ihm nach Postmoor zieht oder auch auf die Rückseite des Mondes, vollkommen egal, Hauptsache, sie wären zusammen.

Aber das alles kann sie nicht mehr sagen, Daniel wird es nicht hören. Das letzte Bild, das sie von ihm hat – wie er in seinem Auto davonrast, davonrast in den Tod. So aufgewühlt, dass er kurz darauf in den anderen Wagen knallt. Sofort tot. Das haben die Polizisten ihr wenigstens gesagt, Daniel und der andere waren sofort tot. Wieder muss sie weinen, muss ihr Gesicht in den Händen verbergen und hemmungslos weinen.

Guinness kommt zu ihr und stupst sie mit seiner kalten Schnauze an. Sie streichelt ihn, dann steht sie auf und geht ins Bad, um sich fürs Bett fertig zu machen. Eigentlich viel zu früh. Es ist noch nicht einmal halb neun. Aber sie flüchtet sich nur zu gern in den Schlaf. Jede Sekunde, die sie nicht wach sein muss, ist eine Erlösung.

Am Waschbecken putzt sie sich die Zähne, cremt ihr Gesicht ein und betrachtet sich aufmerksam im Spiegel. Ihre dunklen glatten Haare fallen ihr glänzend bis über die Schultern, ihre grünen Augen wirken fast ein wenig verloren in dem runden Gesicht. Schon immer war Lena zierlich und schmal, doch nun scheint sie zumindest äußerlich wie das pralle Leben, auch wenn sie etwas blass aussieht. Erst zwei Wochen ist es her, dass Daniel sie morgens im Bad ansah, als sie aus der Dusche stieg, und sagte, dass sie wohl bald platzen werde. Er hatte gelacht. Nicht ganz unbeschwert, wie ihr schien, sondern irgendwie nervös. Vermutlich fragte er sich in dem Moment, ob seine Frau jemals wieder so schlank sein würde wie vor der Schwangerschaft. Lena hatte nichts dazu gesagt, sondern sich nur ein großes Handtuch geschnappt und es um ihren monströsen Körper gewickelt …

Als sie später im Bett liegt, lässt sie ihre Hand über die andere Seite wandern. Die andere Seite, die nun kühl und leer ist. Sie lauscht den Geräuschen, die durch die offene Terrassentür im Wohnzimmer zu ihr dringen. Gelächter, klingende Gläser. Die Nachbarn grillen im Garten und genießen die laue Nacht. Das tun sie seit drei Wochen fast jeden Abend. Die Hamburger Sommer sind kurz und müssen genutzt werden. Wie oft hatte Daniel gesagt, er würde so gern mit ihr woanders leben, in Australien, lieber noch in Südafrika, irgendwo, wo es das ganze Jahr über fast immer warm und sonnig ist. Aber als Inhaber einer Werbeagentur könne er hier nicht so einfach die Zelte abbrechen, jedenfalls jetzt noch nicht, später vielleicht.

»Irgendwann verkaufe ich den ganzen Krempel an meinen Kompagnon, und wir gehen einfach dorthin, wo es uns gefällt.«

Ob es Daniel dort, wo er jetzt ist, gefällt?

4

Zum ersten Mal sah Lena ihn auf dem Klinikgelände, als sie nach einer langen Schicht mit drei anstrengenden Geburten müde zu ihrem Auto ging. Sie wollte so schnell wie möglich nach Hause, sich dort eine warme Badewanne einlassen und dann, nach einem schönen Glas Rotwein, sofort ins Bett.

Da bemerkte sie ihn. Er stand neben dem Eingang von Haus W37, rauchend, in schwarzen Jeans und grauem Kapuzen-Sweatshirt. Unweit von ihm ein Grüppchen ebenfalls rauchender Patienten. Er beteiligte sich nicht an der Unterhaltung der anderen, sondern sah ihnen nur schweigend zu, wie sie miteinander lachten, dabei heftig gestikulierten und einer nach dem anderen ihre runtergebrannten Kippen in die umstehenden Blumenkübel schnippten. Hin und wieder schüttelte er fast unmerklich den Kopf, als würde er lautlos die Gespräche der anderen kommentieren. Sie schätzte ihn auf Ende dreißig oder Anfang vierzig, vielleicht auch etwas älter, denn sein schwarzes Haar war bereits von grauen Strähnen durchsetzt – in jedem Fall deutlich entfernt von ihren achtundzwanzig Jahren.

Lena wusste sofort, weshalb er dort stand: Er war Patient auf der Entzugsstation. Offenbar erst seit Kurzem. In der ersten Woche durften sich die Süchtigen nicht vom Eingangsbereich entfernen und mussten immer mindestens zu zweit sein.

Zu groß war das Risiko für einen Krampfanfall, der sofortige ärztliche Hilfe verlangt. Also standen sie direkt neben der Tür von Haus W37, um zu rauchen. Denn rauchen, das taten sie dort alle.

So auch er, Daniel. Er, der schon bald darauf keine Zigarette mehr anrühren würde. Und bis auf ein einziges Mal auch keinen Schluck Alkohol, jahrelang nicht. Aber als Lena ihn zum ersten Mal sah, da qualmte er noch wie ein Schlot und war erst seit zwei Tagen trocken.

Damals also, vor fünf Jahren, ihre erste Begegnung. Die genau genommen gar keine große Begegnung war, sondern nur ein flüchtiges Bemerken. Lena sah ihn und blieb unwillkürlich stehen. Wie sie so dastand und ihn beobachtete, sah er sie ebenfalls, hob die rechte Hand und winkte ihr mit einem Lächeln zu.

Lena fühlte sich ertappt, eilte rasch weiter. Es war ihr unangenehm, dass er denken konnte, sie hätte ihn angestarrt. Und das hatte sie ja auch, sie *hatte* ihn angestarrt. Warum, wusste sie selbst nicht, denn genau genommen stand ihr damals nicht gerade der Sinn danach, einen neuen Mann kennenzulernen. Erst kurz zuvor hatte sie ihre Beziehung mit Jasper, Oberarzt auf ihrer Station, beendet, nachdem er ihr erklärt hatte, dass ihm eher eine Affäre als eine feste Bindung vorschwebte. Es hatte Lena verletzt, sehr sogar, aber in den vergangenen Jahren hatte sie sich beinahe daran gewöhnt, dass die meisten Männer in einer Großstadt wie Hamburg sich lieber fürs Gefängnis als für eine verbindliche Partnerschaft entscheiden würden.

Nichts Neues also für Lena, nur eine weitere Enttäuschung, noch dazu mit einem Kollegen, den sie nun täglich bei der Arbeit sehen musste. Jasper hatte ihr vorgeschlagen, »Freunde« zu bleiben. So einfach war das für ihn. Für Lena war das Kapitel »Männer« damit erst einmal abgeschlossen.

Nun also ging sie mit schnellen Schritten zum Durchgang an der Löwenstraße, der zu ihrem Auto führte. Obwohl sie spürte, dass er ihr nachsah, drehte sie sich nicht noch einmal zu ihm um.

Am nächsten Tag traf sie ihn wieder dort am Eingang, und am übernächsten auch. Jedes Mal hob er die Hand zum Gruß, wenn Lena das Klinikgelände betrat, und auch, wenn sie es wieder verließ. Bereits am dritten Tag war es für sie ein lieb gewordenes Ritual, auf das sie sich freute, auch wenn es nicht mehr war als ein beiläufiges Zunicken mit einem Fremden.

Als er nach einer Woche zum ersten Mal nicht mehr vor dem Eingang stand, war sie enttäuscht. Die anderen aus der Gruppe schienen vollzählig versammelt, aber von *ihm* keine Spur. Sie ging absichtlich langsamer an der Station vorbei, hoffte, dass er ihr jeden Moment entgegenkommen würde. Aber das war nicht der Fall.

Auch am Abend auf dem Heimweg konnte Lena ihn nirgends entdecken, obwohl sie sich auch diesmal besonders viel Zeit ließ, um an der Station vorbei bis zu dem kleinen Durchgang zu gelangen, der runter vom Klinikgelände führte.

Während sie ihren altersschwachen Polo aufschloss, fragte sie sich, ob er vielleicht entlassen worden war? Auf eigenen Wunsch vorzeitig gegangen? Normalerweise dauerte eine Entzugstherapie drei Wochen, das wusste sie von einer befreundeten Ärztin, die eine Weile auf der Suchtstation gearbeitet hatte. So lange braucht es, um mit Gewohnheiten zu brechen, um Automatismen wie den selbstverständlichen Griff zur Flasche abzulegen. Oder eben das Grüßen eines Fremden, das für Lena schon binnen einer einzigen Woche normal geworden war.

Sie fühlte eine seltsame Traurigkeit. Und sie machte sich Sorgen. Hatte er vielleicht einen Rückfall erlitten?

Es war absurd. Weshalb sollte sie sich Gedanken über einen Menschen machen, den sie überhaupt nicht kannte? Sie tat es trotzdem.

»Entschuldigen Sie?« Lena zuckte zusammen, als hinter ihr eine Stimme erklang, und fuhr herum. »Tut mir leid, jetzt habe ich Sie erschreckt!«

Er war wirklich einige Jahre älter als sie, die deutlichen Linien in seinem Gesicht ließen eher auf Mitte vierzig schließen. Er hatte grüne Augen, genau wie sie, allerdings eine Nuance dunkler, fast ins Bräunliche gehend.

Mit seiner rechten Hand hielt er einen kleinen Strauß Blumen umklammert. Weiße und karminrote Teerosen mit Schleierkraut, die Manschette aus Zellophan und grünem Kreppapier kannte Lena von den Fertiggebinden aus dem Kiosk unten im Hauptgebäude des Klinikums.

»Ich wollte Ihnen die hier geben«, sprach er weiter. Er streckte ihr den Strauß entgegen, aber sie machte keine Anstalten, ihn zu nehmen, sondern sah ihn einfach nur wortlos an. »Tut mir leid«, wiederholte er und wirkte mit einem Mal fast wie ein unsicherer Teenager, »das war wohl keine so gute Idee.« Nun trat er auch noch von einem Fuß auf den anderen. »Ich werd dann mal besser wieder ...«

»Nein, ist schon gut«, unterbrach sie ihn und griff schnell nach dem Strauß, so hektisch, dass ein paar Blüten abfielen und zu Boden segelten. »Ich war nur überrascht, das ist alles.« Sie lachte verlegen.

»Ist ja auch ein kleiner Überfall«, sagte er und konnte dabei die Erleichterung darüber, dass sie die Blumen genommen hatte, nicht verbergen. »Aber Sie haben mich in den letzten Tagen immer so nett angelächelt und gegrüßt, da dachte ich ...« Er geriet ins Stocken und räusperte sich.

»Da dachten Sie?«

»Dass Sie vielleicht Lust haben, mal einen Kaffee mit mir zu trinken?« Er gab sich Mühe, möglichst beiläufig zu klingen, aber seine Stimme zitterte, und Lena war überzeugt davon, dass das nichts mit Entzugserscheinungen zu tun hatte.

Erst später sollte sie erfahren, dass sie damit unrecht hatte. Es *waren* Entzugserscheinungen. Aber ihm fehlte nicht der Alkohol, sondern die Liebe.

*

»Über allen Gipfeln ist Ruh, in allen Wipfeln spürest du kaum einen Hauch …« Die Stimme der Altistin schwebt durch die kleine Kapelle und legt sich wie ein tröstender Umhang um die zuckenden Schultern der Trauernden. Franz Schuberts Vertonung des Goethe-Gedichts. Daniel hatte sie geliebt, hatte sie damals sogar bei ihrer Hochzeitsfeier singen lassen wollen, wenn Lena nicht interveniert hätte. »Zu getragen, viel zu traurig für den Anlass«, hatte sie befunden und sich stattdessen für Bachs *»Jesus bleibet meine Freude«* entschieden.

Jetzt also Schubert. Ihre Schwiegermutter Esther sitzt wie versteinert neben Lena in der ersten Reihe, hält ihre kalte Hand und fährt bei *»Warte nur, warte nur, balde ruhest du auch«* mehrmals zusammen, als würde ihr jemand Schläge in den Nacken versetzen.

Daniels Sarg verschwindet fast unter einem Blumenmeer. Weiße und karminrote Rosen hat die Friedhofsgärtnerei zu einem opulenten Gesteck auf dem Deckel arrangiert. Kränze und weitere Blumengestecke sind im Raum verteilt, mehr, als die Kapelle fassen kann, und so liegen ein paar der »letzten Grüße« draußen auf der Treppe vor der Tür.

Auch einige der Trauergäste haben im Saal keinen Platz mehr finden können und vertreten sich nun während des Gottesdienstes auf dem Friedhof die Beine. Mehr als dreihundert

Menschen sind auf die Anzeige im *Abendblatt* hin erschienen, um Daniel Lebewohl zu sagen. Wenn ein verhältnismäßig junger Mensch plötzlich und unerwartet aus dem Leben gerissen wird, kommen sie in Scharen.

Esthers Golfklub ist geschlossen angetreten. Alle sind fassungslos über den frühen Tod des »Jungen«, den sie doch bereits von Kindesbeinen an kannten, dem der eine oder andere sogar die ersten Schläge auf dem Platz beigebracht hatte. Dazu Daniels Kompagnon und die Angestellten aus ihrer Werbeagentur, erschüttert, betäubt, einige hemmungslos weinend. Seine Tanten und Onkel mitsamt Familien, außerdem Kunden, Geschäftspartner, Nachbarn.

Und Lenas Freunde und Bekannte, die natürlich auch. Sogar Jasper, Lenas Exfreund, hat es sich nicht nehmen lassen zu erscheinen. Mit den Jahren hatten sie sich tatsächlich miteinander angefreundet. Für Jasper waren Daniel und Lena, wie er ihr irgendwann während einer langen Nachtschicht gestanden hatte, ein absolutes Traumpaar. Eine Verbindung, wie er sie sich tief in seinem Innern auch immer gewünscht, bislang aber noch nicht gefunden hatte. Lena hatte es nicht kommentiert, hatte ihn nur lachend in die Seite geboxt und damit klargemacht, dass dieses Kompliment ihr gegenüber gleichzeitig eine ziemliche Frechheit war.

Jetzt sind sie also alle da, die Weggefährten der vergangenen Jahre. Das Kondolenzbuch reicht kaum aus für die Namen der Anwesenden.

Bei Lenas Großmutter vor fünf Jahren waren es nur eine Handvoll Leute gewesen. Die meisten ihrer Freunde waren schon längst tot, weggestorben, hatten sich bereits vor ihrer Oma auf die finale Reise begeben.

Lenas Blick wandert rüber zur anderen Seite der Kapelle. Rebecca und Josy sitzen da, Daniels Tochter mit rot verweinten

Augen, ein Taschentuch in den Händen zerknüllend, das Gesicht ihrer Mutter wie versteinert. »Keine Gefühle«, hatte Daniel oft behauptet, »Rebecca hat keine Gefühle. Nicht für sich oder andere.«

Jetzt legt die Frau ohne Gefühle den rechten Arm um die Schulter ihrer schluchzenden Tochter. Zieht die Sechzehnjährige zu sich heran und streichelt ihr mit der linken Hand über die Wange, wischt ihr ein paar Tränen fort.

Ein paar Reihen hinter ihnen sitzt Martin, Rebeccas zweiter Mann, mit dem Rebecca schon kurz nach der Trennung von Daniel zusammenkam.

»Ich bin froh, dass sie sich so schnell getröstet hat«, hatte Daniel gesagt, als er und Lena ein halbes Jahr nach dem Aus erfuhren, dass Rebecca ebenfalls einen neuen Partner hatte. Auch die Tatsache, dass Martin früher einmal ein enger Freund von ihm gewesen war, hatte ihn nicht weiter gestört. »Dann weiß ich wenigstens, dass sie in guten Händen ist. Lieber der als irgendein Hallodri. Auch wenn Martin geschäftlich nicht gerade viel auf die Reihe kriegt.« Er hatte gelacht, es hatte ein kleines bisschen bitter geklungen. »Aber dafür gibt es ja mich, den Deppen, der alles zahlt.«

Lena hatte dazu nichts gesagt. Auch wenn sie sich manchmal fragte, weshalb Daniel über die Unterhaltsverpflichtungen für seine Tochter hinaus auch weiterhin Rebeccas Leben finanzierte, mischte sie sich in dieses Thema nie ein. Es ging sie nichts an. Und sie wusste ja auch so, weshalb er es tat: Daniel war ein durch und durch moralischer Mensch, und der Umstand, seine Frau – und damit auch seine Tochter – verlassen zu haben, ließ sich für ihn besser ertragen, wenn er im Gegenzug wenigstens finanziell für ein unbeschwertes Leben der beiden sorgte. Selbst wenn dadurch sogar noch ein Dritter, Martin, partizipierte.

Lena wendet den Blick ab von Daniels alter Familie und sieht wieder nach vorn, wo der Pastor gerade mit seiner Trauerrede beginnt.

5

»Ich bin verheiratet.«

Sie saßen vor dem kleinen Café direkt neben der Hauptzufahrt der Klinik in der Sonne und aßen Eis. Seit einer Woche trafen sie sich jeden Tag nach Lenas Dienstschluss zu einem Spaziergang oder auf einen Kaffee. Heute war sie sogar zum Krankenhaus gekommen, obwohl sie frei hatte und zu Hause jede Menge zu tun. Aber wichtiger als die liegen gebliebene Wäsche, der längst fällige Hausputz oder der dringend zu erledigende Papierkram war es Lena gewesen, Daniel zu sehen. Mit ihm zu reden, mit ihm zu lachen, ihm zuzuhören, was er von sich, seinem Leben und seiner Arbeit erzählte. Und ihn im Gegenzug auch an ihrer Welt teilhaben zu lassen.

Sie waren sich überraschend schnell nähergekommen. Lena hatte so etwas noch nie erlebt. Nicht nur, dass sie dieselben Bücher liebten und den gleichen Musik- und Filmgeschmack hatten – auf solche Oberflächlichkeiten fiel Lena seit mindestens zwei verkorksten Beziehungen nicht mehr herein –, sie teilten dieselben *Werte*. Altmodische Werte, überholte Werte: Verlässlichkeit. Aufrichtigkeit. Treue. Darüber hinaus Demut und Dankbarkeit dem Leben gegenüber. Auch wenn Daniel eben diese Dankbarkeit in den vergangenen Jahren Stück für Stück verloren und sein Leben mit Füßen getreten hatte.

Dass er tatsächlich zum Alkoholentzug in der Klinik war,

vor mittlerweile zwei Wochen im Vollrausch, aber auf eigenen Wunsch eingeliefert, daraus hatte er von Anfang an keinen Hehl gemacht. Nicht, weil ihm klar war, dass Lena es ohnehin wusste – sondern weil sein Wunsch nach Aufrichtigkeit echt war und kein hohles Geschwätz.

Er hatte ihr freimütig erzählt, dass es am Ende jeden Tag eine bis zwei Flaschen Wodka gewesen waren, die er in sich hineingeschüttet hatte. Es war eine Flucht, ein Ersäufen der Depressionen, die dann in seinen wenigen nüchternen Momenten nur umso heftiger wieder über ihn hereingebrochen waren. Der Griff zur nächsten Flasche, in Folge eine noch schlimmere Depression – ein Teufelskreis. Zwischen Supermärkten und Tankstellen – immer wieder wechselnden, damit sein Konsum nicht so auffiel – und dem Altglascontainer unterwegs, so hatten seine Tage in den vergangenen drei Jahren ausgesehen.

Seine Firma, die Werbeagentur, die er bereits mit Ende zwanzig gemeinsam mit einem Freund gegründet hatte, hatte nur fortbestehen können, weil seine Mitarbeiter und sein Kompagnon auch ohne ihn funktionierten und es ihm wenigstens noch gelungen war, sich für wichtige Meetings zusammenzureißen.

Drei Jahre ging das so. Die Einsamkeit wurde immer größer – diese gnadenlose Einsamkeit, die ihn fest umklammert hielt und die in ihm mehr als einmal den Wunsch geweckt hatte, seinem Leben ein Ende zu bereiten.

Das alles hatte er ihr erzählt. Und sie hatte zugehört, hatte Verständnis gezeigt, hatte vor allem aber versucht, ihm wieder den Blick für das zu öffnen, was im Leben wichtig ist. Sie hatte ihm beschrieben, wie sie morgens, wenn sie aufwacht, noch immer diese Aufregung verspürt, die man als Kind hat – wenn man voller Freude und Tatendrang aus dem Bett springt, um zu sehen, was der neue Tag bringen wird, welche Überraschungen und Freuden er für einen bereithält. Oder auch welche Ärgernisse. Selbst die wusste sie zu schätzen – das ganze Dasein ein wunderbares Abenteuer.

Und die Kinder. Sie erzählte ihm von den Kindern, und dass es für sie nichts Schöneres gab, als ihnen auf die Welt zu helfen. Ihre kleinen Seelen bis zum ersten Schrei und darüber hinaus zu begleiten, ihre Menschwerdung zu bezeugen, ihnen Liebe zu schenken. Und dafür ein Glucksen, die Umklammerung eines kleinen Händchens und irgendwann sogar ein Lächeln zurückzubekommen.

Stundenlang waren sie übers Gelände spaziert oder hatten auf einer Wiese im Eppendorfer Park gesessen und sich ausgetauscht über das, was sie unter dem Sinn des Lebens verstanden.

Daniel – durch Lena hatte er sich an vieles erinnert, was er bereits vergessen hatte.

Nun saß er ihr also gegenüber, vor sich einen großen Becher mit Spaghetti-Eis, blinzelte gegen die Sonne und sagte diesen Satz: »Ich bin verheiratet.«

»Was?« Sie sah ihn an, als hätte er ihr soeben mitgeteilt, dass er nur noch wenige Tage zu leben habe.

Er nickte. »Seit vierzehn Jahren«, sagte er. »Und ich habe eine Tochter. Josephine, Josy.«

»Ich … Ich …« Sie geriet ins Stocken, und ihr schossen die Tränen in die Augen. Gleichzeitig schämte sie sich für diese heftige Reaktion. Schließlich war da nichts zwischen Daniel und ihr. Sie hatten sich getroffen, hatten sich unterhalten. Körperliche Annäherungen hatte es nicht gegeben. Nun gut, da waren die Blumen, die er ihr anfangs geschenkt hatte, und das »Du«, das er ihr rasch angeboten hatte. Aber das war noch lange kein Grund für rosarote Gedanken. Lächerlich!

»Lena.« Er griff nach ihren Händen, mit denen sie ihren

Eisbecher umklammerte, löste sie vorsichtig von dem kalten Glas und hielt sie fest.

»Entschuldige.« Sie entzog sich ihm. »Ich benehme mich kindisch.«

»Nein, ganz und gar nicht.« Daniel stand auf, ging um den Tisch herum und zog Lena von ihrem Stuhl hoch.

Und hier, mitten in dem Café an der Hauptzufahrt zum Klinikum, im schönsten sonntäglichen Sonnenschein, legte er seine Arme um sie und küsste sie. Küsste sie so zärtlich, wie sie es sich in ihren rosarotesten Träumen nicht ausgemalt hätte. Sie spürte sein Herz, das gegen ihre Brust pochte, atmete seinen Geruch nach Lakritz und Apfel und ein wenig Zigarette ein, fühlte seine warmen Arme wie einen Mantel, der sich um ihren Körper legte.

Ewig standen sie so da, hielten sich einfach fest. Es war ihr egal, ob irgendwelche Kollegen sie sahen oder eine ihrer werdenden Mütter. Sie machten ja nichts Schlimmes, sie küssten sich nur, das war alles.

Als sie sich irgendwann wieder losließen und setzten, sagte er: »Ich werde meine Frau verlassen.« Er sagte es ganz ruhig, doch sehr bestimmt.

»Aber …«, wollte sie erwidern, doch er unterbrach sie.

»Das hat nichts mit dir zu tun. Ich habe mich in dich verliebt, aber auch ohne dich würde ich mich trennen.« *Verliebt.* Bei dem Wort zuckte sie leicht zusammen. Sie hätte ihn am liebsten darum gebeten, es noch einmal zu sagen. »Es ist so, dass …« Er stockte, nestelte an seiner Jackentasche herum, hielt dann aber inne.

»Rauch ruhig«, sagte sie, »das stört mich nicht.«

»Nein«, er schüttelte den Kopf. »Muss nicht sein. Auch davon will ich mich befreien.« Er lachte. »Ich will mich von allem befreien, was mich krank macht.«

»Deine Frau macht dich krank?«

Er zuckte mit den Schultern. »Das ist vielleicht etwas verkürzt ausgedrückt.« Nun holte er doch seine Schachtel Gauloises hervor, nahm eine heraus und zündete sie an. »Sorry, ich brauche wohl noch ein paar Tage, bis ich auch davon loskomme.« Nachdem er einen tiefen Zug genommen hatte, sprach er weiter. »Rebecca und ich sind schon ewig zusammen, seit ich Mitte zwanzig bin.«

Schnell überschlug Lena im Kopf. Er hatte ihr gesagt, dass er dreiundvierzig ist. Also annähernd zwanzig Jahre.

»Das ist lang«, sagte sie.

»Ja.« Noch ein Zug von der Zigarette. »Und wenn es unsere Tochter nicht gäbe, wäre ich schon längst weg.«

»Wie alt ist sie?«

»Gerade elf geworden. Wenn du magst, zeige ich dir ein Foto.« Er zögerte. »Wobei, das ist vielleicht ein bisschen …«

»Nein«, beruhigte sie ihn. »Ich würde wirklich gern wissen, wie sie aussieht.«

Daniel griff in seine andere Jackentasche, holte sein Handy heraus, tippte einen Moment lang darauf herum und hielt es dann Lena unter die Nase. Ein süßes Mädchen mit langen blonden Haaren und ebenfalls grünen Augen, das in die Kamera grinste, während es mit der rechten Hand das Victory-Zeichen machte.

»Hübsch«, sagte Lena.

»Danke.« Er seufzte. »Sie ist der eigentliche Grund, warum ich hier in der Klinik bin. Ich will für Josy trocken werden.«

»Der beste Grund der Welt.«

»Ja.« Er steckte sich die Zigarette erneut zwischen die Lippen, blies den Rauch hinter sich. »Aber wenn ich mein Leben nicht radikal ändere, werde ich das nicht schaffen. Das hat auch der Stationstherapeut zu mir gesagt. Und deshalb werde ich mich nach meiner Entlassung von Rebecca trennen und die Scheidung einreichen.«

»Bist du sicher?«

»Absolut. Wir leben seit Jahren nur noch nebeneinanderher. Für Rebecca bin ich der Versorger, der Kerl, der das schöne Stadthaus, die tollen Reisen und das große Auto bezahlt. Sonst nichts.«

»Meinst du?«

»Das ist ganz offensichtlich«, antwortete er. »Sie hat mich hier bisher nicht einmal besucht und sich sogar geweigert, unsere Tochter vorbeizubringen.« Er drückte die Zigarette im Aschenbecher aus. »Hat gesagt, dass sie es Josy ersparen will, ihren Vater so zu sehen.«

»Vielleicht meint sie es nur gut.«

Nun lachte er wieder auf und schüttelte den Kopf. »Jetzt ergreifst du auch noch Partei für sie!« Noch ein Kopfschütteln. »Nein, das kannst du mir glauben, es ist genau so, wie ich sage.«

»Dann ist eine Trennung wohl wirklich das Beste.«

»Ja«, sagte er. »Das hätte ich schon vor Jahren tun sollen. Lange, bevor ich mit dem Saufen angefangen habe.«

»Hinterher ist man immer klüger.« Eine Plattitüde, das merkte sie selbst. Aber sie wusste nicht, was sie sonst sagen sollte.

»Weißt du, ich hatte immer Angst, Josy zu verlieren, wenn ich gehe.«

»Das verstehe ich«, sagte sie. »Und jetzt hast du keine Angst mehr?«

»Doch, natürlich. Aber ich habe keine andere Wahl. Wenn ich weitertrinke, verliere ich sie so oder so.« Er zündete sich eine neue Zigarette an. »Meine Tochter hängt sehr an mir, trotz allem.«

»Und wie ist das Verhältnis zu ihrer Mutter?«

»Die beiden kommen miteinander nicht so gut klar.« Sein Blick wurde nachdenklich. »Ich glaube fast, Rebecca nimmt es unserer Tochter übel, dass sie mir so ähnlich ist.«

»Ähnlich?«

»Emotional«, erklärte er. »Weich. Ein bisschen verträumt. Das genaue Gegenteil von ihrer Mutter. Für meine Frau sind das Schwächen.«

Nun schüttelte Lena den Kopf. »Ich finde, das sind schöne Seiten.« *Genau die Seiten, die ich an dir mag*, dachte sie.

»Ich werde Josy vorschlagen, bei mir zu leben.« Als würde er seine Worte damit unterstreichen wollen, drückte er mit einer energischen Handbewegung die gerade erst entzündete Zigarette aus. »Das schaffe ich schon, auch wenn ich wieder arbeite. Bis nachmittags ist Josy sowieso in der Schule, und für die restliche Zeit suche ich mir eine Kinderfrau. Außerdem wird sie ja trotzdem auch noch regelmäßig bei ihrer Mutter sein.«

»Das klingt doch gut!«

Er legte den Kopf schräg und sah sie unverwandt an. Schon allein dieser Blick reichte aus, um in ihr sofort wieder dieses warme Kribbeln im Magen zu wecken, das sie in seiner Nähe schon so oft gespürt hatte. Als er zu sprechen fortfuhr, war seine Stimme fast ein Flüstern.

»Lena, was ich eben gesagt habe …, dass ich mich in dich verliebt habe …«

Lena spürte, wie sich ihr Puls beschleunigte. »Ja?«

»Mir ist es ernst mit dir.«

Sie beugte sich über den Tisch nach vorn und legte ihre Hand auf seine. »Mir auch.«

»Hast du wirklich Lust, dich weiter mit einem alleinerziehenden Exsäufer zu treffen?«

»Ja, hab ich.«

6

Am Grab schüttelt Lena Hände, die sich ihr in einer nicht enden wollenden Prozession entgegenstrecken. »Mein herzliches Beileid«, hört sie. »Mein vollstes Mitgefühl.« Und immer wieder: »Mein Beileid.« Zwischendurch die Worte: »Wenn du Hilfe brauchst, ruf jederzeit an.« Sie weiß nicht einmal, wer das sagt. Die Gesichter verschwimmen vor ihren Augen. Neben ihr steht Esther und daneben, mit ihrer Mutter, Josy, die beim Händeschütteln die ganze Zeit aufs Grab ihres Vaters starrt.

»Lena, meine Süße!« Jasper. Eines der wenigen vertrauten Gesichter in der Menge. Sie freut sich aufrichtig, ihn zu sehen. Blond, blauäugig, Sommersprossen – Jasper ist die personifizierte Lebensfreude, selbst hier an diesem düsteren Ort. Er zögert kurz, aber dann zieht er Lena fest an sich, sodass sie für einen kurzen Moment ihren Kopf an seine Schulter lehnen kann. »Es tut mir so unendlich leid«, flüstert er, während er ihr übers Haar streicht. »So unendlich leid.«

»Danke«, antwortet sie, verharrt in seiner Umarmung. So möchte sie hier stehen bleiben. Für den Rest ihres Lebens einfach nur so stehen bleiben, sich von ihm halten und übers Haar streichen lassen. Wie ein Kind, das nach einem Sturz getröstet wird, getröstet auf Mamas oder Papas Arm, umarmt und geborgen an einem Ort, an dem ihm nichts Schlimmes mehr passieren kann.

»Ich kann deinen Schmerz nur erahnen«, sagt Jasper nun und tritt einen Schritt zurück, um ihr ins Gesicht zu sehen. »Die große Liebe auf so eine schreckliche Art und Weise zu verlieren …«

»Ja«, antwortet sie. Mehr bringt sie nicht heraus. Wie er sie so ansieht, steigen Lena gleich wieder Tränen in die Augen. Und sie ertappt sich bei dem irrationalen Gedanken, dass sie jetzt nicht hier stünde, wenn es damals mit ihr und Jasper geklappt hätte. Idiotisch, eine vollkommen idiotische Vorstellung – aber in ihrem Kopf herrscht ein solches Durcheinander, sie weiß einfach nicht mehr, was sie denken soll.

»He!« Jasper wischt ihr sanft eine Träne von der Wange. Gleichzeitig versucht er, aufmunternd zu lächeln. »Du weißt ja, dass du mich immer anrufen kannst, wenn etwas ist.« Er zwinkert ihr zu. »Wir halten zusammen, okay?«

Sie nickt. »Ja, danke.«

»Also dann …« Wieder ein unsicheres Zögern, dann beugt er sich zu ihr hinunter und haucht ihr einen Kuss auf die Wange, bevor er Platz für den nächsten Kondolierenden macht.

Lena sieht ihm nach. Ihr Blick streift Josy und ihre Mutter, die zu ihr herübersieht. Missbilligend, wie es Lena scheint. Aber dann wird ihre Aufmerksamkeit auf etwas anderes gelenkt.

Direkt hinter Josy und Rebecca, am Rand der Öffnung von Daniels letzter Ruhestätte, stehen zwei Männer und eine Frau, die auf den Sarg hinabblicken. Alle drei tragen fast bodenlange schwarze Mäntel, viel zu warm für einen Julitag. Die Frau hält eine Rose in der Hand, bewegt stumm die Lippen, als würde sie beten. Dann lässt sie die Blume fallen, sieht auf – und begegnet Lenas Blick.

Sie lächelt Lena an. Als würden sie sich kennen. Aber Lena

kann sich nicht erinnern, die Frau jemals gesehen zu haben. Sie wird nicht viel älter als zwanzig sein. Blass und so schlank, dass es schon eher dürr wirkt, ihr Gesicht von kinnlangen schwarzen Haaren umrahmt. Eine Freundin von Daniel? Eine Mitarbeiterin aus der Agentur? Lena weiß es nicht.

Nun reihen sich die drei Mantelträger in die Schlange der Kondolierenden ein, rücken Handschlag um Handschlag weiter auf sie zu. »Mein aufrichtiges Beileid …«

Dann steht die junge Frau vor ihr, streckt ihr die Hand entgegen, die Lena ergreift und schüttelt. Sie sagt nichts, aber ihr Blick ist freundlich, warmherzig. Sie lächelt noch immer. Dann legt sie ihre andere Hand kurz auf Lenas Schulter, streicht ihr sanft über den Arm bis zum Ellbogen hinab. Eine eigenartig vertrauliche Geste, die Lena aber nicht einmal unpassend erscheint, auch wenn sie die Frau nicht kennt.

Der Ärmel des schwarzen Mantels rutscht ein Stück nach oben und gibt die Sicht auf eine Tätowierung frei. Eine Art Tier ziert ihr Handgelenk. Ein Insekt? Lena erkennt geschwungene Scheren und einen aufgestellten Schwanz mit Stachel. Ein Skorpion, das Bild zeigt eindeutig einen Skorpion. *O Tod, wo ist dein Stachel nun?*, geht es ihr sofort durch den Kopf. Auch eines der Lieder, das für den Trauergottesdienst in der engeren Auswahl war, ein Choral von Telemann. Aber letztlich hatten sie und Esther sich für Schubert entschieden. Weil es Daniels Lieblingslied war.

»Danke«, sagt Lena. Die junge Frau tritt zur Seite und macht Platz für ihre zwei Begleiter, die ebenfalls stumm ihre Hand schütteln. Dann stehen bereits die nächsten Trauergäste vor ihr. Es will kein Ende nehmen.

Lenas Beine werden immer schwerer, ihr Rücken schmerzt, und ihr ist schwindelig. Sie kann sich kaum noch aufrecht halten und stützt sich kurz mit beiden Händen in der Hüfte ab.

Dazu hat Emma wieder angefangen zu treten, randaliert regelrecht in ihrem Bauch.

»Alles in Ordnung?«, flüstert Esther ihr zu.

Sie nickt. Obwohl überhaupt nichts ins Ordnung ist, nicht im Geringsten.

»Meine Anteilnahme«, sagt ein Mann mit tiefer Stimme. Lena wendet sich ihm zu und schüttelt seine Hand. Er ist groß, trägt zu seinem schwarzen Anzug ein schwarzes Hemd ohne Schlips, über seinem linken Arm baumelt ein dunkler Trenchcoat.

»Danke«, sagt Lena und will die nächste Hand ergreifen, aber der Mann bleibt vor ihr stehen. Sie sieht ihn fragend an, wartet darauf, dass er noch etwas sagt.

Er räuspert sich. »Ich bin Niklas Krohn.«

»Ja?« Sie betrachtet ihn eingehender, offenbar erwartet er, dass der Name ihr etwas sagt. Blonde kurze Haare, braune Augen und ein Grübchen im Kinn, etwa Ende dreißig. Aber, nein, sie hat ihn wirklich noch nie gesehen.

»Entschuldigen Sie, dass ich hier einfach so auftauche«, fährt er fort, als ihm klar wird, dass Lena mit seinem Namen nichts anfangen kann. »Ich bin der Bruder von Thomas Krohn«, erklärt er.

»Oh.« Lenas Knie geben nach. Sie muss sich am Arm ihrer Schwiegermutter abstützen. Esther wirft ihr und dem Mann einen irritierten Blick zu.

»Der andere Fahrer«, sagt Lena leise.

Niklas Krohn nickt. »Ja, das war mein Bruder.«

Thomas Krohn. Wie hat sie den Namen nur vergessen können?

»Ich hoffe, meine Anwesenheit stört Sie nicht«, sagt er. »Aber als ich die Anzeige im *Abendblatt* gesehen habe, hatte ich das Bedürfnis, zu kommen und Ihnen ebenfalls mein Beileid auszudrücken.«

»Das ist sehr freundlich«, sagt Lena.

Esther, die mitbekommen hat, wer der Mann ist, hält ihm ihre Hand hin und sagt: »Ihnen auch unser Beileid.«

»Danke«, erwidert Krohn. Er schluckt, kämpft mit den Tränen. Dann wendet er sich wieder Lena zu. »Hören Sie«, sagt er und holt eine Visitenkarte aus der Tasche seines Jacketts, die er Lena gibt. »Falls Ihnen mal danach sein sollte, mit jemandem zu reden, der weiß, wie ... Sie wissen schon. Ich würde mich jedenfalls freuen.«

Lena nimmt die Karte entgegen. »Ich melde mich«, verspricht sie, denkt aber, dass sie es bestimmt nicht tun wird. Wozu reden? Als würde reden irgendetwas ändern an dem, was nun mal unabänderlich ist.

»Das wäre schön.« Wieder schluckt er seine Tränen hinunter. Er deutet eine leichte Verbeugung an, dann tritt er zur Seite und gesellt sich zu dem Pulk von Gästen, die darauf warten, dass die Trauergemeinde den Friedhof verlässt und sich zu dem Lokal aufmacht, in das Lena und Esther zum anschließenden »Leichenschmaus« eingeladen haben.

Zwanzig Minuten dauert es noch, bis auch die letzten Hände geschüttelt sind. Lena ist am Ende ihrer Kräfte, als sie – von ihrer Schwiegermutter gestützt – zurück zum Parkplatz bei der Kapelle geht.

Weiter vorn in einem Meer aus Schwarz macht sie Niklas Krohn aus. Er geht direkt neben der jungen Frau mit dem tätowierten Skorpion und spricht mit ihr. Die zwei scheinen sich zu kennen. Doch ehe sie weiter darüber nachdenken kann, erklingt hinter ihr plötzlich ein markerschütternder Schrei. Im nächsten Moment spürt Lena einen harten Stoß im Rücken. Sie gerät ins Taumeln, stolpert und geht zu Boden, kann den Sturz nur in letzter Sekunde mit den Händen abfangen. Kies bohrt sich tief in ihre Haut, reißt das Fleisch auf, als sie über den Schotter rutscht. Instinktiv rollt sie sich zur Seite, um ihren Bauch zu schützen. *Das Kind,* denkt sie, *o mein Gott, das Kind!*

»Josy!«, ruft eine Frauenstimme von irgendwoher. Lena ist benommen, verwirrt, sie versteht nicht, was hier gerade passiert, und versucht, sich wieder aufzurichten. Aber ihre Kräfte reichen nicht. Hilflos schließt sie die Augen.

»Du bist schuld!«

Als Lena wieder aufblickt, steht Josy über ihr, das Gesicht wutverzerrt. Sie holt mit einem Fuß aus, will auf die Liegende eintreten. Lena schirmt ihren Bauch mit beiden Händen ab, erwartet jeden Moment den nächsten schmerzhaften Stoß.

»Josy!«

Das Mädchen wird fortgerissen. Rebecca hält ihre Tochter von hinten mit beiden Armen umklammert, kämpft mit der Zappelnden. »Hör sofort auf damit! Martin, hilf mir doch!« Jetzt wird Daniels Tochter vom Mann der Mutter gepackt, aber selbst der hat Mühe, sie festzuhalten.

»Sie ist schuld!«, brüllt Josy wieder und versucht, sich aus Martins Griff zu befreien. Ein paar weitere Männer stürzen hinzu, unter anderem Jasper und Niklas Krohn, und helfen ihm dabei, den Teenager zu bändigen. »Mörderin!«, schreit Josy weiter, und Speichel fliegt ihr aus dem Mund. »Du bist eine Mörderin! Ohne dich würde Papa noch leben! Du hast ihn umgebracht!«

Die Umstehenden beobachten schockiert die Szene. Esther steht leichenblass neben ihrer Schwiegertochter, eine Hand erschrocken vor den Mund geschlagen. Rebecca schüttelt fassungslos den Kopf.

»Lasst mich los!«, krakeelt das Kind, noch immer außer sich.

»Josy«, ruft ihre Mutter, »beruhige dich!« Nun weint auch sie, die ersten Tränen, die Lena bei ihr sieht.

»Alles in Ordnung?« Es ist Niklas Krohn, der sich nun zu Lena hinunterbeugt und ihr aufhelfen will.

Sie kann nicht sprechen, ihr ist schwindelig, alles dreht sich, ihr Körper schmerzt wie von tausend Nadelstichen traktiert.

Im nächsten Augenblick spürt sie, wie eine Art Ruck durch sie hindurchgeht, wie ein inneres Zerreißen. Zwischen ihren Beinen spürt sie Feuchtigkeit, nass läuft es unter ihrem Kleid an ihren Schenkeln hinunter.

Die Fruchtblase. Sie ist geplatzt.

ICH

Tut es dir leid? Ich bin mir sicher, dass es dir leidtut. Aber das ist vollkommen egal. Es ist zu spät. Über dich sitzt ein anderer, ein Höherer zu Gericht. Auch über mich wird er richten, wenn die Zeit dazu gekommen ist. Und ich werde bereit sein. Aber zuerst musst du gestehen. Deine große Sünde gestehen, sie beichten und aus tiefstem Herzen bereuen. Vorher kann es keine Erlösung geben, nicht für dich.

Ego te absolvo a peccatis tuis in nomine Patris et Filii et Spiritus Sancti. Amen.

7

Emma trinkt nicht. Emma schreit nicht. Emma schläft.

Seit zehn Tagen ist Lena mit ihrer Tochter nun zu Hause. Seit sie ein Krankenwagen zusammen mit ihrer Schwiegermutter vom Ohlsdorfer Friedhof direkt ins Universitätskrankenhaus gebracht hat, wo Emma per Notkaiserschnitt auf die Welt geholt wurde. Keine natürliche Geburt, ein Nabelschnurvorfall hat das verhindert, es ging nur mit Messer und Vollnarkose.

Das, worauf Lena sich so sehr gefreut hatte, es ist ihr verwehrt geblieben. Auch ohne Daniel, der ihre Hand gehalten hätte, hatte sie sich das gewünscht, wenigstens das noch. Obwohl sie wusste, wie anstrengend, wie schmerzhaft eine Entbindung sein kann, sie hatte es ja selbst schon oft genug miterlebt. Wenn auch noch nie am eigenen Leib. Bisher hatte sie stets nur die glücklichen Gesichter der Mütter gesehen, wenn sie nach stundenlangem Kampf endlich das neue Leben in ihren Armen hielten. Erschöpft, geschwächt – aber glücklich.

Lena ist *nicht* glücklich. Nicht über die Sectio – und nicht über ihr Kind. Dieses Kind mit seinen kleinen geballten Fäustchen und krummen Füßchen, seiner weichen, warmen Haut, die nach süßem Puder duftet, seinem bereits vollen und dunklen Haar, seinen noch wasserblauen Augen, die versuchen, Lenas Gesicht zu fixieren, es aber immer wieder verlieren. Ein kleiner, ein winziger Mensch, der nun ihren Schutz, ihre Liebe und Zuwendung braucht. Jeden Tag, jede Minute und Sekunde, viele, viele Jahre lang.

Noch immer ist Emma Lena fremd, egal wie oft sie das Baby auf ihren nackten Bauch oder an ihre Brust legt, wo es dann ohnehin kaum trinken will. Da ist eine unsichtbare Barriere zwischen ihnen, etwas, das Mutter und Tochter daran hindert, zueinanderzufinden.

Selbst Guinness scheint das Kind mehr zu lieben, als Lena es tut. Nachts schläft er direkt neben Emmas Wiege, zuckt bei jedem kleinsten Ton hellhörig mit den Ohren, allzeit zum Einsatz bereit.

Bei Lena hingegen – nichts.

Bonding. Wie oft hat sie dieses Wort in den Mund genommen und neuen Mamas erklärt, wie wichtig diese erste Zeit der Bindung ist. Eine Zeit, die unzertrennlich zusammenschweißt, die eine Nähe schafft, die für immer bleibt. Und jetzt das! Lena versagt komplett. Alles, was sie anderen je erzählt hat, bleibt bei ihr und Emma nichts weiter als graue Theorie.

Grau. Alles ist grau. Um sie herum und in ihr auch. Sie fühlt sich gefangen in einem Schwarz-Weiß-Film, ihr Leben scheint trostlos und trist.

»Das geht so nicht«, sagt Esther ihr jetzt, nachdem sie das Baby wie jeden Tag gewogen und dabei festgestellt hat, dass es zu wenig Gewicht zulegt. Einhundertzwanzig Gramm pro Woche sollten es schon sein, Emma bringt es nicht einmal auf achtzig. Bei der Geburt wog sie noch gute 3100 Gramm, nach der normalen Abnahme in den ersten Tagen sind es mittlerweile erst wieder 2800. »Sie ist zu dünn.«

»Ich weiß«, erwidert Lena. »Es liegt an mir, ich habe einfach zu wenig Milch.«

Esther seufzt. »Dann musst du eben mit Pulver zufüttern.«

»Nein!«, gibt Lena erschrocken zurück. »Das will ich nicht! Muttermilch ist für sie so wichtig!«

»Aber es geht doch nun mal nicht! Ruh dich aus, Lena, Emma wird auch mit Pulver groß und gesund.« Sie lacht. »Ich habe Daniel auch nicht gestillt, und jetzt sieh ihn dir an …«

Erst als der Satz heraus ist, merkt sie es. Sie schlägt die Augen nieder. »Tut mir leid …«

»Probieren wir es mit dem Pulver«, sagt Lena eilig, steht vom Sofa auf, nimmt das schlafende Kind von ihrer Brust und legt es in seinen Stubenwagen.

Gemeinsam gehen sie in die Küche, wo Esther bereits eine gekaufte Packung mit Ersatznahrung und eine Trinkflasche bereitgestellt hat.

Das Wunder passiert. Emma trinkt. Trinkt gierig und lange, kaum dass Lena sie auf dem Arm hat, sie mit sanftem Streicheln weckt und ihr das Fläschchen anbietet.

»Siehst du«, sagt Esther. »Wir werden das Kind schon schaukeln!«

»Ja«, antwortet Lena und blickt auf ihre Tochter hinab. Die lang ersehnte Tochter. *Ein Kind der Liebe*, denkt sie und sieht dabei Daniel vor sich, wie er Pläne schmiedet für ihr gemeinsames Leben. Für den großen Neuanfang.

*

»Und? Wie findest du sie?« Daniel stand im großzügigen Flur der Wohnung, durch die er Lena soeben geführt hatte. Ein eleganter Altbau mit viereinhalb Zimmern, einer riesigen Küche, zwei Abstellkammern, dazu ein Vollbad, eine separate Gästetoilette und sogar ein kleines Gartenstück zur Alleinnutzung. Einhundertzwanzig Quadratmeter in der Rappstraße in Hamburg-Rotherbaum, zentral gelegen, unweit der Alster. Viel Grün, eine wahre Oase mitten in der Stadt.

»Schön«, sagte Lena. »Hier kann man sich bestimmt sehr wohlfühlen.«

»Das denke ich auch.« Er legte einen Arm um ihre Schulter. Dann, als wäre es nur der Vorschlag, am Abend ins Kino zu gehen: »Und deshalb hoffe ich auch, dass du bald zu mir ziehst.«

»Was?« Sie befreite sich von ihm und sah ihn überrascht an. »So schnell?« Gleichzeitig schlug ihr Herz Purzelbäume. Seit drei Wochen war Daniel nun raus aus der Klinik. Drei Wochen, in denen er und Lena sich in jeder freien Minute getroffen hatten. Nur miteinander geschlafen, das hatten sie noch nicht. Damit wollten sie warten. Bis Daniel bei seiner Frau – die noch nichts von Lena wusste – für »klare Verhältnisse« gesorgt hatte.

»Warum sollen wir es nicht einfach versuchen?«, fragte er. »Wir sind doch beide erwachsen. Und ich weiß, was ich will.« Er warf Lena einen liebevollen Blick zu. »Heute Abend rede ich mit Rebecca.«

»Das wird bestimmt ein Schock für sie.«

Er lachte und legte wieder seinen Arm um ihre Schulter. »Mach dir nicht so viele Gedanken, es wird schon alles gut.«

Sie lehnte sich gegen ihn. »Meinst du?«

»Natürlich! Ich *weiß* es.« Dann schob er sie ein Stück von sich weg und sah sie eindringlich an. »Nun, was ist? Willst du mit mir zusammenwohnen?«

Sie hatte einen Kloß im Hals, als sie antwortete. »Nichts lieber als das.«

Er zog sie an sich und küsste sie, sanft und zärtlich, einer dieser Küsse, nach denen sie mittlerweile süchtig war. Dann nahm er ihre Hand und führte sie erneut durch die Wohnung, die Lena jetzt mit ganz anderen Augen sah.

»Das hier«, sagte er mit Begeisterung in der Stimme, »sollte unser Wohnzimmer werden, mit der großen Tür zum Garten ist das perfekt! Außerdem ist die Küche direkt daneben. Vielleicht können wir einen Durchbruch machen, das muss ich noch mit dem Eigentümer klären.« Sie folgte ihm ins nächste Zimmer. »Hier hätte ich gern ein Büro, wenn ich mal zu Hause arbeiten will. Und du kannst natürlich auch einen Schreibtisch für deinen Papierkram reinstellen.«

Lena nickte, ja, das malte sie sich schön aus: Daniel und sie, beide an ihren Schreibtischen, wie sie arbeiteten und sich hin und wieder ansahen, sich anlächelten. Wie sie manchmal aufstehen, zu ihm gehen und ihn in den Nacken küssen würde, einfach so, weil ihr danach war. Sein dichtes schwarzes Haar würde sie dabei an der Nase kitzeln, sie würde es mit einer Hand verwuscheln und ihm dann noch einen Kuss auf die Wange geben. Wie sie zuhören würde, wenn er geschäftlich telefonierte, stolz darauf, dass er es geschafft hatte, der Sucht und seinem inneren Elend zu entkommen.

Lena wusste, dass es noch ein weiter Weg war, bis Daniel endgültig geheilt sein würde. Aber sie wusste ebenfalls, dass er nicht rückfällig werden würde. Seit dem Tag seiner Entlassung hatte er keine einzige Zigarette mehr geraucht, und sie war überzeugt davon, dass er es mit dem Alkohol ebenso halten würde.

Sie betraten den nächsten Raum. »Und hier, nach hinten raus, würde ich unser Schlafzimmer einrichten«, sagte Daniel.

Unser Schlafzimmer. Noch nie hatte Lena mit einem Mann zusammengelebt. Seit dem Auszug bei ihren Eltern – und bis auf zwei Jahre in einer chaotischen WG – immer nur allein.

Sie trat hinter ihn und schlang ihre Arme um seinen Oberkörper, legte eine Wange an seinen Rücken und schloss die

Augen. »Es ist wie ein Traum«, sagte sie. »Ich kann noch gar nicht glauben, dass es wahr ist.«

»Es ist aber wahr.« Er umfasste ihre Hände mit seinen, streichelte mit einem Daumen sanft über ihre Finger. »Es ist *alles* wahr.« Langsam, ganz langsam, ohne sich aus ihrer Umarmung zu lösen, drehte er sich zu ihr um, bis ihr Gesicht an seiner Brust ruhte. Dann legte er eine Hand unter ihr Kinn und hob ihren Kopf an, betrachtete sie so voller Liebe, dass es beinahe schmerzte.

Noch ein zärtlicher Kuss, aber einer, der von Sekunde zu Sekunde wärmer und inniger wurde. Und leidenschaftlicher. Seine Hände umfassten ihren Nacken, wanderten von dort über ihren Rücken hinunter zu ihrem Po. Er drückte sie an sich, fest und vorsichtig zugleich, während er dabei in die Knie ging und sie mit sich zu Boden zog.

Da lagen sie, Körper an Körper, auf dem harten Holzfußboden ihres Schlafzimmers. Sonnenstrahlen fielen durch die großen Fenster, trafen auf Daniels Gesicht, ließen seine grünen Augen aufleuchten. Und dieser Duft, sein typischer Geruch nach Apfel und Lakritz, sie war berauscht davon. Sie wollte in ihn hineinkriechen, sich in ihm auflösen, nie wieder aufstehen von diesem Boden, sondern mit Daniel hier liegen bis in alle Ewigkeit.

Mit einer Hand fing er an, die Knöpfe ihrer Bluse zu öffnen, zwischendurch immer wieder verharrend, sich mit einem Blick vergewissernd, dass auch sie es wollte, dass er nicht zu weit ging. Beinahe hätte sie in ihrer Ungeduld laut »Ja!« gerufen, hätte sich am liebsten selbst die Kleidung vom Leib gerissen, weil es doch in Wahrheit nichts gab, was sie sich mehr wünschte. Weil sie doch nur aus Respekt vor ihm und seinen Ansichten gesagt hatte, dass sie es gut fand, wenn sie warteten – bis er alles geregelt, alles geklärt hätte und ganz frei für sie und ein

Leben mit ihr war. Jetzt spürte sie, dass Daniel so weit war. Er war schon längst frei.

»Ich liebe dich«, sagte er leise. »Ich liebe dich mehr, als ich je einen Menschen geliebt habe. Bevor du gekommen bist, hatte nichts mehr Sinn. Und jetzt bist du alles für mich.«

»Ich liebe dich auch«, sagte sie.

»Was machen wir mit dem vierten Zimmer?«, wollte Lena wissen, als sie eine Stunde später immer noch nebeneinander auf dem Holzfußboden lagen. Beide nackt, beide verschwitzt und glücklich, seine Hand ruhte schwer auf ihrem Bauch, ihren Kopf hatte sie in seine Armbeuge gebettet.

»Das weißt du doch«, antwortete er, rückte zur Seite, stützte sich mit einem Ellbogen ab und sah sie an. »Ich möchte, dass Josy auch hier wohnt, das Zimmer ist für sie.«

»Ach so«, sagte sie und kam sich im selben Moment schrecklich dumm vor. Wie hatte sie seine Tochter vergessen können? Er hatte ihr ja gesagt, dass er sie zu sich holen wollte, vor Wochen in der Klinik schon. Dass sein elfjähriges Mädchen bei ihm leben sollte. Und nun hatte sie diese unfassbar dumme Frage gestellt! Hatte sich im Taumel ihrer Gefühle mit ihm zusammen in dieser Wohnung gesehen, ganz allein, nur er und sie, in ihrem neuen Liebesnest. Wie dämlich konnte man sein!

»Ist das ein Problem für dich?«, fragte er. Das Leuchten in seinen Augen war verschwunden, stattdessen blickte Lena in zwei dunkle, tiefe Seen.

»Nein, natürlich nicht«, sagte sie schnell, hob eine Hand und strich ihm über seinen nackten Arm. »Überhaupt nicht«, wiederholte sie, »ich würde doch nichts wollen, was dich von deiner Tochter trennt!« Sie kannte das Mädchen zwar nicht, hatte bisher nur ihr Foto in Daniels Handy gesehen, aber wenn er dieses

Kind liebte, würde sie das auch tun. »Im Gegenteil«, fügte sie hinzu, weil er sie noch immer skeptisch betrachtete, »ich finde den Gedanken schön, hier als richtige Familie zu leben.«

Nun lächelte er wieder, ließ sich zurück auf den Boden sinken, bot ihr erneut seinen Arm an, damit sie ihren Kopf daraufbetten konnte.

»Jetzt habe ich mich gerade ein bisschen erschrocken«, sagte er. »Wenn du gesagt hättest, dass du das nicht willst, hätte ich nicht gewusst, was ich tun soll. Ich kann Josy nicht bei ihrer Mutter lassen. Das will ich auch nicht.«

»Glaub mir«, betonte sie noch einmal, um auch seine letzten Zweifel auszuräumen, »ich habe nicht das Geringste dagegen.« Im selben Moment spürte sie jedoch eine gewisse Unsicherheit in sich aufsteigen. »Allerdings kann ich mir nicht vorstellen, dass sie begeistert sein wird, wenn du ihr gleich eine neue Frau präsentierst, mit der sie dann auch noch zusammenwohnen soll.«

»Mach dir keine Sorgen«, erklärte er. »Josy weiß, dass es zwischen mir und ihrer Mutter schon lange nicht mehr stimmt. Sie hat unsere Streitereien und das tagelange Anschweigen durchaus mitbekommen und darunter gelitten.«

»Hat sie?«

»Ja. Josy hat mich so oft unglücklich gesehen. Viel zu oft für ein Kind in ihrem Alter. Deshalb bin ich sicher, dass sie es verstehen wird. Wenn ich heute Abend mit Rebecca gesprochen habe, ziehe ich sofort aus und hole Josy nach, sobald es geht. In den nächsten Wochen könnt ihr euch dann in Ruhe kennenlernen, und wenn sich alles beruhigt hat und meine Tochter sich an dich gewöhnt hat, kündigst du deine Wohnung und kommst zu uns.«

»Das klingt alles so einfach.«

»Es *ist* einfach«, sagte er. »Seit ich dich kenne, ist *alles* einfach. Ich verstehe überhaupt nicht mehr, warum ich so viele Jahre gekämpft habe! Ich hätte nur loslassen müssen, mehr nicht.«

»Aber wie …« Sie überlegte kurz, wie sie ihren nächsten Gedanken in Worte fassen konnte, damit es bei ihm nicht falsch ankam. »Aber wie wird Rebecca reagieren? Was wird sie dazu sagen?«

»Keine Ahnung«, antwortete er. »Eigentlich glaube ich, dass es ihr ziemlich egal ist. Nur, dass das angenehme Leben an meiner Seite dann ein Ende hat und sie wieder arbeiten muss, das wird ihr überhaupt nicht schmecken.«

»Ich meinte eher, wie sie es finden wird, dass du Josy mitnehmen willst.«

»Ich fürchte, auch das wird ihr nicht sonderlich viel ausmachen.«

»Das glaubst du? Es geht immerhin um ihre Tochter!«

Er zuckte mit den Schultern. »So ist sie eben.«

»Schon immer?«

»Nein, sonst hätte ich sie nicht geheiratet. Sie hat sich verändert. Ich habe das Gefühl, seit Josy auf der Welt ist. Aber vielleicht unterstelle ich Rebecca da etwas. Auf jeden Fall habe ich jahrelang versucht, sie wieder zu erreichen, aber es ging nicht, sie hat mich nicht mehr an sich herangelassen. Seit Josys Geburt ist sie immer weiter von mir weggedriftet. Mich hat die Einsamkeit an die Flasche getrieben.« Ein schiefes Lächeln. »Nicht dass ich das als Ausrede benutzen will …«

Lena dachte nach. Ein neuer beunruhigender Gedanke war ihr gekommen. »Und was … Was werden deine Freunde sagen? Deine Angestellten? Deine Kunden? Oder deine Mutter? Die werden mich bestimmt alle als Eindringling betrachten, als die Frau, die deine Ehe zerstört hat.« Der Gedanke war ihr unangenehm.

Daniel lachte laut auf. »Das kann uns doch so was von egal sein!« Er sah sie von der Seite an. »Lena, in den letzten drei Jahren war ich mehr tot als lebendig, ständig voll bis unter die Haarwurzeln, permanent die düstersten Gedanken in meinem Kopf, die nicht aufhören wollten, mich zu quälen.« Mit einem Mal wirkte er erregt. Er richtete sich halb auf. »Einmal bin ich morgens in meiner eigenen Pisse aufgewacht, in meiner *eigenen* Pisse, ich …«

»Daniel, bitte!«

»Nein, Lena, hör mich an! Ich war so fertig und am Ende, dass gar nichts mehr ging, *gar nichts*. Die Nächte nur noch vorm Computer mit einer Flasche Schnaps, die Tage wie in einem Horrorfilm mit mir selbst als abgehalftertem Hauptdarsteller.«

»Du warst krank«, sagte sie, »du konntest nichts dafür. Alkoholismus ist eine Krankheit.«

»Ja«, sagte er. »Und jetzt bin ich wieder gesund, und ich werde alles tun, was nötig ist, damit es so bleibt.« Seine Züge entspannten sich wieder, obwohl er noch etwas schwer atmete. »Was meine Freunde und Angestellten denken, ist mir wirklich vollkommen egal. Und meine Mutter wird dich lieben, das weiß ich jetzt schon. Ganz einfach, weil *ich* dich liebe.«

»Aber du und Rebecca, ihr wart so lange zusammen, und …«

»Bitte, Lena«, unterbrach er sie. »Kein ›Aber‹ mehr. Lass uns nicht länger darüber reden. Das alles liegt hinter mir. Wie ein schlimmer Traum, der jetzt vorbei ist.«

»Gut«, sagte sie. »Dann sprichst du also heute Abend mit deiner Frau?«

»Ja.«

»Ich habe ein bisschen Angst«, sagte Lena.

»Das brauchst du nicht.« Er nahm ihr Gesicht in beide Hände. Noch ein Kuss. Und noch einer und noch so viele, bis die

Angst verschwand und in ihr nichts weiter blieb als ein warmes Gefühl von Freude. Freude auf das neue Leben, das vor ihr lag und von dem sie kaum erwarten konnte, dass es endlich anfing. Egal, was die Leute denken oder sagen würden.

8

Lena sitzt auf Daniels Schreibtischstuhl in ihrem Büro. Den ganzen Vormittag hat Emma sie in Schach gehalten. Seit sie die Flasche bekommt, ist sie ganz offensichtlich auf den Geschmack gekommen und verlangt fast stündlich nach mehr. Doch jetzt schläft sie endlich in ihrem Stubenwagen.

Sie betrachtet die Gegenstände vor sich auf dem Tisch. Seine Uhr. Seine Brieftasche. Sein Handy. Und sein Ehering, verbogen und zerkratzt. Viel mehr ist ihr nicht von Daniel geblieben. In einer kleinen Plastiktüte hat sie schon vor einer Woche seine persönlichen Sachen übergeben bekommen. Das bisschen, was man in dem ausgebrannten Autowrack noch hatte finden können.

Das Handy, es funktioniert noch. Unglaublich. Sie hat das Netzteil angeschlossen und es eingeschaltet. Sofort geht die Mailbox los. Sie drückt den automatischen Anruf weg, will die Nachrichten, die ins Leere gehen, nicht anhören.

Nicht die Stimmen von Menschen, die zum Zeitpunkt ihres Anrufs noch nicht wussten, dass da niemand mehr ist, der das Gespräch am anderen Ende der Leitung entgegennehmen kann. Weil Daniel tot und zerquetscht in einem ausgebrannten Autowrack lag, als sie versuchten, ihn zu erreichen.

Nur die Liste der letzten Telefonate, die sieht sie sich an. Im Stillen hofft sie, dabei ihren Namen zu entdecken. Weil Daniel sich vielleicht doch noch bei ihr hatte melden wollen, um sich mit ihr zu versöhnen. Um ihr zu sagen, dass er auf dem Rückweg war, dass er sie an der Bundesstraße wieder einsammeln wollte, weil es ihm leidtat, so heftig reagiert zu haben und dass er sie liebe.

Aber da ist nichts. Sie hat es auch nur mit halbem Herzen gehofft, denn schließlich hatte ihr Handy nicht mehr geklingelt, nachdem Daniel sie am Straßenrand rausgesetzt hatte, und so war ihr Name natürlich auch nicht in der Liste zu finden.

Lediglich zwei eingehende Anrufe einer Handynummer findet sie, die Lena nichts sagen und die nicht namentlich gespeichert sind. Dieselbe Nummer hatte Daniel zuletzt gewählt. Der Makler, fällt es ihr wieder ein. Er hatte ja versucht, Daniel zu erreichen, als sie im Auto unterwegs gewesen waren. Der letzte Anruf ihres Mannes, der letzte seines Lebens, hat also einem Makler gegolten, der ihnen ein Haus verkaufen wollte. Der Resthof in Postmoor, über den sie letztlich in Streit geraten waren, was überhaupt erst zu der Katastrophe geführt hatte. Ein grausamer Scherz des Schicksals.

Kurz ist Lena versucht, doch alle Nachrichten auf der Mailbox abzuhören, die neuen und auch die alten. Alle SMS zu lesen, alle Bilder und Videos zu betrachten, die sich darauf befinden. Dann aber verwirft sie den Gedanken wieder. Sie kann sich einfach nicht überwinden, in seinen Sachen zu schnüffeln.

Seine Sachen. Esther und Lena haben entschieden, dass sie wegkommen. Dass es besser ist, sie so schnell wie möglich fortzuschaffen, dass sie und Emma nicht in einem Tempel der Erinnerungen leben sollen. Das würde sicher auch die Trauertherapeutin richtig finden, vermutet Lena.

Also hat Lena alles zusammengeräumt, Daniels Kleidung, seine Bücher, seine CDs, seine Waschsachen – einfach alles –, und hat es in Kartons verstaut. Die Unterlagen und Aktenordner aus dem Büro hat Daniels Kompagnon durchgesehen und mitgenommen, was in die Agentur gehört, den Rest hat Lena ebenfalls eingepackt.

Jetzt wartet sie auf Esther. Die Schwiegermutter hat ein Umzugsunternehmen organisiert, das die Kartons abholen und im Keller ihres großen Hauses in Volksdorf einlagern wird. Eine Frist von einem halben Jahr haben sie ausgemacht, danach kommen die Sachen endgültig fort.

Bis auf seine Uhr, die Brieftasche, das Handy und seinen Ehering, diese Dinge will sie behalten. Und das Kondolenzbuch von Daniels Beerdigung, die Sammlung der letzten Grüße, das behält sie auch, so etwas gibt man nicht fort. Lena nimmt die Sachen, steht auf, geht rüber ins Schlafzimmer und legt sie zusammen mit dem Buch in die obere Schublade ihres Nachttischs.

Dann setzt sie sich müde aufs Bett. Auch das wird gleich abgeholt, landet aber sofort und ohne Umwege auf dem Sperrmüll, inklusive der beiden Matratzen. Die Spedition wird gleich ein neues Gestell und neue Auflagen mitbringen. Lena kann in ihrem Ehebett nicht mehr schlafen, keine einzige Nacht mehr. Hier, wo Daniel und sie sich so oft geliebt haben, wo sie abends oft stundenlang miteinander geredet und morgens nach dem Aufwachen gemeinsam Pläne für den Tag geschmiedet haben. Auch nicht mehr in der Bettwäsche oder mit denselben Kissen und Decken, in denen noch sein Duft steckt: Apfel und Lakritz …

Lenas Mobiltelefon vibriert. Es ist Esther. Sie klingelt nicht an der Tür, um Emma nicht zu wecken. Auf dem Weg in den Flur wirft Lena einen Blick auf das Kind, das selig im Stubenwagen schlummert und an seinem Schnuller nuckelt. Wie immer liegt Guinness daneben auf dem Boden, stellt nur träge ein Ohr auf, als er Lena zur Wohnungstür gehen hört.

»Bist du fertig, mein Schatz?«, fragt die Schwiegermutter, als sie Lena mit Küssen auf die Wangen begrüßt.

»Ja, es ist alles gepackt.«

»Dann los.« Esther wendet sich um und winkt den drei Männern in Arbeitskleidung, die neben einem Transporter stehen und jeder noch eine schnelle Zigarette rauchen.

Eine Dreiviertelstunde später sind alle Kartons aus der Wohnung verschwunden. Ein neues Bett – kleiner als das alte – ist aufgebaut und von Esther bereits gemacht. Die Schwiegermutter hat neue Wäsche besorgt. Eine neue Decke. Eine große zwar, aber eben nur eine. Und auch nur ein Kissen. Für Lena. Allein.

Lena will schon die Haustür schließen, da sieht sie, dass zwei der Transporteure noch ein Möbelstück vom LKW in Richtung Haus tragen. Ein kleines Kinderbett mit Gitterstäben aus Naturholz und einem Himmel aus rosafarbenem Tüll.

Lena dreht sich zu Esther um, die hinter ihr aus dem Schlafzimmer in den Flur kommt. Sieht sie fragend an.

»Es wird Zeit«, sagt die Schwiegermutter.

Lena nickt. Sie versteht. Emmas Zimmer, es sollte endlich eingerichtet werden. Zwar schläft sie entweder im Stubenwagen im Wohnzimmer oder im Baby-Bay neben Lenas Bett, aber irgendwann soll sie ihr eigenes Reich bekommen.

Ihr eigenes Zimmer mit Bärchentapete in Pastell, mit einer Deckenlampe aus bunten Schmetterlingen, einem Regal voller Stofftiere und einem Kinderkleiderschrank für ihre Sachen, einem Spielteppich und Kisten voller Bauklötze und Legosteine. Das vierte Zimmer der Wohnung, das bis auf ein schmales Bett seit Jahren leer steht. Für einen Besucher, der nie kam – Josy. In Zukunft soll Emma es haben.

»Wir werden es ganz besonders hübsch herrichten«, sagt Esther, nachdem die Möbelpacker das Kinderbett abgestellt und dafür das ungenutzte Gästebett in den LKW verladen haben.

»Ja«, sagt Lena. »Das machen wir.« Sie muss wieder daran denken, wie sie Daniel in den Ohren gelegen hat, dass sie endlich das Zimmer für Emma fertig machen will. »Erstens«, war seine Antwort stets gewesen, »ist das *Josys* Zimmer. Zweitens ist noch genügend Zeit bis zur Geburt, und in den ersten Monaten wird das Baby sowieso bei uns schlafen. Wenn unser Kind ein eigenes Zimmer braucht, schaffen wir es doch in zwei Tagen, ein paar Möbel aufzustellen. Und drittens habe ich die Idee mit dem Resthof noch lange nicht verworfen. Ich will ihn dir unbedingt noch zeigen, bevor wir anfangen, in der Wohnung alles umzuräumen. Wir wissen ja gar nicht sicher, ob wir hier bleiben, vielleicht ziehen wir ja doch raus aufs Land!«

Nein. *Wir* bleiben hier nicht. Und *wir* ziehen auch nicht raus aufs Land. *Wir* nicht.

9

»Warum meldest du dich nicht? Seit drei Tagen versuche ich, dich zu erreichen!« Lena gelang es kaum, ihre Wut zu unterdrücken, als sie vor Daniels neuer Wohnung stand und sie erst Sturm klingeln musste, ehe er öffnete. Er sah schlecht aus, wie sie feststellte – das Gesicht blass, unter den Augen dunkle Ringe –, aber in ihrem Ärger empfand sie wenig Mitleid mit ihm.

»Ich hab dir eine SMS geschickt«, sagte er und trat beiseite, damit Lena eintreten konnte.

»Eine SMS, toll!«, erwiderte sie, während sie im Flur ihre Jacke auszog und auf den Boden pfefferte. »Meinst du damit etwa dieses kryptische ›Brauche etwas Zeit. Melde mich‹?«

»Was ist denn daran kryptisch?«

»So gut wie alles!« Lena bemerkte selbst, wie zickig sie klang. Aber ihre Nerven lagen blank. Das Letzte, was sie gehört hatte, war, dass er mit Rebecca sprechen wollte. Danach diese ominöse SMS …

»Ist etwas passiert?«, fragte sie jetzt und nahm seine Hand.

»Nein«, sagte er und entzog sich ihr. »Komm, lass uns ins Wohnzimmer gehen.«

Die Wohnzimmereinrichtung bestand bislang aus einem alten Sofa und ein paar Umzugskartons, von denen Daniel einen mit der Öffnung nach unten hingestellt und zum Couchtisch umfunktioniert hatte.

»Ist noch nicht sonderlich gemütlich«, sagte er. »Aber Rebecca will fast alles behalten, ich hab natürlich noch keine neuen Möbel.«

»Kein Problem«, antwortete Lena und erstarrte. Allerdings war es nicht die fehlende Einrichtung, die sie erschreckte. Es war die Flasche Wodka, die neben dem Karton auf dem Fußboden stand. »Was ist das?«, fragte sie und zeigte auf die Flasche.

»Schnaps«, antwortete Daniel und ließ sich auf das alte Sofa sinken. »Komm, setz dich zu mir.«

»Aber warum …« Lena wusste nicht, was sie sagen sollte. »Warum hast du …«

»Ich *habe* nicht«, unterbrach er sie, griff nach der Flasche, hob sie hoch und deutete auf den noch unversehrten Verschluss. »Ich wollte zuerst, aber dann habe ich es doch gelassen.«

Halb erleichtert, halb verwirrt atmete Lena auf und kam Daniels Aufforderung nach, sich zu ihm zu setzen.

»Jetzt sag schon, was passiert ist«, forderte sie noch einmal.

»Nichts«, sagte er und stellte die Flasche wieder ab. »Ich musste nur eine Entscheidung treffen.«

»Was für eine Entscheidung?«

»Dass Josy nicht bei mir leben wird.«

»Was?« Sie sah ihn überrascht an. »Das verstehe ich nicht.«

»Es ist einfach besser so. Ich habe lange darüber nachgedacht und beschlossen, dass meine Tochter bei ihrer Mutter bleibt.«

»Entschuldige, aber weshalb dieser plötzliche Sinneswandel? Was sagt Josy dazu? Und Rebecca?«

»Rebecca hat ein Drama inszeniert, von dem ich ihr kein einziges Wort glaube.« Hektisch fuhr er sich mit einer Hand durchs Haar.

»Und Josy?«

»Ich denke, es ist schlimm für sie. Aber sie versteht mich trotzdem. Oder sie wird es irgendwann verstehen.«

»Hat sie geweint?«

»*Natürlich* hat sie geweint!«

»Tut mir leid, ich … Ich …« Sie suchte nach den richtigen Worten, fand sie aber nicht.

»Das muss dir nicht leidtun, es war ja zu erwarten. Sie ist schließlich noch ein Kind. Und alle Kinder wollen, dass Mama und Papa zusammenbleiben.« Lena bemerkte, wie er kurz zu der Wodkaflasche hinschielte. So aufgelöst hatte sie Daniel noch nie erlebt. Aber wenn sie ehrlich war, kannte sie ihn ja auch kaum. In jedem Fall offenbar weniger, als sie bisher gedacht hatte. Trotz der Innigkeit und Verbundenheit, die sie ihm gegenüber von Anfang an verspürt hatte, war ihr sein plötzlicher Meinungsumschwung völlig unerklärlich.

»Ich verstehe trotzdem nicht, warum Josy auf einmal nicht mehr bei dir wohnen soll.« Sie traute sich nicht, »uns« zu sagen. »Oder will sie es nicht?«

»Doch. Aber ich habe es nun einmal anders entschieden.«

»Warum denn?«

Er sprang vom Sofa auf, lief im Wohnzimmer auf und ab. »Sieh mich doch an!« Beinahe schrie er. »Nur eine einzige kleine emotionale Belastung, und ich laufe los und kauf mir das da!« Er zeigte auf die Flasche.

»Die Trennung von deiner Frau ist wirklich keine *kleine* emotionale Belastung.«

»Trotzdem!« Er wischte sich mit beiden Händen über die Augen. »Es geht nicht, ich kann die Verantwortung für Josy nicht übernehmen. Dafür bin ich noch viel zu angeschlagen, ich wäre ihr kein guter Vater, wenn ich das zulassen würde. Es ist besser, wenn sie bei ihrer Mutter bleibt.«

»Aber …«

Er ließ Lena nicht zu Wort kommen. »Nicht nur, dass ich krank bin. Wie soll ich das mit Kind und Agentur schaffen, täglich zehn Stunden und mehr im Büro? Das funktioniert nie und nimmer.«

»Du wolltest eine Kinderfrau engagieren. Und außerdem viel zu Hause …«

»Schwachsinn!«, fuhr er sie an. »So geht das nicht.«

Einen Moment lang sagte Lena nichts, sah ihn nur wortlos an, spürte eine unendliche Traurigkeit in sich. Dann senkte sie den Blick. »Ich bin ja auch noch da«, flüsterte sie, halb in der Erwartung, dass Daniel ihr nun sagen würde, dass es mit ihnen vorbei war. Dass er sich geirrt habe, dass er sie gar nicht liebe, sondern es nur geglaubt habe. In dieser Ausnahmesituation, in der er sich bei ihrem Kennenlernen befunden hatte. Dass sie bitte gehen und nicht wiederkommen solle, dass er vielleicht sogar zu Rebecca und seiner Tochter zurückkehren würde, dass die Trennung nicht mehr als eine Kurzschlussreaktion gewesen sei.

So ein Klinikaufenthalt, das wusste man doch, war ein Ausnahmezustand – die Gesetzmäßigkeiten des Alltags aufgehoben, im geschützten Raum fernab der Realität, wo nur das Heute zählt, nie das Morgen, ein weichgezeichnetes Leben wie unter einer riesigen Glocke aus Milchglas. Sie war sein Kurschatten gewesen, mehr nicht, nur eine Liebelei an einem Sommertag.

Aber jetzt, zurück in der »normalen« Welt, brauchte er Lena nicht mehr. Sie hatte ihren Zweck erfüllt, hatte in Daniel Euphorie entfacht, ihm die Kraft und den Willen zum Neuanfang gegeben. Aber nun würde er ohne sie weitermachen, sich ohne sie seiner Wirklichkeit stellen.

»Lena.« Er setzte sich wieder neben sie. Hielt aber Abstand, und sie wagte nicht, den Kopf zu heben, weil sie wie Schläge eben genau die Worte erwartete, die sie gerade gedacht hatte. »Wie soll das gehen? Josy kennt dich bisher noch nicht einmal, du kannst ihr nicht die Mutter ersetzen.«

»Das will ich ja auch gar nicht.« Noch immer flüsterte sie. »Aber du hast doch gesagt, dass sie mich bestimmt mögen wird.«

»Ja«, gab er zu. »Das habe ich.« Aus den Augenwinkeln sah sie, wie er eine Hand nach ihr ausstreckte, sie dann aber wieder zurückzog. »Da habe ich mir wohl was vorgemacht. Weil ich es wollte. Weil ich es *so sehr* wollte. Aber sei doch mal ehrlich: Du warst von der Idee, dass sie bei uns lebt, auch nicht gerade begeistert.«

»Das stimmt nicht!«, protestierte sie. »Ich habe nur einen kurzen Moment gebraucht, um mich an den Gedanken zu gewöhnen, das ist alles.«

»Dann sei froh, dass du dich nicht mehr daran gewöhnen musst«, sagte er. »Es wird nämlich nichts daraus. Nichts aus uns als Happy Family, alle unter einem Dach.«

»Mit uns ist es auch vorbei?« Sie erschrak über ihre eigenen Worte. Aber sie musste die Frage stellen.

Daniel zögerte. »Ich weiß es nicht.« Nun blickte auch er zu Boden. »Ich weiß es schlicht nicht. Deshalb habe ich dir auch geschrieben, dass ich Zeit brauche.«

»Zeit«, wiederholte sie. Sie glaubte ihm nicht. Es war nur ein Hinhalten, ein Hinauszögern dessen, was unausweichlich war. Daniel wollte das Pflaster nicht mit einem Ruck abreißen, er versuchte, es sanft zu entfernen. »Gut«, sagte sie und schaffte es mit letzter Kraft, nicht in Tränen auszubrechen. »Dann werde ich gehen.« Sie stand auf. Daniel machte keinerlei Anstalten, sie zurückzuhalten. Einen Moment blieb sie noch unschlüssig vor dem Sofa stehen, betete, dass er sie wieder neben sich ziehen würde. Er tat es nicht. Also bückte sie sich, nahm die Flasche Wodka und ging.

Zu Hause, in ihrer kleinen Zweizimmerwohnung in Lokstedt, setzte sie sich an den Küchentisch. Stellte die Flasche vor sich hin, starrte sie eine Weile mit leerem Blick an – dann öffnete sie sie und nahm einen großen Schluck direkt aus der Pulle.

Und noch einen und noch einen. Hoffend, dass es sie betäuben würde, ihr dabei helfen, alles zu vergessen.

10

»Bist du sicher, dass du das schaffst?«, will Esther wissen.

»Ja«, sagt Lena. Und denkt doch gleichzeitig, dass sie nicht weiß, wie sie die nächsten zwei Wochen allein mit Emma überstehen soll. Sie steht mit Esther im Flur ihrer Wohnung in Hamburg-Rotherbaum, ihre Schwiegermutter will sich gerade verabschieden. Für zwei Wochen wird sie mit ihrem Golfklub nach Süddeutschland, Bayreuth, fahren. Lange vor Daniels Tod hat Esther die Fahrt gebucht, aber jetzt kommen ihr Zweifel, ob sie sie überhaupt antreten soll.

»Ich kann auch alles abblasen«, sagt sie nun, betrachtet ihre Schwiegertochter mit prüfendem Blick. »Das wird jeder verstehen.«

»Auf gar keinen Fall! Die Reise wird dir guttun, du musst auch mal raus.«

Tatsächlich wäre es Lena lieber, Esther würde bleiben, würde ihr weiterhin tatkräftig zur Hand gehen bei Emma, die mittlerweile vier Wochen alt ist. Auch wenn sie inzwischen gut trinkt – dem Milchpulver sei Dank. Bei der Vorstellung, nun vierzehn Tage lang mit ihrem Kind allein zu sein, befällt Lena fast Panik.

Sie hat Angst davor, dass Emma merkt, wie kalt, wie tot ihre Mutter innerlich ist. Dass sie sich noch immer nicht freuen kann über ihr kleines Mädchen, auch nach vier Wochen nicht.

Dass sie ständig weinen möchte, nichts als weinen. Dass sie sich nur mit Mühe und Not zusammenreißt.

Das alles soll Emma nicht mitbekommen, nicht das Weinen und auch nicht die Panikattacken, mit denen Lena nachts immer wieder aufwacht, schweißgebadet in ihrem Bett, während die Wände ihres Zimmers auf sie zuzukommen scheinen. Das Gefühl, nicht mehr atmen zu können, zu groß ist der Druck, der auf ihrer Brust lastet.

Auch tagsüber kommen diese Attacken, reißen sie aus der realen Welt heraus, verwandeln alles in eine irreale Kulisse. Die Farben sind greller, die Geräusche lauter. Lena hat dann das Gefühl, sie könne sich selbst von außen betrachten, wie in einem entsetzlichen Traum, aus dem sie einfach nicht wieder aufwacht.

»Postnatale Depression. Sie dissoziieren«, hat ihr der Psychiater im Krankenhaus erklärt, bei dem sie war – aus Sorge darüber, verrückt zu werden. Sie weiß nicht, ob es die Geburt des Kindes ist, die sie in diesen Zustand gebracht hat. Oder nicht vielmehr Daniels Tod. Oder beides zusammen.

»Bist du wirklich sicher?«, fragt Esther nun noch einmal.

Lena nickt. »Emma geht es gut, und ich selbst komme von Tag zu Tag besser klar.« Sie hofft, dass sie zuversichtlich klingt. »Und es sind ja auch nur zwei Wochen, also wirklich kein Drama.« Sie versucht zu lächeln. Es fühlt sich an, als würde sie eine Grimasse schneiden. »Außerdem habe ich doch die hier.« Sie nimmt eine kleine Packung mit Tabletten vom Beistelltisch im Flur und hält sie hoch. Tavor. Es soll sie beruhigen, wenn eine Panikattacke zu gewaltig wird, soll dafür sorgen, dass sie trotz Angstzuständen weiterhin funktioniert. »Und Guinness passt schließlich auch auf uns auf.« Der Labrador hat seinen Namen gehört, ein kurzes Kläffen erklingt aus dem Wohnzimmer, wo er wie immer neben Emmas Stubenwagen döst.

»Nein.« Ihre Schwiegermutter überlegt einen Moment und macht sich dann daran, ihren Sommermantel wieder auszuziehen. »Ich glaube, ich sag die Reise doch lieber ab und bleibe bei euch.«

»Bitte nicht!« Lena legt Esther eine Hand auf den Arm. »Du hast mir schon so viel geholfen. Allein die Beerdigung, der ganze Papierkram – ohne dich hätte ich das gar nicht geschafft. Du hast dir ein bisschen Ruhe verdient.«

»Aber ich habe doch ohnehin keine ruhige Minute, wenn ich da unten bin.«

»Und ich werde mich nur noch schlechter fühlen, wenn du wegen mir nicht fährst.« Aus dem Wohnzimmer erklingt ein leises Quaken. Nun macht sich auch Emma bemerkbar. »Du bist doch nicht aus der Welt«, spricht Lena weiter, »wenn ich nicht klarkomme, ruf ich sofort an. Außerdem habe ich ja auch noch Freunde, die mir helfen können.« Freunde, die Lena nicht anrufen wird. Neben einigen Bekannten hat auch Jasper ihr schon mehrfach auf die Mailbox gesprochen und sie zu einem Spaziergang eingeladen. Sie hat nicht darauf reagiert. Lena akzeptiert von niemandem Hilfe, außer von Esther. Kein Mitleid, von keinem! Das würde sie nicht ertragen.

Die Schwiegermutter seufzt. »Also schön. Aber lass mich dir wenigstens Guinness abnehmen.«

»Den kannst du doch bei einer Golfreise nicht gebrauchen, der buddelt höchstens den Platz um und jagt eure Bälle!«

»Das lass mal meine Sorge sein. Wir sind fast zwanzig Leute, da ist immer jemand, der auf ihn aufpassen oder mit ihm spazieren gehen kann.«

»Gut, dann nimm ihn mit, das macht es mir tatsächlich leichter.« Auf ihr Rufen hin erscheint Guinness. Sie legt ihn an die Leine, die sie dann ihrer Schwiegermutter überreicht.

»Futter kaufe ich noch ein«, sagt Esther.

»Gut«, sagt Lena. »Aber was ist mit deinen Blumen und der Post? Soll ich nicht hin und wieder danach gucken?«

»Das macht meine Nachbarin, der geb ich den Schlüssel«, erklärt Esther. »Du kümmerst dich ab sofort nur noch um Emma und dich. Geh mit dem Kind viel an die frische Luft. Und zu Hause solltest du möglichst oft die Beine hochlegen – wenn Emma dich lässt.«

»Mach ich«, erwidert Lena und fühlt sich dabei warm umsorgt.

»Und ruf mich an, wenn irgendwas ist. Ich habe mein Handy immer dabei.«

»Versprochen.« Noch ein Quaken aus dem Wohnzimmer, diesmal energischer, das Baby fordert seine nächste Mahlzeit. Guinness kläfft, zerrt an der Leine und will zurück zum Kind.

»Bei Fuß, Guinness!«, ruft Daniels Mutter streng und hält ihn fest.

»Jetzt düst schon ab, ich muss Emma füttern.«

Esther schließt ihre Schwiegertochter noch einmal in die Arme. »Ich melde mich, wenn ich angekommen bin«, sagt sie.

»Ja, mach das.«

Dann ist Esther mit Guinness aus der Tür. Lena ist allein. Allein mit dem Kind, das jetzt aus Leibeskräften schreit. Eilig geht sie in die Küche, mischt ein frisches Fläschchen an. Im Wohnzimmer nimmt sie Emma aus ihrem Wagen, setzt sich mit ihr aufs Sofa, rückt sich das Stillkissen zurecht und gibt dem Baby die warme Milch.

»So ist es gut, meine Kleine«, flüstert Lena, während ihre Tochter mit geschlossenen Augen an der Flasche saugt. »Mami ist da, Mami geht nicht weg.« Nun schließt sie ebenfalls die Augen, lauscht dem schmatzenden Nuckeln ihrer Tochter. *Mami geht nicht weg. Papi ist weggegangen, aber Mami bleibt hier!*

11

Drei Tage sind vergangen, seit Esther zu ihrer Reise aufgebrochen ist. Drei Tage erst – Lena kommt es viel länger vor. Als würde das Kind merken, wie unruhig und unsicher seine Mutter ist, als würde es Lenas Überforderung deutlich spüren, lässt Emma sie kaum einen Moment zur Ruhe kommen. Sie schreit fast die ganze Zeit. Hunger, Bauchschmerzen, zu warm, zu kalt, müde, die Windel voll – im Halbstundentakt versucht Lena, alle Bedürfnisse, die so ein kleiner Mensch nur haben kann, zu befriedigen, gibt mal Fläschchen, massiert mal das Bäuchlein, wechselt die Windel, gibt homöopathische Kügelchen, singt und gurrt, trägt das Kind wiegend durch die Wohnung, öffnet Fenster und schließt sie wieder, klappert mit Spielzeug, schüttelt Rasseln, stellt Musik an, misst Fieber oder cremt den Popo ein.

In den kurzen Zeiten, in denen Emma einmal still ist oder schläft, sackt Lena erschöpft in sich zusammen, sammelt ein bisschen Kraft für die nächste Schreiattacke, die sie überstehen muss. Fast ist sie versucht, Esther anzurufen. Sie zu beknien, die Reise abzubrechen und zurückzukommen. Aber dann besinnt sie sich – sie will das hier alleine schaffen. Will nicht aufgeben!

Wenn Esther sich meldet, geht sie in die Küche und schließt die Tür, damit sie das Schreien ihrer Enkeltochter nicht hört, betont mit falscher Heiterkeit, dass alles in Ordnung ist, in *allerbester* Ordnung. Lügt Daniels Mutter an, damit sie sich keine Sorgen macht.

Die Wahrheit sieht anders aus. Noch immer hat Lena kein Gefühl für das Kind, noch immer ist es ihr fremd, noch immer ist in ihrem Innern alles stumpf und leer. Zur Depression kommt jetzt noch der Schlafentzug. Die Nerven liegen blank vom Geschrei. Immer wieder nimmt Lena die Tabletten zur Hand, die der Arzt ihr verschrieben hat, stellt sie aber jedes Mal ungeöffnet zurück, aus Angst, das Medikament könnte sie komplett außer Gefecht setzen.

Auch jetzt, um drei Uhr nachts, denkt sie wieder an das Tavor, das im Badezimmer im Spiegelschrank überm Waschbecken steht. Nur kurz hat das Baby geschlafen, von Mitternacht bis gerade mal zwei, seit einer Stunde schreit es wieder wie am Spieß.

Lena hält ihre Tochter im Arm, sitzt mit ihr auf dem Sofa, singt und wiegt sie, singt und streichelt ihr übers Köpfchen, singt und weint, kann die Tränen nicht stoppen, das funktioniert nicht mehr. So schwach und ausgelaugt hat sie sich noch nie gefühlt.

Wie soll das nur werden? Wie soll das werden in den nächsten Jahren? Woher soll sie die Kraft nehmen? Sie ist ja jetzt schon am Ende.

Sie steht auf und wandert mit dem Baby auf dem Arm durch die Wohnung. Die einsamste Mama, die man sich vorstellen kann, ganz allein, mitten in der Nacht. Nun kommt auch noch das Selbstmitleid hinzu. Und die Wut. Die Wut auf Daniel, dass er sie verlassen hat. Dass er nicht aufgepasst hat an diesem Tag, dass er nicht vorsichtiger gefahren ist, ein bisschen langsamer, und er hätte dem anderen ausweichen können, ganz sicher hätte er das. Hätte das Lenkrad noch herumreißen, hätte sein

Leben und das von Thomas Krohn retten können. Warum nur hat er es nicht getan?

Lena legt Emma im Stubenwagen ab, schiebt ihn auf seinen Rollen vor und zurück, vor und zurück. Für eine Minute ist das Baby still, dann geht das Gebrüll umso lauter weiter. Lena schiebt schneller, verzweifelter. Was soll sie tun, was soll sie denn nur tun?

»Was willst du?«, schreit sie ihre Tochter auf einmal an und gibt dem Wagen einen brutalen Stoß, sodass er gegen die Zimmerwand rollt. »Was willst du von mir? Hör auf! Hör endlich auf! Verflucht, hör auf!«

Erschrocken über sich selbst, schlägt sie die Hände vors Gesicht. Wie kann sie nur so die Fassung verlieren?

Sie sieht Bilder von Babys in der Notaufnahme, bewusstlos, mit Blutergüssen, geschlagen, gewürgt, mit einem Kissen halb erstickt, von Eltern in Raserei geschüttelt, bis endlich Ruhe war. Dann Jugendamt, Familiengericht, Pflegefamilie – das Kind kommt weg, an einen sicheren Ort.

Nein, bevor das geschieht, ruft sie Esther an, gesteht ihr Versagen ein und bittet um Hilfe. Ganz sicher tut sie das. Nur nicht jetzt, um diese Uhrzeit. Aber gleich morgen früh, da wird sie es tun.

Die Türklingel geht, erst einmal, dann zweimal, dann wird laut gegen das Holz geklopft. Lena erstarrt. Wer kann das um diese Uhrzeit sein?

Sie geht hinaus in den Flur, Emmas Schreien im Rücken, ihr Schluchzen und Quaken lassen nicht nach.

Lena sieht durch den Spion. Vor der Tür steht die Nachbarin aus dem ersten Stock, Frau Richter. Eine alte Dame in Hauspuschen und Morgenmantel.

Lena öffnet. »Ja?«, fragt sie.

»Entschuldigen Sie, Frau Andersen …« Die Frau ist sichtlich verlegen. »Aber Ihr Kind weckt ja das ganze Haus.«

Lena spürt, wie neue Wut in ihr aufsteigt. »Tut mir leid«, sagt sie, »aber Babys schreien nun mal.«

»Ja, sicher, natürlich. Aber doch nicht rund um die Uhr.«

»Welche Uhrzeit würde Ihnen denn passen?«

»Ach, Frau Andersen.« Frau Richter tritt von einem Fuß auf den anderen, Bedauern mischt sich in ihren Ton. »Ich weiß ja, dass Sie in einer furchtbaren Lage sind, aber …«

»So?« Jetzt wird Lena laut. »Wissen Sie das?« Sie macht einen Schritt auf die Nachbarin zu. Am liebsten würde sie die alte Dame schubsen, allen Frust an ihr auslassen, der sich in ihr angestaut hat. »Wie alt war denn Ihr Mann, als er gestorben ist? Achtundvierzig, so wie meiner?«

»Ich …«

»Und waren Sie allein mit Ihrem Kind? Allein während der Schwangerschaft, allein bei der Geburt, allein in den ersten schwierigen Wochen? Allein mit einem Schmerz, den man kaum aushalten kann?« Frau Richter sagt nichts mehr, senkt betreten den Blick. Aber Lena kann nicht aufhören, sie anzubrüllen. »O nein, stimmt ja! Ich glaube, er ist erst voriges Jahr gestorben, selig entschlummert in seinem Bett, mit über achtzig!« Irgendwo in den oberen Geschossen klappt eine Tür. Ein anderer Nachbar wird herausgekommen sein, um zu horchen. Es ist Lena egal, ihr ist alles egal. »Ein erfülltes, ein langes Leben hatten Sie zusammen! Mit Kindern, Enkeln und Urenkeln, die bestimmt nicht geschrien haben, weil ihr Papa in einem Autowrack zerquetscht wurde. Weil er verblutet ist wie ein abgeschlachtetes Schwein und danach bis zur Unkenntlichkeit verbrannt!«

»Es tut mir ja auch aufrichtig leid«, stammelt Frau Richter, »ich wollte ja nur …«

Doch Lena fällt ihr wieder ins Wort. »Und Sie beschweren sich darüber, dass meine Tochter weint? Was soll ich denn Ihrer

Meinung nach tun? Das Kind totschlagen? Es aus dem Fenster werfen? In der Badewanne ersäufen? Ich bin für jeden Tipp dankbar!«

Jetzt reißt die alte Frau erschrocken die Augen auf. »Um Gottes willen, was reden Sie denn da? Ich wollte Sie auch bestimmt nicht angreifen, Gott bewahre.« Sie fährt sich mit der Zunge über die faltigen dünnen Lippen. »Aber ... Nun, vielleicht könnten Sie ... Von meiner Enkelin weiß ich, dass es in der Uniklinik eine Schreiambulanz gibt, vielleicht könnten die Ihnen ja helfen?«

»So? Die Schreiambulanz?« Sie geht einen Schritt auf die Nachbarin zu, die zurückweicht. »Ich bin Hebamme«, sagt Lena, »glauben Sie, die können mir da irgendetwas erzählen, das ich nicht schon wüsste?«

»Ich ... Ich ...«

»Gehen Sie!«, sagt Lena mit leiser Stimme. »Hauen Sie ab, und lassen Sie mich in Ruhe!«

»Aber Sie sind doch ...«

Nun schreit Lena aus voller Kehle: *»Lassen Sie mich endlich in Ruhe!«* Mit lautem Knallen schlägt sie die Tür zu, bleibt schwer atmend im Flur stehen, starrt auf den Schatten hinter der Milchglasscheibe, der sich nur zögernd entfernt. Emma brüllt noch immer aus vollem Hals.

Lena zwingt sich, ruhig zu atmen. Der Vorfall mit Frau Richter, so unangenehm er war, hat sie doch wieder zur Besinnung gebracht. Sie geht ins Wohnzimmer, nimmt das schreiende Kind aus dem Stubenwagen, zieht ihm den Schlafsack aus, dann Hose, Jacke und leichtes Mützchen an, stiehlt sich auf leisen Sohlen runter ins Treppenhaus zum Kinderwagen, legt Emma hinein und verlässt mit ihr das Haus. Raus in die noch schwülwarme Nachtluft, einfach nur raus, irgendwohin, wo das Schreien des Babys niemanden stört.

Postmoor. Ja, das wäre was gewesen. Der Resthof, auf dem sie nicht leben wollte. Da gäbe es keine Frau Richter oder andere Nachbarn, die sich daran stören, wenn ein Baby schreit. Sie, Daniel und Emma weit draußen in ihrem eigenen Haus, ungestört und in Harmonie, die perfekte kleine Familie.

Die Tränen, sie laufen jetzt wieder ungebremst. Denn sie hat es kaputt gemacht! Mit ihrer kindischen Weigerung, sich den Resthof auch nur anzusehen, und sei es nur, um zu träumen, den Gedanken freien Lauf zu lassen, ohne etwas entscheiden zu müssen. Wäre sie an diesem Tag nicht so bockig, nicht so selbstgerecht gewesen, würde Daniel noch leben. Ja, Josy hat recht – sie, Lena, hat Daniel umgebracht. Sie hat ihn umgebracht an jenem Tag, an dem sie sich im Auto mit ihm so sehr gestritten hat, dass Emma in ihrem Bauch wild um sich trat.

Emma. Jetzt schläft sie. Während Lena den Kinderwagen rund um den Innocentia-Park schiebt, ist das Baby eingeschlummert, atmet und schmatzt, als könnte es kein Wässerchen trüben. Lena nutzt den Moment des Friedens und lässt ihren Blick über die opulenten Stadthäuser schweifen, die den Inno-Park umsäumen. Die prächtigen Villen im Reihenhausstil, die meisten davon noch aus dem 19. Jahrhundert. Mit gepflegtem Vorgarten und einem Stellplatz für das teure Auto. Jede Menge altes Geld wohnt hier. Und ein bisschen neues. Nun könnte Lena sich sogar auch so ein Haus leisten, Daniel hat seine Familie gut abgesichert. Er hinterlässt Lena, Emma, Josy und seiner Mutter ein kleines Vermögen. Sie könnte sogar noch ihren Anteil an der Agentur verkaufen. »Wenigstens übers Geld musst du dir keine Sorgen machen«, hat Esther gesagt. Nein, wenigstens darüber nicht.

Sie betritt den Park, durchquert ihn zur Hälfte, setzt sich dann auf eine der Bänke und schiebt den Kinderwagen gedankenverloren vor und zurück. Die ganze Nacht könnte sie hier so sitzen, in dieser friedlichen Stille, in der das einzige Geräusch das Knirschen der Räder auf dem Sandweg ist. Nur ein paar Autos, die irgendwo in der Ferne vorüberfahren.

Und plötzlich ein seltsames Knacken, das Lena hinter sich wahrnimmt. Erschrocken wendet sie sich um, starrt ins dichte Gebüsch.

»Hallo?«, ruft sie. »Ist da jemand?«

Stille. Jetzt ist es nur noch ihr eigenes Herz, das sie hört, wie es laut pochend gegen ihre Brust hämmert und das Blut in ihren Ohren rauschen lässt.

Angestrengt kneift Lena die Augen zusammen, versucht, etwas im Dunkeln zu erspähen. Ist da eine Bewegung zwischen den Blättern? Nein, da ist nichts. Sie lauscht mit angehaltenem Atem, aber es bleibt still.

Langsam erhebt sie sich von der Bank, schiebt den Kinderwagen Richtung Parkausgang. Plötzlich hat sie Angst, ganz grässliche Angst. Obwohl sie doch dachte, dass sie nach allem, was geschehen ist, keine Angst mehr haben muss.

Aber sie hat auch nicht um *sich* Angst, sondern um Emma. Beinahe freut sie sich darüber. Da ist eine Regung in ihrem Innern – ein Gefühl für das Kind. Endlich ein Gefühl! Und eben dieses Gefühl lässt Lena ängstlich sein. Was, wenn ihnen jemand auflauert? Wenn sich hier jemand versteckt hält und nur darauf wartet, dass er über Lena und Emma herfallen kann? Guinness, er ist nicht da – der Hund, der sie schon an der Alster vor Babette und Sebastian beschützen wollte.

Sei nicht albern, denkt sie, *du bist mitten in der Stadt*. Doch ihr nächster Gedanke ist: *Der Park ist einsam und leer, wer würde deine Schreie schon hören?*

Da! Da ist es wieder, das Knacken! Lena beginnt zu laufen, stolpert so eilig über den Sandweg, dass der Kinderwagen fast ins Schlingern gerät. Ein leises Quaken sagt ihr, dass sie Emma geweckt hat, aber das ist ihr egal. Sie will nur zum Ausgang, raus aus diesem Park!

Knack! Dann ein Rascheln im Gebüsch direkt neben ihr. Lena sieht sich panisch um, halb erwartend, eine schwarze Gestalt, einen düsteren Verfolger zu sehen, einen, der sie niederschlägt und mit sich zerrt. Erst neulich hat sie von einer Joggerin gelesen, die überfallen und ermordet wurde, irgendwo in Norddeutschland. Flensburg oder Lübeck.

Es raschelt wieder, dann streift etwas ihren Knöchel! Sie schreit erschrocken auf, und auch Emma fängt wieder an zu brüllen.

Dann erkennt sie es, und sie muss laut über sich selbst lachen – ein Eichhörnchen! Es ist nur ein Eichhörnchen, das da an ihr vorüberflitzt. Schemenhaft sieht sie die kleine Gestalt mit buschigem Schwanz, die gerade auf der anderen Seite des Weges ins Dickicht flieht.

Lena atmet tief durch, dann beugt sie sich über den Wagen und versucht, Emma zu beruhigen.

»Schsch«, macht sie. »Alles gut, mein kleiner Schatz, es ist alles gut!« Sie streichelt über Emmas Wange, steckt ihr den entglittenen Schnuller zurück in den Mund und spricht weiter tröstend auf sie ein. Emma fängt an zu nuckeln, schließt die Augen und schläft augenblicklich wieder ein.

Eine Weile bleibt Lena noch so stehen, betrachtet das Baby und genießt die Woge der Wärme, die sie durchschwappt. Daniel hat ihr mal erklärt, dass wir Menschen auf Gefahr besonders emotional reagieren. Gefahr kehrt unser Innerstes nach außen. Und dass wir uns in einem solchen Ausnahmezustand zum Beispiel besonders schnell verlieben. Ein alter Werbertrick, hundertfach bewährt bei Spots für Autos, Reisen, Zigaretten oder sogar Bausparverträge.

Wieder knackt es, diesmal direkt hinter ihr, als sie mit Emma schon fast die Haustür erreicht hat. *Noch ein Eichhörnchen,* denkt Lena – obwohl sie vor Angst sofort zusammenzuckt.

Dann hört sie eine Stimme.

»Lena.«

»Nein!«, schreit sie auf und fährt herum.

12

»Tut mir leid!« Jasper hebt beschwichtigend die Hände und kommt auf sie zu, im schummrigen Licht sieht sie ihn entschuldigend lächeln. »Ich bin's nur. Ich wollte dich nicht erschrecken!«

»Was machst *du* denn hier? Und um diese Uhrzeit?« Mit beiden Händen umklammert sie den Griff des Kinderwagens, als könnte Jasper ihr Emma entreißen wollen.

»Ich konnte nicht schlafen.« Er zuckt mit den Schultern. »Da dachte ich, ich schau mal vorbei.«

»Um halb vier?«

Er lacht. »Na, wie ich sehe, bist du wach.« Sie merkt, dass er getrunken hat. Es ist nur ein Schwips, aber der hat Jasper ganz offensichtlich unternehmungslustig gemacht.

Lena zuckt mit den Schultern und deutet mit dem Kopf Richtung Kinderwagen. »Emma hat die ganze Nacht geschrien. Im Kinderwagen schläft sie wenigstens.«

»Darf ich mal sehen?« Ehe sie antworten kann, hat er sich schon über das Baby gebeugt. Er wirft einen flüchtigen Blick auf das Kind, dann wendet er sich wieder Lena zu. »Süß. Hübsch wie die Mama.«

Lena kann sich ein Lächeln nicht verkneifen. Aber sie fragt sich noch immer, was er hier will. Er konnte nicht erwartet haben, dass sie zu dieser nachtschlafenden Zeit wach ist. »Also, was führt dich hierher?«, will sie noch einmal wissen.

»Ich weiß, es klingt verrückt«, sagt er, »aber ich hatte das plötzliche Bedürfnis, mal nach dir zu sehen. Oder besser gesagt, wenigstens mal bei dir vorbeizugehen. Geklingelt hätte ich um diese Zeit bestimmt nicht.«

»Wie du siehst, ist alles in Ordnung.«

»Wirklich?« Er mustert sie eindringlich. Sie erkennt Besorgnis in seinem Blick. »Ich hab dir zigmal auf den AB gesprochen.«

»Mir war einfach nicht danach, mit jemandem zu reden.«

»Ich wusste nicht, dass ich nur noch ›jemand‹ bin.« Er zuckt mit den Schultern und sieht sie traurig an. »Da hab ich mir wohl etwas zu viel eingebildet.«

»Tut mir leid.« Sie will ein Stück von ihm abrücken, aber die Räder des Kinderwagens scheinen zu klemmen. Oder hat Jasper seinen Fuß davorgestellt? »Ich hätte mich schon noch gemeldet.«

»Lena.« Er seufzt. Dann legt er unvermittelt beide Hände auf ihre Schultern, die unangenehm schwer auf ihr lasten. Jetzt riecht sie auch den Alkohol in seinem Atem. Sofort klopft ihr das Herz bis zum Hals, wie eben im Park … Oder war *er* das? Ist Jasper im Park gewesen? »Es bringt doch nichts, sich zu Hause zu verkriechen und niemanden an sich ranzulassen«, nuschelt er.

»Bitte, Jasper …« Sie möchte seine Hände wegschieben, aber dafür müsste sie den Kinderwagen loslassen, was ihr in diesem Moment unmöglich erscheint. Sie fühlt sich wie zur Salzsäule erstarrt. »Mir geht es gut.« Im Park! War er eben im Park? Hat er sie beobachtet, sie verfolgt? Aber warum sollte er das tun?

»Ich hab dir gesagt, dass ich immer für dich da bin. Und ich hab es dir auch schon bewiesen.«

Sie schluckt schwer. »Ich weiß.«

Er sieht sie schweigend an, nun wieder lächelnd. Und dann,

so plötzlich, wie er aufgetaucht ist oder seine Hände auf ihre Schultern gelegt hat, umfasst er ihre Oberarme, zieht sie an sich und küsst sie. Vor Schreck hat Lena den Kinderwagen losgelassen. Für eine Sekunde ist sie zu perplex, doch dann stößt sie ihn energisch von sich.

»Lass das, Jasper!« Sie greift erneut nach dem Kinderwagen, befördert ihn mit einem Ruck zwischen sich und ihren Ex. Prompt wird Emma wach und kräht.

»Ups!« Er hält sich grinsend eine Hand vor den Mund. »Da war ich wohl etwas stürmisch!«

»Was soll das?«, fährt sie ihn an, während sie sich gleichzeitig zum Wagen beugt und beruhigend mit einer Hand über die Wange des Babys streichelt. Die Angst ist verflogen, stattdessen spürt sie Wut. »Wie kommst du dazu, mir und Emma aufzulauern und über mich herzufallen?«

Sein Grinsen weicht Erschütterung. »›Herzufallen‹ finde ich ein etwas großes Wort.«

»Findest du? Ich nicht!« Wieder quakt Emma. Lena nimmt sie aus dem Wagen, wiegt sie in ihren Armen.

Erneut macht Jasper eine beschwichtigende Geste mit beiden Händen, setzt dazu ein schiefes Lächeln auf. »Sorry, ich … Es ist einfach so über mich gekommen … Ich … Ich glaube, ich hab vorhin ein Gläschen zu viel getrunken.«

»Das glaube ich auch.« Sie merkt, wie ihr Ärger verfliegt. Gegen ihren Willen stimmt sein zerknirschter Anblick sie versöhnlich.

»Ja, weißt du, es ist nur so … Ich muss viel an dich denken, verstehst du?«

»Was?«

»Ja.« Er nickt. »Schon in den letzten Jahren, wenn ich ehrlich bin. Ich habe mich oft gefragt, ob es nicht ein Fehler war, dass wir … Und als du dann mit Daniel …« Er unterbricht sich, räuspert sich. »Jedenfalls, als ich dich bei der Beerdigung gesehen habe … Du hast so schutzlos gewirkt, so unglücklich … Nun, da hätte ich dich am liebsten …«

»Entschuldige«, fällt sie ihm ins Wort. »Ich begreife gerade nicht ganz, was du mir sagen willst. Du kommst hier mitten in der Nacht vorbei, um mir eine Liebeserklärung zu machen?« Beinahe muss sie lachen. Dass sie bei der Beerdigung für den Bruchteil einer Sekunde ganz ähnliche Gedanken hatte wie er, dass sie für einen Moment darüber gegrübelt hat, was gewesen wäre, wenn – das behält sie lieber für sich.

»Nein! Das heißt – doch. So in der Art vielleicht.«

»Jasper!« Sie schafft es nicht länger, ihr Lachen zu unterdrücken, auch wenn ihr klar ist, dass sie ihren Exfreund dadurch verletzt. »Das haben wir doch längst hinter uns.«

»Das dachte ich ja auch.« Er blickt zu Boden, kickt mit einem Fuß einen Stein zur Seite. Dann sieht er sie wieder an. »Ich wollte dir auch nur sagen, dass ich oft an dich denke.«

»Das ist lieb von dir.« Sie fühlt sich wie eine Mutter, die ihr Kind mit tröstenden Worten streichelt. »Aber wie du dir sicher vorstellen kannst, steht mir momentan nicht gerade der Sinn nach Romantik. Daniel ist tot, und ich brauche all meine Kraft für Emma. Da ist wirklich kein Platz mehr für etwas anderes.«

Er nickt. »Ja, das ist mir klar.« Noch ein Stein muss weggekickt werden. »Es waren wohl wirklich ein paar Bier zu viel heute Abend, ich hab mich da irgendwie in etwas reingesteigert.«

»Nicht so schlimm.« Sie merkt selbst, wie generös das klingt. »Am besten, du gehst nach Hause und schläfst dich aus.«

»Ja.« Er wirkt furchtbar geknickt. Die Mutter in ihr will noch mehr tröstende Worte finden.

»Wir können uns ja demnächst mal treffen, okay?«

»Gern!« Das Trostpflaster wirkt, sein Lächeln kehrt zurück. »Und bitte«, sagt er, »ich möchte, dass du weißt, dass ich immer für dich da bin, wenn etwas ist. Immer! Egal was, egal wann.«

»Danke«, erwidert sie. Sie sagt es energisch, resolut, fast ein wenig unfreundlich. Kein Platz für weitere Diskussionen oder Gefühlsbekundungen. »Ich muss dann jetzt endlich ins Bett. Und Emma gehört auch in die Heia.« Sie nickt ihm zu, dann legt sie das quakende Kind zurück in den Wagen und geht mit der Karre Richtung Hauseingang.

»Gute Nacht!«, hört sie Jasper hinter sich leise rufen.

Es geht ein bisschen besser mit Emma. Lena weiß selbst nicht, warum, aber es ist, als wäre bei ihrem nächtlichen Spaziergang ein Knoten geplatzt. Das Kind schreit jedenfalls viel weniger als zuvor. Trotzdem ist Lena müde, erschöpft. Die Kaiserschnittnarbe schmerzt noch immer, selbst einfache Handgriffe fallen schwer. In einer Woche kommt Esther zurück. Lena ist froh, dass ein Ende absehbar ist.

Sie vermisst Esther. Mit ihr kann sie reden. Weil sie versteht, wie das ist, wenn man in dieses schwarze Loch fällt, das sich vor einem auftut, wenn einem ein lieber Mensch genommen wird.

Mit Freunden mag Lena nicht sprechen, mag sich nicht mit ihnen verabreden, um dann doch nur in betretene Gesichter zu blicken, um Plattitüden über die Zeit, die alle Wunden heilt, zu hören. Sie erträgt es nicht, in Gegenwart ihrer Freunde kein Teil eines »Wir« mehr zu sein. Dass der Platz neben ihr an einer runden Tafel leer bleibt, dass da jemand fehlt, so sehr *fehlt*, dass es ihr umso bewusster wird, wenn sie Bekannte trifft.

Bei jeder Gelegenheit spaziert Lena mit Emma allein durch die Stadt. Heute setzt sie sich ans Ufer des Leinpfadkanals auf eine Bank, schaukelt den Wagen vor und zurück und sieht den Leuten zu, die in Booten übers Wasser paddeln. Ein herrlicher

Sommertag, einer, den man nicht einsam verbringen will, einer, an dem man im Café sitzen und mit anderen lachen möchte.

Lena nimmt ihre Tasche und holt ihr Handy heraus. Sie wählt Esthers Nummer. Aber sie geht nicht ran. Auf die Mailbox mag sie nicht sprechen, wüsste auch nicht, was sie sagen sollte. Sie will ja nur ein bisschen plaudern, Esthers Stimme hören. Also steckt sie das Handy wieder zurück in die Tasche.

Eine Visitenkarte fällt ihr in die Hand. Sie nimmt sie, betrachtet das Stück Papier. »Niklas Krohn«, steht da, »Grafikdesigner.« Dazu eine Festnetz- und eine Mobilnummer. Niklas Krohn. Seit der Beerdigung hat sie nicht mehr an ihn gedacht. Lena holt ihr Telefon erneut hervor und tippt die Handynummer ein. Nach dem vierten Klingeln geht er ran.

»Krohn?«

»Hallo«, sagt sie. »Hier ist Lena Andersen, die Frau von Daniel Andersen.«

Kurzes Schweigen, dann: »Ach, wie schön, dass Sie sich melden! Wie geht es Ihnen? Und Ihrem Kind? Ist alles in Ordnung?«

»Ja«, antwortet sie, »Emma ist gesund zur Welt gekommen. Ich bin gerade mit ihr spazieren.«

»Ach, das freut mich! Das war ja etwas unschön auf der Beerdigung.«

»Ja, das war es.« Sie zögert einen Moment, bevor sie fortfährt: »Also, ich habe gerade Ihre Karte wiedergefunden, und da dachte ich, ich ruf mal an und frage Sie, ob Sie Lust auf ein Treffen haben?«

»Klar, sehr gern!«, sagt er. »Wann passt es Ihnen?«

»Eigentlich immer …«

»Dann lassen Sie uns doch gleich morgen sagen, ja? Wie wäre es so gegen zehn?«

»Von mir aus gern. Ich habe aber natürlich Emma dabei.«

»Kann die sich noch nicht selbst versorgen?«

Lena lacht. Sie ist froh, dass sie ihn angerufen hat. Krohns freundliche, warmherzige Art tut ihr gut.

»Sagen Sie mir Ihre Adresse? Dann hole ich Sie ab, und wir fahren irgendwohin. Allerdings habe ich keinen Kindersitz.«

»Den habe ich«, sagt Lena und nennt ihm Straße und Hausnummer.

»Und wonach steht Ihnen der Sinn?«, will Niklas wissen.

Lena ist unschlüssig. »Wie wär's, wenn wir … Aber das ist vielleicht eine blöde Idee …«

»Was denn?«

»Ich habe nur gedacht … Also, ich war seit der Beerdigung nicht mehr auf dem Friedhof.«

»Dann lassen Sie uns hinfahren!«, sagt er sofort. »Mein Bruder liegt auch in Ohlsdorf. Da kann ich seinem Grab auch gleich einen Besuch abstatten. Zu zweit ist das auch viel leichter.«

Ja. Zu zweit ist es viel leichter.

13

Ihre Hände waren schweissnass, ihr Herz raste. Nervös spielte Lena mit ihrer Serviette, während sie durch das Panoramafenster Daniel beobachtete, der draußen in der mittäglichen milden Herbstsonne auf dem Bürgersteig auf Josys Ankunft wartete. Für ihr erstes Kennenlernen hatten sie einen »neutralen« Ort gewählt, einen Italiener am Eppendorfer Weg.

Seit einem Monat lebten sie nun zusammen, und es gab immer noch Momente, in denen Lena ihr Glück kaum fassen konnte. Daniel hatte sich endgültig entschieden – für einen Neuanfang, für ein Leben mit ihr. Und nun fand er, dass es an der Zeit war, dass Lena und Josy sich »beschnupperten«, wie er es genannt hatte. Deshalb also das Essen beim Italiener an einem Sonntagmittag, ein hoffentlich entspanntes Treffen bei Pizza und Pasta.

Zuerst hatte Josy nicht gewollt, hatte sich dann aber von ihrem Vater umstimmen lassen. Ein Umstand, der es Lena nicht gerade leichter machte, ihre Nervosität im Zaum zu halten. Den ganzen Vormittag hatte sie gebraucht, um sich zurechtzumachen. Sie hatte Klamotten an- und wieder ausgezogen, hatte geschwankt zwischen jugendlich-lässig in Jeans und Sweatshirt, sportlich-elegant in schmalem Rock und Bluse und romantisch-verspielt in einem geblümten Kleid.

»Ist doch völlig egal«, hatte Daniel gesagt, als sie sich kritisch vor dem großen Spiegel im Flur drehte, »Josy wird dich mögen, da kannst du auch einen Kartoffelsack tragen.«

»Ich bin schrecklich unsicher«, hatte sie ihm gestanden. »Ich möchte so gern, dass Josy und ich uns gut verstehen.«

Er war hinter sie getreten, hatte seine Arme um sie gelegt und sie über den Spiegel hinweg angelächelt. »Mach dir keine Sorgen. Ich bin doch bei dir.« Und dann hatte er sie in den Nacken geküsst.

Nun saß sie also da an diesem Tisch, vor sich ein Päckchen in buntem Papier – ein iPod touch, den sie irgendwann mal gekauft, aber nie benutzt hatte, und von dem sie hoffte, dass er Josy gefallen würde.

Als »übertrieben« hatte Daniel das Geschenk bezeichnet, und mittlerweile war sie ebenfalls unsicher, ob es eine gute Idee war. Würde es nicht nach Bestechung aussehen? Nach Einschmeichelei?

Bevor Lena noch weiter darüber nachdenken konnte, hielt draußen vor dem Restaurant ein dunkelgrauer Volvo-Kombi. Das blonde Mädchen, das sie schon vom Foto kannte, stieg aus, in Jeans und Parka, die langen Haare zu einem nachlässigen Pferdeschwanz hochgebunden. Dann wurde die Tür der Fahrerseite geöffnet, und eine sehr schlanke blonde Frau in elegantem Kostüm und hochhackigen Schuhen kam zum Vorschein, ging auf Daniel zu, der draußen auf ihre Ankunft gewartet hatte, legte ihm beide Hände auf die Schultern und begrüßte ihn mit Wangenküssen.

Sofort brach Lena erneut der Schweiß aus. Rebecca! Sie würde doch nicht mit ins Restaurant kommen? Damit hatte sie nicht gerechnet. Auch nicht, dass Daniels Frau eine regelrechte Erscheinung – es gab kein besseres Wort dafür – war. Er hatte ihr bisher nie ein Bild von ihr gezeigt, und sie hatte auch nicht danach gefragt. Ein schönes Paar gaben die zwei ab. Lena spürte, wie Eifersucht in ihr aufloderte.

Rebecca löste sich von Daniel, wandte den Kopf nach links und sah rüber zum Panoramafenster. Am liebsten hätte sich Lena unterm Tisch versteckt, um den prüfenden Blicken zu entgehen, die sie nun trafen. Plump und kindisch kam sie sich vor in ihrer Jeans und dem etwas zu großen Sweatshirt, die sie gewählt hatte, um Josy gegenüber möglichst »kumpelhaft« aufzutreten.

Erst als sie laut ausatmete, weil Rebecca zurück zu ihrem Auto ging und die Tür öffnete, wurde ihr bewusst, dass sie sekundenlang die Luft angehalten hatte. Erleichterung durchströmte sie. Josys Mutter würde also nicht mit hereinkommen. Doch sie schien auch nicht wegfahren zu wollen. Sie setzte sich zwar hinter das Steuerrad, blieb aber regungslos im Wagen sitzen und machte keine Anstalten, den Motor anzulassen.

Im nächsten Moment traten Daniel und seine Tochter zu Lena an den Tisch, Josy mit gesenktem Kopf und vor dem Bauch verschränkten Händen.

»Josy«, sagte Daniel. »Das ist Lena.«

»Hallo Josy«, sagte Lena und stand auf, um ihr die Hand zu reichen, setzte sich aber sofort wieder hin, weil das Mädchen sich nicht rührte.

»Sagst du bitte Hallo?«, forderte ihr Vater sie auf. Er klang ungehalten.

»Hallo«, murmelte Josy leise, hielt den Blick aber weiter starr auf den Boden gerichtet.

»Freut mich, dich kennenzulernen«, sagte Lena. Und fügte in ihrer Hilflosigkeit hinzu: »Ich weiß, dass das nicht leicht für dich ist.«

Jetzt endlich sah das Mädchen sie an. Tatsächlich, die gleichen grünen Augen wie Daniel. Ein bisschen gerötet und glasig, als hätte es auf dem Weg hierher geweint. »Woher wollen Sie das wissen?«, fragte Josy. Es klang erschreckend erwachsen. Keinerlei Trotz lag in ihrer Stimme.

»Josy!« Daniels Stimme wurde lauter.

Das Mädchen nahm Platz, ohne seine Jacke auszuziehen, und blickte stattdessen wieder nach unten, fixierte die Tischdecke.

»Vielleicht sollte ich …«, begann Lena und machte Anstalten, sich zu erheben.

»Nein!« Daniel zog sich den Stuhl neben ihr heran, setzte sich und legte eine Hand auf ihren Arm. Josy warf ihrem Vater einen vernichtenden Blick zu. Sie hatte die Berührung natürlich bemerkt. Lena rückte ein Stück von Daniel ab.

Ein Albtraum, hämmerte es durch ihren Kopf, *ein absoluter Albtraum!* Sah Daniel denn nicht, dass seine Tochter sie unter keinen Umständen kennenlernen wollte? Dass sie keine Lust hatte, mit der neuen Freundin ihres Vaters gemütlich zu Mittag zu essen?

Lenas Blick wanderte zum Fenster. Noch immer saß Rebecca draußen im Auto – bereit, ihre Tochter jederzeit wieder mit nach Hause zu nehmen. Die Situation war grauenhaft und meilenweit von einem entspannten »Beschnuppern« entfernt.

»Was ist das?« Josy riss Lena aus ihren Gedanken und deutete auf das Päckchen, das zwischen ihnen lag. Lena verfluchte sich, dass sie es nicht schnell in ihrer Handtasche hatte verschwinden lassen, aber dafür war es nun zu spät.

»Das hat Lena für dich mitgebracht«, erklärte Daniel, ohne zu zögern. »Mach es ruhig auf.«

Einen Moment lang betrachtete das Mädchen unschlüssig das Geschenk, dann siegte die Neugier einer Elfjährigen.

»Oh«, entfuhr es Josy, als sie die Verpackung aufgerissen hatte, »der iPod touch!« Ein Lächeln huschte über ihr Gesicht, und Lena wähnte sich für einen Augenblick auf der Siegerstraße.

Doch so schnell, wie es erschienen war, war das Lächeln auch schon wieder erloschen, und das Mädchen ließ nur ein knappes »Danke« verlauten. Danach wieder stummes Fixieren des Tischtuchs.

»Also, Josy«, sagte Daniel und schob seiner Tochter eine Speisekarte zu, »was möchtest du essen?«

»Kein Hunger.«

»Aber du musst was essen.«

»Ich habe schon gegessen.«

Daniels Gesichtsausdruck zeigte Bestürzung. »Wir wollten doch hier zu Mittag …«

»Nein«, schnitt seine Tochter ihm das Wort ab und sah ihn angriffslustig an. »*Du* wolltest das, nicht *ich!*«

»Josy, bitte!«

»Mich fragt doch sowieso keiner, was ich will.«

»Natürlich tu ich das.«

»Und weshalb wollen Mama und du mich dann ins Internat abschieben?«

»*Was* wollen wir?« Daniel wirkte perplex. »Wer behauptet denn *so* etwas?«

Josy zuckte mit den Schultern. »Mama. Sie hat gesagt, dass ihr wollt, dass ich nach den Weihnachtsferien irgendeine Schule an der Ostsee besuche, in der ich dann auch wohne.«

Daniel starrte seine Tochter mit offenem Mund an. Dann kam Bewegung in ihn. Er stand auf und stieß dabei seinen Stuhl mit solchem Schwung zurück, dass er polternd zu Boden ging. »Entschuldigt mich kurz.« Mit diesen Worten verschwand er. Lena und Josy verfolgten durchs Fenster, wie Daniel das Restaurant verließ und auf den Volvo zustürmte.

Rebecca öffnete die Tür und stieg aus. Sofort fingen sie und Daniel an, wild zu gestikulieren. Josy und Lena betrachteten betreten das stumme Schauspiel.

Einige Minuten später kam Daniel zurück an den Tisch. Er nahm nicht Platz.

»Okay, Josy«, sagte er. »Unser Essen fällt aus, deine Mutter wartet auf dich.«

»Und was ist mit dem Internat?«, wollte seine Tochter wissen. Sie wischte sich eine Träne fort. Sie sah ihren Vater so bittend an, dass es Lena fast das Herz zerriss.

»Darüber reden wir noch«, erwiderte er. Mit einer knappen Handbewegung forderte er seine Tochter auf, ihm nach draußen zu folgen.

Josy stand auf, ohne Lena anzusehen. Dann ging sie hinter ihrem Vater her.

Bei der Tür drehte Daniel sich um und wies zum Tisch.

»Willst du den iPod nicht mitnehmen?«

»Den brauche ich nicht.« Sie sah zu Lena. Ihre Blicke trafen sich.

Hass, dachte Lena, *sie hasst mich.*

Später am Abend hörte Lena Daniel telefonieren. Seit dem Restaurantbesuch hatten sie kaum miteinander gesprochen. Zu Hause war Daniel schweigend im Arbeitszimmer verschwunden und hatte sich den restlichen Nachmittag über nicht mehr blicken lassen. Nun saß sie im Bett und versuchte zu lesen. Doch Daniels Stimme drang so deutlich aus dem Büro zu ihr herüber, dass es ihr unmöglich war, sich auf das Buch zu konzentrieren.

»Kleines«, hörte sie ihn sagen, »es muss doch nicht für immer sein. Aber die Schule ist toll, du wirst dich da sicher wohlfühlen.« Schweigen. Dann: »Das stimmt doch nicht! Keiner will dich abschieben!« Danach wurde er leiser, seine Stimme schmeichelnder, und Lena konnte die Worte nicht mehr verstehen. Sie wandte sich wieder ihrem Buch zu.

Als Daniel fünfzehn Minuten später ebenfalls ins Schlafzimmer kam, sah er schlecht aus. Müde, traurig. Stumm zog er sich aus, legte seine Kleider auf dem Sessel neben dem Bett ab, krabbelte unter die Decke und drehte sich ohne einen Gutenachtkuss für Lena auf seine Seite. Kurz darauf hörte sie ihn regelmäßig atmen. Sie war sich allerdings sicher, dass er nicht schlief, sondern nur so tat, um nicht mit ihr reden zu müssen.

Ihre Gedanken fuhren Achterbahn. Wieso war es Daniel so wichtig, dass Josy nach Weihnachten auf ein Internat kam? Das ergab doch überhaupt keinen Sinn! War an der Sache mehr dran? Verschwieg er ihr etwas?

Ratlos saß sie im Bett, das Buch auf den Knien, ihren Blick auf Daniel gerichtet. Ihr wurde schmerzlich bewusst, wie wenig sie diesen Mann kannte. Diesen Mann, der zwanzig Jahre mit seiner ersten Frau zusammen gewesen war. Der eine elfjährige Tochter hatte, die nicht so einfach ihren Vater mit einer neuen Frau teilen würde.

Wie hatte sie nur glauben können, dass ihre Beziehung zu Daniel einfach und unbeschwert sein würde?

ICH

Was kann also eine Strafe für eine wie dich sein? Ich habe lange darüber nachgedacht, viele lange Nächte, in denen ich nicht schlafen konnte und mich fragte, was dich treffen würde. Tief in deinem Innersten, so, wie du mich getroffen hast. Nein, so, wie du mich vernichtet hast. Genau das sollst du auch erfahren. Nichts weniger als das.

14

Erst als sie die Tür öffnet und Niklas Krohn sie unsicher lächelnd mit einem »Hallo!« begrüßt, wird Lena bewusst, dass sie sich das erste Mal seit Jahren mit einem Mann trifft.

»Hallo«, antwortet sie, genauso unsicher wie ihr Gegenüber. Niklas Krohn sieht gut aus – eins neunzig groß, in hellen Jeans und blau-weiß kariertem Hemd, beigefarbenen Segelschuhen, seine Sonnenbrille lässig vorne in den Kragen gehängt, die blonden Haare noch feucht, vielleicht vom Duschen. Sie riecht den frischen Duft seines Aftershaves.

»Sind Sie fertig?«, fragt er.

»Ja«, antwortet sie. »Ich hole nur schnell Emma, warten Sie kurz im Flur?«

»Klar.«

Sie geht ins Wohnzimmer, hebt ihre Tochter, die sie mit wachen Augen mustert, aus dem Stubenwagen, trägt sie rüber zum Wickeltisch im Schlafzimmer, wechselt ihre Windel und zieht sie an. Emma ist guter Dinge, sie quiekt vergnügt, und sogar das Anschnallen im Maxi-Cosi lässt sie ohne Protest über sich ergehen.

»Okay, wir sind so weit«, ruft Lena, als sie mit der Babyschale am einen, ihrer Handtasche und dem Wickelrucksack am anderen Arm wieder in den Flur zurückkehrt.

»Das ist sie also?« Niklas Krohn beugt sich runter zum

Kind, das ihn interessiert zu betrachten scheint. »Sie sieht Ihnen ähnlich.«

»Finden Sie?«

»Ja.« Er nickt. Dann grinst er. »Nur weniger Haare hat sie.«

Lena muss lachen, die Unsicherheit verfliegt. »Na, ich hoffe, das ändert sich bald.«

»Mit ziemlicher Sicherheit«, sagt er.

»Haben Sie Kinder?«, fragt sie. »Entschuldigung, das geht mich ja gar nichts an, aber …«

»Kein Problem! Nein, habe ich nicht. Aber ich bin leidenschaftlicher Onkel von einer Nichte und einem Neffen.« Einen Moment herrscht Stille.

»Die Kinder Ihres Bruders?«, fragt Lena schließlich.

Er nickt.

»Ist sicher schwer für die beiden.«

Wieder ein Nicken. »Ja, sind noch ganz verstört. Sie sind erst drei und fünf Jahre alt und begreifen natürlich nicht, was geschehen ist. Nur dass ihr Papa nicht mehr da ist, das verstehen sie. Aber das ›Warum?‹, das ist für die beiden überhaupt nicht zu fassen.«

Lena wirft einen Blick auf Emma in ihrer Schale. Wenigstens das. Wenigstens merkt die Kleine noch nicht, dass etwas anders ist, als es sein sollte.

»Wollen wir dann?«, fragt Niklas.

»Ja, gern.« Sie deutet auf den Kinderwagen, der unter der Treppe im Hausflur steht. »Können Sie den noch nehmen?«

»Natürlich«, sagt er und holt ihn.

Direkt vorm Haus am Straßenrand parkt sein Kombi, ein VW Passat. Die Türen klacken, als Niklas mit dem Schlüssel in Richtung seines Autos zielt, dann öffnet er für Lena die hintere Tür. Sie schnallt Emma in der Babyschale auf der Rückbank fest, während es Niklas ohne Anleitung gelingt, das Gestell des

Kinderwagens zusammenzuklappen und in den Kofferraum zu wuchten. Sie steigen beide ein und sehen sich einen kurzen Moment an.

»Sagen wir Du?«, fragt Niklas unvermittelt, nachdem er den Gurt angelegt und den Motor gestartet hat.

Lena nickt dankbar. »Wenn man schon gemeinsam die Gräber seiner Liebsten besucht, ist ein Du wohl angebracht.«

»Das denke ich auch.«

Schweigend fahren sie Richtung Friedhof. Beide hängen ihren Gedanken nach, während Emma hinten auf der Rückbank durch das einlullende Geräusch des Motors sofort eingeschlafen ist.

»Erzähl mir von deinem Bruder«, fordert Lena Niklas auf, als sie wenig später über den Friedhof zum Grab von Thomas Krohn im »Schmetterlingsgarten« spazieren. Das Wetter ist schön. Ein warmer Sommertag. Zahlreiche Besucher wandern zwischen den bepflanzten Flächen umher oder sitzen auf Bänken und halten ihr Gesicht in die Sonne. Fahrradfahrer und auch ein paar Inlineskater rollen an ihnen vorbei. Skaten ist hier zwar streng verboten, aber nicht jeder hält sich daran. Als wäre Ohlsdorf ein Vergnügungspark und nicht eine letzte Ruhestätte, die ihre Besucher zu Besinnlichkeit und Demut mahnt. Zwei Buslinien fahren über das weitläufige Gelände, bringen die Besucher von A nach B, denn der Friedhof ist fast vier Kilometer lang und gut zwei Kilometer breit, größer noch als der New Yorker Central Park. So viele Tote liegen hier, mehr als eineinhalb Millionen. Fast so viele, wie Hamburg Einwohner hat. Zwei davon sind nun Thomas Krohn und Daniel Andersen.

»Thomas ist …«, fängt Niklas an, dann stockt er. »*War* drei Jahre älter als ich. Zweiundvierzig.«

»Der große Bruder also.«

»Ja. Aber er entsprach überhaupt nicht dem Klischee des großen Bruders.«

»Das heißt?«

»Der Vernünftigere von uns beiden war immer ich«, erklärt er. »Thomas war der Hitzkopf. Ein Draufgänger, ein Rebell, der immer gemacht hat, was er wollte. Schwänzte die Schule, während ich fast nur Einser nach Hause brachte. Rauchte und trank, ich dagegen hab in meinem Leben noch keine Zigarette in der Hand gehalten.« Niklas zuckt mit den Schultern und wirft Lena einen etwas unsicheren Seitenblick zu. »Ziemlich langweilig, was?«

»Ich hab auch noch nie geraucht«, antwortet Lena.

»Aber Thomas war auch immer ein bisschen unglücklich«, erzählt Niklas weiter. »Rastlos. Irgendwie …« Er sucht nach Worten. »Irgendwie auf der Suche nach etwas, von dem er wohl selbst nicht wirklich wusste, was es ist.«

»Ich glaube, das sind viele.«

»Kann sein«, fährt er fort. »Trotzdem hab ich ihn immer bewundert. Wie wohl jeder kleinere Bruder den größeren bewundert.«

Lena nickt. Sie hat keine Geschwister, aber als Teenager hatte sie sich so manches Mal einen älteren Bruder gewünscht.

»Jedenfalls war Thomas immer sehr sprunghaft, freiheitsliebend. Bis zu dem Tag, an dem er Carolin traf.«

»Seine Frau?«

»Ja«, bestätigt er. »Wir haben sie zusammen kennengelernt. Vor sieben Jahren, bei einem Segeltörn mit Freunden auf dem Ijsselmeer.« Niklas lacht auf. »Mannomann, wir waren beide auf Anhieb in sie verknallt!«

»Alle beide?« Etwas sticht in ihr, und sie fragt sich, ob es sein darf, dass seine Erzählung ihr diesen kleinen Hieb versetzt.

»Genau so war es. Wir haben sie an Bord des gecharterten Boots gesehen und waren sofort hin und weg.«

»Aber Thomas hat das Rennen gemacht«, schlussfolgert Lena.

»Von ›Rennen‹ kann keine Rede sein! Ich war von Anfang an absolut chancenlos. Carolin und Thomas sind aufeinandergeprallt wie …« Er unterbricht sich. Kaut auf seiner Unterlippe herum. »Blöd … Tut mir leid!«

»Nicht schlimm«, beruhigt sie ihn. »Wirklich nicht! Keiner von uns kann seine Worte ständig auf die Goldwaage legen.«

»Nein«, er schüttelt den Kopf. »Das geht wahrscheinlich nicht.« Einen Moment schweigt er, als müsste er sich sammeln, dann fährt er fort. »Jedenfalls waren die beiden ab diesem Segeltrip ein Paar – und Thomas zum ersten Mal richtig glücklich. Schon nach einem halben Jahr haben sie geheiratet. Ein Jahr später wurde Lennard geboren, im Jahr darauf kam Alma zur Welt.«

»Schöne Namen«, sagt Lena.

»Ich war damals ziemlich überrascht«, gibt Niklas zu. »Thomas hätte ich eher so etwas wie ›Jack‹ zugetraut. Oder ›Lissy‹. Irgendwas Wildes und Verwegenes. Aber da hat wohl Carolins Einfluss gewirkt.« Er betrachtet Lenas Tochter, die an einer Stoffwindel nuckelt. »›Emma‹ ist auch ein schöner Name.«

»Danke.«

»Jedenfalls hat er sich an Carolins Seite und mit der Geburt der Kinder total verändert. Wurde ruhiger. Ausgeglichener. Er hielt es zum Beispiel das erste Mal in seinem Leben länger als ein halbes Jahr im selben Job aus. Machte sogar richtig Karriere, bei einer Versicherung. Ausgerechnet Thomas – bei einer Versicherung!« Er schüttelt den Kopf. Lächelt wehmütig. »Er hat gesagt, dass er jetzt Verantwortung trägt. Dass es ab sofort um mehr als nur ihn und sein Leben geht, sondern vor allem um seine Frau und seine Kinder.«

»Damit hatte er ja auch recht.«

»Natürlich hatte er das!«

Lena zuckt unmerklich zusammen. Niklas hat es fast ausgerufen. Als würde ihn eine plötzliche Wut übermannen. Doch dann fährt er ruhiger fort.

»Ich hatte nur das Gefühl, dass er es fast ein bisschen übertreibt. Sogar ein Haus musste gebaut werden. Draußen in Ahrensburg. Dabei hat Thomas früher immer behauptet, dass er außerhalb der Stadtgrenzen nicht tot überm Zaun hängen will.«

»Das kenne ich, ich wollte auch nie weg aus Rotherbaum.«

»War das denn geplant? Mit dem Kind raus aufs Land?«, will Niklas wissen. »Machen ja viele Leute, sobald sich Nachwuchs ankündigt.«

»Ja und nein«, sagt sie und bereut im nächsten Moment ihre Worte, weil es nun an ihr ist zu erzählen. Dinge preiszugeben, die sie am liebsten vergessen würde. Doch sie kommt gar nicht dazu.

»Da sind wir«, sagt Niklas in diesem Moment und weist mit der Hand vor sich.

Lena stößt einen Laut der Verwunderung aus. Der »Schmetterlingsgarten« macht seinem Namen tatsächlich alle Ehre. Auf der sonnenbeschienenen Lichtung schwirren Hunderte Falter umher, flattern von Beet zu Beet, von Grabstein zu Grabstein. Wie ein kleiner englischer Park, mit einer gestutzten Hecke, die die gepflegten Ruhestätten in einen inneren und einen äußeren Ring unterteilt. Zwischendrin laden ein paar Bänke zum Verweilen ein.

»Hübsch hier«, stellt Lena fest.

»Carolin hat diesen Platz ausgesucht«, sagt Niklas. »Weil der Schmetterling ein Symbol für die Auferstehung ist. Das Leben endet nicht, es nimmt nur eine andere Gestalt an.«

»Ein tröstlicher Gedanke.«

»Ich weiß nicht«, erwidert er. »So richtig trösten kann mich das nicht.« Wieder kaut er auf seiner Unterlippe herum. »Mein

Bruder liegt dort drüben.« Er
rechten Seite.

»Möchtest du allein hingehe
lange auf die Bank da und geb

»Gut.«

Während Niklas zum Grab
Lena auf die erstbeste Bank b
holt den Wickelrucksack aus d
gen. Von ihrem Platz aus kann
vor dem Körper gefaltet, vor e
dessen Fuß frische Blumen liegen, die verraten, dass erst kürzlich jemand das Grab besucht haben muss. Vermutlich Carolin, seine Witwe.

Lena wendet sich Emma zu, drückt ihr sanft einen Kuss auf die Stirn. Was auch immer Niklas mit seinem Bruder zu »bereden« hat – Lena will nicht, dass er sich dabei von ihr beobachtet fühlt.

Nach dem Füttern legt sie Emma vorsichtig an ihre Schulter, klopft dem Baby auf den Rücken, so lange, bis das erlösende Bäuerchen erklingt.

Lena genießt den Moment des Friedens. Mit Emma auf dieser Bank in der Sonne zu sitzen, ihr kleines Mädchen zu halten und zu streicheln, so wie andere Mütter es auch täglich tun. Gut, vielleicht an einem anderen Ort und unter anderen Umständen. Aber für Lenas Geschmack ist das Gefühl gerade verdammt nah dran an »normal«.

»Na, da ist aber jemand satt und zufrieden.«

Sie hat gar nicht bemerkt, dass Niklas wieder bei ihr ist. Er setzt sich neben Lena auf die Bank.

»Ich nehme an, Emma ist dein erstes Kind?«, fährt Niklas nach einer Weile fort.

»Ja.« Lena drückt ihrer Tochter noch einen Kuss auf die Stirn,

ses Seufzen von sich gibt. »Emma ist ein ech-
, wir haben uns lange nach ihr gesehnt. Über
t es gedauert, bis es endlich geklappt hat.«
o lange?«
«, sagt sie und zuckt mit den Schultern. »Ich bin einfach
cht schwanger geworden.«

»Habt ihr das ärztlich …«

»Ja, sicher«, unterbricht sie ihn. »Ich bin Hebamme, weißt du? Ich kenne mich in diesen Dingen ganz gut aus. Wir haben uns natürlich beide untersuchen lassen, aber es konnte kein medizinischer Grund gefunden werden.« Sie lächelt ihn an. »Na ja, und dann hat es eines Tages eben doch geklappt.«

»Schön«, sagt er, hebt eine Hand und streichelt Emmas Wange. »Wie warm ihre Haut ist«, sagt er. »Und so weich.«

»Ich liebe dieses Gefühl. Ein neugeborenes Kind – das ist das Schönste an meinem Beruf. So ein kleiner Mensch, das ist jedes Mal einzigartig.«

»Ihr wart sicher überglücklich, als du endlich schwanger warst.«

»Wir hätten die Welt umarmen können.«

Lena weiß selbst nicht, wie ihr geschieht. Sie fühlt sich neben Niklas so geborgen und unbeschwert wie schon lange nicht mehr. Und so vertraut sie sich ihm an. Sie erzählt ihm ihre ganze Geschichte. Berichtet davon, wie sie Daniel kennengelernt hat. Wie die Kinderlosigkeit an ihr gezehrt hat. Sie erzählt, wie schwierig ihre Beziehung am Anfang war, von Daniels Alkoholsucht, der Trennung von seiner Ehefrau Rebecca, und von Josy, die sich von ihrem Vater so entfremdet hat. Sie erzählt von Daniels Plan, aufs Land zu ziehen, davon, wie sie sich gestritten haben, als sie ihn zum letzten Mal sah, dass sie seitdem nachts oft weinend aufwacht, weil sie sich so verzweifelt wünscht, sie könnte die Zeit zurückdrehen und dieser

Geschichte einen anderen Verlauf geben. Wenn sie ihn schon nicht retten könne, dann würde sie sich doch wenigstens von ihm versöhnlich trennen wollen. In Frieden. In Liebe.

Sie redet und redet, lässt alles raus, erzählt sogar, dass sie große Angst hat, Emma nicht richtig lieben zu können, als Mutter komplett zu versagen.

Niklas hört zu. Er lässt sie reden und unterbricht sie nicht ein einziges Mal.

15

»Frohes Fest, mein Schatz!« Daniel hielt sie auf, als sie gerade an ihm vorbei aus dem Wohnzimmer schlüpfen wollte. Er deutete auf den Mistelzweig, den er oben am Rahmen festgeklebt hatte, zog sie an sich und gab ihr einen zärtlichen Kuss. »Ich liebe dich!«, flüsterte er ihr ins Ohr.

»Ich liebe dich auch«, erwiderte sie, und ihre Wangen glühten.

Ihr erstes gemeinsames Weihnachten war wunderbar. Daniel hatte am Morgen den Tannenbaum aus dem Garten reingeholt und aufgestellt, danach hatten sie ihn zusammen geschmückt, hatten Unmengen von Kugeln und Engeln und Schokoladenherzen und Lametta – alles von Lena in der vergangenen Woche voller kindlicher Vorfreude eingekauft – in die Zweige gehängt. Mehrere Stunden hatte die Prozedur gedauert, weil sie zwischendurch immer wieder verliebte kleine Pausen im Schlafzimmer eingelegt hatten.

Daniel war bester Laune, geradezu aufgekratzt, was nicht nur daran lag, dass er – wie er Lena immer wieder versicherte – der »glücklichste Mann der Welt« war, sie an seiner Seite zu haben, sondern auch daran, dass für den Abend Josy ihren Besuch angekündigt hatte.

In letzter Zeit hatte Daniel seine Tochter nur selten gesehen, meistens nicht mehr als eine oder zwei Stunden am Wochenende. Aber nun hatte sie sich von ihm überreden lassen, Heiligabend, nach der Bescherung bei ihrer Mutter, zu ihnen zum Essen zu kommen. Um acht Uhr wollte Rebecca sie vorbeibringen und gegen elf wieder abholen.

»Sei doch nicht so nervös«, hatte Lena zu ihm gesagt, als er sich nach dem Schmücken damit abmühte, sein Geschenk für Josy einzupacken. Eine dicke Winterjacke von Canada Goose – laut Daniels Tochter momentan der letzte Schrei. Laut Etikett, auf das Lena einen Blick hatte werfen können, eher ein Preis zum Schreien. Über sechshundert Euro für eine Jacke! Für eine Elfjährige!

Aber sie hatte nichts dazu gesagt, denn zum einen ging es sie nichts an, zum anderen hatte sie nur an den verschmähten iPod denken müssen und damit an ihren eigenen ungelenken Versuch, sich die Zuneigung des Mädchens durch materielle Dinge zu erschleichen.

»Ich *bin* aber nervös«, hatte Daniel erwidert und weiter mit dem riesigen Bogen Geschenkpapier gekämpft.

»Das brauchst du nicht. Ich hab dir doch gesagt: Mit der Zeit findet sich das alles. Josy muss sich nur erst einmal an die neue Situation gewöhnen, dann wird es irgendwann für sie ganz normal sein, dass ihre Eltern nicht mehr zusammen sind und es im Leben ihres Vaters eine neue Frau gibt.«

»Ich hoffe, du hast recht.«

»Natürlich habe ich recht!«

»Aber wenn sie erst einmal auf dieses Internat geht …«

»Dann schickt sie da halt nicht hin!«, hatte Lena sofort eingewendet. »Ich verstehe sowieso nicht, wer von euch beiden auf die Idee gekommen ist, dass sie die Schule besuchen soll. Und warum überhaupt.«

Er hatte geseufzt. »Lass uns darüber bitte jetzt nicht reden. Freuen wir uns lieber auf ein schönes Weihnachtsfest!«

Am frühen Nachmittag hatte Daniel begonnen, die Gans für den Abend vorzubereiten – »ganz klar Chefsache«, hatte er gemeint –, während Lena die gesamte Wohnung weihnachtlich dekoriert und ihre Geschenke für Daniel neben Josys Jacke unter der Nordmanntanne drapiert hatte. Sie hatte sich nicht entscheiden können, was sie ihm schenken wollte, und so waren es letztlich sieben Päckchen geworden.

Ein kuschelig weicher Pullover in Weiß mit grünem Norwegermuster, der an ihm bestimmt großartig aussah. Ein Buch, von dem er neulich erzählt hatte, dass es ihn interessieren würde. Eine besonders edle Notizkladde, denn er hatte eigentlich immer ein kleines Büchlein dabei, um darin spontane Einfälle für die Agentur aufschreiben zu können. Zwei Kinogutscheine, weil er vor Kurzem erwähnt hatte, dass er seit hundert Jahren nicht mehr im Kino gewesen war. Eine neue Brieftasche aus weichem Leder, denn seine alte war dabei, sich in ihre Bestandteile aufzulösen. Eine Flasche von seinem Eau de Toilette. Und zu guter Letzt – und da war sie ganz besonders auf Daniels Reaktion gespannt – ein Bildband über sein Lieblingsland Südafrika.

»So, die Gans brutzelt vor sich hin«, sagte Daniel, als er sich nach ihrem Kuss unter dem Mistelzweig wieder von Lena löste. »Kommen wir also zum gemütlichen Teil des Nachmittags.« Er rieb sich in gespielter Vorfreude die Hände. »Unsere Bescherung!«

Sie gingen gemeinsam zurück ins Wohnzimmer. Beim Anblick des Geschenkebergs unter dem Baum blieb Daniel wie angewurzelt stehen. »Was ist hier denn passiert?«

Lena wurde rot. »Das sind nur ein paar Kleinigkeiten«, wiegelte sie ab. »Sieht nach mehr aus, als es ist.«

»Och«, sagte er und zog gespielt enttäuscht einen Flunsch. »Du denkst also, dass du mich mit Kleinigkeiten abspeisen kannst?« Er nahm ihre Hand, zog sie mit sich zum Baum, setzte sich und bedeutete ihr, zwischen seinen ausgestreckten Beinen Platz zu nehmen, sodass Lena sich ebenfalls niederließ. »Jetzt bin ich aber gespannt, was es hier alles auszupacken gibt!«, sagte Daniel, legte seine Arme um ihren Oberkörper und fing an, sie in den Nacken zu küssen.

Lena kicherte und versuchte, ihn abzuwehren. »He!«, beschwerte sie sich, »ich denke, wir wollen jetzt miteinander Bescherung machen!«

»Bin schon dabei«, murmelte er an ihrem Hals und zeigte keinerlei Anstalten, mit seinen Liebkosungen aufzuhören.

»Moooment!«, erwiderte sie gespielt empört und schob ihn von sich weg. »Zuerst will ich meine Geschenke!«

»Verstehe«, sagte er. »Du willst erst wissen, ob es sich auch lohnt, wenn du dich mir weiter hingibst.«

»Exakt«, behauptete sie und streckte ihm fordernd eine Hand entgegen. »Also, her damit!«

»Na gut«, er seufzte und begann, an der hinteren Gesäßtasche seiner Anzughose herumzunesteln. Unwillkürlich fragte sich Lena, was das wohl für ein Geschenk sein konnte, das dort Platz fand. Sie gestand sich ein wenig Enttäuschung bei dem Gedanken ein, dass es wohl kaum eine kleine Schatulle mit einem Schmuckstück – womöglich einem Ring – sein würde.

Aber das wäre ja auch albern, sie waren schließlich erst kurze Zeit zusammen. Und auch wenn sie sich gegenseitig mehrmals täglich versicherten, nie wieder neben einem anderen Menschen einschlafen oder aufwachen zu wollen, hatten die Schwierigkeiten mit Josy und der Umstand, dass Daniel darunter sehr litt, doch für einen ziemlich holprigen Start ihrer Beziehung gesorgt, den es erst einmal vollends zu überwinden galt.

Trotzdem konnte Lena nicht umhin, ein kleines bisschen traurig zu sein, als Daniel ihr schließlich einen schmucklosen Umschlag unter die Nase hielt. Mit Josys Jacke hatte er sich mehr Mühe gegeben. Sein Geschenk für Lena steckte einfach in einem weißen Kuvert, nicht einmal ihr Name stand darauf.

»Danke«, sagte sie trotzdem und lächelte ihn an, als hätte er ihr soeben die britischen Kronjuwelen überreicht.

»Mach's erst einmal auf«, sagte er. »Vielleicht gefällt's dir ja gar nicht.«

»Bestimmt gefällt es mir«, sagte sie und wollte den Umschlag schon aufreißen, hielt dann aber in der Bewegung inne. »Du musst natürlich auch was von mir öffnen«, meinte sie, griff nach dem Päckchen mit dem Pullover und drückte es ihm in die Hand.

»Oh«, rief Daniel aus, »ein Taschenmesser?«

Sie musste lachen. »Spinner!«

»Selber Spinner!«

Zeitgleich machten sie sich daran, die Geschenke zu öffnen, Daniel rief beim Anblick des Pullovers erneut ein übertriebenes »Oh!« aus. Und Lena – sagte erst einmal gar nichts, als sie den Inhalt des Umschlags in Händen hielt.

»Und?«, wollte Daniel wissen, als sie schweigend sein Geschenk betrachtete. Lena sagte noch immer nichts, sah ihn nur erstaunt und fassungslos an, bevor sie wieder auf die Seiten blickte, die in dem Umschlag gesteckt hatten. »Gefällt es dir nicht?«, fragte er und klang dabei plötzlich ganz unsicher.

»Ob es … Ob es mir gefällt?«

»Ja?«

»*Natürlich* tut es das!« Überschwänglich drehte sie sich zu ihm um, schlang ihre Arme um seinen Nacken und fing an, sein Gesicht mit unzähligen kleinen Küssen zu bedecken.

»Hoppla!« Er lachte und versuchte, ihre stürmischen Liebesbekundungen abzuwehren. »Nicht so wild, du bringst mich ja um!«

»Ich kann's gar nicht fassen!« Lena strahlte ihn an. »Drei Wochen Südafrika! Du bist doch verrückt!«

»Klar bin ich verrückt«, bestätigte er. »Und zwar nach dir. Deshalb will ich ja auch mit dir dahin. Aber nur, wenn du auch willst.«

»Klar will ich!« Sie hätte weinen können, so glücklich war sie in diesem Moment. Sie machte sich von ihm los, griff wortlos nach dem eingepackten Bildband und drückte ihm das Geschenk in die Hand. »Öffnen!«, forderte sie.

Er riss das Papier auf, das Buch kam zum Vorschein. »Hast du hellseherische Fähigkeiten?«, fragte er kopfschüttelnd. »Damit ist wohl klar, dass ich nichts vor dir verbergen kann!«

Lena stand auf, nahm Daniels Hand und zog ihn zu sich hoch. »Bis acht Uhr haben wir noch drei Stunden«, sagte sie und schmiegte sich an ihn. »Und ich weiß, wie du die Zeit bis dahin verbringen möchtest. Ich habe schließlich hellseherische Fähigkeiten.«

Das Klingeln des Telefons ließ Lena aus ihrem Halbschlaf hochschrecken. Das Bett neben ihr war leer, und sie hörte, wie Daniel draußen im Flur den Anruf mit einem »Hallo« entgegennahm. Sie warf einen Blick auf den Nachttischwecker. Halb sieben. Es war noch Zeit, bis Josy kam.

Wohlig rekelte sie sich, schlug die Decke zurück und stand auf. Jetzt schnell duschen und für den Abend fertig machen. Fürs Essen mit Josy hatte sie sich einen schmalen grauen Rock und eine weiße Bluse rausgelegt.

»Was soll das heißen?« Lena horchte auf, als sie Daniels erregte Stimme hörte. »Natürlich musst du mir das erklären!«

Sie schnappte sich ihren Bademantel, der auf dem Sessel neben dem Bett lag, zog ihn an und ging in den Flur. Draußen marschierte Daniel angespannt auf und ab. Er sah sie an, und sie warf ihm einen fragenden Blick zu, auf den er aber nicht reagierte. Stattdessen bellte er ins Telefon: »Findest du nicht, dass das ein bisschen kurzfristig kommt?« Pause. Dann, noch lauter:

»Ich habe also kein Recht mehr darauf? Ist es das, was du mir sagen willst?« Wieder Pause. »Ich will sofort mit Josy sprechen, gib sie mir!«

Lena konnte nicht verstehen, was am anderen Ende der Leitung gesagt wurde. Sie hörte nur, dass es eine Frauenstimme war, die ebenfalls laut und erregt klang. Rebecca, so viel war klar. Und Lena hatte einen schrecklichen Verdacht, was sie Daniel gerade mitteilte.

»Gib sie mir!«, forderte Daniel erneut. »Ich bin ihr Vater, und ich verlange … Rebecca? *Rebecca!*« Mit einem ungläubigen Gesichtsausdruck nahm er den Hörer vom Ohr und starrte ihn an. »Aufgelegt«, sagte er und schüttelte den Kopf. »Sie hat einfach aufgelegt.« Und dann, ohne jede Vorwarnung, schleuderte Daniel das Telefon mit voller Wucht gegen die Wand, sodass es in zig Einzelteile zerbarst. Plastikstückchen und Batterien flogen wie Geschosse durch die Luft.

»Daniel!« Vorsichtig machte Lena einen Schritt auf ihn zu, versuchte, ihn in den Arm zu nehmen. Aber er wehrte sie ab. »Was ist denn los?«

»Josy kommt nicht, das ist los!« Jetzt sah er sie so böse an, als wäre es ihre Schuld.

»Aber … Aber warum denn nicht?«

Er zuckte mit den Schultern, und wenn Lena es nicht besser wüsste, würde sie meinen, dass er grinste. Vielleicht tat er das auch. Ein zynisches, sarkastisches oder eher verzweifeltes Grinsen. »Josy hat keine Lust, hat Rebecca gesagt. So einfach ist das. Keine Lust!«

»Dafür muss es doch einen Grund geben.«

»Wenn es den gibt, hat Rebecca ihn mir jedenfalls nicht verraten.«

»Das ist gemein«, sagte Lena. Und dachte gleichzeitig: *Ich* bin der Grund! Einen anderen gibt es nicht dafür.

»Sieht so aus, als müssten wir unsere Gans allein essen.« Nun versuchte er wirklich zu lächeln, was ihm allerdings gründlich misslang. »Und möchtest du vielleicht eine Jacke von Canada Goose haben? Könnte dir allerdings ein bisschen zu klein sein.«

»Ach, mein Liebling!« Sie ging wieder auf ihn zu, und diesmal ließ er sich von ihr in den Arm nehmen. Er verbarg seinen Kopf in ihrem Haar und umschlang sie so fest, dass ihr für einen Moment die Luft wegblieb.

Dann begann er zu weinen. Hemmungslos und laut. Er schluchzte so sehr, dass es ihn regelrecht schüttelte, dass sein Körper wie unter Krämpfen zuckte.

»Schsch, mein Schatz«, flüsterte Lena. »Ist ja gut, es ist ja gut.«

»Nein«, brachte er schniefend hervor, »gar nichts ist gut. Es wird auch nicht wieder gut. Meine Tochter hasst mich!«

»Sie hasst dich bestimmt nicht«, behauptete Lena, obwohl sie sich da langsam nicht mehr so sicher war. »Du musst ihr einfach nur noch ein bisschen mehr Zeit lassen, dann wird sie schon von sich aus kommen.«

»Das wird Rebecca schon zu verhindern wissen«, murmelte er und wurde plötzlich stocksteif.

»Warum?« Lena schob Daniel ein Stück von sich weg und sah ihn an. »Warum sollte sie das wollen?«

»Ach, nur so«, erwiderte er und zog sie dann wieder an sich. »Ich bin im Moment einfach schrecklich durcheinander.«

»Das verstehe ich«, flüsterte sie. »Das verstehe ich gut.«

Und dann sagte sie etwas, das ihn eigentlich trösten sollte. Das den Schmerz in seinem Innern für den Moment ein wenig lindern sollte – ein hilfloser, ungelenker Versuch, Daniel aufzuheitern, ihm eine Perspektive für die Zukunft zu geben, ihm zu zeigen, dass es noch so viel in seinem Leben gab, worauf er sich freuen konnte. Obwohl sie etwas Gutes tun wollte, wusste sie schon in dem Moment, in dem sie es aussprach, dass es ein Fehler war: »Bitte glaub mir, mit der Zeit werden sich die Wogen glätten, und alles kommt wieder ins Lot. Ich bin ganz sicher, dass es so sein wird. Und wer weiß – vielleicht bekommen wir ja irgendwann auch noch ein Kind und sind dann eine richtige kleine Familie.«

Durch Daniels Körper ging ein Ruck. Er stieß Lena von sich und starrte sie ungläubig an.

»*Das* ist also dein Plan?«, wollte er wissen. »Wir machen einfach ein neues Kind, und dann ist es nicht mehr so schlimm, dass ich Josy verloren habe?«

»Nein!«, rief sie erschrocken. »Nein, so habe ich das nicht gemeint. Ich wollte doch nur …«

»Ich muss hier raus«, stöhnte er, ging zur Garderobe und riss seine Jacke vom Haken.

»Raus? Aber wo willst du denn hin?«

»Ins Büro«, antwortete er knapp.

»Daniel, es ist Weihnachten!«

»Ich hab noch was zu erledigen.« Er hastete zur Tür, riss sie auf und schlug sie polternd hinter sich zu, ohne sich noch einmal zu Lena umzudrehen.

»Daniel!«, rief sie ihm nach. Aber er konnte sie schon nicht mehr hören.

16

Niklas nickt bedächtig, als Lenas Redefluss irgendwann versiegt. Aber noch immer sagt er kein Wort.

»Tut mir leid«, sie lächelt ihn verlegen an, »jetzt hab ich dich in Grund und Boden gequasselt.«

»Unsinn«, sagt er. »Du hast einfach mal alles rausgelassen, so was ist wichtig! Ich weiß, wie gut das tut.«

»Ja, das stimmt«, gibt sie ihm recht. »Danke fürs Zuhören.«

»Gern geschehen.« Er lächelt sie an. »Ich finde es ja auch schön, dir von Thomas erzählt zu haben.«

»Hast du denn sonst niemanden, mit dem du über ihn reden kannst?«

»Eher nicht«, antwortet er. »Mein Vater lebt schon lange nicht mehr, und unsere Mutter … Für sie ist das alles zu viel. Sie hat sich in eine Art Traumwelt zurückgezogen und will über das Thema nicht sprechen.«

»Irgendwie kann ich das verstehen«, sagt Lena. »Seit Daniels Tod bin ich auch am liebsten allein. Nur Esther, meine Schwiegermutter, sehe ich fast täglich. Sie hilft mir sehr, vor allem mit Emma.«

»Toll, wenn sie dich unterstützt.«

»Ja«, erwidert sie. »Am Anfang wäre ich ohne sie ganz schön aufgeschmissen gewesen. Im Moment ist sie verreist, und ich bin echt froh, wenn sie wieder hier ist!«

»Ich wäre auch gern für Carolin da und würde mich mehr um sie und die Kinder kümmern«, sagt Niklas.

»Deine Schwägerin?«

Er nickt. »Aber sie will das nicht.«

»Sie will das nicht?«

»So ausdrücklich hat sie das nicht gesagt. Allerdings hat sie sich mit Alma und Lennard ziemlich zurückgezogen, ich komme kaum noch an sie ran. Ist ein bisschen wie mit meiner Mutter.«

»Ihr sprecht also nicht über Thomas' Tod?«

»Direkt nach dem Unfall haben wir natürlich darüber geredet«, erzählt Niklas. »Alle haben sich immer und immer gefragt, wie das nur geschehen …«

»Beide sind zu schnell gefahren«, sagt Lena. »In der Kurve müssen sie sich dann überschnitten haben und …«

»Ja, ich weiß«, unterbricht Niklas sie, »aber das meine ich nicht. Ich rede hier mehr von einem Nicht-wahrhaben-Wollen.«

»So ging es mir auch«, sagt Lena. Und fügt dann leise hinzu: »So geht es mir heute noch.«

»Mir auch«, erwidert Niklas. »Mein großer Bruder, einfach weg, von heute auf morgen. Dabei war er doch so glücklich, war endlich angekommen. Und dann – zack!« Er klatscht in die Hände, sodass Lena und auch Emma kurz zusammenzucken.

»Das übersteigt unsere Vorstellungskraft«, flüstert sie.

»Das tut es.« Er nickt nachdenklich. »Mittlerweile habe ich den Eindruck, dass meine Schwägerin sich weigert, die Realität anzuerkennen.«

»Inwiefern?«

Niklas zuckt mit den Schultern. »Als ich vor einer Woche das letzte Mal bei ihr war, habe ich mich ein bisschen erschreckt.«

»Erschreckt?«

»Sie hat aus ihrem Haus in Ahrensburg eine regelrechte Gedenkstätte gemacht«, erklärt er. »Überall stehen Fotos von Thomas herum.«

»Finde ich nicht ungewöhnlich.«

»Wenn man es so erzählt, vielleicht nicht. Aber wenn man es *sieht*, ist es gruselig. Gleich im Eingangsbereich stehen mehrere Fotos auf einer Kommode, dazu Blumen, Kerzen, ein paar von Thomas' persönlichen Sachen. Der reinste Altar.«

»Jeder trauert eben anders«, sagt Lena und denkt daran, wie sie und Esther ihre Wohnung von nahezu allen Erinnerungen an Daniel bereinigt haben. Das wäre Niklas' Schwägerin wohl ziemlich bizarr vorgekommen.

»Natürlich«, gibt er ihr recht. »Aber bei Carolin ist es … Also, als ich da war, kam es mir so vor, als würde sie eine Art Heiligenkult betreiben.« Er lacht bitter. »Und ein Heiliger war mein Bruder nun wirklich nicht.«

»Du hast gesagt, er hätte sich sehr verändert.«

»Das hat er auch«, wendet Niklas ein. »Trotzdem …« Er unterbricht sich. »Ach, ist ja auch egal.«

»Erzähl doch.«

Niklas sieht sie an, überlegt einen Moment. Dann spricht er weiter: »Es gibt da eine Sache, die mir irgendwie keine Ruhe lässt und über die ich seit seinem Tod immer wieder nachgrübele.«

»Die da wäre?«

»Nun, was wollte Thomas da in der Gegend? Er hatte da überhaupt nichts verloren! Eigentlich hätte er an dem Tag ganz normal im Büro sein sollen. Da ist er aber nicht erschienen.«

»Vielleicht hatte er beruflich im Alten Land zu tun?«

»Thomas hatte da keine Kunden, das ist gar nicht sein Einzugsgebiet. Das hat mir sein Vorgesetzter erzählt.«

»Vielleicht wollte er Freunde besuchen?«

»Nein, das hätte Carolin gewusst. Mein Bruder hat morgens wie immer das Haus verlassen, um zur Arbeit zu fahren, und das Nächste, was sie von ihm erfuhr, war die Mitteilung von zwei Polizisten, die vor ihrer Tür standen und ihr sagten, dass er tot ist.«

»Seltsam.«

»Das ist es. Und manchmal lässt es mir keine Ruhe, nicht zu wissen, was Thomas am anderen Ende von Hamburg wollte.«

»Könnte es sein …«, Lena runzelt die Stirn, »nun, dass dein Bruder vielleicht eine Affäre hatte?«

Niklas wiegt den Kopf. »Darüber habe ich auch schon nachgedacht. Aber das halte ich für unwahrscheinlich. Dafür waren die zwei immer noch viel zu verliebt.«

»Dann wollte er vielleicht seine Frau mit irgendwas überraschen«, schlägt Lena vor. »Wer weiß, kann doch sein, dass er sich ein schönes Hotel angesehen hat oder so. Davon gibt's da in der Gegend doch jede Menge!«

»Möglich. Aber ich weiß nicht …« Er seufzt. »Ist ja auch egal, es würde sowieso nichts ändern.«

Für eine Weile hängen beide ihren Gedanken nach.

Schließlich erhebt sich Niklas. »Wollen wir dann weiter?«, fragt er und lächelt Lena an.

»Ja, gern.« Lena steht auf, legt Emma zurück in den Kinderwagen und deckt sie zu. Dann nimmt sie den Lageplan, den sie sich zu Hause ausgedruckt hat, zur Hand und sucht nach dem kürzesten Weg vom »Schmetterlingsgarten« zur »Rosengrabstätte«, wo Daniel liegt. Es sind gut eineinhalb Kilometer, wenn man die große asphaltierte Hauptstraße, die »Mittelallee«, nimmt. Aber hübscher ist sicherlich die Strecke über die kleineren Pfade, die verschlungen und von Hecken verborgen durch das große Areal führen.

»Die Beerdigung deines Mannes war schön«, sagt Daniel, während sie über einen Sandweg schlendern.

Lena kann sich ein Lachen nicht verkneifen. »Na ja, *schön* ...«

»Das war vielleicht der falsche Ausdruck«, wendet er entschuldigend ein. »Aber die Musik in der Kapelle, die Ansprache des Pastors, der Blumenschmuck, die Rosengrabstätte ...«

»Mir war gleich klar, dass ich dort einen Platz für Daniel haben will«, erklärt Lena. »Er liebte Rosen. Vor allem kleine Teerosen in Karminrot.« Sie erinnert sich an den Strauß, den er ihr damals vor der Klinik überreicht hat. Bis heute liegt er gepresst und getrocknet in einer kleinen Erinnerungsbox unten in ihrem Kleiderschrank. Ihre Stimme zittert ein bisschen, als sie weiterspricht. »Ich war froh, dass da gerade eine Grabstelle frei war.«

»So ging es Carolin mit dem Schmetterlingsgarten.« Er macht eine Pause, setzt dann wieder an: »Ich wollte auch nur sagen, dass ich das Begräbnis wirklich sehr schön fand. Ergreifend! Und mit so vielen Gästen ...«

»Tja, und die haben auch eine echte Show geliefert bekommen«, stellt sie sarkastisch fest. »Inklusive Prügelei am Grab und drohender Sturzgeburt, das erlebt man nicht alle Tage!«

Niklas lächelt ein wenig beschämt. »Na ja, zum Glück ist nichts passiert.«

»Ja.« Lena seufzt. Bei dem Gedanken an den Vorfall auf der Beerdigung drängt sich Lena eine andere Erinnerung auf. »Sag mal, bei der Beerdigung, da war so eine dunkelhaarige Frau. Du hast dich mit ihr unterhalten. Weißt du noch?«

»Du meinst die mit dem Tattoo auf dem Handgelenk?«

»Das hast du auch bemerkt?«

»Klar, das war ja nicht zu übersehen. Irgendein Tier, oder?«

Sie nickt. »Ein Skorpion, glaube ich.«

»Ja, richtig. Ich wusste, dass es was Ekliges war.«

»Woher kennst du sie?«, will Lena wissen.

»Ich kenne sie gar nicht.«

»Nein?«

Er schüttelt den Kopf. »Aber die war auch bei der Beerdigung von Thomas. Zusammen mit ihren zwei komischen Grufti-Freunden. Du weißt schon, so Typen, die aussehen wie Mitglieder der ›Addams Family‹.«

Lena bleibt stehen und sieht ihn überrascht an. »Echt? Die waren auch bei deinem Bruder?«

»Ja. Deshalb habe ich die Frau auch gefragt, wie es kommt, dass sie meinen Bruder *und* deinen Mann kennt. Das kam mir seltsam vor.«

Lena stutzt. Das ist es allerdings. »Und? Was hat sie gesagt?«

Niklas zuckt die Schultern. »Sie hat mich nur komisch angelächelt und gesagt: ›Wir interessieren uns für den Tod.‹«

»*Das* hat sie geantwortet?«

»Genau so hat sie es gesagt.«

»Sehr kryptisch.«

»Na ja, für mich klang es so, also seien sie so eine Art Friedhofstouristen.«

»Friedhofstouristen?«

»Leute, die sich bei Beerdigungen einschleichen und es genießen, in der Nähe einer Leiche zu sein.«

»So was gibt es? Eine ziemlich kranke Art von Genuss!«

Niklas macht eine wegwerfende Handbewegung. »Andere Menschen feiern Schwarze Messen, dagegen ist das doch noch harmlos.«

»Also, ich finde das eher widerlich«, entgegnet Lena. »Sich am Unglück anderer zu ergötzen, das ist doch abartig! Hätte ich das geahnt, hätte ich die drei sofort darum gebeten zu gehen.« Sie beugt sich vor und sieht in den Kinderwagen, als würde sie sichergehen wollen, dass Emma von ihrem Gespräch nichts mitbekommt. Die Kleine schläft, in der einen Hand ihren Schnuller, mit der anderen hält sie das Stofftier mit der eingebauten Spieluhr fest umklammert. Sie schnarcht sogar, ein leises, süßes Sägen. Schlagartig verfliegt Lenas Erregung, ein Blick auf das friedliche Kind reicht aus, um sich wieder mit der Welt zu versöhnen.

Sie gehen weiter, Lena studiert erneut ihren Plan. Über dem Gespräch mit Niklas hat sie die Orientierung auf dem Gelände verloren.

»Hier müssen wir links, glaube ich«, sagt Niklas.

»Ich bin mir nicht sicher, sollten wir nicht erst noch mal rechts?« Sie wirft einen weiteren Blick auf den Plan.

»Okay, dann nach rechts«, willigt er ein.

Sie biegen ab, gelangen auf einen breiteren Sandweg, der wie die meisten hier von Hecken und Bäumen gesäumt ist.

»Jetzt wieder links?«, fragt Niklas.

»Ich habe keine Ahnung«, gibt Lena zu. »Lass uns einfach weitergehen, irgendwo kommen wir schon an. Und manchmal gibt es ja auch Hinweisschilder.«

Hinter der nächsten Biegung bleiben sie beide abrupt stehen. Direkt vor ihnen erstreckt sich eine Grabstätte, die ganz offensichtlich für Kinder gedacht ist: ein Meer aus Rosa und Hellblau. Luftballons, Kuscheltiere, Spielzeug, bunte Windräder, Babyschühchen, Engelsfiguren und Kinderfotos schmücken die vielen kleinen Gräber.

Ein junges Paar steht versunken vor einem weißen Kreuz mit rosafarbener Inschrift. Die Frau weint, ihr Mann hat schützend einen Arm um ihre Schulter gelegt. Bei dem Anblick der beiden schnürt sich Lenas Kehle zu. Doch sie kann sich nicht abwenden. Fühlt sich magisch von dem Anblick angezogen. Plötzlich fühlt sie sich auch wie eine »Friedhofstouristin«, die

die Trauer des Paares stört. Noch dazu steht sie hier mit einem Kinderwagen – das könnte schon wie Hohn anmuten.

»Wie schrecklich«, sagt Niklas. »Ein Kind zu verlieren – das muss das Allerschlimmste sein.«

»Ja«, sagt Lena. Dann nimmt sie einfach Niklas' Hand und zieht ihn mit sich. »Lass uns weitergehen.«

Sie gehen so schnell, als müssten sie fliehen, schlagen den nächstbesten Weg ein. Hauptsache, sie lassen die Kindergrabstätte hinter sich. Unwillkürlich muss Lena an den kleinen Oskar denken und fragt sich, ob auch er hier liegt. Zu seinem Begräbnis war sie selbstverständlich nicht eingeladen worden. Aber vielleicht haben Babette und Sebastian damals genau hier gestanden, haben getrauert und geweint und sie, Lena, verflucht.

Nach weiteren zwanzig Minuten erreichen die beiden ihr Ziel, entdecken den Eingang mit den zwei Torbögen, die von dichten Rosenranken umschlungen werden. Auf die meisten Gräber dahinter sind Rosenstöcke gepflanzt. Die farbenfrohen Bäumchen verleihen dem Ort etwas Tröstliches, etwas Heiteres.

Gemeinsam gehen sie durch einen der Torbögen zur Grabstätte. Niklas deutet auf eine Bank auf der linken Seite. »Dann werde ich mal hier warten. Lass den Kinderwagen ruhig bei mir stehen.«

»Gut, danke.« Lena tritt mit dem Fuß die Bremse fest, versichert sich mit einem kurzen Blick, dass Emma immer noch schläft, und geht dann zu Daniels Grab.

Auch hier hat die Friedhofsgärtnerei bereits einen Rosenstock gepflanzt – natürlich in Karminrot – und mittlerweile alle anderen verwelkten Kränze und Blumen entsorgt.

»Daniel Andersen« steht auf dem glänzenden hellen Stein, für den Esther und Lena sich entschieden haben. Darunter sein Geburts- und Todesdatum, zusammen mit einer kleinen eingravierten Rose.

»Hallo, mein Schatz«, sagt Lena leise. »Da bin ich endlich.« Danach bleibt sie schweigend stehen, lauscht in die Stille. Jetzt, wo sie hier steht, verliert sich der Schrecken des Ortes. Und die Angst, die sie bisher von einem Besuch abgehalten hat. Lena spürt, wie ein Gefühl der Wärme sie erfasst, ein Gefühl des inneren Friedens.

Sie lässt den Blick schweifen. Der Gärtner sollte noch mehr Blumen pflanzen. Momentan wirkt das Grab etwas karg. Sie ärgert sich, dass sie nicht daran gedacht hat, Blumen mitzubringen. Sie nimmt sich vor, das so bald wie möglich nachzuholen.

Sie will sich schon abwenden, als ihr etwas Sonderbares auffällt – hinter dem Grabstein, halb verdeckt, steht ein Kästchen von der Größe eines kleinen Schuhkartons auf dem Boden. Sie geht in die Hocke, sieht genauer hin.

Der Kasten ist ganz offensichtlich aus Holz, hübsch verarbeitet und glänzend lackiert. Auf dem Deckel kann Lena das Bild eines Notenblattes erkennen, dazu eine Violine und eine Flöte. Eine Spieluhr? Wer hat die denn hier hingestellt?

Lena muss einen Schritt auf das Grab machen, um an das Kästchen heranzukommen. Als sie es in Händen hält, richtet sie sich auf. Es ist tatsächlich eine Spieluhr. Sie will schon den Deckel aufklappen, als sie einen unangenehmen Geruch wahrnimmt. Süßlich und faul. Lena spürt, wie Übelkeit in ihr aufsteigt. Und sie bemerkt, dass die Feuchtigkeit am Boden des Kästchens nicht nur von der Erde herrührt.

Erschrocken stellt sie es zurück auf den Boden. Sieht ihre Hände an, eine rötlich braune Substanz klebt an ihren Fingern. Blut? Ist das etwa Blut?

Sie dreht sich unsicher zu Niklas um, der auf der Bank sitzt und den Kinderwagen sachte vor- und zurückschiebt. Dann wendet sie sich wieder dem Kästchen zu, holt tief Luft, geht in die Hocke – und klappt mit einer schnellen Handbewegung den Deckel hoch.

Der Anblick lässt sie würgen. Sie muss sich abwenden. Auf allen vieren erbricht sie sich auf den Schotter neben dem Grab.

»Um Himmels willen, was ist los?« Nur Sekunden später steht Niklas atemlos neben ihr.

»Da!«, bringt sie mit zitternder Stimme hervor. Sie kniet auf dem Boden, würgt noch immer und zeigt entsetzt auf das Kästchen. Erst jetzt nimmt sie die Melodie wahr, die scheppernd aus der Spieluhr plärrt.

Jesus bleibet meine Freude.

»Was, zum Teufel …« Niklas verstummt, in seinem Gesicht zeichnet sich ebenfalls Entsetzen ab.

Vor ihnen, in der Spieluhr, liegen die halb verwesten und stinkenden Überreste von irgendwas, das Lena an ein Schweineherz erinnert, wie sie es manchmal zum Abkochen für Guinness kauft. Es wimmelt nur so vor Maden, die dicht an dicht über das tote Fleisch kriechen.

Doch schlimmer als der Anblick des verfaulten Organs, schlimmer als die Maden und der Gestank, schlimmer noch als die Musik, die wie höhnisches Gelächter die grauenvolle Szenerie untermalt, ist das, was Lena oben im Deckel des Kästchens entdeckt.

Ein Foto. Es zeigt Lena und Daniel bei ihrer Hochzeit. Er in elegantem grauen Cut, sie in einem weißen Empirekleid, ihren Brautstrauß aus karminroten Teerosen glücklich lachend in die Kamera haltend. Und darüber, mitten durch Lenas Gesicht gekritzelt, steht in roten Druckbuchstaben eine Botschaft, die deutlicher nicht sein könnte:

Mörderin!

17

»Ich verstehe nicht, warum wir nicht die Polizei rufen. Das ist doch ganz eindeutig eine Straftat. Störung der Totenruhe, oder so ähnlich.« Niklas ist noch immer völlig außer sich, als sie wieder in seinem Wagen sitzen und Richtung Winterhude fahren.

»Es ist wohl ziemlich klar, wer sich diesen makabren Scherz erlaubt hat. Und ich denke, ich regle die Sache besser selbst«, entgegnet Lena und ist dabei nicht weniger aufgebracht.

Niklas schüttelt den Kopf. »So einen ›Scherz‹, wie du es nennst, regelt man am besten mit einer Anzeige!«

»Ich soll Josy anzeigen? Sie ist doch noch ein Kind!«

»Hast du nicht gesagt, sie ist sechzehn?«

»Eben.« Sie seufzt. »Ein Kind.« Lena dreht sich im Beifahrersitz nach hinten, wirft einen Blick auf die Rückbank. Seit sie den Friedhof im Eilschritt verlassen haben, ist Emma wach, und jetzt brüllt sie lauthals. Mal wieder scheint sich die Aufregung auf das Baby zu übertragen. »Schsch«, macht Lena und versucht, Emma ihren Schnuller zurück in den Mund zu schieben. Aber ihre Tochter spuckt ihn sofort wieder aus und schreit weiter. »Schsch!«, wiederholt Lena. »Ganz ruhig, meine Süße!« Aber es nützt nichts.

»Wenigstens hast du das widerliche Zeug nicht auch noch mitgenommen«, sagt Niklas.

Tatsächlich hatte Lena überlegt, nach einer Plastiktüte zu

suchen, um das Kästchen mitsamt schaurigem Inhalt einzupacken. Dann aber hat sie es nur mithilfe einer Wickelunterlage und mit spitzen Fingern rüber zu einem Gebüsch getragen, wo sie es verstecken konnte.

»Den Gestank wäre ich hier drin nie wieder losgeworden.«

Lena schnaubt nur verächtlich. Wieder taucht das Bild vor ihrem inneren Auge auf. Das verweste Fleisch, die wimmelnden Maden … Sie reibt sich die Augen, um den grauenhaften Anblick zu verscheuchen. Aber er hat sich auf ihre Netzhaut eingebrannt.

»Wo genau in Winterhude wohnt Josy?«, fragt Niklas.

»Am Rondeelteich«, antwortet Lena.

Er stößt einen Pfiff aus. »Noble Adresse.«

Lena nickt nur knapp. »Ich hoffe, dass sie zu Hause ist und nicht im Internat.«

»Du könntest sie anrufen«, schlägt er vor.

»Ich habe ihre Nummer nicht«, erwidert Lena.

»Und deine Schwiegermutter? Die wird doch wissen, wie sie ihre Enkelin erreicht!«

»Vermutlich«, gibt Lena zu. »Aber ich halte es trotzdem für keine gute Idee, Josy anzurufen. Was soll ich zu ihr sagen? ›Entschuldigung, aber warum hast du auf Daniels Grab ein verrottetes Schweineherz gelegt?‹ Nein, das ist eine Sache, die man unter vier Augen bespricht.«

»Bist du denn ganz sicher, dass sie es war?«

Lena zuckt mit den Schultern. »Das liegt doch wohl auf der Hand! Hast du vergessen, wie sie auf der Beerdigung über mich hergefallen ist und mich als Mörderin beschimpft hat?«

Er nickt. »Das stimmt.«

»Ich verstehe es nicht«, murmelt Lena, »ich versteh's einfach nicht! Was geht nur im Kopf dieses Mädchens vor? Hasst Josy mich wirklich so sehr?«

»Teenager«, wirft Niklas ein. »Die reagieren oft sehr extrem.«

»›Extrem‹ – das ist das richtige Wort!«

Auf der Rückbank ist es erstaunlich still geworden. Lena sieht sich um, und tatsächlich schläft Emma wieder wie ein Engel. Als wäre nichts gewesen. *Das habe ich noch vor mir,* denkt Lena. Die Wutausbrüche und irrationalen Handlungen einer Halbwüchsigen. Allerdings wird man das, was Josy getan hat, wohl kaum mit ihrer Pubertät entschuldigen können.

»Und das Haus am Rondeel, das gehört Daniel?« Offensichtlich lässt Niklas das Thema nicht los.

»Ja«, bestätigt Lena. »Eine Stadtvilla, die er vor vielen Jahren in einem heruntergekommenen Zustand gekauft und dann saniert hat.«

Lena denkt daran, wie Daniel ihr damals, kurz nach seiner Trennung von Rebecca, erzählt hat, dass die Villa am Rondeelteich für ihn jahrelang das reinste Gefängnis war. Ein Ort der Einsamkeit und des Suffs. Dass er deshalb dem Haus keine Träne nachweint, dass Rebecca gern mit Josy dort bleiben kann, wenn sie es denn unbedingt will. Dass er weiterhin die laufenden Kosten trägt – und gut.

Ziemlich erhebliche Kosten, wie Lena im Verlauf der Jahre mitbekommen hat, die Daniel auch weiterbezahlte, als er gesetzlich schon längst nicht mehr dazu verpflichtet war. Aber immer, wenn Lena versuchte, darauf zu sprechen zu kommen, wurde das Gespräch von Daniel abgewürgt. Er wollte darüber nicht reden. Und sie, Lena, wollte auch nicht den Eindruck erwecken, dass sie die böse zweite Ehefrau war, die der ersten nichts gönnte.

Das Klingeln ihres Handys reißt Lena aus ihren Gedanken, sie wirft einen Blick aufs Display. Schnell drückt sie auf die Stummtaste, damit das Läuten Emma nicht weckt. Es ist Esther, aber annehmen will sie den Anruf nicht. Nicht jetzt. Esther soll vorerst nicht wissen, was geschehen ist, was ihre Enkeltochter getan hat. Sie soll sich keine Sorgen machen, soll sich erholen. Später wird Lena es ihr erzählen, aber erst einmal muss sie persönlich mit Josy sprechen und sich anhören, was das Mädchen zu sagen hat.

»Da vorn ist es.« Lena zeigt auf die große Villa aus rotem Backstein auf der rechten Seite. Vor der Tür steht Rebeccas Touareg, den sie mittlerweile fährt. Zumindest sie scheint also zu Hause zu sein.

»Das ist in der Tat ziemlich beeindruckend«, sagt Niklas und nickt anerkennend mit dem Kopf.

»Ja, allerdings«, bestätigt Lena. Nur zweimal ist sie bisher hier gewesen. Das erste Mal war kurz nach Daniels und Rebeccas Trennung. Da ist sie einmal nachts heimlich durchs Rondeel gefahren. Nur um zu sehen, wo und wie Rebecca lebt. Die Neugier hatte sie übermannt, aber als sie in geduckter Haltung hinterm Steuer ihres Polos durch die Straße kroch, fühlte sie sich wie eine Stalkerin. Wie eine armselige und von Eifersucht zerfressene Frau.

Das zweite Mal war wenige Wochen später. Es war der erste gemeinsame Heilige Abend mit Daniel. Damals stieg sie aus ihrem Auto aus, ging die drei Stufen hoch zur Eingangstür und klingelte, um – wie heute – ein ernstes Wort mit Josy zu sprechen.

18

»Guten Abend?« Es war weder Rebecca noch Josy, die Lena die Tür öffnete. Vor ihr stand ein Mann mittleren Alters, der sie fragend ansah. Dunkler Anzug, weißes Hemd. Rötliche Haare, blasse Haut, Nickelbrille. Nicht gerade attraktiv, aber auch nicht unsympathisch.

»Entschuldigen Sie«, brachte Lena etwas irritiert hervor. »Ich möchte gern zu Josy.« Sie korrigierte sich. »Josephine Andersen.«

»Am Heiligen Abend?«

»Ja, verzeihen Sie, aber es ist sehr wichtig.«

»Wer sind Sie denn?«

»Mein Name ist Lena May.«

»Ach!« Seine Augenbrauen wanderten in die Höhe. »*Sie* sind also Lena?«

Lena hätte am liebsten auf dem Absatz kehrtgemacht. Doch erstaunlicherweise lächelte der Mann sie nun an und streckte ihr eine Hand entgegen, die sie ergriff und schüttelte. »Ich bin Martin Busch«, sagte er. »Ein Freund der Familie.«

»Aha?« Sie fragte sich, ob sie den Namen schon einmal von Daniel gehört hatte, war sich aber nicht sicher. »Ist Josy zu sprechen?«

»Was möchten Sie denn von ihr?«

»Das ist privat«, entgegnete sie.

Ein amüsierter Ausdruck trat auf sein Gesicht. »Verstehe«, sagte er, »eine Sache unter Frauen.«

»Wenn Sie so wollen.«

»Warten Sie einen Moment«, sagte er, drehte sich um und verschwand im Haus.

Lenas Nerven waren zum Zerreißen angespannt. Es hatte sie allen Mut gekostet herzukommen. Doch jetzt, hier vor der Haustür, fragte sie sich, ob das wirklich eine so gute Idee gewesen war. Noch dazu ohne Daniels Wissen.

Aber sie hatte sich so hilflos gefühlt, ganz allein in der Wohnung mit diesem blöden Weihnachtsbaum und der Gans, die im Ofen halb verbrutzelt war. Da hatte sie beschlossen, dass sie mit Josy reden würde. Sie musste versuchen, zwischen Daniel und seiner Tochter zu vermitteln. Auch wenn die Chancen denkbar gering waren, dass Josy sich ausgerechnet von ihr etwas sagen ließ.

»Frau May?« Es war Rebecca. Martin Busch stand hinter ihr, als würde er sie beschützen wollen. Rebecca trug ein flammend rotes Kostüm, das ihre schlanke Taille betonte, und wie damals beim Italiener fühlte sich Lena wie ein kleines Mädchen, das sich mit einer erwachsenen Frau maß. Sie fröstelte – und das hatte nicht nur mit den dezemberlichen Minusgraden zu tun.

»Guten Abend, Frau Andersen.« Lena streckte beherzt die Hand aus, die Daniels Noch-Ehefrau wohlerzogen schüttelte. »Ich möchte bitte mit Josy sprechen«, wiederholte sie ihr Anliegen.

»Um was geht es, wenn ich fragen darf?« Sie sprach ruhig, aber mit Autorität.

»Das möchte ich Josy lieber selber mitteilen«, antwortete Lena. »Unter vier Augen«, fügte sie dann hinzu.

»Nun, finden Sie nicht, dass ein unangekündigter Besuch an Heiligabend etwas ungewöhnlich ist?« Sie wandte sich halb

Martin Busch zu, der ihr eine Hand auf die Schultern legte und zustimmend nickte.

»Ja, natürlich, das ist mir klar. Aber es ist wirklich wichtig.«

»So wichtig, dass es nicht bis nach den Feiertagen warten kann?«

Lena holte tief Luft. Dann reckte sie tapfer das Kinn vor und sagte: »Nein. Kann es nicht, sonst wäre ich nicht hier.«

In Rebecca Andersens Gesicht zeichnete sich Erstaunen ab. Mit so viel Hartnäckigkeit hatte sie offensichtlich nicht gerechnet. Einen Moment lang überlegte sie. Dann wandte sie sich an Martin und bat ihn darum, sie einen Moment allein zu lassen, woraufhin er verschwand. Dann trat sie einen Schritt aus dem Haus, kam näher auf Lena zu. Die Tür zog sie hinter sich heran. »Ich kann mir durchaus denken, worum es geht«, sagte sie mit leiser Stimme. »Und ich glaube kaum, dass meine Tochter mit Ihnen darüber reden will.«

»Wäre es nicht einen Versuch wert?«

»Hören Sie, Frau …«

»May«, half Lena ihr aus, ärgerte sich aber noch im selben Moment darüber. Sie war sich ganz sicher, dass Rebecca wusste, wie sie hieß.

»Frau May, ja. Ich finde es sehr ehrenwert, dass Sie eigens hierhergekommen sind. Aber ich glaube kaum, dass jemand von uns Ihre Hilfe braucht.«

»Ich würde einfach nur gern zwischen Josy und ihrem Vater vermitteln.«

Rebecca stieß ein spöttisches Lachen aus. Aber schon im nächsten Moment war sie wieder ernst. »Tut mir leid«, sagte sie, »aber das halte ich für keine gute Idee, das müssen die zwei schon unter sich ausmachen. Nur weil Sie die Geliebte meines Mannes sind, sollten Sie nicht Ihre Kompetenzen überschätzen.«

Lena schluckte die Beleidigung einfach hinunter, wollte sich von Daniels Frau auf gar keinen Fall provozieren lassen. »Ich denke, dass es da einige Missverständnisse gibt, die leicht aus der Welt zu räumen wären.«

»Missverständnisse?«

»Zum Beispiel die Sache mit dem Internat«, erklärte Lena. »Ich habe nicht den Eindruck, dass Josy da wirklich hinmöchte.«

»Das lassen Sie mal unsere Sorge sein.«

»Ich will mich da ja auch nicht einmischen …« Lena merkte, wie sie ins Schwimmen geriet.

»Dann tun Sie es auch nicht.«

»Aber … Aber Josy scheint zu denken, dass Daniel sie nicht um sich haben will. Das stimmt nicht. Es gibt in der neuen Wohnung ein Zimmer nur für Josy. Dort kann sie jederzeit hin. Wenn sie mag, auch dauerhaft, das …«

»Jetzt hören Sie mir mal zu!«, unterbrach Rebecca sie barsch. Sie beugte sich dicht zu ihr vor. »Sie haben nicht die geringste Ahnung, wovon Sie da reden! Daniel hat seine Entscheidung getroffen, und zwar *für* Sie und *gegen* uns.« Lena wollte etwas erwidern, kam aber nicht zu Wort. »Sie wissen gar nichts von Daniel! Sie kennen nur seine Sonnenseite, die des frisch verliebten Charmeurs. Vielleicht ist er am Ende ein besserer Schauspieler, als Sie denken?«

»Ich …«

»Nein, ich bin noch nicht fertig!« Mittlerweile war Rebecca Lena so nah gekommen, dass sie ihren warmen Atem auf der Haut spüren konnte. »Vielleicht hat Daniel Ihnen nicht die ganze Wahrheit gesagt, das kann ich mir gut vorstellen. Aber Fakt ist, dass er nicht möchte, dass unsere Tochter seine und Ihre Zweisamkeit stört. Und dass Josy ihm bei Ihnen zu Hause lästig wäre, sodass er ihren Internatsbesuch befürwortet. Egal, ob sie es will oder nicht. Deshalb, und nur deshalb, hat unsere

Tochter momentan keinerlei Bedürfnis, mit ihrem Vater zu sprechen. Weder an Weihnachten noch zu sonst einem Zeitpunkt. Ganz egal, was Daniel Ihnen erzählt hat. *Das* ist die Wahrheit!«

»Aber ich kann mir nicht vorstellen …«

»Es ist völlig unerheblich, was Sie sich vorstellen können!«, fiel Rebecca ihr erneut ins Wort. »Hören Sie einfach auf, sich in unsere Angelegenheiten einzumischen. Ich wünsche das nicht, Josy wünscht es nicht, und *mein Mann*«, sie betonte die Worte deutlich, »wünscht es ebenfalls nicht.« Damit drehte sie sich um, verschwand im Haus und warf die Tür hinter sich zu.

Ratlos und beschämt trat Lena den Rückzug an. Sie ging zu ihrem Auto, schloss die Tür auf und ließ sich seufzend auf den Fahrersitz plumpsen. Ihr Handy, das sie in der Mittelkonsole hatte liegen lassen, leuchtete auf. Drei Anrufe und eine Sprachnachricht. Sie rief ihre Mailbox an. Daniel. Er wollte wissen, wo sie steckte. Sie legte das Telefon zur Seite, startete den Motor und fuhr los. Ihr schwante nichts Gutes.

»Du hast *was?*« Daniel war nicht nur verärgert, als sie zwanzig Minuten später zu Hause ankam und ihm von ihrem Besuch bei Rebecca berichtete. Er war außer sich. »Bist du jetzt komplett verrückt geworden?«

»Ich wollte doch nur mit Josy sprechen«, brachte sie hervor. »Ich dachte, ich könnte vielleicht zwischen euch vermitteln.«

»So, dachtest du?«, fuhr er sie an. »Und du glaubst, dass ich das nicht allein hinkriege?«

»So meinte ich das doch nicht! Ich wollte nur …« Ihre Stimme erstarb. Sie wusste selbst nicht mehr, was sie eigentlich gewollt hatte. Und wie sie auf die blöde Idee gekommen war, an Heiligabend ins Auto zu steigen und zu Rebecca zu fahren.

Ja, ihr war klar gewesen, dass Daniel darüber vielleicht nicht sonderlich erfreut wäre. Aber dass er so wütend auf sie sein würde, hätte sie nicht gedacht.

»Das war wirklich die schwachsinnigste Idee, von der ich je gehört habe! Damit hast du alles nur noch viel schlimmer gemacht!«

»Ich … Ich …«, stotterte sie, und die Tränen rannen ihr übers Gesicht, »ich will doch nur, dass du glücklich bist.«

»Wenn du das willst, dann halt dich am besten aus meinen Angelegenheiten raus!«

Sie sah ihn verletzt an. »Meine« Angelegenheiten. Bisher hatte sie gedacht, dass es auch »ihre« wären. Weil sie und Daniel doch ein Team waren. Weil sie zusammengehörten. Und weil man sich nun einmal gegenseitig hilft, wenn man zusammengehört. Anscheinend hatte sie damit gründlich falschgelegen.

Erst jetzt schien Daniel zu bemerken, dass sie weinte. Er kam auf sie zu und schloss sie in seine Arme. »Lena, es tut mir leid, mein Schatz!« Mit geschlossenen Augen lehnte sie ihren Kopf an seine Schulter, froh darüber, dass er wieder bei ihr, dass er wieder ihr Daniel war. »Ich hätte mich nicht so aufregen dürfen«, sagte er und streichelte mit einer Hand über ihren Rücken. »Du hast es nur gut gemeint.«

»Ja«, schluchzte sie wie ein kleines Kind. »Das hab ich.«

Er seufzte. »Das mit Josy und mir ist einfach ziemlich verfahren«, erklärte er. »Und sosehr du mir auch helfen willst, das müssen wir schon allein regeln.«

Sie blickte zu ihm auf. »Dann bist du nicht mehr sauer auf mich?«

Er schüttelte den Kopf, lächelte sie an. »Nein. Ich liebe dich. Wie könnte ich da sauer auf dich sein?«

»Ich liebe dich auch.«

»Dann lass uns einfach Weihnachten feiern und das, was passiert ist, vergessen.«

»Ja«, antwortete sie. Obwohl sie sich nicht sicher war, ob sie vergessen könnte, wie heftig Daniel eben reagiert hatte. Aber sie würde es versuchen. Es vergessen – und nicht weiterfragen, warum.

19

Es ist ein Déjà-vu. Wie vor fünf Jahren öffnet ihr auch diesmal Martin Busch die Tür. Nur dass er mittlerweile Martin Andersen heißt. Vor drei Jahren haben er und Rebecca geheiratet. Und er hat ihren Namen angenommen. Daniels Namen!

Als der neue Hausherr Lena sieht, tritt sofort ein betroffener Ausdruck auf sein Gesicht.

»Lena!«, begrüßt er sie freundlich. »Wie geht es Ihnen?«

»Geht so«, erwidert sie ungeduldig, sie will mit Josy sprechen und nicht mit dem Stiefvater des Mädchens Höflichkeiten austauschen.

»Was macht das Baby?«, fragt er weiter. »Wir haben uns bei der Beerdigung große Sorgen um Sie gemacht! Es tut uns so leid. Wir wissen auch nicht, was in Josy …«

»Ist sie zu Hause?«, unterbricht Lena ihn schroff.

»Wer?«, fragt Martin Andersen verständnislos. »Josy?«

Wer sonst?, würde sie ihn am liebsten anbrüllen. In diesem Moment hört sie Rebeccas Stimme.

»Wer ist denn da?«

Eine Sekunde später erscheint sie in Person an der Tür. Ihre Miene verrät unverhohlene Ablehnung. »Was möchten Sie?«, fragt sie. Ihre Stimme ist eisig. »Wir wollten gerade zum Mittagessen fahren.«

»Tut mir leid, wenn ich Sie störe«, sagt Lena. »Aber ich muss mit Josy sprechen.«

»Warum?«

»Das geht Sie nichts an.«

»Das geht uns nichts an?« Rebecca stößt einen hässlichen Laut aus, der wohl ein Lachen sein soll. Dann sieht sie Lena direkt an. »Josy ist nicht da«, sagt sie, »sie ist in ihrem Internat an der Ostsee.«

»Sind zurzeit nicht Ferien?«, fragt Lena aufs Geratewohl.

»Die Schule veranstaltet ein Sommercamp«, erklärt Rebecca. Und fügt hinzu: »Sie müssen also schon mit uns vorliebnehmen, wenn Sie etwas loswerden möchten.«

Kurz zögert Lena, aber dann schüttelt sie den Kopf. »Das betrifft nur Josy und mich, darüber möchte ich nicht mit Ihnen reden.« Auch wenn Lena nicht genau weiß, warum, will sie Daniels Tochter schützen und nicht vor deren Mutter ausbreiten, was das Mädchen getan hat. Obwohl es vermutlich ohnehin bald ans Licht kommt.

»Hat Daniel mit Ihnen gesprochen?«, meldet Martin sich zu Wort.

»Worüber? Was meinen Sie?«

»Gar nichts«, geht Rebecca dazwischen. »Außer dass Josy die Trennung von ihrem Vater bis heute nicht allzu gut verkraftet hat. Von seinem Tod ganz zu schweigen.«

»Genau darum geht es«, erwidert Lena.

»Wie gesagt, sie ist nicht hier«, wiederholt Rebecca.

»Gut«, sagt Lena, »dann fahre ich zum Internat.« Sie will schon gehen und zurück zu Niklas und Emma laufen, die im Auto auf sie warten, als Rebecca sie zurückhält.

»Moment«, ruft sie. »Sie können nicht einfach so in der Schule meiner Tochter auftauchen!«

»Warum nicht?«

Einen Moment scheint Rebecca zu überlegen. Dann verändert sich etwas in ihrer Haltung. Ihre Miene wird weicher. »Vielleicht sollten Sie sich erst einmal ein bisschen beruhigen. Kommen Sie doch herein, und erzählen Sie uns, was überhaupt los ist.« Sie macht eine einladende Geste.

Lena gibt sich einen Ruck. Vielleicht ist es doch besser, den beiden alles zu erzählen, statt das Mädchen einfach im Internat zu überfallen. Rebecca ist immerhin Josys Mutter, und nach dem Ausraster bei der Beerdigung sollte sie auch von diesem Vorfall erfahren. »Also schön«, sagt sie. »Ich komme mit rein. Aber nur kurz. Ich habe meine Tochter dabei.«

Sie macht Niklas im Auto Zeichen, dass sie gleich wieder da ist. Dann folgte sie Rebecca ins Innere der Villa.

Als sie eine halbe Stunde später wieder bei Niklas im Passat sitzt, kann sie ihre Wut kaum zügeln.

»Sie hat mir einfach kein einziges Wort geglaubt. Diese arrogante Kuh! Ich habe ihr von dem Herzen und dem Hochzeitsfoto mit der Beschriftung erzählt, aber sie hat rundweg abgestritten, dass Josy etwas damit zu tun haben könnte. Sie hat sogar in Zweifel gezogen, dass es die Spieluhr überhaupt gibt. Sie hat gesagt, ich habe wohl eine etwas blühende Fantasie, wer weiß, was ich da auf dem Friedhof gefunden hätte, und warum ich ihr das Kästchen und das Foto nicht wenigstens zeigen könnte.« Lena muss nach Luft schnappen, so sehr ist sie in Rage. »Ich habe ihr gesagt, dass ich ihr die Spieluhr noch heute bringen werde. Mit dem Schweineherz und den Maden und dem widerlichen Gestank … Ich lass mich doch nicht für verrückt erklären! Was bildet die sich eigentlich ein?«

Niklas sieht sie fragend ein. »Du hast ihr *was* gesagt?«

Lena macht eine fahrige Bewegung mit der Hand. »Dass ich ihr das Beweisstück präsentieren werde. Nun fahr schon los!«

Niklas seufzt. Er betrachtet die aufgebrachte Lena, die sich zu Emma umgewendet hat, die fröhlich gluckst und kräht. Dann startet er den Motor.

Die Fahrt absolvieren sie schweigend. Lena ist froh, dass Niklas sie mit Vorwürfen verschont. Sie weiß selbst, dass er sich bestimmt nettere Beschäftigungen vorstellen kann, als an einem schwülen Sommertag eine ihm fast unbekannte Frau mitsamt Kind durch halb Hamburg zu kutschieren und zum zweiten Mal den Ohlsdorfer Friedhof aufzusuchen.

Aber er lässt es klaglos über sich ergehen, schiebt sogar den Kinderwagen, als sie nun auf das Gebüsch zusteuern, in dem Lena die Spieluhr versteckt hat. Direkt davor bleiben sie stehen. Starren angestrengt ins Dickicht, halten Ausschau nach dem Corpus Delicti.

Aber das Kästchen – ist weg.

ICH

Bald ist es so weit. Bald wirst du erfahren, dass der Schrecken, in dem du dich gerade wähnst, nur ein klitzekleiner Anfang ist. Nahezu lachhaft im Vergleich zu dem, was dir noch bevorsteht. Du denkst, dass du es bereits schlimm getroffen hast? Warte nur ab! Nicht mehr lange, und du wirst wissen, was wirkliche *Verzweiflung, was* wirkliche *Dunkelheit ist!*

20

»O Gott, Lena, das ist ja grauenhaft! Ich komme sofort zurück!« Esther ist erwartungsgemäß schockiert, als Lena sie zurückruft, nachdem Niklas sie und Emma wieder zu Hause abgesetzt hat.

»Nein, das musst du nicht.«

»Aber natürlich breche ich die Reise ab«, insistiert sie. »Hier habe ich keine ruhige Minute mehr.«

»Du kannst mir sowieso nicht helfen«, sagt Lena. »Ich habe beschlossen, morgen früh zu Josys Internat zu fahren.«

»Aber Lena, glaubst du wirklich, dass sie so etwas getan hat?«

»Wer denn sonst?«, fragt Lena. »Ich werde sie einfach mit den Tatsachen konfrontieren. Ein offenes Wort von Frau zu Frau.«

»Du sagst, dass das Kästchen inzwischen weg ist?«

»Ja«, antwortet Lena. »Aber du kannst mir glauben, dass ich keine Halluzinationen habe. Keine Ahnung, wohin es verschwunden ist, vielleicht hat es der Friedhofsgärtner entdeckt oder ein Tier hat es verschleppt. Aber es *war* da! Und außer Josy kommt nun mal niemand infrage, der es hingelegt haben könnte.«

»Vielleicht gibt es ja eine ganz simple Erklärung«, sagt Esther.

»Auf *die* Erklärung wäre ich dann aber gespannt!« Sie lacht bitter auf. »Und es passt doch zu Josys Ausraster bei der Beerdigung.«

»Da war sie nicht sie selbst. Aber nach all den Jahren würde sie doch nie …«

»Wie gesagt«, unterbricht Lena sie. »Gleich morgen früh fahre ich zur Schule. Dann sehen wir weiter.«

»Soll ich sie nicht mal anrufen?«

»Nein, bitte nicht! Das möchte ich wirklich persönlich klären.«

Lena hört, wie Esther tief Luft holt. »Na schön. Aber ich bin mir sicher, dass hier nur ein schreckliches Missverständnis vorliegt.«

»Kann sein«, erwidert Lena ohne Überzeugung. »Wie geht es Guinness?«, fragt sie, um das Gespräch in eine unverfänglichere Richtung zu lenken.

»Sehr gut«, antwortet Esther. »Er ist unser Maskottchen, jeder reißt sich darum, mit ihm spazieren gehen zu dürfen.«

»Klingt gut.« Sie lächelt. Sie vermisst Guinness, wie ihr in diesem Moment bewusst wird, vermisst ihn sogar sehr.

»Und was macht meine kleine Emma?«, fragt ihre Schwiegermutter.

»Gerade habe ich sie zu ihrem Nachmittagsschläfchen hingelegt. Sie pennt fast rund um die Uhr, genauso, wie ein Baby es soll. Und auch mit dem Trinken klappt es prima.«

»Ach, die kleine Maus!«, jammert Esther. »So viel Unglück schon in ihrem kurzen Leben!«

»Ja«, erwidert Lena, während ihr erneut ganz schwer ums Herz wird.

»Rufst du mich an, sobald du Josy gefunden hast?«, bittet Lenas Schwiegermutter.

»Natürlich, das mache ich.«

Sie verabschieden sich und legen auf. Lena starrt einen Moment lang mit unschlüssigem Blick auf das Telefon in ihrer Hand. Verrückt. Die ganze Situation ist vollkommen verrückt! Verrückt und zermürbend. Lena sehnt sich danach, dass wieder Normalität einkehrt in ihr Leben. In ihr Leben und in das von Emma. Gerade fühlt es sich so an, als wäre sie in eine Art Schleudergang geraten, als würden die Geschehnisse sie hin und her werfen. Sie weiß kaum noch, wo ihr der Kopf steht. Sie ist müde, entsetzlich müde. Und zur gleichen Zeit so aufgewühlt, dass es ihr ein Rätsel ist, wie sie überhaupt jemals wieder zur Ruhe kommen soll.

Erneut denkt sie an das Tavor im Badezimmerschrank. Heute wäre ein guter Tag, das Beruhigungsmittel einmal auszuprobieren. Aber nein, das wird sie nicht tun. Sie will einen möglichst kühlen Kopf behalten, gerade jetzt.

Sie geht ins Wohnzimmer, beugt sich über den Stubenwagen, um nachzusehen, ob Emma noch schläft. Das Baby zuckt leicht, hat die Augen aber geschlossen. Ihre Tochter scheint zu träumen. *Hoffentlich etwas Schönes*, denkt Lena. Dann geht sie ins Schlafzimmer, lässt sich erschöpft auf ihr neues Bett fallen, zieht sich die Decke über den Kopf und versucht ebenfalls, ein wenig zu schlafen. Wenigstens so lange, bis Emma sie zur nächsten Milchmahlzeit weckt.

Als sie aufwacht, stellt Lena verwirrt fest, dass es draußen bereits dunkel ist. Durch die Jalousien vorm Schlafzimmerfenster fällt nur der schwache Lichtschein der Laterne, die im Garten steht und sich bei eintretender Dämmerung automatisch einschaltet. Lena wirft einen Blick auf ihren Wecker: schon kurz nach neun!

Erschrocken fährt sie hoch, schlägt die Decke zurück und springt vom Bett auf. Warum hat Emma sich nicht gemeldet? Es ist viel zu spät, das Kind müsste schon längst vor Hunger schreien.

Sie stolpert durch den Flur, fällt beinahe hin, fängt sich nur mit Mühe mit einer Hand an der Wand ab. Die Tür zum

Wohnzimmer steht weit offen, kein Geräusch ist zu hören, kein Wimmern oder Weinen, erst recht kein Schreien – es herrscht friedliche Stille. Nur ein leichter Luftzug trägt von der Terrassentür warme Sommerluft herein, die Vorhänge wiegen sachte hin und her.

Dann steht Lena neben Emmas Stubenwagen, beugt sich hinunter, um ihre Tochter zu wecken, um sie herauszunehmen und zu streicheln, um sich dafür zu entschuldigen, dass Mama so fest eingeschlafen ist, um ihr zu sagen, dass sie jetzt sofort ihr Fläschchen und eine frische Windel bekommt.

Ein Schrei erklingt. Dann noch einer. Laut und verzweifelt. Lena ist es selbst, die da so schreit. Die neben dem Bettchen steht und schreit und schreit.

Neben dem leeren Bettchen.

Das Kind ist weg.

Auf der kleinen Matratze liegt ein Polaroidfoto. Ein Bild, das Emma schlafend zeigt. Zeigt, wie sie in diesem Stubenwagen, der nun leer und verwaist ist, schlummert. Im Schlafsack und mit geschlossenen Augen, ihren Schnuller im Mund. Neben dem Bild ein Zettel, ein bedrucktes Stück Papier. Der Text bringt Lena fast um den Verstand:

Kein Wort zu irgendwem,
oder deine Tochter stirbt.

21

Emma. Emma! *Emma!*

Lena weiß nicht, wie lange sie so schreit. Irgendwann versagt ihr die Stimme. Sie starrt auf den Stubenwagen, in dem vorhin noch ihre Tochter lag. Die Knie werden ihr weich, ihr ist schwindelig und übel. Ihr gesamter Körper ist wie taub, abwechselnd wird ihr heiß und kalt, sie spürt tausend Nadelstiche auf der Haut, ein schier unerträgliches Kribbeln geht ihr durch und durch.

Lena kennt dieses Gefühl. Es ist das Gefühl, das einen übermannt, wenn etwas sehr Schlimmes passiert. Wenn jemand sagt: »Ich liebe dich nicht mehr.« Oder: »Wir müssen Ihnen kündigen.« Oder: »Ihr Mann ist tot.«

Aber das alles ist nichts im Vergleich zu dem hier. Dieser Moment, in dem sie vor Emmas leerem Bettchen steht und auf die verwaiste Matratze starrt. Mit zitternden Händen nimmt sie den Zettel und liest die Botschaft darauf wieder und wieder:

Kein Wort zu irgendwem,
oder deine Tochter stirbt.

Sie lässt das Blatt Papier sinken, lässt es zurück neben das Polaroid von Emma segeln.

Sekunden später bricht die Hysterie in ihr aus. Hektisch beginnt sie, den Stubenwagen zu durchsuchen, nimmt alles heraus, obwohl da kaum etwas ist. Ein Säugling soll ohne Stofftiere, Decken und Kissen schlafen, das hat sie jahrelang gepredigt, damals ja auch den Eltern von Oskar. Und Emma hat ebenfalls im Schlafsack gelegen; es gibt aber nichts zu durchsuchen in dieser Wiege, nichts hochzuheben, worunter ein Säugling verborgen sein könnte.

Trotzdem greift Lena nach der Matratze, reißt das Spannbettlaken herunter, wendet es von rechts auf links. Sie tastet den nackten Boden aus geflochtenem Korb ab, kniet sich aufs Parkett neben den Stubenwagen, überzeugt sich davon, dass auch unter dem Bettchen keine Emma liegt.

Dann kriecht sie auf allen vieren über den Fußboden, sucht jeden Zentimeter des Wohnzimmers ab. Sucht hinterm Sofa, hinter den Vorhängen, sogar in sämtlichen Schränken und Regalen sieht sie nach. Immer verzweifelter, immer hektischer wird sie, steht schließlich auf, rennt von Raum zu Raum, raus in den Garten und wieder rein ins Haus, sucht nach dem Kind.

Obwohl sie weiß, obwohl sie längst weiß, dass sie Emma nicht finden wird. Ihre Tochter ist weg. Jemand hat sie mitgenommen. Ist einfach in die Wohnung spaziert, durch den Garten und die offene Terrassentür, hier, in dieser »guten Gegend«. Hat das Kind aus der Wiege gehoben und ist damit verschwunden. Einfach so.

Während sie, Lena, nebenan lag und friedlich schlief. Sie, die pflichtvergessene Mutter, die Rabenmutter, eine, die nicht merkt, wenn man ihr Kind entführt. Die schlief, als jemand eingedrungen ist – und Emma gestohlen hat.

Emma, so klein, so hilflos. Lena hat von Anfang an versagt. War vom ersten Atemzug ihrer Tochter nicht die Mutter, die sie hätte sein müssen. Sie hat das Kind abgelehnt, kein Gefühl gehabt für ihr Baby, für ihr eigen Fleisch und Blut. Hat sich nur in ihrem Kummer, in ihrem Selbstmitleid gewälzt und nicht daran gedacht, dass sie jetzt *Verantwortung* trägt. Dass sie selbst nicht mehr so wichtig ist. Dass es hauptsächlich um ihr Baby und dessen Leben geht. Jede Mutter, *jede*, würde für ihr Kind sterben. Das ist ein unumstößliches Naturgesetz! Doch sie, Lena, *hat* dagegen verstoßen.

»Emma!«, schreit sie nun erneut, in der irren Hoffnung, ihr Mädchen würde sich melden. Würde einen Ton von sich geben, irgendeinen, und wenn er auch noch so leise wäre. Oder würde wie in größter Not schreien und brüllen, aus voller Kehle, so laut, dass auch Frau Richter das Baby hören würde.

Aber es bleibt still. Totenstill. Lena weiß, dass sie rufen kann, so lange sie will – Emma ist fort.

Wer? Wer hat das Kind? Wer hat ihr Emma fortgenommen?

Josy? *Josy?* Nein, Unsinn, das kann nicht sein. Ein makabres »Geschenk« auf dem Friedhof, das traut sie einem verletzten Teenager zu. Aber eine *Entführung?* Ein Baby wegnehmen, es stehlen, aus einer Wohnung, aus seiner Wiege heraus? Nein, das nicht. Oder doch? Oder etwa *doch?*

»Und ich hoffe, dass du auch alles andere erleben darfst.« Mit einem Mal schießt Lena dieser Satz durch den Kopf. Babette, Oskars Mama. Babette und Sebastian. Haben etwa sie Emma entführt? Damit Lena spürt, damit sie *erlebt*, wie es ist, das eigene Kind zu verlieren?

Nein, das kann nicht sein! Auch dieser Gedanke erscheint Lena zu monströs. Und die zwei wissen nicht einmal, wo Lena wohnt. Doch, fällt es ihr ein, das wissen sie! Sie haben ihr ja damals ihren Brief zurückgeschickt, nach Hause, an *diese* Adresse! Haben sie das alles geplant, nachdem sie Lena schwanger an der Alster getroffen haben? Ist ihr Hass auf sie da neu entflammt? Haben sie in diesem Moment beschlossen, Lena ihr Baby wegzunehmen, sobald es auf der Welt ist?

Sie sieht die beiden vor sich, wie sie sie angesehen, wie Babette auf ihren schwangeren Bauch gestarrt hat. Ist das denkbar? Ist das *wirklich* denkbar?

Lena schüttelt wild den Kopf. Nein, das *kann* sie nicht glauben. Dass Babette und Sebastian etwas damit zu tun haben, das kann sie sich einfach nicht vorstellen. Und außerdem: Wie sollten sie an das Hochzeitsfoto in der Spieluhr gekommen sein? Das ist unmöglich. Scheiden die zwei damit nicht aus? Also doch Josy?

Es rattert durch Lenas Kopf, sie kann nicht denken. Kann nicht denken, *denken!*

Sie ist schweißgebadet, ihr Herz rast. Es muss Josy sein! Das Mädchen hatte bestimmt ein Hochzeitsfoto oder könnte sich zumindest eins besorgt haben, ohne Probleme.

So unfassbar es auch scheint, es hat eine Logik: erst der Überfall bei der Beerdigung, dann das Schweineherz – und jetzt *das hier*. Ja, es *muss* Daniels Tochter sein! Josy hat Emma. Jemand anders kommt überhaupt nicht infrage. Das liegt für Lena jetzt glasklar auf der Hand.

Sie muss zur Polizei, sofort muss Lena die Polizei verständigen! Eilig läuft sie in den Flur, reißt das Telefon von der Station und wählt zweimal die »1«. Bevor sie die »0« drückt, legt sie wieder auf.

Kein Wort zu irgendwem,
oder deine Tochter stirbt.

Die Drohung schnürt ihr die Kehle zu. Sind die Worte ernst gemeint? Bringt Josy das fertig? Bringt sie das wirklich fertig? Oder will sie Lena nur erschrecken? Sie zu Tode ängstigen, während sie irgendwo da draußen mit Emma auf dem Arm wartet, vor sich hinkichert und die Sekunden zählt, bevor sie an der Tür klingelt und Lena ihr Kind wieder zurückbringt? Ist es ein – Scherz? Ein noch schlimmerer Scherz als der mit dem Schweineherzen auf dem Friedhof? Nein, ein Scherz ist das nicht. *Das hier* nicht. Ein Kind zu stehlen, das ist eine unmenschliche Tat.

Aber Emma *umbringen*, mit den eigenen Händen? Nein, Josy ist doch kein Monster. Sie ist erst sechzehn, ein *Mädchen*, ein kleines Mädchen, das wütend ist, verletzt, verzweifelt. Josy trauert, trauert um ihren Vater – sicher tut sie das. Aber das alles ist kein Grund, sich an einem Säugling zu vergreifen.

Es ist auch kein Grund, mich als Mörderin zu beschimpfen oder ein blutiges Herz auf Daniels Grab zu legen.

Lena kann den Gedanken nicht verhindern, er ist einfach da. Was weiß sie schon über das Mädchen? Nichts! Nichts weiß Lena. Hat keine Ahnung, was Josy denkt, was sie fühlt, was sie bewegt – wozu sie fähig ist.

Wieder der Griff zum Telefon. Wieder wählt sie die »1«, und noch einmal die »1«. Wieder legt sie auf. Nein, nicht die Polizei! Das Risiko ist zu groß. Was, wenn Josy mitbekommt, dass Lena die Polizei informiert? Was, wenn sie in Panik gerät, wenn sie irgendetwas Unüberlegtes tut? Kurzschlussreaktion im Affekt, nicht gewollt, aber nie wiedergutzumachen.

Lena zuckt zusammen, als ihr Handy klingelt. Es ist in ihrer Handtasche im Flur. Beinahe stürzt sie, so schnell läuft sie zu der Kommode, auf der ihre Tasche liegt. Sie reißt sie an sich und sucht hektisch darin herum. Nach dem vierten Klingeln erwischt sie es, drückt auf »Annehmen« und ruft atemlos »Hallo?« in den Hörer. In Erwartung, Josys Stimme zu hören, mit Emma im Hintergrund. Josy, die sie übel beschimpft, die schreit und weint. Die Emma kein Haar krümmen wird, die ihr Emma zurückgeben wird. Ganz sicher wird sie das.

»Hallo, meine Schöne!« Am anderen Ende der Leitung lacht ein Mann.

»Was?«

»Lena, ich bin's, Jasper!«

Sie spürt, wie ihr erneut die Knie weich werden. »Was willst du?«

»Oh, Verzeihung!« Ein eingeschnappter Tonfall. »Ich wollte mich nur bei dir melden und hören, wie es dir geht. Na ja, und mich für meinen Überfall neulich Nacht noch einmal entschuldigen.«

»Ich hab jetzt keine Zeit.«

Ehe er noch etwas sagen kann, hat Lena aufgelegt. Keine Abschiedsfloskel, nichts. Ihr Kopf droht zu platzen. Wenn sie nicht aufpasst, fängt sie jeden Moment an zu schreien.

Konzentrieren, sie muss sich konzentrieren! Nachdenken, was sie nun tun kann, was sie nun tun *muss*. Trotz der Drohung. Sie kann doch nicht untätig herumsitzen und abwarten, was als Nächstes passiert. Sie muss *handeln!*

Zum Internat? Jetzt sofort? Nein, das ist Unsinn. Wenn Josy ihre Tochter hat, muss sie hier in Hamburg sein.

Bleib ruhig!, ermahnt Lena sich mit stummen Worten, *bleib ruhig! Und denk nach!* Sie muss das Mädchen anrufen, sofort und auf der Stelle. Vielleicht gelingt es Lena, vernünftig mit Josy zu reden. Sie davon zu überzeugen, dass sie gerade eine große Dummheit begangen hat. Aber dass sie, Lena, es niemandem verraten wird, wenn sie ihr nur schnell ihre Emma zurückbringt. Niemandem wird sie es sagen, *niemandem*. Es bleibt ihr gemeinsames Geheimnis, das muss keiner wissen. Schwamm drüber und vergessen. Nur ein unbedeutender Zwischenfall, nichts weiter!

Josys Nummer. Lena hat sie immer noch nicht! Warum hat sie Esther vorhin nicht gefragt? Warum hat sie sie sich nicht von ihrer Schwiegermutter geben lassen? Aber da wusste sie natürlich noch nicht, dass …

Bevor ihre Gedanken weiter verrücktspielen, nimmt Lena das Telefon und wählt Esthers Handynummer. Sie wird ihr sagen, dass sie ihre Meinung geändert hat und doch bei Josy anrufen will. Ihre Schwiegermutter muss nichts wissen von dem, was gerade passiert ist.

Sie erreicht sie nicht. Nur die Mailbox springt an. Entmutigt lässt Lena ihr Telefon sinken. Was nun? Sie muss Josy finden, *muss!* Da, wo das Mädchen ist, ist auch ihr Kind.

Daniels Handy! Er wird die Nummer seiner Tochter gespeichert haben, natürlich! Sie läuft ins Schlafzimmer, reißt die Schublade ihres Nachttischs auf und holt das Telefon heraus. Schaltet es ein, tippt »2807«, das Datum, an dem Daniel und sie sich kennengelernt haben. Der Bildschirm des Handys leuchtet auf.

Wenig später hat sie Josys Kontaktdaten gefunden, in Daniels »Favoriten«. Über den Einträgen von Lena – und Rebecca. Lena wundert sich kurz darüber, dass auch die Exfrau ihres Mannes in dieser Rubrik gespeichert ist – dann drückt sie auf »Wählen«.

Auch hier nur eine Mailbox. Lena legt wieder auf. Sie ärgert sich über sich selbst. Was hat sie denn gedacht? Natürlich ist das Handy aus, das ist doch klar! Das Mädchen ist doch nicht dumm! Aber wo kann sie sein? Wo nur? Die Schule schließt Lena aus. Da wird Josy sich kaum verstecken, schon gar nicht mit einem Baby. Also in Hamburg, irgendwo hier, irgendwo in der Nähe.

Lena steckt Daniels Handy ein, läuft hinaus in den Flur, schnappt sich Tasche und Mantel und sitzt eine Minute später in ihrem Polo.

Sie wird noch einmal zu Rebecca und Martin fahren. Sie

hofft, nein, sie *betet*, dass sie Josy dort findet. Und wenn sie sich nicht bei ihrer Mutter versteckt, wird Rebecca jetzt ja wohl endlich verraten, wo Josy sein könnte. Das hier ist kein Scherz mehr! Es ist bitterer Ernst, das wird selbst Rebecca verstehen.

Kein Wort zu irgendwem,
oder deine Tochter stirbt.

Nein, Lena wird Rebecca zunächst gar nichts erzählen. Wird nur darauf bestehen, mit Josy zu sprechen! Zur Not muss sie sich etwas ausdenken. Muss damit drohen, die Polizei zu rufen. Oder so laut zu schreien, dass die gesamte piekfeine Nachbarschaft es mitbekommt. Irgendwas. Hauptsache, Rebecca macht den Mund auf.

22

Das Haus liegt in kompletter Dunkelheit, als Lena es um kurz vor zehn erreicht. Nicht einmal das Licht über der großzügigen Eingangstür brennt. Alles wirkt einsam und verlassen.

Lena steigt aus, geht die Treppe zum Eingang hoch und klingelt. Sie wartet, nichts rührt sich. Sie klingelt noch einmal. Und noch einmal und noch einmal. Schließlich drückt sie auf den Knopf und lässt ihn nicht mehr los. Noch immer passiert nichts. Kein Licht, das angeht, keine Schritte, die sich nähern.

Lena tritt ein paar Meter zurück, betrachtet das Anwesen. Links und rechts Hecken. Dahinter der Garten. Auf der linken Seite befindet sich ein gusseisernes Tor. Sie geht darauf zu, rüttelt an der Klinke, aber die Pforte bleibt verschlossen.

»Rebecca?«, ruft sie laut. »Sind Sie da?« Keine Antwort.

»Josy?«, versucht sie es. Dann: »Martin? Hier ist Lena, ist jemand zu Hause?«

Als eine Art Schaben ertönt, das vom rückwärtigen Grundstück zu kommen scheint, horcht sie auf. Ein Stuhl, der gerückt wird?

»Rebecca?«, ruft sie, so laut sie nur kann. Aber jetzt ist alles wieder still. Möglich, dass Lena sich das Geräusch nur eingebildet hat. Ihre Sinne sind völlig überreizt, ihre Nerven zum Zerreißen gespannt.

»Hallo!« Sie rüttelt ein weiteres Mal am Gartentor. Rüttelt

wütend und verzweifelt, als würde sie es allein durch Willenskraft öffnen können. Dann lässt sie los, die Arme hängen kraftlos an ihrem Körper herab. Noch ein paar Minuten bleibt sie stehen, vollkommen ratlos. Offensichtlich ist wirklich niemand da.

Lena holt Daniels Handy aus ihrer Hosentasche, sucht Rebeccas Nummer im Speicher und wählt. Diesmal hat sie Glück, am anderen Ende der Leitung klingelt es. Während sie dem Tuten lauscht und Daniels Telefon dabei so fest gegen ihr Ohr presst, dass es schmerzt, überlegt sie fieberhaft, was sie sagen soll. Sie beschließt, Daniels Exfrau schlicht und einfach um Hilfe zu bitten, an sie als Frau und Mutter zu appellieren, ihr zu sagen, dass es um Emma geht und unglaublich wichtig ist – ohne zu verraten, was tatsächlich los ist, das nicht. Aber dass sie dringend die Unterstützung von ihr, Rebecca, und die von Josy braucht. Irgendwas in der Art. Das wird sie schon machen, sie muss nur Rebeccas Neugier wecken …

»Guten Tag, hier ist der Anschluss von Rebecca Andersen, bitte hinterlassen Sie eine Nachricht nach dem Signalton.«

Ermattet lässt Lena das Handy sinken. Niemand zu erreichen, niemand da. Lena kommt ein neuer Gedanke, einer, der noch viel ungeheuerlicher ist als alles andere, was sie bisher gedacht hat: Die beiden stecken unter einer Decke, sie haben das zusammen ausgeheckt! Und deshalb sind weder Josy noch Rebecca zu erreichen. Sie haben sich mit Emma auf und davon gemacht!

Davor haben Mutter und Tochter das Schweineherz aufs Grab gelegt, haben Lena diese grässliche Überraschung bereitet. Und Josy – sie hat das Kästchen dann verschwinden lassen, während sie, Lena, ahnungslos mit Rebecca redete.

Nein, Unsinn, denkt Lena dann. So ein Komplott, das ist Stoff für einen Kriminalroman. Das hat aber mit dem wirklichen Leben nichts zu tun. Warum auch sollte Rebecca das tun? Warum sollte sie Lena so sehr hassen, dass sie mit Josy einen solchen Plan schmieden würde? Die Trennung von Daniel liegt fünf Jahre zurück, und auch wenn Rebecca damals darüber nicht begeistert war, hat sie, Lena, doch nie etwas getan, das einen derart abgrundtiefen Hass hätte aufkommen lassen.

Ganz im Gegensatz dazu Josy. Josys Angriff bei der Beerdigung. »Du bist eine Mörderin! Ohne dich würde Papa noch leben! Du hast ihn umgebracht!« Lena hört ihre Stimme, als wäre es gestern gewesen.

Sie rennt zurück zu ihrem Auto, schließt die Tür auf, lässt sich auf den Sitz fallen und fährt los, ohne sich anzuschnallen.

Das Internat ist das Einzige, was ihr im Moment noch einfällt. Sie wird zu der Schule an der Ostsee fahren. Selbst wenn Josy dort nicht ist, kann ihr vielleicht jemand helfen, das Mädchen zu finden. Eine Schulfreundin. Ein Lehrer, ein Verehrer, von ihr aus der Hausmeister. Irgendwer, der das Mädchen besser kennt als sie.

Das Internat muss einmal ein alter Gutshof gewesen sein. Ein herrschaftliches Haupthaus mit mehreren nicht weniger imposanten Nebengebäuden, idyllisch gelegen inmitten einer parkähnlichen Anlage mit alten Weiden, Kastanien und Buchen. Hinter dem Gelände kann Lena in der Dunkelheit das Wasser der Schlei aufblitzen sehen, an einem Bootsanleger dümpeln träge ein paar kleine Segelschiffe vor sich hin. »Privat« mahnt ein Schild an der Zufahrt zum Parkplatz, das sie geflissentlich ignoriert. Sie stellt ihren Polo zwischen einem Aston Martin und einem Mercedes ab, während drei ältere Mädchen in Schuluniform mit neugierigen Blicken und kichernd an ihr vorüberhuschen. So eine uralte Rostlaube wie Lenas bekommen sie hier vermutlich nicht sehr oft zu Gesicht.

Eilig steigt sie aus dem Auto, ruft den dreien hinterher: »Hallo!«

Die Mittlere von ihnen, mit langem Pferdeschwanz, dreht sich im Laufen zu ihr um und antwortet: »Wir waren nur noch einmal schnell draußen. Sind schon auf dem Weg zurück in unsere Zimmer!«

Die Mädchen scheinen von Lena einen Rüffel zu erwarten. Immerhin ist es schon fast Mitternacht.

»Nein, ich würde Sie gern was fragen!«

»Ja?« Die drei halten an, Lena läuft auf sie zu.

»Ich suche jemanden. Meine Nichte – Josy.«

»Josy?«, fragt das Mädchen links, ein hübscher Teenager mit blondem Kurzhaarschnitt.

»Josephine Andersen.«

»Kenn ich nicht«, antwortet sie, und auch ihre zwei Freundinnen schütteln den Kopf. »In welcher Stufe ist sie denn?«

»Weiß ich nicht«, muss Lena bekennen. »Sie ist sechzehn.«

»Dann ist sie in der Mittelstufe«, erwidert das Mädchen mit dem Pferdeschwanz. »Mit denen haben wir nicht viel zu tun. Wir sind in der Oberstufe.«

»Ach so«, antwortet Lena und ist enttäuscht.

Jetzt meldet sich das Mädchen rechts zu Wort. »Die Wohnheime der Mittelstufe sind da drüben«, sagt sie und deutet links am Parkplatz vorbei. »Besuchszeit ist aber nur bis neun Uhr.«

»Danke«, sagt Lena, »es ist ein Notfall.«

Die Mädchen sehen sie neugierig an, scheinen eine Art kleine Sensation zu erwarten. »Sollen wir den Direktor anrufen?«, fragt die Schülerin mit dem Pferdeschwanz.

»Nicht nötig, danke.« Lena nickt ihnen zu, dann macht sie sich auf den Weg zu den Gebäuden, die das Mädchen ihr gezeigt hat.

Die Wohnheime sind nur schwach von vereinzelten Laternen beleuchtet. Hier und da ist schwacher Lichtschein in einem der Fenster zu sehen. Und nun? Soll Lena einfach irgendwo klingeln und nach Josy fragen? Haben die Häuser überhaupt eine Klingel? Sie nimmt den Eingang des ersten Gebäudes in Augenschein. Keine Klingel, nur ein alter massiver Türklopfer. Sie drückt die schwere Klinke aus Bronze hinunter. Die Tür ist verschlossen, rührt sich keinen Millimeter.

»Kann ich Ihnen helfen?«

Lena zuckt zusammen, als sie die Stimme hinter sich hört. Sie dreht sich um. Vor ihr steht eine Frau um die sechzig und mustert sie argwöhnisch. Sie sieht aus wie eine Gouvernante aus längst vergangenen Tagen. Die Haare streng zu einem hohen Dutt gesteckt, in einen schmucklosen schwarzen Mantel gehüllt.

»Ja«, sie räuspert sich. »Ich suche eine Schülerin. Josephine Andersen.«

»Und Sie sind, bitte?«

»Lena Andersen – Josys Tante.«

»Aha.« Noch immer betrachtet sie Lena mit unverhohlenem Misstrauen. »Um diese Uhrzeit suchen Sie Ihre Nichte?«

»Es handelt sich um eine dringende Familienangelegenheit«, sagt Lena und versucht ihrer Stimme Festigkeit zu verleihen.

»Haben Sie sie nicht auf dem Handy erreicht?«

»Sie muss es ausgeschaltet haben«, sagt sie. Und schiebt aufs Geratewohl hinterher: »Und in der Schule habe ich niemanden erreicht.«

»Um diese Uhrzeit ist unser Büro selbstverständlich nicht mehr besetzt«, erklärt die Frau. »Sie hätten mich anrufen können«, fügt die Gouvernante hinzu.

»Ich … Ich hatte Ihre Nummer nicht. Woher …«

»Alle Angehörigen haben die Notfall-Handynummer«, sagt sie.

»Hören Sie, es tut mir wirklich leid. Ich wäre hier nicht einfach so aufgekreuzt, wenn es anders gegangen und nicht so wichtig wäre!«

»Ich denke, wir gehen am besten in mein Büro.«

»Das ist wirklich nicht nötig, ich muss nur kurz mit Josephine sprechen.«

»Das können wir dann ja in meinem Büro klären.« Ihre Stimme duldet keinen Widerspruch. Aus den Augenwinkeln sieht Lena, wie sich über ihr eines der Fenster öffnet. Offensichtlich wird ihr Gespräch aufmerksam verfolgt.

Lena winkt ab. »Sehr freundlich, aber ich fahre dann jetzt lieber nach Hause und komme einfach morgen früh wieder zurück.«

Die Frau zögert. Vielleicht überlegt sie, ob Lena ein Fall für die Polizei oder den Sicherheitsdienst ist, falls es hier einen gibt. Doch dann nickt sie. »In Ordnung, das wird wohl das Vernünftigste sein, Frau – Andersen?«

»Dann bis morgen!« Lena will sich abwenden, doch die gestrenge Dame lässt sie nicht so einfach ziehen. Während Lena zurück zum Parkplatz geht, folgt sie ihr in einigem Abstand, als wolle sie sichergehen, dass Lena wirklich das Gelände verlässt.

Beim Auto angekommen, schließt Lena die Fahrertür auf, setzt sich ans Steuer und fährt im Rückwärtsgang vom Hof. Sie wendet auf der Kiesauffahrt, holpert den kurzen Weg hinunter bis zur asphaltierten Straße.

Als sie außer Sichtweite ist, lenkt sie den Wagen rechts an den Straßenrand und hält an. Kraftlos legt sie den Kopf in den Nacken, schließt die Augen, atmet langsam ein und aus.

Was soll sie nur tun? Noch einmal Josy auf dem Handy anrufen? Sie tut es mechanisch, ohne jede Hoffnung. Tatsächlich meldet sich nur die Mailbox. Lena wirft Daniels Telefon auf den Beifahrersitz.

So kommt sie nicht weiter. Sie muss mit Josy sprechen. Sie hat sich viel zu leicht abwimmeln lassen. Völlig ausgeschlossen, jetzt unverrichteter Dinge wieder zurückzufahren.

Energisch reißt Lena die Autotür auf. Sie muss noch einmal zum Internat gehen, muss herausfinden, wo Josy steckt. Diesmal wird sie es geschickter anstellen.

23

Lena läuft ein Stück die asphaltierte Straße entlang, um sich dem Gelände von hinten zu nähern. Das Internat ist rundum von einem Zaun umgeben, der allerdings nicht sehr hoch ist. Es gelingt Lena ohne Schwierigkeiten hinüberzuklettern. Auf der anderen Seite angekommen, kneift sie die Augen zusammen, um sich in der Dunkelheit zu orientieren. Die Wohnheime der Mittelstufe befinden sich von hier aus auf der rechten Seite. Mit vorsichtigen Schritten geht sie auf den Gebäudekomplex zu.

Noch immer brennt hinter den Fenstern vereinzelt Licht. Als Lena direkt vor dem Haus steht, hört sie leise Musik, die aus einem der Zimmer im Erdgeschoss kommt. Lena holt tief Luft, dann klopft sie vorsichtig gegen die Scheibe.

Nichts rührt sich, die Musik läuft weiter. Lena klopft noch einmal. Diesmal lauter.

Die Musik verstummt. Das Licht geht aus, danach herrscht Stille.

Das ist nicht die Reaktion, die Lena sich erhofft hat. Offensichtlich hat jemand ihr Klopfen als Aufforderung verstanden, endlich die Nachtruhe zu wahren.

»Hallo?«, ruft Lena leise. »Entschuldigung! Ich würde gerne was fragen … Ich …«

Noch immer Stille. Noch einmal klopft Lena.

»Bitte!«, wiederholt sie, diesmal etwas lauter.

Im nächsten Moment wird der Vorhang zur Seite geschoben. Das Fenster geht auf. Das Gesicht eines Jungen erscheint. Dahinter erkennt Lena ein Mädchen. Die beiden blicken sie halb verwundert, halb schuldbewusst an.

»Wer sind Sie? Was wollen Sie?«, will der Junge wissen. Man sieht ihm an, dass er jemand anders erwartet hat. Vermutlich die gestrenge Aufpasserin mit dem Dutt. Ein harziger Geruch steigt Lena in die Nase. Marihuana.

»Tut mir leid«, sagt Lena. »Ich suche jemanden. Meine Nichte.«

»Mitten in der Nacht?«, fragt das Mädchen im Hintergrund.

»Hm, ja«, sagt Lena. »Es geht um eine dringende Familienangelegenheit, und ich kann sie auf dem Handy nicht erreichen, deswegen habe ich gedacht …«

»Wie heißt denn Ihre Nichte?«, will jetzt der Junge wissen.

»Josy – Josephine. Josephine Andersen. Kennt ihr sie?«

»Klar«, sagt das Mädchen. »Aber die ist nicht da.«

»Nicht da?«

Der Junge schüttelt den Kopf. »Hab sie bestimmt schon seit zwei Wochen nicht mehr gesehen.«

»Seit zwei Wochen?«

»So ungefähr, können auch zehn Tage sein.«

»Dann ist Josy also nicht im Internat?«

»Exakt.«

»Habt ihr eine Ahnung, wo sie stecken könnte?«

»Nö.« Das Mädchen zuckt mit den Schultern. »Wir haben im Sommercamp ein paar Kurse zusammen, aber da ist sie schon eine Weile nicht mehr aufgetaucht. Sonst weiß ich nichts von ihr. Wir sind nicht groß befreundet. Sie ist ein bisschen – strange irgendwie …« Sie unterbricht sich. Dann fügt sie an: »Ich denke mal, dass sie bei ihren Eltern ist oder so.«

»Josy ist also ganz sicher nicht hier?«, fragt Lena noch einmal nach.

»Hundertpro«, erklärt der Junge. »Die hätten wir gesehen, so groß ist die Mittelstufe nicht.«

Es rattert in Lenas Kopf. Bevor sie noch recht weiß, was sie tut, redet sie drauflos.

»Hört mal, könntet ihr mir helfen, irgendwie in Josys Zimmer zu kommen? Ich müsste da dringend was nachsehen. Es ist total wichtig. Ich würde euch dafür auch, sagen wir …« Sie kramt in ihrer Handtasche, findet ihr Portemonnaie und wirft einen Blick hinein. »Fünfzig Euro geben.«

Die Jugendlichen sehen sich an. Sie scheinen sich stumm zu beraten.

»Hm, ich weiß nicht«, sagt der Junge. »Könnte 'ne Menge Ärger geben.«

»Fünfzig Euro für jeden, meine ich.«

»Damit wir Josys Zimmer knacken?«, will das Mädchen wissen.

»Na ja, so in der Art«, sagt Lena, »oder gibt es eine andere Möglichkeit? Einen Nachschlüssel oder so …«

»Nee, das nicht«, antwortet das Mädchen. »Aber die Schlösser sind ziemlich grottig. Marius …«, sie nickt mit dem Kinn in Richtung des Jungen, »… hat schon oft Türen aufgemacht, wenn jemand sich ausgeschlossen hat. Nur mit 'ner EC-Karte.«

»Die Tür darf aber nicht abgeschlossen sein«, fügt Marius hinzu.

»Also? Willst du es für mich versuchen?«, fragt Lena.

»Na gut. Gehen Sie zum Haupteingang. Jule lässt Sie rein. Ich sehe mir die Tür mal an«, sagt er. Dann verschwinden die Teenager hinterm Fenster, das sie vorsorglich wieder schließen.

Als Lena beim Vordereingang erscheint, ist das Mädchen, Jule, bereits da und lässt sie ein. »Kommen Sie. Marius ist oben bei Josys Zimmer.«

Sie schleichen durch den dunklen Flur, vorbei an einem

Dutzend Türen. Hier und da scheint Licht unter den Ritzen durch. Am Ende befindet sich ein Aufgang in den ersten Stock. Sie huschen die Treppe hoch und erreichen einen weiteren Gang mit Zimmern. Etwa in der Mitte sieht Lena den Jungen, der vor einer Zimmertür kniet.

»Und? Wie sieht's aus? Abgeschlossen?«, flüstert Jule.

»Nee, glaub nicht«, murmelt Marius.

Nervös sieht Lena ihm dabei zu, wie er mit einer EC-Karte in dem vertikalen Schlitz zwischen Tür und Rahmen auf und ab fährt. Man sieht dem Jungen an, dass er das nicht zum ersten Mal macht. Im nächsten Moment springt die Tür mit einem Klacken auf.

»Das hätten wir.« Marius richtet sich auf. Ein stolzes Lächeln auf den Lippen.

»Super!«, sagt Lena.

Marius sieht sie an. »Und was jetzt?«, fragt er.

»Ich muss mich nur kurz umsehen«, sagt Lena und versucht möglichst beiläufig zu klingen. Sie will sich an Marius vorbei in den kleinen Raum zwängen, doch der weicht nicht zur Seite.

»Erst das Geld.«

Lena zuckt mit den Schultern, kramt dann ihr Portemonnaie aus der Tasche. Sie holt zwei Fünfziger heraus, reicht sie Marius.

»Okay«, sagt er und weicht zur Seite. »Aber machen Sie schnell. Zehn Minuten, nicht länger. Wir lassen Sie dann unten wieder raus und verriegeln die Tür von innen.«

Lena nickt erleichtert, während die jungen Leute davonschleichen.

Sie betritt den Raum, schaltet das Licht an – und ist überrascht. Josys Reich ist ganz anders eingerichtet, als sie es von einem Mädchen ihres Alters erwartet hätte. Anstelle von geblümten Vorhängen, Postern von Popstars und verspieltem Tinnef in den Regalen, sind Schwarz, Grau und Dunkelrot die vorherrschenden Farben. An der linken Zimmerwand hängt das riesige Bild einer schwarzen Rose, vorm Fenster baumeln bordeauxfarbene Gardinenschals, die Decke auf dem Einzelbett ist ebenfalls schwarz. Selbst Josys kleiner Schreibtisch ist in Dunkelgrau gehalten – offensichtlich von Hand lackiert. Und anstelle von fröhlichen Familienbildern stehen gerahmte Fotos von düsteren Gestalten auf dem Sideboard neben der Tür. Lena vermutet, dass es sich dabei um irgendwelche Berühmtheiten aus der Gothic-Szene handelt. Einzig Marilyn Manson meint sie identifizieren zu können, sicher ist sie da allerdings nicht.

Jetzt sieht Lena auch das schwarze Kreuz aus Eisen, das direkt über dem Bett hängt. Es hat einen eingefassten roten Stein in Herzform in der Mitte. Auf Josys Nachttisch thront eine Engelsfigur aus demselben Material wie das Kreuz. Dunkelrote, fast schwarze Rosen ranken sich um die Füße der madonnenhaften Gestalt. Daneben liegen verschiedene Schmuckstücke verstreut, die eher wie Nahkampfwaffen anmuten. Ein zarter Duft von Räucherstäbchen liegt in der Luft.

Lena spürt einen leichten Schauder, Eiseskälte steigt in ihr auf. Ist dieses Zimmer das Abbild von Josys Seele? So finster, so trostlos sieht es in ihr aus? Lena muss sich eingestehen, dass ihr Josy gänzlich fremd ist. Aber ganz offensichtlich ist sie nicht mehr das Kind, das vor fünf Jahren noch eine angesagte Canada-Goose-Jacke haben wollte. Alles hier atmet Endzeitstimmung statt Lebensfreude.

Lena sieht sich ratlos um. Wonach soll sie suchen? Was könnte ihr etwas über Josys Aufenthaltsort verraten? Briefe einer Freundin, ein Zugticket oder ein Stadtplan, Tagebücher, Terminkalender – irgendwas, das ihr weiterhilft. Aber nicht einmal ein Computer steht in diesem Zimmer. Wenn Josy ein Notebook besitzt, wird sie es mitgenommen haben.

Lena nimmt das Bücherregal neben dem Schreibtisch näher

in Augenschein. Beinahe erleichtert stellt sie fest, dass hier keine Satanismus-Bibeln oder Werke von Aleister Crowley stehen, sondern neben Schulbüchern fast ausschließlich Romane für junge Mädchen. Titel wie *Delirium*, *Selection*, *Twilight* oder *Requiem* lassen zwar auf eher finstere Inhalte schließen, aber immerhin sind es bloß Romane.

Lena wendet sich dem Schreibtisch zu. Alles ordentlich und aufgeräumt, auf der linken Seite stapeln sich fein säuberlich ein paar Schulhefte, daneben Lineal, Geodreieck, Zirkel und eine Mappe mit Stiften.

Der große Abreißblock, der als Schreibunterlage dient, ist blütenweiß. Auch als sie mit einer Hand darüberstreicht, spürt sie nur die glatte Oberfläche, keinerlei Anzeichen einer Notiz, die sich durch ein entferntes Blatt gedrückt und so Spuren hinterlassen hätte. Unterm Tisch steht ein Rollcontainer mit drei Schubladen, Lena beugt sich hinunter, will die oberste aufziehen, aber sie ist verschlossen. Die zwei anderen auch.

Sie nimmt auf Josys Bürostuhl Platz, dreht sich darauf langsam einmal im Kreis und überlegt, wo sie selbst etwas verstecken würde, wenn sie denn etwas zu verstecken hätte.

Im Schrank? Unterm Bett, unter der Matratze? Hinter dem Rosenbild? Oder doch, ganz banal, in den Schubladen des Containers? Sie nimmt das Lineal vom Tisch, schiebt es in die Ritze über der obersten Schublade, setzt es wie einen Hebel an und drückt es hinunter. Ein Knacken, das Plastik bricht. Als Nächstes versucht sie es mit dem Zirkel, benutzt einen der Schenkel und drückt erneut kräftig nach unten. Wieder ein Knacken. Schon denkt sie, dass sie den Zirkel zerbrochen hat, doch tatsächlich lässt sich jetzt die oberste Schublade herausziehen.

Lena findet eine Packung Zigaretten, ein Feuerzeug, zwei Mäppchen mit selbstklebenden Briefmarken und ein paar leere Briefumschläge. Auch die zweite Schublade ist nun offen, hier fliegen ein paar unsortierte Musik-CDs rum. Aber nicht nur das. Schwarz-rot blitzt etwas darunter hervor, das Lena noch aus ihrer eigenen Jugend kennt: eine Chinakladde.

Sofort werden ihre Hände feucht, aufgeregt schiebt sie die CDs zur Seite, nimmt das Büchlein aus der Schublade. Und entdeckt darunter noch vier weitere, die sie ebenfalls herausholt und vor sich auf den Schreibtisch legt. Als sie die erste Kladde aufschlägt, bestätigt sich ihre Vermutung: Josys Tagebücher. Private Aufzeichnungen der vergangenen Jahre. Während sie einerseits über ihren Fund begeistert ist, kommt ihr andererseits ein Gedanke: Wenn Josy wirklich abgehauen ist – warum hat sie dann ihre Tagebücher nicht mitgenommen? Lässt man so etwas zurück? Und schließt man seine Zimmertür nicht ab, sondern zieht sie nur ins Schloss? Lena verscheucht ihre nutzlosen Gedanken und beginnt zu lesen.

Der Eintrag im ersten Buch ist über sieben Jahre alt, mit krakeliger Schrift und stilisierten Blumen, Smileys und Pferdeköpfen am Rand. Lena blättert im Eilverfahren durch Jahre. Sie registriert Satzfetzen wie: »… eine Eins in Mathe …«, »… blöde Kuh …«, oder: »… freue mich sooooo auf die Ferien …«

Dazwischen tauchen immer wieder verschiedene Jungsnamen auf, liebevoll in verschnörkelten Buchstaben zu Papier gebracht und mit Herzchen verziert. Alle Kladden sind komplett vollgeschrieben, das lückenlose Leben eines Teenagers.

Lena hat kein schlechtes Gewissen, dass sie hier in den privaten Aufzeichnungen eines anderen herumschnüffelt. Nein, beileibe nicht. Wenn Josy etwas mit Emmas Verschwinden zu tun haben sollte, dann ist das hier nichts weiter als Notwehr. Und sollte sich ihr Verdacht als falsch entpuppen – dann muss Josy es ja nie erfahren. Oder wird zumindest verstehen, weshalb Lena es getan hat, weshalb sie es tun *musste*.

»Was machen Sie denn da?«

24

Als die Stimme hinter ihr erklingt, lässt Lena vor Schreck das Buch zu Boden fallen. Das Mädchen von eben steht im Zimmer, Jule, sie sieht sie erbost an und deutet auf die Chinakladde, die nun zu Lenas Füßen liegt. »Dass Sie hier alles durchwühlen, war aber nicht abgesprochen!«

»Ich … Ich …« Was soll sie sagen? Wie erklären, was sie hier tut? Die Wahrheit, Lena beschließt, so nah wie möglich an der Wahrheit zu bleiben. »Hör zu«, sagt sie und steht dabei auf. »Ich kann dir nicht genau sagen, um was es geht. Nur dass jemand in Lebensgefahr schwebt.«

»Lebensgefahr?« Die Augen des Mädchens weiten sich. »Wer denn? Josy?«

»Das darf ich wirklich nicht verraten. Aber bitte glaub mir, dass ich nichts Verbotenes tue.«

»Sieht aber ganz danach aus.«

»Ja, das verstehe ich. Ich habe aber keine andere Wahl.«

»Vielleicht kann ich Ihnen ja helfen, wenn Sie mir erzählen, was los ist?« Wieder ist es Neugier, die die Skepsis vertreibt.

»Nein, das geht nicht. Aber danke.« Sie lächelt. »Das heißt, es geht *doch*. Bitte verrate mich nicht, damit würdest du mir schon sehr helfen.«

»Und was ist, wenn es irgendwie rauskommt?« Jule tritt nervös von einem Fuß auf den anderen, wirft einen kurzen Blick über ihre Schulter, als würde sie erwarten, dass jeden Moment noch jemand ins Zimmer kommt.

»Ich bin schon so gut wie weg. Niemand wird merken, dass ich überhaupt hier war.« Mit diesen Worten bückt Lena sich, hebt die Kladde auf und steckt sie zusammen mit den anderen vier Büchern in ihre Handtasche. Sie muss sie in Ruhe lesen.

»Wollen Sie die etwa mitnehmen?«

»Ja, das muss ich leider.«

»Das *wird* Josy aber bemerken!«

»Also gut.« Lena seufzt, dann tritt sie nah an das Mädchen heran, legt ihr beide Hände auf die Schultern und hält sie sanft, aber bestimmt fest, als sie zurückweichen will. »Stell dir vor, es gäbe einen Menschen, den du über alles auf der Welt liebst. Für den du dein Leben geben würdest.«

Die Schülerin entspannt sich und nickt, lauscht nun ganz gebannt Lenas Worten, erwartet das Lüften des großen Geheimnisses. Ein feines Lächeln tritt dabei auf ihr Gesicht, und Lena fragt sich, ob das Mädchen gerade an einen ganz bestimmten Jungen denkt.

»Und nur du kannst diesen Jemand retten«, fährt sie fort. »Allein auf dich kommt es an. Und du musst dafür auch ein paar Dinge tun, die vielleicht nicht ganz in Ordnung sind – aber am Ende gibt es eben nur diese Möglichkeit. Kannst du dir das vorstellen?« Lena nimmt ihre Hände wieder von den Schultern des Mädchens.

»So in etwa«, antwortet die Schülerin. »Also, nicht dass ich so was schon mal erlebt hätte – aber ich kann es mir trotzdem vorstellen.«

»In genau so einer Situation bin ich. Und auch wenn du mich nicht kennst und es keinen Grund für dich gibt, mir zu vertrauen, bitte ich dich trotzdem darum, es zu tun.«

»Hm.« Sie wiegt den Kopf hin und her. »Klingt ziemlich strange, irgendwie.«

»Ja«, gibt Lena zu. »Das tut es. Und ich wünschte, ich wäre nie in diese Lage geraten, das kannst du mir glauben.«

»Sie wollen also Josys Notizbücher mitnehmen?«

»Ich hoffe, dass ich darin etwas finde, das mir hilft.«

»Und Josy wird das auf keinen Fall mitkriegen? Also, dass wir es waren, die Sie in ihr Zimmer gelassen haben?«

»Von mir erfährt sie kein Wort.«

Jule verharrt einen Moment. Dann tritt sie einen Schritt zur Seite, wie zum Zeichen, dass Lena »passieren« darf. »Gut, dann bringe ich Sie jetzt raus«, sagt die Schülerin. Vor Erleichterung hätte Lena beinahe aufgelacht.

Lena wartet nicht, bis sie wieder in Hamburg ist. Gleich hinter der ersten Biegung hält sie am Straßenrand, stellt den Motor aus, schaltet die Innenbeleuchtung ein und holt die Kladden aus ihrer Tasche. Sie blättert sie durch, bis sie das aktuelle Tagebuch gefunden hat. Doch sie kann dort nichts Besonderes entdecken. Es ist ein ganz normales Tagebuch. Berichte aus dem Schulalltag wechseln sich mit Songtexten und Gedichten ab. Dann Abschriften von ein paar SMS-Dialogen mit einem Jungen namens Jonas, mit dem sie anscheinend mal eine Weile gegangen ist, bevor er sich von ihr für Sarah, »die blöde Schnepfe!«, getrennt hat.

Darauf folgen ein paar wütende Liedtexte, in denen von Schmerz und Kummer die Rede ist. Aber auch davon, dass es dem anderen noch leidtun wird, die Verschmähte so verkannt zu haben.

Noch ein paar Seiten weiter ist von einem Tammo die Rede, der »die schönsten blauen Augen der Welt« hat. Dann schreibt Josy über einen Jungen namens Henri … Nichts, das auf irgendetwas Ungewöhnliches schließen lässt. Schon gar nichts, was Lena mit der düsteren Atmosphäre in Josys Zimmer oder Emmas Entführung in Zusammenhang bringen könnte.

Hat sie sich doch getäuscht? Sind das hier nur die Tagebücher eines ganz normalen Mädchens, das gerade mit einem Tammo oder Henri ein heimliches Abenteuer an der Costa Brava erlebt, von dem weder Rebecca noch Martin etwas ahnen? Schließlich wähnen sie Josy ja im Internat. Lena notiert sich trotzdem die Namen der Jungs auf einem Zettel, für alle Fälle.

Lena will die Kladde schon beiseitelegen, da entdeckt sie einen Eintrag von Ende Februar des Jahres. Zu der Zeit waren die ersten drei Monate von Lenas Schwangerschaft gerade überstanden, sodass Daniel und sie beschlossen hatten, ihre Verwandten und Bekannten darüber zu informieren. Natürlich auch Rebecca. Und Josy, die ihr Vater persönlich davon hatte in Kenntnis setzen wollen, dass ein Geschwisterchen unterwegs war. Oder ein Halbgeschwisterchen, wenn man es genau nimmt.

Damals, als Daniel nach seinem Besuch bei Josy im Internat wieder nach Hause kam und Lena wissen wollte, wie seine Tochter die Neuigkeit aufgenommen hatte, hatte ihr Mann behauptet, Josy wäre »zwar nicht begeistert«, aber sie käme »damit schon zurecht«.

Jetzt und hier liest Lena Josys wahre Gedanken. Schwarz auf weiß. Die Wut, die Lena aus jeder einzelnen Zeile entgegenschlägt, raubt ihr fast den Atem.

Ich hasse sie! ICH HASSE SIE! Ich hasse diese Schlampe Lena! Und ihre Brut genauso!

Papa war eben hier und hat mir erzählt, dass ich ein »Geschwisterchen« bekomme. Zuerst habe ich gar nicht verstanden, was er meinte. Dachte, Mama sei wieder schwanger, was ich mir allerdings überhaupt nicht vorstellen konnte.

Aber dann hat er gesagt, dass er und Lena ein Baby erwarten. Er und Lena! Im August soll es geboren werden. Papa hat mich allen Ernstes gefragt, ob ich mich freue!?! Ob ich mich darüber freue, dass seine neue Frau von ihm ein Kind bekommt? Ein »Geschwisterchen«? Ich schwöre, dass ich mit diesem Drecksbastard niemals etwas zu tun haben werde! Das wird für mich ganz sicher niemals ein Bruder oder eine Schwester sein!

Jetzt hat diese Lena es also geschafft, hat ihr Ziel erreicht. Erst hat sie mir Papa weggenommen, und jetzt macht sie mit ihm auf »eigene« Familie. Ohne sie wäre Papa nie gegangen, NIE! Niemals hätte er mich verlassen und ins Internat abgeschoben!

Aber, klar, für SIE wollte er mich loswerden, ich war ihm nur noch lästig. Und wenn das neue Baby erst da ist, werde ich gar keine Rolle mehr spielen. Dann kann er mich getrost ganz vergessen. Klar hat er gesagt, dass das Unsinn ist und dass er mich immer lieben wird. Ja, sicher!

Er hat ja auch mal gesagt, dass ich immer seine Josy bleibe, sein kleines Mädchen, und dass sich nichts ändern wird, nur weil Mama und er nicht mehr zusammen sind. Habe ich ja gesehen, wie viel Wahrheit darin steckt. Ich kann hier im Internat versauern, und keinen interessiert's!

Ich hasse diese Schlampe!!! Sie hat mein Leben zerstört! Sie hat sich alles genommen, was sie wollte, ohne dabei an irgendwen sonst außer sich selbst zu denken! Ich hasse sie!

Am liebsten würde ich jetzt zu ihr hinfahren, sie schlagen und ihr in den Bauch treten. Immer wieder zutreten. So lange und heftig, bis sie das Baby verliert. Bis sie sich zusammenkrümmt und blutend vor mir liegt! Sie soll aus allen Poren bluten und zusammen mit dem Kind verrecken. VERRECKEN SOLLEN SIE!

Lena schnappt nach Luft, legt sich erschrocken eine Hand auf den Brustkorb, kann aber mit dem Lesen nicht aufhören, wird gegen ihren Willen weiter von Josys Sätzen angezogen, eingesaugt. Die Buchstaben verschwimmen, tanzen vor ihren Augen. Sie kann nicht glauben, was sie hier liest. Dass jemand fähig ist, so etwas aufzuschreiben, das will ihr nicht in den Kopf.

Und doch steht es da, Wort für Wort. Zu Papier gebracht von Daniels Tochter. Ein regelrechter Tobsuchtsanfall, der sich da Ausdruck verschafft hat. Kein einziger versöhnlicher Gedanke, ausschließlich Hass und niederträchtigste Beschimpfungen. Und es geht in jedem Satz um sie, um Lena. Und um ihr unschuldiges Kind, Emma. Noch nicht auf der Welt und schon verteufelt, verflucht. Ihr Baby, das nichts dafürkann, rein gar nichts. Und das trotzdem, noch ungeboren, schon so gehasst wird.

Das Baby kann doch nichts dafür! Das waren Lenas Worte gewesen, als Daniel die Bundesstraße entlangschoss, damals, am Tag seines Unfalls. Jetzt hallen sie erneut in ihren Ohren nach. *Das Baby kann doch nichts dafür!*

Auch auf den nächsten Seiten nichts als tobende Wut, durchsetzt mit düsteren Gedichten und Songzeilen. Von Enttäuschung ist die Rede, von Furcht und Verzweiflung. Von Todessehnsucht. Und auch von Rache. Sie schildert Schauerszenarien, spricht von Gräbern, auf denen sie tanzen will, und davon, dass sie ihrem Vater, Lena und der »widerlichen Missgeburt« die Hölle auf Erden wünscht.

Sie erwähnt auch Gespräche mit ihrer Mutter und ihrem Stiefvater Martin. Und während Rebeccas Mann offenbar versucht hat, beruhigend auf das Mädchen einzuwirken, hat ihre Mutter nichts anderes getan, als Josy noch weiter aufzustacheln. Hat ihrer Tochter bestätigt, dass ihr Vater sie »abgeschrieben« hat, dass er sich nicht mehr für sie interessiert und sie in seinem neuen Leben nicht mehr haben will. Dass er und Lena sich nicht darum scheren, was mit ihr, Josy, passiert, dass sie gar keine Rolle mehr spielt.

Lenas Magen zieht sich schmerzhaft zusammen bei der Vorstellung, was Josy sich von ihrer eigenen Mutter hat anhören müssen. Statt liebevoller Unterstützung und Trost nur böse Verleumdungen, die das Mädchen wie zusätzliche Schläge empfunden haben muss. Denn auch wenn es nur schwach zu erkennen ist, spricht doch aus jedem von Josys Sätzen auch die Liebe zu ihrem Vater. Ohne Liebe kein Hass, ohne Zuneigung keine Ablehnung.

Rebecca – das geht aus den Notizen eindeutig hervor – hat die Wut ihrer Tochter absichtlich geschürt. Hat tiefer und tiefer in der Wunde gebohrt. Irgendwann muss sie den Punkt erreicht haben, an dem die Schmerzen nicht mehr auszuhalten waren. *Warum?*, fragt Lena sich. *Warum nur?* War ihr Groll über die Trennung von Daniel tatsächlich so groß, dass sie sogar die gemeinsame Tochter aufhetzen musste? *Was steckt dahinter? Was?*

Dann stolpert Lena über eine Passage, die zum ersten Mal so etwas wie ein Motiv erkennen lässt. Es geht um Geld. So schlicht und banal – und gleichzeitig so einleuchtend. Noch nie hat Lena über diesen Punkt nachgedacht, aber nun steht er ihr so deutlich vor Augen, dass es fast lachhaft ist, dass sie nicht früher darauf gekommen ist.

Mama regt sich am meisten darüber auf, dass das neue Baby mir etwas wegnehmen wird. Ob ich schon mal daran gedacht habe, dass das kleine Biest später auch was vom Erbe abbekommt, hat sie mich heute Abend am Telefon gefragt. Nicht nur, dass Lena durch ihre Heirat mit Papa ein Anrecht auf sein Geld hat, nein! Jetzt hat ihm diese falsche Hexe auch noch ein Kind angehängt, mit dem ich später schön alles teilen darf, was doch eigentlich nur mir gehört!

Lena starrt vor sich hin. Sie lässt das Buch auf ihren Schoß sinken. Darum geht es also? *Darum?* Dass Emma Josy das Erbe wegnehmen könnte? Etwas, das »ihr« gehört? Es geht also nicht nur um enttäuschte Gefühle. Es geht um sehr viel Geld!

In diesem Moment wird Lena erneut bewusst, in welcher Gefahr ihr Baby schwebt. Es wird ihr mit einer solchen Heftigkeit bewusst, dass sie die Autotür aufreißen und sich auf die Straße übergeben muss. Sie würgt und schüttelt sich, bis sie nur noch Galle spuckt. Ihre Kehle brennt, ihr Herz pocht schmerzhaft in ihren Ohren, Schweiß rinnt ihr über Stirn und Nacken, während sie immer weiterwürgt.

Als sie sich erschöpft wieder aufrichtet, spuken ihr immer und immer wieder die gleichen Worte im Kopf herum: *Was doch eigentlich nur mir gehört …* Denn sie weiß jetzt, was sie bedeuten: Wenn Lena Emma nicht findet, wird Josy das Baby töten. Denn solange ihre Tochter lebt, hat sie ein Anrecht auf einen Teil des Erbes. Also bleibt nur ihr Tod.

Lena lässt den Motor an und rast los. *Gnade*. Sie will Gnade für ihr Kind! Mehr nicht. Sie wird sofort zu Rebecca und Martin fahren, wird Sturm klingeln, so lange, bis ihr jemand öffnet und dabei hilft, Josy zu finden. Alles können sie von ihr haben, *alles*, jeden einzelnen Cent. Wenn Josy ihr nur Emma zurückgibt – das ist das Einzige, was sie will!

25

»Wir fliegen ein anderes Mal, das verspreche ich dir!« Daniel versuchte, einen Arm um Lenas Schulter zu legen, aber sie wehrte ihn ab, rückte sogar auf dem Sofa ein paar Zentimeter von ihm weg.

»Es wird doch ewig dauern, bis du wieder drei Wochen am Stück Zeit für eine Reise hast!«

»Nein«, widersprach er ihr. »Im Sommer klappt es ganz bestimmt.«

»Im Sommer ist in Südafrika Winter«, gab Lena bockig zurück.

»Dann fliegen wir halt im November!«

Sie lachte bitter auf. »Sag ich ja, dass es noch ewig dauert.«

»Lena!« Er seufzte. »Was soll ich denn tun? Josy wäre furchtbar enttäuscht, wenn ich nicht zu der Eröffnungsfeier komme. Wenn sie schon aufs Internat gehen soll, muss ich sie auch bei dieser ersten Veranstaltung begleiten.«

»Das verstehe ich ja«, erwiderte sie. »Aber das ist doch keine Pflichtveranstaltung. Es werden ein paar Reden geschwungen, und die Schüler langweilen sich sowieso. Und dafür soll unsere ganze schöne Reise platzen?«

»Es ist die erste offizielle Veranstaltung des Internats«, rief Daniel ihr in Erinnerung. »Die sollte man nicht einfach so ignorieren. Ich kann doch auch nichts dafür, dass sie ausgerechnet in diesen Zeitraum fällt.«

»Natürlich nicht«, sagte sie. Und spürte bereits die Tränen in sich aufsteigen. »Aber denkst du denn nicht, dass Josy dafür Verständnis hat, wenn du nicht hingehst?«

Daniel sah sie nur schweigend an, und Lena erriet, was sein Blick besagen sollte – dass Josy eben *kein* Verständnis dafür haben würde, schon gar nicht für einen Urlaub ihres Vaters mit seiner neuen Freundin. Dass seine Tochter sowieso schon enttäuscht und verletzt genug war, dass sie Daniel noch mehr hassen würde, wenn er ihr den Wunsch, sie zu der Festveranstaltung zu begleiten, auch noch versagte.

Lena senkte den Blick, die Tränen liefen ihr über die Wangen.

»Mein Liebling!« Er legte wieder seinen Arm um ihre Schulter. »Bitte weine nicht! Wir werden noch so oft zusammen verreisen, das verspreche ich dir hoch und heilig! Aber für Josy ist das alles noch so neu, und sie ist doch meine Tochter.«

Daniel legte eine Hand unter ihr Kinn, hob ihren Kopf an und sah ihr direkt in die Augen. »Was denkst du gerade, mein Schatz?«

Lena konnte es nicht verhindern, es brach einfach aus ihr heraus: »Josy wird dir immer wichtiger sein als ich!«, schluchzte sie. »Unser gemeinsames Leben wird immer hinter ihr zurückstecken müssen. Ich werde immer nur deine ›neue Freundin‹ sein und nie einen festen Platz in deinem Leben haben!«

Daniel sah sie fassungslos an. »*Das* glaubst du wirklich?«, fragte er.

Sie nickte und fühlte sich dabei wie ein trotziges Kind. Sie wusste, dass sie sich unmöglich aufführte. Unmöglich, egoistisch und fast ein kleines bisschen widerlich. Aber da war einfach immer noch diese riesige Angst in ihr, Daniel könnte sie von heute auf morgen verlassen, könnte wieder fortgehen, wie er es beinahe ja schon einmal getan hatte.

»Lena!« Er lachte, zog sie an sich und küsste sie. »So was

darfst du niemals denken! Du *hast* doch schon längst einen festen Platz in meinem Leben! Weißt du das denn nicht?« Noch ein Kuss. »Du bist die Frau, von der ich immer geträumt habe, und ich gebe dich nie wieder her.«

»Wirklich nicht?« Mittlerweile klang sie wie ein kleines Mädchen.

»Natürlich nicht!«, rief er aus.

Abrupt stand er auf, dann ging er ebenso schwungvoll vor ihr auf die Knie. Er nahm ihre Hand. Lächelte. Und fragte dann: »Lena May. Möchtest du meine Frau werden?« Dann grinste er. »Also, sobald ich von Rebecca geschieden bin, meine ich.«

Nun konnte auch Lena wieder lachen. »Ja … Ja, Daniel Andersen, ich möchte deine Frau werden«, antwortete sie. »Nichts lieber als das!«

Während er sie wieder in seine Arme schloss und sie stürmisch küsste, war es ihr, als würde eine leise Stimme in ihrem Innern flüstern. Eine leise Stimme, die wissen wollte, wie Josy darauf wohl reagieren wird.

Aber in diesem Moment war sie Lena egal. Es ging um Daniels und ihr Leben. Um ihre gemeinsame Zukunft, die vor ihnen lag, um viele glückliche Jahre. Und, so hoffte Lena, um die Kinder, die sie miteinander noch haben würden.

*

Als Lena bei der Villa am Rondeel eintrifft, ist es fast zwei Uhr nachts. Im Haus nirgendwo Licht. Die Straßenlaterne bescheint diffus den Kiesweg. Lena klingelt, einmal – dann noch einmal, doch erneut rührt sich nichts. Entweder alle schlafen so tief und fest, dass sie das Läuten nicht hören, oder es ist niemand da.

Was auch immer es ist, Lenas Entschluss steht fest: Sie *muss* ins Haus hinein. Sie muss wissen, wo Josy steckt, und sie wird es herausfinden, um jeden Preis.

Zielstrebig läuft sie auf das gusseiserne Gartentor zu. Sonderlich hoch ist es nicht, aber es hat oben scharfe Metallspitzen. Lena umfasst die Gitterstäbe, setzt ihren rechten Fuß auf die Klinke und zieht sich hoch.

So schwierig ist es gar nicht, sich über das Tor zu schwingen. Die Klinke bietet genügend Halt, und zwischen den oberen Gitterstäben ist genug Platz, um den Fuß dort abzusetzen und sich aufzurichten.

Auf der anderen Seite springt sie hinunter, ihre Füße landen mit einem lauten Klatschen auf dem gepflasterten Weg.

Während sie über den Weg um das Haus herum nach hinten geht, hält sie ihre Tasche fest an sich gepresst. Josys Tagebücher – sie hat sie dabei, um sie entweder dem Mädchen selbst oder dessen Mutter vor die Füße zu schleudern. Um jegliche Diskussion darüber, ob sie sich »nur« etwas einbildet oder einer verrückten Idee aufsitzt, im Keim ersticken zu können und die Herausgabe ihrer Tochter zu fordern.

Der Garten, den sie auf der Rückseite der Villa erreicht, gleicht einem englischen Park mit fein säuberlich geschnittenen Hecken, Büschen und einer riesigen Rasenfläche. Zur Linken befindet sich ein hübscher Steingarten mit einer Art kleinem Flusslauf, der sich runter bis zum Rondeelteich schlängelt. Eine Hollywoodschaukel steht unter einer großen Trauerweide, abstrakte Bronzeskulpturen sind quer über den Garten verteilt.

Lena wendet sich dem Haus zu, betrachtet die Terrasse, auf der ein großer Holztisch mit mehreren Stühlen und eine Sitzgruppe aus Korb mit weißen Kissen stehen. Auf dem Tisch stehen eine leere Weinflasche und ein einzelnes Glas. Ihr Blick fällt auf die Terrassentür. Sie steht weit offen. Ein unheimliches Gefühl steigt in ihr auf.

Lena nähert sich vorsichtig. Unter dem Tisch liegt eine weitere Flasche, auch sie ist leer. Direkt daneben entdeckt Lena eine kleine weiße Pappschachtel. Sie bückt sich, hebt sie auf. Sie erkennt die Verpackung sofort – Diazepam, Valium. Sie kennt das Medikament. Es wird vor allem bei akuten Angstzuständen verschrieben, verursacht große Müdigkeit und kann bereits nach wenigen Wochen körperlich und psychisch abhängig machen. Müttern, die sich bei Lena danach erkundigen, ob sie sich das Zeug vom Arzt verschreiben lassen sollten, rät sie grundsätzlich ab. Sie selbst hat ihr Tavor ja auch nicht angerührt, wollte es immer ohne irgendwelche Hilfsmittel schaffen, den Angstdämon, der in ihr tobt, im Zaum zu halten.

Also Angstzustände. Rebecca? Sie kann sich vieles vorstellen, aber nicht, dass die kühle Blondine von irgendwelchen Gefühlswallungen heimgesucht wird. Erst recht nicht, nachdem sie Josys Tagebücher gelesen hat. Alles, was das Mädchen dort über seine Mutter geschrieben hat, klang nach eiskalter Beherrschung und Gefühlsarmut. Andererseits, was weiß man schon, wie es in einem Menschen wirklich aussieht.

Die Schachtel ist jedenfalls leer, alle zehn Tabletten aus der Blisterpackung fehlen.

Dazu der Rotwein …

Schlagartig begreift Lena. Um Gottes willen! Wenn irgendwer das Medikament – womöglich sogar alle Tabletten auf einmal – *und* den Alkohol geschluckt haben sollte, dann ist er jetzt entweder tot, oder es besteht akute Lebensgefahr.

Ohne sich groß zu besinnen läuft Lena los, durch die Terrassentür ins Haus.

»Rebecca! Josy! Martin!«

Laut ruft sie ins Dunkel hinein, bahnt sich einen Weg zur

hinteren Wand. Sie findet einen Lichtschalter und schaltet ihn ein. Grell flammt die Deckenbeleuchtung des Wohnzimmers auf. Hier ist niemand. Sie geht in die angrenzende Küche, sieht in der Gästetoilette nach. Dann weiter durch den Flur in die obere Etage. Ein großes Schlafzimmer mit Doppelbett, ein Büro, ein Raum, der an das Zimmer im Internat erinnert und offenbar Josy gehört, ein begehbarer Kleiderschrank, ein Gästezimmer mit Schlafsofa und Sitzecke … Niemand weit und breit. Das Haus scheint verwaist.

Lena kehrt um, geht runter in den Keller, durch Abstellkammer und Hauswirtschaftsraum. Auch hier ist niemand. Hinter einer weiteren Tür findet Lena die Heizungsanlage, daneben an der Wand hängt eine große Apparatur, die seltsam pumpende Geräusche und ein regelmäßiges Klicken von sich gibt. Auf dem Gerät prangt ein Aufkleber: »Pool-O-Licious« steht da. In Lena arbeitet es. Es muss einen Pool auf dem Grundstück geben! *Diazepam, Rotwein, Schwimmbad* – die Assoziationskette lässt in Lena alle Alarmglocken schrillen.

Sie läuft wieder nach oben, durch die Terrassentür nach draußen. Wenn es einen Pool gibt, dann muss er sich auf der anderen Seite des Gartens befinden, die sie von hier aus nicht einsehen kann. Sie findet einen kleinen Weg, der durch dichte Büsche an der Villa vorbei verläuft. Zweige schlagen ihr ins Gesicht, die sie im Dunkeln erst zu spät erkennt. Dann steht sie unvermittelt vor einer offenen Kuppel aus Plexiglas, die aussieht wie eine Konzertmuschel – unter der ein großes, schwach erleuchtetes blaues Becken liegt.

Im Wasser treibt bäuchlings ein regloser Körper. Eine Frau, vollständig bekleidet, direkt am Beckenrand. Ihr Kopf ist umwölkt von blondem Engelshaar.

Rebecca.

Lena ist mit zwei Schritten am Becken. Sie reißt sich die

Schuhe von den Füßen, schleudert ihre Jacke weg, dann steigt sie ins Wasser, packt die Frau an beiden Schultern und dreht sie auf den Rücken, sodass sie mit Nase und Mund aus dem Wasser ragt. Sie braucht all ihre Kraft, um aus dem Becken zu klettern und den Körper dabei nicht loszulassen. Schließlich gelingt es Lena, die Frau ebenfalls an Land zu ziehen, erst nur ihren Oberkörper, aber nach einem erneuten Ruck liegt sie vollständig am Rand, nur ihre Füße baumeln noch im Wasser.

Es ist tatsächlich Rebecca, die da leblos vor ihr liegt. Wächsern und blass. Dort, wo die Haut nicht von nassen Kleidern bedeckt ist, ist sie von feinen dunklen Äderchen durchzogen. Aus den Ärmeln ihres Oberteils gucken faltige Waschhände hervor. Das Engelshaar – jetzt klebt es wie schmutzige Algen auf Rebeccas aufgedunsenem Gesicht.

Lena überstreckt Rebeccas Kopf – zuckt bei der Berührung kurz zurück, so kalt und leblos fühlt sich ihre Haut an –, beugt sich zu ihr hinunter, horcht aufmerksam nach Atemgeräuschen.

Nichts.

Sie beginnt mit der Reanimation, legt beide Hände übereinander auf Rebeccas Brustkorb, drückt im gleichbleibenden Rhythmus, so fest sie kann. So fest, dass sie hört, wie eine Rippe bricht.

Dreißigmal drückt sie auf und nieder, dann umfasst sie Rebeccas Kinn, hält ihr den Mund zu, legt ihre Lippen über die Nase und stößt einen kräftigen Atemzug hinein. Der Brustkorb der leblosen Frau hebt und senkt sich spürbar, Lena atmet ein zweites Mal in die Nase, dann lässt sie den Kopf los. Schaum quillt mit einem gurgelnden Laut aus Rebeccas kaltem Mund hervor, bildet eine pilzförmige Blase, die Lena wegwischt, bevor sie die Herzdruckmassage fortsetzt.

Sie weiß nicht, wie lange sie pumpt, beatmet und wieder

pumpt. Sie ist völlig verloren in dem, was sie tut, die Bewegungen laufen mechanisch ab. Der Sound von »Staying Alive« dröhnt durch ihren Kopf. Zu diesem Song hat sie in der Ausbildung das richtige Tempo für die Stöße der Massage gelernt …

Irgendwann gibt Lena auf. Als sie sich selbst nichts mehr vormachen kann, als sie sich eingestehen muss, dass sie nur noch eine tote Hülle bearbeitet, lässt sie los. Sinkt schwitzend und erschöpft neben Rebecca auf den Rücken, breitet die Arme links und rechts von sich aus und sieht in den dunklen Nachthimmel hinauf.

Einen Moment lang bleibt sie so liegen. Der Wiederbelebungsversuch hat sie alle Kraft gekostet. Als sie wieder zu Atem gekommen ist, steht sie mühsam auf, sieht sich nach ihrer Handtasche um. Sie muss ihr Telefon holen, die Polizei und einen Notarzt rufen. Auch wenn der Arzt wahrscheinlich ebenfalls nichts mehr bewirken kann.

Die Tasche liegt direkt am Beckenrand. Lena nimmt sie, setzt sich auf einen Deckchair neben dem Pool und kramt ihr Handy aus der Tasche. Überlegt dabei, was sie sagen soll, damit sie nichts von Emma verrät. Überlegt sogar kurz, ob sie einfach abhauen soll, ohne den Notruf zu tätigen, aber dann wählt sie doch die 110. Während sie tippt, bemerkt sie neben der Liege ein welliges Blatt Papier. Sie lässt das Telefon sinken. Beugt sich vor und hebt das Papier auf. Es ist feucht. *Spritzwasser von Rebeccas Sprung – oder Sturz? – in den Pool*, denkt sie, während sie das Blatt umdreht. Hingekritzelte Druckbuchstaben, durch das Wasser leicht verlaufen und an den Rändern ausgefranst.

Alles meine Schuld.

26

Es ist bereits sieben Uhr morgens, als Lena zurück in ihrer Wohnung ist. Ein weiteres Mal hat sie überall nach Emma gesucht, hat in jedem Zimmer, in jedem Winkel nachgesehen, ob der Entführer ihre Tochter vielleicht zurückgebracht hat. Aber nein, natürlich nicht, das Baby bleibt verschwunden. Nun sitzt Lena, erschöpft und wie benommen, in sich zusammengekauert auf dem Sofa im Wohnzimmer und fragt sich, wie es weitergehen soll.

Wieder und wieder gehen ihr die vergangenen Stunden durch den Kopf. Eine gefühlte Ewigkeit hat es gedauert, bis die Polizei endlich mit ihren Befragungen fertig war. Die Beweisaufnahme im Haus, auf der Terrasse und am Pool, die Leichenschau, von den Kriminalbeamten und einem Notarzt durchgeführt, den Lena übers Krankenhaus kennt. Anschließend noch ein kurzes Gespräch mit dem Arzt, von dem sie – ganz im Vertrauen – erfuhr, dass es sich seiner Meinung nach um Selbsttötung handelt und dass die Beamten in Rebeccas Nachttisch ein Diazepam-Rezept, ausgestellt auf ihren Namen, gefunden hatten. Er versicherte ihr auch, dass sie tatsächlich nichts mehr hatte tun können – Rebecca sei schon längst tot gewesen.

Schließlich die Befragung von ihr und Martin, der kurz nach Eintreffen der Beamten ebenfalls in der Villa auftauchte.

Im Verlauf der Vernehmung erzählte Lena, wie sie Rebecca

gefunden und versucht hatte, sie wiederzubeleben, wie sie das Blatt Papier mit der handgeschriebenen Nachricht entdeckt und den Notruf gewählt hatte. Sie erzählte, dass ihr Verhältnis zu Rebecca weder sonderlich gut noch sonderlich schlecht gewesen sei.

In Panik erfand sie irgendeinen albernen Grund, weshalb sie überhaupt mitten in der Nacht bei der Villa aufgetaucht war, faselte irgendwas von einem Besuch bei Rebecca am Nachmittag, um noch eine Angelegenheit bezüglich ihres kürzlich verstorbenen Mannes zu klären. Dass sie glaubte – vermutlich beim Verabschieden auf der Terrasse –, einen wertvollen Ohrring verloren zu haben, den sie habe suchen wollen. Und dass sie auf ihrem Weg dann hinterm Haus am Swimmingpool vorbeigekommen sei.

Die Polizisten hatten ihr geglaubt. Aber Lena hatten ganz andere Fragen gequält: Warum hatte Rebecca sich umgebracht – immer vorausgesetzt, es war wirklich Selbstmord? Wusste sie von Emmas Verschwinden? Hatte sie den ganzen Plan gemeinsam mit Josy ausgeheckt? Damit ihre Tochter Daniels Vermögen nicht mit ihrer Halbschwester teilen muss? Hat das hinterlassene Schuldanerkenntnis irgendetwas damit zu tun? Gibt es hier verborgen irgendeinen Hinweis, der sie, Lena, zu ihrer Tochter führen kann?

Mehrmals war sie drauf und dran gewesen, den Beamten alles zu offenbaren. Dass man ihr Kind entführt hat! Dass die Tochter der Verstorbenen mit Sicherheit die Täterin ist und ihr Baby umbringen will! Dass man ihr helfen solle! Dass man ihr *bitte* helfen solle, ihr Kind zu finden, anstatt Zeit mit dieser Toten zu vergeuden!

Aber sie hatte geschwiegen. Geschwiegen aus Angst, Emma damit in noch größere Gefahr zu bringen.

Keine Polizei – wie oft liest man in der Zeitung von Entführungen, die am Ende tödlich enden, nachdem die Angehörigen der Opfer sich an die Staatsgewalt gewandt haben?

Spektakuläre Fälle, die durch die Medien gegangen sind und bei denen Menschen trotz polizeilicher Hilfe sterben mussten. Nein, Lena will das Risiko nicht eingehen, *darf* es nicht eingehen. Also hat sie geschwiegen, hat nicht preisgegeben, was ihr so quälend auf der Seele brennt.

Am meisten aber beschäftigt Lena die Frage, ob Rebeccas Tod und die handgeschriebene Nachricht Indizien dafür sind, dass es schon zu spät, dass Emma bereits – tot ist.

»Alles meine Schuld« – das klingt so endgültig, so entsetzlich endgültig! Bei dem Gedanken daran wird ihr kurzzeitig schwarz vor Augen ... Rebeccas Selbstmord – das Resultat unerträglicher Schuldgefühle?

Lena weiß nicht mehr, was sie glauben, was sie denken soll. Erst recht nicht, nachdem sie von Martin erfuhr, dass Rebecca nach Lenas Besuch am Nachmittag so überhaupt nicht niedergeschlagen gewirkt habe, nachdenklich vielleicht, aber gewiss nicht depressiv. Später habe sie darum gebeten, Martin möge sie den Abend über allein lassen, sie wolle etwas Zeit ganz für sich haben. Aber auch das sei, so Martin, nicht ungewöhnlich für Rebecca gewesen. Außerdem habe er ohnehin eine Verabredung mit Freunden gehabt.

Wie Lena es auch dreht und wendet: Sie versteht es nicht, sie *versteht* es einfach nicht.

Es sei denn, Rebecca war eben *doch* depressiv. Vielleicht hatte sie an der Trennung von Daniel und seinem Tod mehr zu knabbern, als sie nach außen hin gezeigt hat. Vielleicht hatte sie deshalb das Valium geschluckt und den Rotwein getrunken.

Oder war es womöglich ein Unfall? Vielleicht ist Rebecca, benebelt vom Valium, getorkelt, hat den Halt verloren und ist ins Wasser gestürzt.

Oder – hat sie jemand gestoßen? *Vielleicht hat sie jemand gestoßen?*

Josy? Hat sie ihr einen Stoß gegeben, der eigenen Mutter? Oder ein Einbrecher? Jemand, der mit Emmas Verschwinden überhaupt nichts zu tun hat? Reiner Zufall, dieses Unglück? Martin? Welche Rolle spielt Martin bei der ganzen Sache? War er tatsächlich unterwegs, weil Rebecca ihn darum gebeten hat? Oder hat er sie getötet, sich danach irgendwo versteckt, um später wieder aufzukreuzen und den erschütterten Ehemann zu mimen?

Unschlüssig steht Lena im Flur, noch immer in ihren klammen Kleidern, in den Händen ihre Tasche mit Josys Tagebüchern. Sie weiß nicht, was sie tun soll. Sie muss mit jemandem reden, jemandem alles erzählen, muss Rat suchen, Hilfe. Sie braucht jemanden, der für sie *denkt*, der einen klaren Kopf behält in dieser Situation, der ihr Antworten auf all die Fragen geben kann, die durch ihren erschöpften Geist spuken.

Esther! Sie muss ihre Schwiegermutter anrufen. So oder so muss sie das tun. Wenn schon nicht, um von Emmas Entführung und Josys Verschwinden zu erzählen, dann doch in jedem Fall, um sie über Rebeccas Tod zu unterrichten. Natürlich muss sie sich bei ihr melden, alles andere würde sie Esther nicht erklären können. Es gibt keinen Grund, sie nicht anzurufen und ihr zu sagen, dass die Exfrau ihres Sohnes im Pool ertrunken ist.

Aber Esther kennt die Geschichte mit dem Schweineherz, muss Lena ihr dann nicht auch alles andere erzählen? Dass Josy weg ist und Emma auch. Und dass Lena Angst hat, dass Josy das Baby umbringen wird?

Kein Wort zu irgendwem – kann sie diese Forderung überhaupt erfüllen? Wie soll das gehen? Esther wird merken, dass etwas nicht stimmt, spätestens, wenn sie nach ihrer Rückkehr ihre Enkelin sehen will …

Erst jetzt merkt Lena, wie entsetzlich müde sie ist. Sie möchte so gern schlafen, tausend Jahre schlafen – und dann wieder aufwachen und feststellen, dass alles nur ein böser Traum war, dass Emma im Wohnzimmer liegt und lauthals nach ihrem Fläschchen schreit. Ja, das wäre schön, so wunderschön!

Zu schön …

Als sie ihre Sneakers abstreift, bemerkt sie den Umschlag, der auf dem Boden liegt. Jemand hat ihn unter der Wohnungstür durchgeschoben, er sieht ein wenig zerknickt und schmutzig aus.

Sie hebt das Kuvert auf und öffnet es. Lenas Knie werden weich, und sie muss sich gegen die Wand lehnen. Mit zitternden Händen betrachtet sie das Bild. Ein neues Foto von Emma. Ihre kleine Emma! In einem weißen Gitterbettchen, das Lena nicht kennt. In einem beigefarbenen Schlafsack mit aufgedruckten Babyelefanten, den Lena nicht kennt. Mit einem Schnuller, den sie nicht kennt. In ihren Ärmchen, fest an sich gedrückt, ein Schmusetuch, das Lena nicht kennt.

Der Anblick zerreißt ihr das Herz. Und gleichzeitig überkommt sie Erleichterung, denn das Foto ist ein Lebenszeichen. Ein Zeichen, dass sie *lebt!* Es geht Emma gut, wo auch immer sie gerade ist, wo auch immer dieses fremde Gitterbettchen steht. Es geht ihr gut!

Die Erleichterung währt allerdings nur einen kurzen Augenblick. Lena zieht einen Zettel aus dem Umschlag. Eine weitere Botschaft an sie. Eine bedrohliche Botschaft. So bedrohlich wie das Rot des Computerausdrucks.

Letzte Warnung: Halt dich zurück,
oder deine Tochter stirbt noch heute!
Warte auf Anweisungen.

Letzte Warnung! Noch heute! Was ist die letzte Warnung? Das Blatt Papier, das Lena in Händen hält? Oder Rebeccas Leiche, die sie im Pool gefunden hat? War es *doch* Mord?

Was heißt das, *halt dich zurück?* Sie hat niemandem von der Entführung erzählt, keiner Menschenseele! Aber sie hat versucht, Josy zu finden, ist zum Internat und zu der Villa gefahren. Ist es *das?*

Was erwartet man denn von ihr? Dass sie sich hinsetzt, die Hände in den Schoß legt und einfach wartet? Dass sie nichts tut, dass sie sich ihrem Schicksal fügt und nichts unternimmt, um ihre Tochter zu finden?

Lena läuft mit Nachricht und Foto in der Hand ins Wohnzimmer, setzt sich aufs Sofa und überlegt, wie sie weiter vorgehen soll. Ob Rebecca sich selbst getötet hat oder nicht, lässt sie zunächst außen vor, denn sie hat keine Möglichkeit, das herauszufinden. Ganz offensichtlich ist, dass sie beobachtet wird, dass jemand jeden ihrer Schritte überwacht. Ist womöglich ihre Wohnung verwanzt? Lauern Minikameras hinter Spiegeln und Vorhängen? In den Knopfaugen von Emmas Stofftieren? *Das ist doch Unsinn,* sagt sie sich selbst, *Wahnsinn, vollkommener Quatsch!*

Und doch verursacht ihr der Gedanke, beobachtet zu werden, ein beklemmendes Gefühl, kriecht in ihr hoch wie ein brennendes Fieber, breitet sich über ihren Nacken nach überallhin aus, bis es nicht nur ihren Kopf, sondern auch ihr Herz erreicht.

Sie versucht, es zu ignorieren. *Angst ist ein schlechter Berater* – auch etwas, das sie als Hebamme gelernt hat. Angst führt zu Fehlern, Angst lähmt und lässt einen falsche Entscheidungen treffen. Angst ist der größte Feind des klaren Verstandes.

Sie steht auf, geht ins Badezimmer, öffnet die Tür des Spiegelschranks und greift nach der Packung Tavor. Betrachtet die

Schachtel mit den Schmelztabletten, wägt ab, ob das Medikament sie ruhiger, besonnener machen wird. *Rebecca.* Sie stellt die Packung zurück, das hier ist nicht der richtige Weg.

Sie muss sich *normal* verhalten.

Damit ist der nächste logische Schritt klar.

Zuerst also Esther. Sie muss sie anrufen und ihr von Rebeccas Tod erzählen, alles andere wäre nicht *normal* und damit auffällig. Lena holt das Telefon aus dem Flur, setzt sich wieder aufs Sofa und wählt die Mobilnummer ihrer Schwiegermutter. Zwar ist es erst halb acht morgens, aber auch hier gilt: Würde sie länger damit warten, würde Esther sich mit Recht fragen, warum.

Das Freizeichen erklingt, aber niemand geht ran. Lena vermutet, dass ihre Schwiegermutter noch schläft, was ihr ein bisschen mehr Zeit zum Nachdenken verschafft. Sie hinterlässt eine Nachricht mit der Bitte um *dringenden* Rückruf.

Danach will Lena zuerst den Stecker ihres Festnetzanschlusses ziehen und ihr Mobiltelefon ausschalten – entscheidet sich aber dann dagegen. Für Emmas Entführer muss sie erreichbar sein, auch wenn sie nicht glaubt, dass er, dass *sie*, die Entführerin, *Josy*, sie anrufen wird. Nein, Lena erwartet noch mehr Botschaften auf Papier. Das heißt, sie *hofft*, dass sie schon bald wieder einen Umschlag finden wird, unter ihrer Tür durchgesteckt.

Unter ihrer Tür. Im Haus. Im Haus!

Sie springt auf. Die Chance ist gering, aber es ist eine! Die Chance auf ein kleines bisschen mehr Gewissheit, dass sie mit ihrer Vermutung richtigliegt.

»Frau Andersen?«

Anneliese Richter sieht sie überrascht an, als Lena schwer atmend vor ihrer Wohnungstür steht, nachdem sie die zwei halben Treppen zu ihrer Nachbarin hochgesprintet ist.

»Tut mir leid, dass ich um diese Zeit störe.«

»Das macht nichts, ich bin ja immer früh wach.«

»Ja.« Lena schluckt schwer, schluckt gegen den Kloß im Hals an. »Ich wollte Sie nur fragen, ob … ob Sie seit gestern Abend vielleicht jemanden im Haus gesehen haben …«

»Jemanden im Haus gesehen?«, wiederholt Frau Richter verwundert.

»Ich meine, ob Sie vielleicht mitbekommen haben, dass jemand unten vor meiner Wohnungstür stand.«

»Wer denn?«

»Das will ich ja gerade von Ihnen wissen«, entgegnet Lena lauter als beabsichtigt.

»Tut mir leid, aber ich verstehe nicht ganz …«

»Hat irgendwer zu mir gewollt?«, unterbricht Lena ihre Nachbarin. »Ein Zeitungsausträger, jemand mit Werbung, mit einem Päckchen oder – vielleicht ein junges Mädchen?«

Frau Richter sieht sie schweigend an, scheint nachzudenken. Dann schüttelt sie den Kopf. »Nein«, sagt sie. »Nein, ich habe niemanden gesehen.«

»Ganz sicher nicht?«

»Nein, ich glaube nicht.«

»Sind Sie nun sicher, oder *glauben* Sie es nur?«

»Nicht, dass ich mich erinnern könnte.« Sie greift sich mit einer Hand ans Kinn. Dann schüttelt sie erneut den Kopf. »Nein, ich bin ganz sicher. Ich habe niemanden gesehen.«

»Danke.« Lena wendet sich ab, will wieder runter in ihre Wohnung laufen.

»Ist alles in Ordnung mit Ihnen?«

Lena dreht sich noch einmal um, blickt in das besorgte Gesicht von Frau Richter. »Natürlich ist alles in Ordnung«, sagt sie. »Ich erwarte nur ein dringendes Paket, deshalb …«

»Ach so.« Der besorgte Ausdruck verschwindet. »Hängen

Sie einfach einen Zettel an die Haustür, dass ich Ihre Sendung annehme, wenn Sie nicht da sind.«

»Das mache ich. Danke.« Sie hebt eine Hand zum Gruß, dann ist sie schon auf der ersten Treppenstufe nach unten.

»Und Ihrer Tochter?«, ruft Frau Richter ihr nach. »Geht es Emma gut? Ich höre sie gar nicht mehr in letzter Zeit.«

Lena hält in ihrer Bewegung inne, mit zwei großen Schritten ist sie zurück bei ihrer Nachbarin.

»Wie meinen Sie das?«

»Ich wollte nur wissen, ob es Ihrem Baby gut geht«, erwidert Frau Richter verunsichert und weicht ein Stück zurück.

»Warum?«, herrscht Lena sie an. »Warum wollen Sie das wissen?«

»Nur so, ich … Also, sie scheint sich ja ein bisschen beruhigt zu haben. Heute Nacht hat sie kein einziges Mal geschrien. Das freut mich natürlich. Auch für Sie. Mehr wollte ich gar nicht sagen.«

»Ja, es geht ihr gut.« Eingehend mustert sie das Gesicht ihrer Nachbarin, versucht, in deren Mienenspiel irgendetwas Verräterisches zu entdecken. Irgendeinen Anhaltspunkt dafür, dass ihre Frage nicht nur ein harmloses, ein besorgtes Erkundigen nach Emma ist.

Das schreiende Baby … Hat es Frau Richter so sehr gestört, so sehr in Rage versetzt, dass sie es nicht mehr ausgehalten hat? Dass sie beschlossen hat, dem ein Ende zu setzen? Dass sie auf die Wahnsinnsidee gekommen ist, das Kind verschwinden zu lassen? Den Garten haben Lena und Daniel – halt, jetzt nur noch Lena! – zwar zur Alleinnutzung, aber über den Keller kommt jeder Bewohner des Hauses hinein, wenn er will. Dann nur noch über die Terrasse durch die geöffnete Wohnungstür – kein Problem, nicht mal für eine Rentnerin.

»Frau Andersen?«, unterbricht die alte Dame Lenas misstrauische Gedanken. »Was ist mit Ihnen? Kann ich etwas für Sie tun? Sie sehen ein bisschen angeschlagen aus.«

»Nein, es ist nichts.« Sie schüttelt heftig den Kopf. Sie darf nicht paranoid werden. *Man muss nicht hinter jedem Busch einen Räuber sehen.* Ein Satz, den ihr Vater immer gern gesagt hatte. Aber das ist nicht so leicht, wenn man sich von Büschen regelrecht umzingelt sieht. »Ich … ich habe nur schlecht geschlafen. Na ja, und diese Sache mit dem Paket, sie macht mich ein bisschen nervös.«

»Sie können wirklich gern auf mich verweisen«, wiederholt Frau Richter lächelnd. »Gar kein Problem.« Sie senkt die Stimme. »Und neulich, unser kleines Missverständnis … Nun, machen Sie sich keine Gedanken. Ich meine, in Ihrer Situation ist es ja verständlich …«

»Ja, vielen Dank«, würgt Lena sie ab. »Wirklich nett von Ihnen!« Dann läuft sie hinunter in ihre Wohnung, drückt die Tür hinter sich zu, lässt sich dagegensinken, schließt die Augen und versucht ihren Atem zu beruhigen.

27

Als das Telefon klingelt, ist Lena sofort wieder wie elektrisiert. Sie stürzt zur Ladestation und reißt das Mobilteil an sich.

»Hallo?«, ruft sie in den Hörer und versucht, gleichzeitig aufs Display zu sehen. Eine Nummer, die mit »09« beginnt.

»Lena!« Natürlich, es ist Esther.

»Oh.«

»Was heißt hier ›Oh‹? Wen hast du denn erwartet?«

»Niemanden, nein, ich komm nur gerade zur Tür rein.«

»Tut mir leid, dass ich nicht sofort zurückgerufen habe, aber der Empfang hier im Hotel ist eine Katastrophe. Ich musste erst Zeter und Mordio schreien, bis sich jemand dazu bequemt hat, mir das Telefon auf meinem Zimmer zu erklären! Zwei Euro nehmen die hier pro Minute, kannst du dir das vorstellen?«

»Ja … Das heißt, nein, ich meine …«

»Dabei ist der Laden hier sowieso schon absurd überteuert.« Sie holt tief Luft. »Aber egal, jetzt funktioniert es wenigstens! Hast du Josy mittlerweile erreicht? Was hat sie zu der Sache auf dem Friedhof gesagt?«

»Gar nichts«, antwortet Lena. »Ich habe noch nicht mit ihr darüber geredet.«

»Hast du nicht? Deine Nachricht klang so aufgeregt, ich dachte, es wäre irgendwas passiert.«

»Ist es auch.« Sie zögert. »Rebecca ist tot.«

Schweigen in der Leitung. Dann: »Wie bitte? Was ist?«

»Rebecca ist tot«, wiederholt Lena.

»Lena, lass das! Mir ist nicht nach schlechten Scherzen. Schon gar nicht für zwei Euro die Minute!«

»Das ist kein Scherz. Sie ist wirklich tot.«

»Um Gottes willen!«, ruft Esther aus. »Das kann doch nicht sein, du … du … Was ist passiert?«

»Sie ist im Pool ertrunken, zu Hause in ihrer Villa.« Lena spürt, wie ihr bei der Erinnerung schwindelig wird. »Sie scheint sich umgebracht zu haben. Aber letztlich wird das erst der Gerichtsmediziner genau sagen können.«

»Selbstmord? Rebecca? Das glaube ich nicht!«

»Es sieht aber ganz danach aus.«

»Aber das kann doch nicht sein!«

»Wie gesagt, sie muss erst in der Rechtsmedizin …«

»Wie hast du es erfahren?«, wird sie von Esther unterbrochen.

»Ich hab sie selber gefunden.«

Erneutes Schweigen. Lena kann die Verwirrung ihrer Schwiegermutter nahezu mit Händen greifen. »Du?«, will sie schließlich wissen. »Wie denn das?«

»Ich war gestern Abend noch einmal bei ihr.« Schweiß bildet sich in Lenas Handflächen. Jetzt muss sie aufpassen, was sie sagt! Erst recht am Telefon. Paranoia hin, Paranoia her.

»Du wolltest doch mit Emma zu Hause bleiben und dich ein bisschen ausruhen.«

»Ja, aber ich hab's mir anders überlegt und bin noch mal los.«

»Mit Emma?«

»Nein.« Das Eis wird dünner. »Meine Nachbarin von oben, Frau Richter, hat so lange aufgepasst. Mit dem Babyfon …«

»Aha.« Esther klingt überrascht, geht aber nicht weiter darauf ein. »Aber was wolltest du denn noch einmal von Rebecca? Ich verstehe nicht …«

»Hör zu, das ist am Telefon alles etwas schwierig zu erklären. Wir reden am besten, wenn du wieder zu Hause bist.«

»Natürlich! Ich bin gerade schon dabei zu packen.« Im Hintergrund hört Lena Guinness bellen. Esther spricht ein paar beruhigende Worte zu ihm, dann wendet sie sich wieder an Lena. »Wie geht es Josy? Wer hat es ihr gesagt? Ist jemand bei ihr?«

»Ich weiß es nicht«, sagt Lena. »Josy ist weg.«

»Wie, weg?«

»Keine Ahnung«, sagt Lena. »Ich war bei ihr im Internat, aber da ist sie nicht.« Die Worte haben ihren Mund bereits verlassen, ehe sie darüber nachdenken kann, ob es schlau ist, Esther das zu erzählen. Was darf sie sagen, was nicht? Was gilt als »sich zurückhalten«, welches ihrer Worte ist das eine zu viel?

»Du warst auch noch im Internat? Gestern? Aber dann war Emma ja stundenlang allein!«

Lena beißt sich auf die Lippe, sie *wusste*, es war ein Fehler. »Nein, ich hab sie dann doch hoch zu Frau Richter gebracht, das geht mit Fläschchen ja ganz gut.«

»Ich verstehe trotzdem nicht, warum …«

»Die Sache mit dem Herzen hat mir einfach keine Ruhe gelassen«, unterbricht Lena ihre Schwiegermutter. »Na ja, und als ich Josy da nicht finden konnte, bin ich eben noch einmal zu Rebecca und Martin gefahren.«

»Aber wenn Josy nicht in der Schule ist, muss sie doch zu Hause sein!« Das Kläffen des Hundes wird lauter, genauso wie die Stimme der Schwiegermutter, die nun angstvoll und panisch klingt.

»Ich hab sie nicht gesehen. Und telefonisch erreicht hab ich sie auch nicht, sie geht nicht an ihr Handy.«

»Moment«, sagt Esther. »Ich versuche es kurz selbst. Ich rufe dich gleich wieder an.«

Ehe Lena einen Einwand machen kann, hat ihre Schwiegermutter schon aufgelegt. Mit angehaltenem Atem starrt Lena auf das Telefon in ihrer Hand. Unschlüssig, ob sie hoffen soll, dass Esther ihre Enkelin erreicht oder nicht.

Sekunden später klingelt es.

»Nur die Mailbox«, teilt Esther ihr mit.

»Wie zu erwarten.«

»Aber warum denn? Was hat das zu bedeuten?«

»Keine Ahnung«, sagt Lena. »Akku leer, kein Empfang, was weiß ich.«

»Das *meine* ich doch nicht!«, fährt Esther sie an. »Ich meine ... Rebecca ... Alles!«

»Tut mir leid«, sagt Lena. »Ich bin einfach ...«

»Gib mir mal die Nummer der Schule«, sagt Esther. »Mal sehen, ob ich da was erreichen kann.«

»Ich fürchte, das wird nichts bringen.«

»Woher willst du das wissen?«

Noch mehr Schweiß an den Händen. »Ich ... ich hab eine ihrer Mitschülerinnen getroffen. Die meinte, dass Josy schon seit mindestens zehn Tagen nicht mehr im Internat ist.«

»Das kann nicht sein!«, ruft Esther aus, als hätte Lena eine unfassbare Behauptung aufgestellt. »Gib mir bitte sofort die Nummer!« Lena holt ihre Tasche, sucht den Zettel raus, auf den sie die Kontaktdaten des Internats geschrieben hat, und diktiert Esther die Rufnummer.

»Ich melde mich«, bellt Esther und legt auf.

Zwanzig Minuten später klingelt Lenas Telefon erneut.

»Sie ist tatsächlich weg«, eröffnet Esther das Gespräch ohne Umschweife. »Ich verstehe das nicht!« Guinness ist im Hintergrund laut bellend zu hören. »Sie wollten mir zuerst nichts sagen, aber schließlich hatte ich den Direktor an der Strippe und hab ihn dazu gebracht, mit der Wahrheit herauszurücken.«

»Und – was ist die Wahrheit?« Lena umkrampft den Telefonhörer.

»Eben das verstehe ich nicht. Rebecca hat Josy vor zehn Tagen schriftlich vom Sommercamp abgemeldet mit der Begründung, es ginge ihr nach dem Tod ihres Vaters noch immer sehr schlecht, und sie würden deshalb zusammen in den Urlaub fahren.«

»Hast du ihm gesagt, was mit Rebecca passiert ist?«

»Gott bewahre, nein! Das geht doch den Mann nichts an, das ist eine Familiensache!«

»Na ja, er wird es sicher erfahren.«

»Aber nicht von mir. Das fehlte noch, dass der Tod von Josys Mutter an ihrer Schule die Runde macht, ehe das Kind selbst etwas davon weiß.«

»Ja«, sagt Lena, »das ist richtig.«

»Die ganze Sache ist wirklich sonderbar«, spricht Esther weiter. »Und das aus gleich zwei Gründen.«

»Was meinst du?«

»Zum einen sind sie weder im Urlaub, noch haben sie es geplant. Das hätte Josy mir mit Sicherheit erzählt. Zum anderen traue ich meiner Ex-Schwiegertochter ja vieles zu – aber nicht diese Selbstlosigkeit. Dass sie aus Rücksicht auf Josys Gefühle ihre eigene Zeit opfert, um mit dem Kind zu verreisen!« Sie lacht bitter auf. »Das wäre ja das Allerneueste!«

»Immerhin ist Daniel gestorben.«

»Du nimmst das eiskalte Biest auch noch in Schutz? *Das* ist allerdings auch neu!«

»Es sieht ja ganz so aus, dass Rebecca sich umgebracht hat.«

»Himmel, aber doch nicht wegen Daniel!«

»Warum denn dann?«

»Was weiß ich, vielleicht ist ihr ein Fingernagel abgebrochen!«

»Esther! Sie ist tot!«

»Ja«, sagt ihre Schwiegermutter, »das habe ich verstanden. Und ich kann nicht behaupten, dass mir das sonderlich leidtut.«

»Wie kannst du so etwas sagen?«

»Ach, was soll denn die Heuchelei? Du hast sie doch auch nicht leiden können!«

»Ich hab sie ja kaum gekannt.«

»Sei froh«, erwidert sie, »du hast nichts verpasst.« Esther holt tief Luft. »Das Wichtigste ist jedenfalls, dass wir Josy finden! So schnell wie möglich.«

»Ja«, stimmt Lena ihr zu. Auch wenn ihre Schwiegermutter nicht ahnt, *warum* sie das Mädchen so schnell wie möglich finden will. »Ich weiß nur nicht, wo wir anfangen sollen.«

»Da fällt uns schon was ein. Ich schätze, sie ist einfach abgehauen. Daniels Tod hat sie ja völlig durcheinandergebracht, da kann ich mir so eine Reaktion absolut vorstellen. Vielleicht ist sie auch mit irgendeinem Jungen weg. Treibt sich in Spanien, Italien, Südfrankreich oder sonst wo rum, ohne zu ahnen, was hier los ist!«

Lenas Fantasie schlägt Purzelbäume. Josy irgendwo in Südeuropa … mit Emma … die in einem weißen Gitterbettchen steht und nach ihrer Mama weint …

Esther redet weiter. »Nicht auszudenken, dass sie irgendwie erfährt, was mit ihrer Mutter geschehen ist, und keiner ist dann bei ihr! Rebecca hat es zwar nicht verdient, aber Josy hat nun mal an ihr gehangen. Wie Töchter eben an ihren Müttern hängen, egal ob sie es verdient haben oder nicht …«

Ob sie es verdient haben. Der Satz hallt in Lenas Kopf nach. Wieder sind da die Selbstvorwürfe, dass sie nicht genug aufgepasst hat, dass sie allein Schuld daran trägt, dass Emma verschwunden ist. *Alles meine Schuld.*

»Wie geht es denn meiner kleinen Emma?« Esthers Stimme klingt sanft und liebevoll. Da ist sie also, die Frage. Diese Frage, vor der Lena sich schon seit Beginn des Telefonats fürchtet.

»Gut … Gut«, sagt Lena schnell. »Sie liegt gerade auf ihrer Spieldecke. Ich werde ihr gleich ein Fläschchen geben, danach schläft sie bestimmt wieder.« Sie schließt die Augen. Sie wünscht sich so sehr, es wäre keine Lüge.

»Wenigstens etwas! Gut, dass die Kleine noch nichts mitkriegt.« Wieder seufzt die Schwiegermutter. »Also, ich bin in einer halben Stunde fertig mit Packen und setze mich dann sofort ins Auto. Wenn ich gut durchkomme, müsste ich in sechs bis sieben Stunden da sein, also so gegen drei oder vier.«

Nachdem sie aufgelegt haben, quält Lena sofort wieder die Frage, wie sie um Himmels willen Esther nachher Emmas Verschwinden erklären soll. Sie wird das Baby sehen wollen. Wird vor Emmas leerer Wiege stehen und von Lena Antworten verlangen. Antworten, die sie nicht hat. Oder die sie ihr auf keinen Fall geben will.

Lena muss handeln, sie muss etwas *tun*. Als würde es ihr das Denken erleichtern, läuft sie in der Wohnung auf und ab. Betrachtet wieder und wieder Emmas Foto, das sie in dem Umschlag unter der Tür gefunden hat. Und die Nachricht.

Halt dich zurück.
Warte auf Anweisungen.

Sie will aber nicht warten. Nicht warten, bis Josy ihr die nächste grausame Botschaft zukommen lässt. Bis sie den nächsten Umschlag mit einer Nachricht erhält.

Lena kommt eine Idee. Sie geht ins frühere Gemeinschaftsbüro, in dem jetzt nur noch ihr Schreibtisch steht. Nimmt ein Blatt Papier aus dem obersten Schubladenfach ihres Rollcontainers, einen Stift und fängt an zu schreiben. Als sie fertig ist, faltet sie das Blatt in der Mitte einmal zusammen, steckt es in einen Umschlag, geht raus in den Flur und schiebt es halb unter der Wohnungstür durch. So, dass man das Kuvert von draußen sehen und wegziehen kann.

Dann geht sie in die Küche, holt eine Flasche Weißwein aus dem Kühlschrank, entkorkt sie und gießt sich ein Glas davon ein. Sie muss runterkommen. Sie muss ihre Kräfte schonen. Sie braucht Schlaf.

Mit dem Wein in der Hand nimmt sie auf dem Sofa im Wohnzimmer Platz, schaltet den Fernseher ein und lehnt sich zurück. Sie wartet. Darauf, dass ihre Botschaft gefunden wird.

Was willst du von mir? Sag es – und du bekommst es!

Ein Geräusch lässt Lena hochschrecken. Verwirrt sieht sie sich um. Sie muss eingenickt sein. Im Fernsehen läuft eine laute Verkaufsshow, das Display des TV-Receivers zeigt halb zwölf Uhr mittags.

Sie lauscht angestrengt, aber es bleibt still.

Der Umschlag! Sie springt auf und rennt hinaus in den Flur, um danach zu sehen.

Er liegt noch da, eine Ecke des Kuverts guckt unter der Wohnungstür hervor. Sie will sich umdrehen und zurück ins Wohnzimmer gehen, um den lauten Fernseher auszuschalten, als sie bemerkt, dass sich der Umschlag bewegt. Gebannt blickt sie auf das weiße Papier, lässt es nicht aus den Augen. Langsam, wie in Zeitlupe, verschwindet es, wird weggezogen von jemandem auf der anderen Seite der Tür.

Augenblicklich beginnt Lena zu zittern, ihr Puls rast. Mit einem Satz ist sie bei der Tür. Sie reißt sie auf – mit solcher Kraft, dass sie donnernd gegen die Flurwand kracht.

Die Gestalt, die vor ihr auf dem Boden kauert, zuckt zusammen, lässt den Umschlag fallen und blickt zu ihr auf. Erschrocken schnappt Lena nach Luft, weicht einen Schritt zurück und stützt sich mit einer Hand am Türrahmen ab.

Um sich im nächsten Moment mit einem schrillen Zornesschrei auf ihr Gegenüber zu stürzen.

ICH

Ich bin immer bei dir, jeden Augenblick. Du siehst mich nicht, du hörst mich nicht – und doch bin ich überall da, wo du bist.

Every breath you take
And every move you make

Ein schöner Song. Ja, ich werde bei dir bleiben. Bis zum Ende.
Deinem Ende.

28

»Du? Du bist das?« Mit beiden Fäusten prügelt Lena auf Niklas ein, der vor der Tür kniet. Schlägt wie von Sinnen gegen die zum Schutz erhobenen Hände, tritt mit den Füßen zu, wieder und wieder. Sie ist wie im Rausch, kann nicht mehr aufhören zu treten und zu schlagen, obwohl Niklas längst ein stöhnendes Jaulen von sich gibt und Lena anfleht aufzuhören.

»Warum tust du mir das an?«, schreit sie. *»Warum tust du mir das an, warum?«*

Eilige Schritte im Treppenhaus. Dann eine fast panische Stimme. »Frau Andersen! Ja, aber was ist denn los?«

Endlich lässt Lena von Niklas ab, der verwirrt und benommen am Boden hocken bleibt. Sie blickt zu ihrer Nachbarin hoch, die eine halbe Treppe über ihr steht und entsetzt und verängstigt die Szenerie betrachtet. Sie hat die Arme um sich geschlungen.

»Soll ich … Soll ich die Polizei rufen?«, fragt sie und macht schon Anstalten, sich umzuwenden.

»Nein!«, ruft Lena. »Nicht!« *Keine Polizei!*

»Aber …«

»Nein, das ist wirklich nicht nötig«, meldet sich Niklas am Boden zu Wort, erhebt sich hustend und klopft sich die Kleidung ab. »Hier liegt nur ein Missverständnis vor.«

»Ein Missverständnis?« Frau Richter sieht von einem zum andern.

»Ja.« Niklas rappelt sich auf. »Es ist alles in Ordnung, glauben Sie mir.« Ein prüfender Blick zu Lena, die schließlich nickt.

»Ja«, wiederholt sie und behält Niklas argwöhnisch im Auge, »alles in Ordnung.« *Bloß keine Polizei!*

»Wenn Sie meinen ...« Einen Moment lang bleibt die Nachbarin noch unschlüssig auf der Treppe stehen. Lenas Fernseher dröhnt durch das Treppenhaus, Studioapplaus ist zu hören. »Dann gehe ich mal wieder nach oben«, sagt Frau Richter mit zittriger Stimme. Sie wendet sich ab und geht kopfschüttelnd zurück in ihre Wohnung.

Währenddessen ballt Lena erneut die Fäuste, bereit, im Zweifel sofort wieder zuzuschlagen, sobald die Nachbarin außer Sichtweite ist. Kurz darauf klappt oben die Tür von Frau Richters Wohnung, der Applaus aus Lenas Fernseher verklingt.

»Komm mir nicht zu nahe«, zischt Lena und weicht einen Schritt zurück in ihre Wohnung, ohne Niklas aus den Augen zu lassen.

»Ziemlich stürmische Begrüßung.« Niklas tastet mit einer Hand nach seiner Lippe, die aufgesprungen ist und blutet.

»Was willst du von mir?« Lena versucht, ihre Stimme zu dämpfen. Es gelingt ihr kaum.

»Ich wollte nur sehen, wie es dir geht, nach gestern. Das ist alles.«

»Lass deine Spiele!«

»Was für Spiele?« Zum ersten Mal zeigt sein Gesicht ernsthafte Besorgnis. »Lena, wovon redest du überhaupt?«

»Wo ist sie? Sag mir sofort, was du mit ihr gemacht hast! Geht es ihr gut? Ich warne dich!« Sie merkt, dass sie wieder lauter wird, aber es ist ihr unmöglich, ruhig zu bleiben.

»Ich verstehe kein Wort, ehrlich nicht! Was soll ich mit wem gemacht haben?«

Sie bückt sich, hebt den Umschlag auf und drückt ihn Niklas in die Hand. »Hier! Den wolltest du doch gerade mitnehmen!«

»Ich wollte ihn nicht *mitnehmen*«, antwortet er und gibt Lena den Umschlag zurück. »Ich wollte ihn nur für dich aufheben.«

»Das soll ich dir glauben?«, fährt sie ihn an.

»Glaub, was du willst. Ich war in der Nähe und dachte, ich schau mal vorbei«, erklärt er. »Einer deiner Nachbarn kam gerade raus, also bin ich direkt in den Hausflur. Dann habe ich den Umschlag gesehen, wollte ihn aufheben, und als Nächstes ist eine Furie auf mich losgegangen.«

»Du … Du lügst!«, faucht sie.

Er zuckt mit den Schultern. Dann lacht er herzlich. »Stimmt, ich war gar nicht in der Nähe.«

Sie sieht ihn an, sieht, wie er lächelt, verlegen dasteht wie ein großer Junge, und schlagartig wird ihr die ganze Absurdität der Situation klar. Sie kommt sich plötzlich dumm vor, regelrecht albern.

»Es … Es tut mir leid«, beginnt sie. »Ich weiß nicht, was ich sagen soll … Ich habe dich nicht erwartet, ich …«

Niklas tritt näher, schüttelt den Kopf: »Was dachtest du, wer ich bin? Ein Killer von der Russenmafia?« Er grinst.

»Bitte«, sagt sie, »ich wollte dir nicht wehtun. Bei mir liegen einfach die Nerven blank …« Sie hofft, dass er diese lahme Erklärung für ihren Ausraster schluckt.

»Den Eindruck habe ich allerdings auch.«

»Ich bin eingeschlafen, hab wohl geträumt.«

»Willst du dir vielleicht irgendetwas von der Seele reden?«

Lena schrickt auf. »Nein, nein, ist schon in Ordnung!

Seit dem Tod von Daniel ist nur alles ein bisschen schwierig …«

»Wollen wir vielleicht irgendwo eine Tasse Kaffee trinken?« Und als Lena nicht reagiert: »Hab ich dir irgendwas getan? Bist du sauer auf mich?«

»Nein!« Sie windet sich, fühlt sich schlecht, wie er da so vor ihr steht und sie allen Ernstes fragt, ob *sie* auf *ihn* sauer ist. »Es ist nur so, dass meine Schwiegermutter jeden Moment von ihrer Reise zurückkehrt, und da möchte ich im Haus sein.«

»Okay«, sagt Niklas. »Das verstehe ich natürlich.« Er lächelt wieder sein Jungenlächeln. »Dann werd ich mal wieder …« Er wendet sich zum Gehen. »Darf ich dich in den nächsten Tagen mal anrufen?«

»Ich weiß nicht, ich hab im Moment viel …«

»Lena«, unterbricht er sie und schmunzelt. »Anrufen, mehr nicht. Ich möchte einfach hören, wie es dir geht.«

»Ja, natürlich«, sagt sie, »ruf gern an.«

Er beugt sich vorsichtig zu ihr vor und gibt ihr links und rechts einen Kuss auf die Wangen. Diesmal weicht sie nicht zurück. Wenn sie ehrlich ist, beruhigt sie seine Berührung sogar.

Als Niklas gegangen ist, lehnt sich Lena an die geschlossene Tür. Sie muss ihre Gedanken ordnen. Sie muss sich konzentrieren. Sie hat etwa drei Stunden, bis Esther kommt. Drei Stunden, in denen sie alles so arrangieren muss, damit ihre Schwiegermutter keinen Verdacht schöpft.

Zuerst nimmt sie Josys Tagebücher aus ihrer Handtasche und schiebt sie unter die Matratze am Fußende ihres Bettes. Dann sucht sie die große Reisetasche aus der Abstellkammer im Flur heraus, läuft damit durch die Wohnung und fängt an, Sachen einzupacken. Windeln, Feucht- und Spucktücher, Schnuller, Kuscheltiere, eine Spieluhr, Bodys, Strampler und Söckchen, einen Schlafsack. Von der Garderobe holt sie Mützchen und zwei Jacken, in der Küche sammelt sie drei Fläschchen und eine Packung Milchpulver ein, und schließlich noch etwas Babyspielzeug.

Die Reisetasche quillt fast über. Lena sieht sich in der Wohnung um, überlegt, was sonst noch alles eingepackt werden muss. Was eingepackt werden *müsste*, wenn sie Emma zu einer Freundin bringen *würde*. Bei dem bloßen Gedanken fängt sie zu weinen an. Sie wischt die Tränen fort. Eilt weiter durch die Wohnung.

Die Babyschale neben der Wohnungstür muss auch weg! Und natürlich der Kinderwagen unter der Treppe im Hausflur. Lena greift sich Reisetasche und Maxi Cosi, öffnet die Wohnungstür. Dann kehrt sie noch einmal um. Sie holt den Briefumschlag, legt ihn wie zuvor auf die Türschwelle. Dann erst geht sie hinunter zu ihrem Auto und verstaut die Sachen auf der Rückbank. Sie holt die Karre, löst die Trage aus der Halterung und packt sie auf den Beifahrersitz. Das zusammengeklappte Gestell passt mit Mühe und Not in den Kofferraum ihres Polos.

Sie fragt sich, ob Josy sie gerade beobachtet. Ob sie sieht, dass Lena Emmas Sachen ins Auto packt, und ob sie begreift, was das bedeutet. Dass Lena bereit ist, alles zu tun, damit niemand erfährt, dass ihre Tochter verschwunden ist. Dass sie Josys Forderungen erfüllt, dass sie sich still verhält und auf weitere Anweisungen wartet.

Sie öffnet die Fahrertür, setzt sich hinters Steuer und startet den Motor. Jetzt noch den Wagen umparken, das muss fürs Erste genügen. Wenn sie mehr Zeit hat, wird sie einen besseren Platz für Emmas Sachen finden, damit sie ihr Auto wieder benutzen kann.

Am Lehmweg bugsiert Lena den Polo in eine freie Parklücke, steigt aus und schließt ab. Dann geht sie mit eiligen Schritten wieder zurück, am Isebekkanal entlang. Sie erreicht die Hoheluftchaussee, biegt links ab und geht die Hauptstraße weiter hinunter Richtung Innenstadt. Vorbei an den Grindelhochhäusern, einem deprimierenden Ensemble aus gelb verklinkerten Stahlbetonbauten, von denen schon der eine oder andere Lebensmüde in den sicheren Tod gesprungen ist. Lena lässt ihren Blick an der Fassade bis hoch zu den Dächern wandern. Sie schließt die Augen und schüttelt sich bei dem Gedanken, wie jemand so verzweifelt sein kann, dass er dort oben aus einem der Fenster steigt und sich in die Tiefe fallen lässt.

Selbstmord. Darüber hat sie in ihren dunkelsten Stunden auch schon nachgedacht. Aber auf eine so brutale Art und Weise? Erst der freie Fall, immer schneller, ein ungebremster Sturz. Dann schmettern Kopf und Körper auf den harten Asphalt, der Schädel platzt, sämtliche Knochen brechen, Blut und Hirnmasse spritzen in alle Himmelsrichtungen … Schnell reißt Lena die Augen wieder auf, um die Bilder zu verscheuchen.

Männer wählen diese »harten« Methoden. Erschießen sich, stürzen sich vor einen Zug oder aus einem Hochhaus. Frauen schneiden sich in der Badewanne die Pulsadern auf, legen sich in der Küche neben den offenen Gashahn oder nehmen Tabletten. Wie Rebecca. Erst das Diazepam, dann das Ertrinken im Pool.

Lena biegt nach links ein. Jetzt nur noch ein paar Meter, dann rechts in die Heinrich-Barth-Straße, schon läuft sie auf ihre Wohnung in der Rappstraße zu. Mittlerweile ist es zwei Uhr nachmittags. Wenn Esther gut durchkommt, ist sie in einer Stunde da.

Vor dem Haus wartet bereits jemand auf sie. Allerdings nicht ihre Schwiegermutter. Es ist Martin, der die Straße auf und ab geht. Schon aus der Ferne erkennt Lena, dass er in heller Aufregung ist.

Der zweite Überraschungsbesuch heute.

29

»Ich muss dringend mit dir reden«, sind Martins erste Worte. Sein Kopf leuchtet hochrot. Von der prallen Augustsonne oder aber, weil er so aufgebracht ist. Unter seinen Augen liegen schwarze Ränder. Offensichtlich hat er seit gestern Nacht keinen Schlaf mehr gefunden.

»Hallo Martin«, sagt Lena und bleibt vor ihm stehen. »Was gibt es denn?«

»Nicht hier auf der Straße«, antwortet er in gehetztem Tonfall.

»Dann komm rein!« Lena geht voran, Martin folgt ihr ins Haus.

»Da liegt was«, sagt er und deutet auf den Briefumschlag, der unter der Tür steckt. Er will ihn schon aufheben, aber Lena kommt ihm mit einer schnellen Bewegung zuvor. »Danke«, sagt sie. »Das wird noch eine Beileidsbekundung sein.«

»So schnell? Aber das kann doch noch gar keiner wissen«, bringt er verwundert hervor.

»Wegen Daniel, nicht Rebecca.«

Er wirft ihr einen peinlich berührten Blick zu. »O ja, sicher. Daniel, natürlich. Ich …«

Lena geht nicht weiter darauf ein. Sie schließt die Wohnungstür und stellt ihre Handtasche neben der Garderobe ab.

»Wo ist Emma?«, will Martin wissen, höflich, beiläufig.

»Bei einer Freundin«, behauptet Lena. »Ich bin noch so durcheinander, dass ich etwas Zeit für mich brauche …« Sie geht voran ins Wohnzimmer, setzt sich aufs Sofa. Martin folgt ihr, tritt an die Terrassentür und sieht hinaus. Ihre Antwort scheint er kaum gehört zu haben. Als Lena schweigt, kommt er ohne Umschweife zur Sache: »Warum hast du mir nicht gesagt, dass Josy verschwunden ist?«

»Was?«, fragt Lena. Sie versucht, überrascht zu klingen.

»Tu nicht so. Du weißt davon.«

»Nein, Martin, wirklich nicht, ich …«

»Verarsch mich nicht!« Er sieht sie wütend an. »Ich war vorhin im Internat. Ich wollte Josy abholen, um ihr schonend beizubringen, dass ihre Mutter …« Er unterbricht sich, kämpft mit den Tränen. Dann räuspert er sich und spricht weiter. »Josy ist nicht im Internat, schon seit Tagen nicht. Rebecca soll sie angeblich abgemeldet haben. Aber das hat sie nicht! Wir waren uns sicher, dass Josy in ihrer Schule ist. Erst gestern haben wir noch mit ihr telefoniert …«

»Martin …« Lena will ihn unterbrechen, doch er lässt sie nicht zu Wort kommen.

»Du warst auch dort«, fährt er fort. »Ich habe mit einer der Lehrerinnen, einer Frau Habicht, gesprochen. Sie kann sich sehr gut an dich erinnern.« Er sieht sie fragend an. »Was um Himmels willen wolltest du von ihr?«

»Was ich von ihr wollte?« Lena macht eine resignierte Handbewegung. »Ich … Ich wollte sie wegen der Sache mit dem Schweineherzen zur Rede stellen. Schon vergessen?«

»Das Schweineherz? Deshalb bist du extra da rausgefahren?« Er schüttelt den Kopf. »Tut mir leid, aber das klingt wirklich nicht überzeugend! Was wolltest du wirklich von ihr? Warum warst du in der Schule? Und was hattest du heute Nacht bei uns zu Hause zu suchen? Denkst du etwa, dass ich dir diese alberne Geschichte mit dem Ohrring abkaufe?«

Lena sieht betreten vor sich hin. »Nein«, gibt sie kleinlaut zu. »Das denke ich nicht. Ich wollte einfach nur sichergehen, dass Josy nicht bei euch ist. Die Geschichte mit dem Schweineherzen hat mir keine Ruhe gelassen, ob du mir das nun glaubst oder nicht.«

»Ach, ist das so? Es hat dir keine Ruhe gelassen?« Er betrachtet sie voller Skepsis. »Warum hast du denn der Polizei nichts von der Sache erzählt, wenn sie dir keine Ruhe lässt und du außerdem *so* sicher bist, dass es Josy war, dass du sogar mitten in der Nacht bei uns einsteigst?«

»Ich bin nicht bei euch *eingestiegen*, Martin.« Lena sieht wütend zu ihm auf. »Die Terrassentür stand offen, und das habe ich der Polizei auch gesagt!«

»Du bist übers Gartentor geklettert!«

»Immerhin habe ich dadurch Rebecca gefunden. Wäre ich etwas früher gekommen, hätte sie vielleicht sogar noch gelebt!«

Martin sieht sie an, eine Veränderung geht bei diesen Worten in ihm vor. Er scheint in sich zusammenzusacken. Ein gebrochener Mann.

»Ach, Lena, ich begreife das alles nicht. Rebeccas angeblicher Selbstmord …« Er ballt die Fäuste, als würde er jemanden schlagen wollen. »Sie *war* nicht depressiv, verdammt! Auf gar keinen Fall war sie das!«

»Bist du dir da wirklich sicher?«

»Natürlich! Ich kenne sie doch! Kannte sie …« Er schluckt. »Ich sage dir: Das ergibt alles überhaupt keinen Sinn! Die Tabletten, der Wein, der Pool …« Er schlägt die Hände vors Gesicht, schluchzt auf, bevor er Lena wieder ansieht. »Warum hat Rebecca diese seltsame Nachricht hinterlassen? Und wo steckt Josy? Wo ist sie abgeblieben? Ist sie weggelaufen? Oder ist ihr etwas zugestoßen? Ich *muss* das einfach wissen, sonst werde ich verrückt!«

Lena seufzt. »Vielleicht gibt es da irgendetwas, von dem wir nichts wissen?«

»Was soll das denn sein?« Lena bemerkt ein Zittern in seiner Stimme. Er scheint über etwas nachzudenken. Dann aber schüttelt er den Kopf. »Nein, es war bei uns alles vollkommen normal. Natürlich, Daniels Tod, der war für uns alle ein Schlag. Aber ansonsten fällt mir nichts ein, das irgendwie ungewöhnlich gewesen wäre.«

Lena verzieht unwillkürlich das Gesicht. »Der Vorfall auf dem Friedhof, war der für dich auch vollkommen normal? Ich meine jetzt nicht das Herz, sondern dass Josy mich regelrecht attackiert hat.«

Martin hebt abwehrend die Hände. »Aber das wäre doch kein Grund für Rebecca, sich das Leben zu nehmen!«

»Kannst du dir vorstellen …« Lena macht eine Pause, sucht nach den richtigen Worten. Sie will Martin nicht verletzen. »Kannst du dir vorstellen, dass Rebecca womöglich noch immer – an Daniel hing?«

Martin wirft ihr einen Blick zu, halb ungläubig, halb spöttisch. »Du meinst, Rebecca hat sich aus *Liebeskummer* umgebracht?«

Lena nickt zögernd. »So in der Art vielleicht?«

Er lacht auf. »Ganz sicher nicht, das kannst du mir glauben!«

»Und was ist mit der Nachricht, die sie hinterlassen hat?«, will Lena wissen. »Sie scheint Schuldgefühle gehabt zu haben.«

»Ich wüsste nicht, warum. Jedenfalls kann es nichts mit Daniel zu tun gehabt haben. Immerhin hat *er* sie damals verlassen, nicht umgekehrt.«

Er seufzt. Stille tritt ein. Schließlich wendet sich Martin zum Gehen, Lena folgt ihm zur Tür.

»Und du weißt wirklich nicht, wo Josy steckt?«, fragt er noch einmal, als sie im Flur stehen.

»Nein, es tut mir leid.« Sie zuckt mit den Schultern. »Kann es nicht sein, dass sie einfach mit einem Jungen irgendwo hingefahren ist, ans Meer oder so?«

»Ich glaube nicht, dass Josy einen Freund hatte.«

»So was erzählt man ja auch nicht immer«, stellt Lena fest. »Oder vielleicht mit einer Freundin?«

»Da würde mir auch keine einfallen«, erklärt Martin. »Jedenfalls hat sie uns nie eine ›beste‹ Freundin oder so vorgestellt. Josy ist eher eine Einzelgängerin.«

»War das schon immer so?«, wagt Lena zu fragen, um mehr über das Mädchen in Erfahrung zu bringen.

»Ich weiß nicht«, antwortet er. »In den letzten Jahren hat sie sich immer mehr zurückgezogen, ist ziemlich verschlossen geworden. Viel sehen wir von ihr allerdings ohnehin nicht.« Seine Stimme nimmt einen entschuldigenden Ton an. »Wenn, dann ist sie nur am Wochenende bei uns. Und das auch nur selten, sie sagt immer, dass sie lieber in der Schule bleibt.«

»Hm.«

»Ich weiß, was du denkst«, fährt Martin fort. »Aber wir haben sie nicht abgeschoben! Im Gegenteil: Rebecca hat ziemlich darunter gelitten, dass Josy nicht öfter bei uns ist … war.«

»Hat sie?« Lena gelingt es nicht, ihre Skepsis zu verbergen. »Warum hat sie Josy dann überhaupt aufs Internat geschickt?«

»Rebecca meinte, Josy bräuchte für ihre Zukunft vor allem eine gute Schulbildung. An den staatlichen Gymnasien und Gesamtschulen in Hamburg würde man außer Schwänzen und Drogenkonsum nicht viel lernen.«

»Daniel hat auch behauptet, es sei für sie am besten«, gibt Lena zu.

Martin hebt in einer hilflosen Geste die Hände. »Letztlich

ist sie nun mal die Tochter von Rebecca und Daniel. Da hat keiner von uns etwas mitzureden.«

»Ja«, sagt Lena. »Das stimmt allerdings.«

Sie hängen beide ihren Gedanken nach. Es ist Martin, der schließlich das Schweigen bricht.

»Na gut«, sagt er. »Dann werde ich mal nach Hause fahren und hoffen, dass Josy sich bald bei mir meldet.« Er legt eine Hand auf die Klinke.

»Ihr habt gestern noch mit ihr telefoniert, sagst du?«

»Ja«, bestätigt er. »Am Vormittag.«

»Da war sie also in der Schule.«

»Zumindest hat sie das gesagt. Aber heutzutage kann man das ja nur schwer überprüfen, mit ihrem Handy kann Josy überall gewesen sein, als sie uns anrief.«

»Und sie klang ganz normal?«

»Das weiß ich nicht, Rebecca hat mit ihr gesprochen.«

»Aber der ist auch nichts aufgefallen?«

»Nein«, sagt Martin. Dann zieht er nachdenklich die Augenbrauen zusammen, fährt sich mit einer Hand über den Mund. »Das heißt, doch, da war was.«

»Was denn?«

»Nichts Weltbewegendes …«

»Was denn?«

»Josy hat gesagt, dass es ihr leidtut, was auf der Beerdigung vorgefallen ist. Und sie wollte wissen, wie es dir und Emma geht. Ich glaube, Rebecca sagte hinterher sogar, dass wir dich von ihr grüßen sollen.«

»Das erzählst du mir erst jetzt?«

»Ich hatte das schon fast vergessen«, erklärt er achselzuckend. »Warum regt dich das so auf?«

»Dafür, dass Josy mich hasst, finde ich es *ziemlich* weltbewegend!«

»›Hassen‹ ist vielleicht ein zu großes Wort.«

»Da bin ich anderer Meinung.« Sie denkt an Josys Tagebücher. Nein, »Hass« ist genau das richtige Wort, jede ihrer Zeilen trieft nur so davon. Umso sonderbarer, dass Josy Rebecca gegenüber Bedauern geäußert haben soll. Und dass sie Lena sogar grüßen lässt. Lippenbekenntnisse! Da ist sich Lena sicher. Schöne Worte, geäußert zu dem alleinigen Zweck, ihre Mutter zu beruhigen.

»Ich hatte ohnehin den Eindruck«, fährt Martin fort, »dass Josy sich nach der Beerdigung wieder etwas gefangen hatte.«

»Umso merkwürdiger, dass sie jetzt einfach so verschwunden ist.«

»Ja, das stimmt. Aber im Moment bleibt mir nur, nach Hause zu fahren und dort auf sie zu warten.«

»Dann melde dich, wenn du etwas von ihr hörst.« Lena geht zu der Kommode, auf der das Telefon steht, schreibt ihre Handynummer auf einen Notizblock, reißt den Zettel ab und reicht ihn Martin.

»Danke«, sagt er, hebt die Hand zum Gruß und geht.

Lena will gerade die Tür hinter ihm schließen, als sie draußen Stimmen und Hundegebell hört. Sie tritt in den Flur und sieht Martin mit Esther in der Eingangshalle stehen, dazwischen springt ein kläffender Guinness umher.

»Es ist alles so schrecklich!«, sagt Lenas Schwiegermutter gerade mit Pathos in der Stimme und ringt die Hände. Dann bemerkt sie, wie sehr der Hund an der Leine zerrt, und blickt in die Richtung, in die er rennen will.

»Lena!«

Hund und Schwiegermutter stürzen auf sie zu. Während Guinness bellend an Lenas Beinen hochspringt, reißt Esther sie in die Arme.

»Da bin ich!«, ruft sie. »Ich bin gefahren wie der Teufel.«

Noch einmal drückt sie Lena an sich. »Mäuschen!«, flötet sie über Lenas Schulter hinweg. »Oma ist da!«

Sie schiebt Lena beiseite, marschiert durch die offene Wohnungstür auf Emmas Zimmer zu und sieht hinein. Dann geht sie zum Stubenwagen im Wohnzimmer. Fragend dreht sie sich zu Lena um. »Wo ist denn meine kleine Emma?«

30

»Bei einer Bekannten also?« Esther kann ihre Enttäuschung nicht verbergen, als sie nun bei Lena in der Küche sitzt und zusieht, wie ihre Schwiegertochter die Kaffeemaschine befüllt.

»Ich hab mich so darauf gefreut, meine kleine Maus zu knuddeln!«, sagt sie mit trauriger Miene. Selbst Guinness ist durch die Wohnung geirrt und hat nach dem Baby gesucht, ehe er beschloss, Lena nicht mehr von der Seite zu weichen. Jetzt hockt er neben ihr auf dem Boden und beobachtet aufmerksam jeden ihrer Handgriffe.

»Das kannst du ja bald«, antwortet Lena. »Ich hab sie nur einfach für ein paar Tage zu Susanne gebracht.«

»Susanne? Nie gehört.«

»Eine Kollegin aus dem Krankenhaus. Da ist Emma gut aufgehoben.«

»Bei mir wäre sie auch gut aufgehoben!«

»Du warst aber nicht da.«

»Jetzt bin ich ja wieder zurück, wir können sie also gleich abholen.«

»Mir wäre es lieber, wenn Emma nichts von dem mitbekommt, was hier gerade los ist.«

»Sie ist doch noch ein Baby!«

»Auch Babys spüren, wenn etwas nicht in Ordnung ist«, sagt Lena.

Esther seufzt. »Wie du meinst«, sagt sie. »Auf alle Fälle müssen wir uns jetzt auf die Suche nach Josy konzentrieren. Es kann doch nicht sein, dass das Kind einfach verschwindet!«

Lena stellt die Maschine an, nimmt am Tisch Platz und stützt beide Ellbogen auf. »Wenn selbst Martin nichts weiß, habe ich keine Ahnung, wo wir da ansetzen sollen.«

»Irgendwer *muss* etwas wissen. Wir sollten noch einmal zur Schule fahren. Zur Not werde ich sämtliche Mitschüler befragen, so lange, bis einer von ihnen mit der Sprache rausrückt! Ich warte mit Sicherheit nicht tatenlos ab, wenn meine Enkelin spurlos verschwunden ist!«

Die Worte treffen Lena wie Schläge in die Magengrube. Sie wünscht sich nichts mehr, als dass sie Esther ins Vertrauen ziehen könnte. Dass sie ihr sagen könnte, dass Emma ebenfalls weg ist, ebenfalls spurlos verschwunden, *entführt!* Damit sie auch im Fall ihrer *anderen* Enkelin etwas tut. Damit sie ihr hilft, das Baby zu finden. Damit Lena nicht mehr so allein ist mit ihrer entsetzlichen Angst. Und so hilflos.

Sie ist drauf und dran zu reden. Doch dann stupst Guinness sie ans Knie, wirft ihr einen treuherzigen Blick zu, fordert ein Leckerli und ein paar Kuscheleinheiten. Also murmelt sie nur: »Nein, natürlich nicht«, steht auf und füllt seine zwei Näpfe mit Hundekeksen und Wasser. Sofort macht sich der Labrador darüber her, gibt begeisterte Kau- und Schlabbergeräusche von sich. Lena beugt sich zu ihm, klopft ihm auf den Rücken, genießt einen Moment lang die tröstende Wärme seines Fells.

Die Kaffeemaschine stößt stotternd heißen Dampf aus, Lena dreht sich zur Arbeitsfläche um, nimmt die volle Kanne und schenkt dann Esther und sich eine Tasse ein.

»Noch eine Sache ist seltsam«, sagt Lena, als sie sich wieder hingesetzt hat. »Martin hat mir erzählt, Josy hätte sich bei

Rebecca nach mir und Emma erkundigt und sie darum gebeten, mich zu grüßen.«

Esther blickt ähnlich verständnislos drein wie zuvor Martin. »Aber das ist doch schön. Anscheinend hat sie sich abgeregt.«

»Und legt noch am gleichen Tag ein vergammeltes Herz auf Daniels Grab und beschimpft mich als Mörderin?«

»Erstens weißt du nicht, ob es wirklich Josy war«, gibt ihre Schwiegermutter zurück. »Und selbst wenn sie sich diesen scheußlichen Scherz erlaubt haben *sollte*, kannst du nicht wissen, *wann* sie das getan hat. Sie könnte es direkt nach der Beerdigung dort hingelegt haben.«

Lena schüttelt den Kopf. »Sie hat es hinterher aus dem Gebüsch verschwinden lassen! Sie war also da und hat Niklas und mich beobachtet«, sagt sie stattdessen.

»Niklas?«

»Ein Bekannter, der mit mir zusammen auf dem Friedhof war.« Lena beißt sich auf die Unterlippe, sie hatte Esther nicht sagen wollen, dass sie sich mit dem Bruder von Thomas Krohn getroffen hat.

»Das hast du mir gar nicht erzählt«, kommt es prompt.

»Ist auch nicht so wichtig. Er hat das Herz jedenfalls auch gesehen. Und er war ebenfalls dabei, als es später verschwunden war.«

Esther fragt nicht weiter nach Niklas, kommt stattdessen sofort wieder auf das Mädchen zurück. »Wie gesagt, du *weißt* nicht, ob es wirklich Josy war!«

Lena wirft ihr einen verletzten Blick zu. »Ich dachte, wenigstens *du* glaubst mir.«

»Ich *glaube* dir ja auch«, sagt Esther und legt ihr beruhigend eine Hand auf den Arm. »Das mit diesem schrecklichen Herzen hast du dir mit Sicherheit nicht ausgedacht. Und ich glaube dir auch, dass du davon ausgehst, dass Josy das getan hat. Aber hundertprozentig *wissen* tust du es eben nicht.«

»Wer soll es denn sonst gewesen sein?« Lena will von ihrem Stuhl aufspringen, aber ihre Schwiegermutter hält sie zurück.

»Bitte, Lena! Ich bin doch auf deiner Seite! Aber es hilft nichts, wenn wir jetzt alle kopflos werden.«

»Ich bin nicht kopflos! Es ist die einzig logische Erklärung, sie liegt doch auf der Hand!«

»Davon bin ich eben nicht ganz überzeugt.«

»Natürlich nicht«, gibt sie bitter zurück, ehe sie es verhindern kann. »Wir reden ja von deiner Enkelin. Von deiner Enkelin, die verschwunden ist.«

»Das hat damit nichts zu tun. Ich will nur keine anderen Möglichkeiten außer Acht lassen.«

»Was denn für *Möglichkeiten?*« Lena zieht das Wort verächtlich in die Länge. »Wer kommt denn für dich sonst noch in Betracht?«

»Was ist zum Beispiel mit diesem Paar?«, fragt Esther. »Du weißt schon, die Leute, deren Kind während deiner Nachsorge gestorben ist?«

Lena zuckt unwillkürlich zusammen.

Esther, die Lenas Blick aufgefangen hat, tätschelt ihr beruhigend den Arm. »Ich meine dieses Paar mit dem toten Baby. Du hast mir doch selbst erzählt, dass die zwei dich erst vor Kurzem in Angst und Schrecken versetzt haben. Wie heißen die noch mal?«

»Babette und Sebastian Schuster«, erwidert Lena. »Über die habe ich auch schon nachgedacht«, gibt sie zu. »Aber wo sollten die beiden das Hochzeitsfoto aus dem Kästchen herhaben?«

»Was weiß ich?«, antwortet Esther. »Wer so verrückt ist, ein Schweineherz zu besorgen, der kriegt so etwas sicher auch hin.«

Lena schüttelt den Kopf. »Ich wüsste nicht, wie.«

Ihre Schwiegermutter denkt einen Moment lang nach. »Was weiß ich, vielleicht haben sie den Fotografen von damals aufgetrieben … Wie auch immer, es sollte jedenfalls kein Grund sein, die zwei von vorneherein auszuschließen.«

»Nein.« Lena schüttelt den Kopf. »Ich kann mir das beim besten Willen nicht vorstellen.«

»Bei Josy kannst du es dir aber schon vorstellen?«

»Immerhin war sie bei unserer Hochzeit dabei!« Lena denkt daran, wie Daniels Tochter mit versteinerter Miene ihrer Trauung und der darauf folgenden Feier beigewohnt hatte. Keine ihrer Lieblingserinnerungen, wirklich nicht. »Und die Sache auf der Beerdigung – die spricht doch wohl Bände.«

»Mittlerweile scheint es ihr aber leidzutun.«

»Behauptet Rebecca.« Lena korrigiert sich. »*Hat* Rebecca behauptet. Noch besser gesagt, Martin.«

»*Der* hat ja nun erst recht keinen Grund, sich das auszudenken!«

»Ach, ich verstehe überhaupt nichts mehr!« Lena stützt den Kopf in beide Hände, spürt, wie ihr Tränen in die Augen schießen. Vor Erschöpfung, Verzweiflung, Ratlosigkeit. Guinness gibt ein leises Jaulen von sich, kommt zu ihr getapst und legt seine Schnauze in ihren Schoß.

»Hör zu, Lena«, sagt Esther und reicht ihr ein Taschentuch. »Gesetzt den Fall, dass es *nicht* Josy war, die das Herz auf Daniels Grab gelegt hat, sondern tatsächlich diese Babette und deren Mann, dann wissen wir zumindest schon mal eines – dass die Sache nichts mit dem Verschwinden von Josy zu tun hat.«

Lena sieht starr vor sich hin. *Aber mit dem Verschwinden von Emma,* will sie ausrufen. Ein unerträgliches Kribbeln schwillt in ihrem Innern an, droht sie zu zerreißen. Sie will reden! Esther alles erzählen! Und *endlich* ihr Baby zurück!

»Und deswegen fahren wir jetzt dahin«, fährt ihre Schwiegermutter fort und steht auf.

»Wohin?« Lena sieht sie irritiert an.

»Na, zu Babette und ihrem Mann, das ist doch wohl klar!«

»Was wollen wir denn da?« Panik steigt in Lena auf. Was, wenn Esther recht haben sollte? Wenn Josy *nichts* mit der Sache zu tun hat? Was, wenn dahinter doch Babette und Sebastian stecken? Was, wenn sie dann zusammen mit Esther bei den beiden auftaucht? Das ist schließlich so ziemlich das Gegenteil von »Halt dich zurück!«

Was soll sie nur tun? Lena sitzt auf dem Beifahrersitz in Esthers 1er-BMW, beschreibt ihrer Schwiegermutter den Weg zur Wohnung von Babette und Sebastian in Eimsbüttel und kann doch gleichzeitig keinen klaren Gedanken fassen. Guinness haben sie zu Hause gelassen. Dem armen Tier gefiel es gar nicht, als Lena und Esther eilig und aufgeregt aus der Wohnung gestürzt sind, ohne ihn mitzunehmen, nachdem er so lange nicht bei seinem Frauchen war.

Auch Lena fühlte sich ziemlich überrumpelt. Sie hatte versucht, Esther davon zu überzeugen, dass es nichts bringen wird, die Schusters zu besuchen. Denn sie werden natürlich abstreiten, Lena diese geschmacklose Überraschung an Daniels Grab bereitet zu haben. Ob sie es nun gewesen sind oder nicht.

»Das lass mal meine Sorge sein«, wurde der Einwand von ihrer Schwiegermutter beiseitegefegt. »Das mache ich wie mit diesem Internats-Hansel. Die bringe ich schon zum Reden!«

Auch Lenas Argument, dass es sie bei ihrer Suche nach Josy nicht weiterbringen wird, selbst wenn das Paar die Tat auf dem Friedhof gestehen sollte, ließ Esther nicht gelten: »Dann wissen wir wenigstens, dass Josy nichts mit der ganzen Sache zu tun hat.«

Und so sitzt sie nun auf dem verdammten Beifahrersitz und kann nichts mehr tun, um ihre Schwiegermutter von diesem Feldzug abzubringen. Andererseits keimt auch ein kleines bisschen Hoffnung in ihr auf. Sie stellt sich vor, wie sie das saubere Pärchen mit dem Vorwurf konfrontieren, das Kästchen mit dem Herzen auf Daniels Grab gestellt zu haben. Und das Wunder geschieht – die beiden knicken sofort ein! Ja, und in der besten aller Welten sollen sie dann bitte auch gleich noch zugeben, das Baby entführt zu haben – weil sie Lena eine makabre Lektion erteilen wollten. Und ihr dann natürlich Emma zurückgeben, kerngesund …

Ein Wunschtraum, der nichts mit der Wirklichkeit zu tun hat. Wer auch immer das alles geplant hat – der- oder diejenige scheint genau zu wissen, was er oder sie tut. So jemand wird nicht gleich die Waffen strecken, nur weil zwei hysterische Frauen an der Haustür auftauchen.

Während Esther deutlich zu schnell über den Ring 2 in Richtung Osterstraße rast, hofft Lena daher nichts sehnlicher, als dass sie in wenigen Minuten in zwei aufrichtig erstaunte Gesichter blicken. Dass Sebastian und Babette überhaupt nicht verstehen, *wirklich* nicht verstehen, wovon sie und Esther reden. Dass sie ihnen die Tür vor der Nase zuknallen oder vielleicht sogar mit einem Anwalt und einer Anzeige wegen Verleumdung drohen. Ja, das hofft Lena. Denn dann hätte sie zumindest nicht ihre Tochter in Gefahr gebracht.

»Da drüben ist es.« Lena deutet auf einen Rotklinkerbau auf der linken Seite, ganz am Ende der Tornquiststraße. Ein Mehrfamilienhaus aus den frühen Fünfzigerjahren, in dem Babette und Sebastian im ersten Stock in einer Dreizimmerwohnung leben. Lena erinnert sich noch daran, wie gemütlich es dort immer war.

Bei jedem ihrer Besuche standen Tee und Gebäck auf dem

Couchtisch bereit, die gesamte Wohnung war blitzblank und aufgeräumt, als würde hier mindestens dreimal die Woche eine Putzfrau Hand anlegen. Lena war erstaunt, als Babette ihr erzählte, dass sie das alles ganz allein schaffte. Die meisten Erstlingsmütter, die Lena sonst betreut, gehen anfangs komplett im Chaos unter. Nicht so Babette. Die öffnete Lena jedes Mal akkurat zurechtgemacht die Tür, in frisch gebügelter Jeans und weißer Bluse – passend zur freundlichen Wohnungseinrichtung. Selbst die Vorhänge sahen aus, als würde Babette sie wöchentlich abhängen, waschen und bügeln.

In Erinnerung an Babettes und Sebastians Vorzeigewohnung schweift Lenas Blick beim Aussteigen hoch zu den Fenstern im ersten Stock.

Und sie bemerkt es sofort: keine Vorhänge, nur leere Fenster. Hinter einem sieht sie an der Zimmerdecke eine nackte Glühbirne baumeln.

»Sie sind weg«, bringt sie verwundert hervor.

»Wie bitte?«, fragt Esther und schließt den BMW ab.

»Da!« Lena deutet auf die Wohnung, der schon von außen anzusehen ist, dass sie leer steht. »Da wohnt keiner mehr!«

31

»Wir gehen hin und klingeln«, bestimmt Esther und ist bereits dabei, mit großen Schritten die Straße zu überqueren. Lena folgt ihr, mit tonnenschwerem Herzen. Sie will nicht wahrhaben, was die leere Wohnung da drüben bedeuten könnte. Was sie vermutlich bedeuten *wird.* Will es einfach nicht wahrhaben.

Natürlich öffnet niemand, als Lena auf den Klingelknopf drückt. Nicht einmal der Name von Babette und Sebastian steht noch da.

»Dann eben die Nachbarn«, sagt Esther und drückt mit der flachen Hand alle Knöpfe auf einmal. Sekunden später geht der Türsummer. Zwei verschiedene Stimmen rufen »Hallo?«, als sie das Treppenhaus betreten. Eine aus dem ersten Stock, die andere von weiter oben.

»Wir suchen Familie Schuster«, ruft Lena in den hallenden Flur. Weiter oben knallt eine Tür zu, in der ersten Etage antwortet jemand: »Kommen Sie hoch!«

Sie folgen der Aufforderung. Eine Treppe weiter oben steht eine junge Frau in Sportkleidung in der Wohnungstür.

»Hallo«, sagt Lena und reicht ihr die Hand. »Mein Name ist Lena Andersen, das hier ist meine Schwiegermutter.«

»Ebenfalls Andersen«, sagt Esther und schüttelt der Frau auch die Hand.

»Können Sie uns sagen, wo Babette und Sebastian Schuster hingezogen sind? Wir suchen sie dringend«, sagt Lena.

Die junge Frau zuckt die Schultern. »Tut mir leid, keine Ahnung.«

»Und seit wann wohnen sie nicht mehr hier?«, hakt Lena nach.

»Ich war zwei Wochen im Urlaub, und als ich vorgestern wieder nach Hause kam, waren sie nicht mehr da.« Sie zuckt mit den Schultern. »Hat mich auch überrascht, davon haben sie gar nichts gesagt.«

»Sind Sie mit den Schusters befreundet?«, will Esther wissen.

»Befreundet würde ich nicht sagen, aber wir haben uns ganz gut verstanden. Als Nachbarn halt. Gegenseitig Pakete angenommen und so. Hin und wieder mal ein paar Worte im Treppenhaus, mehr eigentlich nicht.« Sie grinst und wippt in ihren Turnschuhen vor und zurück. »Die sind ja auch ein paar Jahre älter als ich.«

»Hm«, macht Lena. Sie schätzt die Frau auf Anfang zwanzig, zwischen ihr und Babette könnten zehn Jahre liegen. »Und die Schusters haben überhaupt nichts von einem geplanten Umzug erwähnt?«

Die Frau schüttelt den Kopf. »In letzter Zeit jedenfalls nicht.«

»In letzter Zeit?«, meldet sich Lenas Schwiegermutter wieder zu Wort.

»Na ja«, sie senkt die Stimme, »ich weiß das auch nur von der Frau, die vor mir hier gewohnt hat ...« Sie sieht Lena und Esther verschwörerisch an.

»Was denn?«, fragt Lena und merkt, wie sie dabei vor Anspannung die Fäuste ballt.

»Da muss mal was Schlimmes passiert sein«, spricht die Frau weiter. »Die zwei hatten wohl mal ein Kind, das aber gestorben ist.«

»Gestorben?« Esther klingt so erstaunt, als hätte sie davon noch nie etwas gehört.

»Ja.« Ihr Gegenüber nickt, und Lena kann es kaum ertragen, wie sensationslüstern die junge Frau dabei aussieht. »War wohl ein Unfall oder so, ganz genau weiß ich das auch nicht. Jedenfalls hat mir meine Vormieterin erzählt, dass das damals ganz schrecklich war. Frau Schuster hat angeblich wochenlang nur geweint, ist betrunken durchs Treppenhaus gestolpert und so. Und angebrüllt haben ihr Mann und sie sich in der Zeit wohl auch ständig.« Sie zuckt mit den Schultern. »Na ja, kann man irgendwie auch verstehen.«

»Ja«, sagt Lena leise. Und *wie* sie das verstehen kann. Mehr noch. Sie kann es *fühlen*.

Esther wirft ihrer Schwiegertochter einen flüchtigen Blick zu. »Was wissen Sie noch, was uns vielleicht weiterhelfen könnte? Wie gesagt, wir müssten dringend mit ihnen sprechen«, sagt sie dann.

»Wirklich nicht viel«, erwidert die Frau in entschuldigendem Tonfall. »Nur, dass die beiden damals wohl überlegt haben wegzugehen. Ins Ausland oder so. Aber das kann ich nicht mit Sicherheit sagen.«

»Haben Sie von den beiden irgendwelche Kontaktdaten?«, fragt Lena. Zwar hat sie selbst Babettes Handynummer, aber ihr ist klar, dass ihr das natürlich nichts bringen wird. »Haben sie eine neue Adresse hinterlegt? Vielleicht für die Post?«

»Nein. Wie gesagt, ich wusste ja nicht einmal, dass sie wegziehen. Und ob die einen Nachsendeantrag gestellt haben oder so«, wieder zuckt sie mit den Schultern, »das kann ich Ihnen echt nicht sagen.«

»Na gut«, meldet Esther sich zu Wort. »Ich denke, es hat sich erledigt.« Sie berührt ihre Schwiegertochter am Arm, wendet sich zum Gehen. Aber so leicht will Lena nicht aufgeben.

»Was ist mit dem Vermieter? Vielleicht kann der uns helfen?«

»Schon möglich«, antwortet die Frau, »der Hauseigentümer wohnt hier im Haus, im dritten Stock.«

»O danke!« Lena nickt ihr zu, wendet sich ab und will nach oben stapfen, aber Esther hält sie zurück.

»Wir wissen doch jetzt, was wir wissen wollten«, sagt sie, »was soll das noch?«

»Es war schließlich *deine* Idee, dass wir herfahren«, entgegnet Lena und macht sich von ihr los.

»Also, ich habe alle Antworten, die ich brauche.«

»*Ich* aber nicht.«

Noch immer steht die junge Frau in der offenen Tür, beobachtet interessiert die Auseinandersetzung zwischen den beiden. Als sie einen unwilligen Blick von Lena auffängt, der eigentlich Esther gilt, zuckt sie wie ertappt zusammen, murmelt ein leises »Tschüss« und verschwindet eilig in ihrer Wohnung.

»Lena …«, setzt Esther wieder an, wird aber von einer männlichen Stimme unterbrochen.

»Tut mir leid«, sagt ein Mann mittleren Alters, der in Jeans und T-Shirt die Treppe herunterkommt. Seine Haare sind nass, seine Füße stecken in blauen Plastik-Crocs. »Als Sie geklingelt haben, war ich gerade unter der Dusche und musste mir erst mal was anziehen.« Die klappende Tür von weiter oben. »Tilmann Kraft«, stellt er sich vor, als er Esther und Lena gegenübersteht. »Sie suchen die Schusters?«

Sie nicken.

»Ich auch!«

»Sie sind der Hauseigentümer?«, fragt Lena.

»Ja, und ich habe leider keine Ahnung, wo meine Mieter hin sind.« Er lächelt freundlich, nimmt es offensichtlich mit Gelassenheit.

»Dann haben Babette und Sebastian Ihnen also auch nicht gesagt, dass sie ausziehen?«

Er hebt wie zur Entschuldigung die Arme. »Vor vier Tagen hab ich ihren Schlüssel in meinem Briefkasten gefunden, und die Wohnung war leer geräumt. Das war's. Keine Nachricht, keine neue Adresse, nichts.«

»Seltsam«, gibt nun auch Esther zu.

»Das kann man wohl sagen!« Er schüttelt den Kopf. »So was habe ich noch nie erlebt.«

»Besonders erbost sind Sie offenbar nicht«, stellt Lena erstaunt fest.

»Na ja.« Er wiegt den Kopf hin und her. »Was soll ich sagen? Die Schusters hatten es in den letzten Jahren nicht leicht, wissen Sie?«

Lena und Esther nicken erneut. Ja, das wissen sie.

»Meine Frau und ich haben auch zwei Kinder«, fährt Tilmann Kraft fort, »und wenn ich mir das vorstelle …« Er schüttelt sich leicht, als würde er den Gedanken damit verscheuchen wollen. »Jedenfalls haben die Schusters immer pünktlich gezahlt. Angenehme Leute, das muss ich sagen. Die Wohnung haben sie gepflegt und in tadellosem Zustand zurückgelassen, da gibt es keinen Grund zur Beanstandung.«

»Bis auf die Tatsache, dass Sie nun keine Mieter mehr haben«, wendet Lena ein.

Er lacht. »Eine Wohnung mitten in Eimsbüttel – die ist schneller weg, als ich gucken kann. Aber ich wüsste natürlich trotzdem gern, wo sie hin sind. Ich meine, das ist doch echt merkwürdig, dass jemand so plötzlich alle Brücken hinter sich abbricht.«

»Ja«, sagt Lena und merkt, wie ihr schwindelig wird. Sie muss sich am Treppengeländer festhalten, damit ihr nicht schwarz vor Augen wird. Der überraschende Umzug. Keine Nachricht für irgendwen, nicht mal für den Vermieter – Lena weiß, dass das tatsächlich nur eines bedeuten kann: Babette und Sebastian haben Emma. Sie sind zusammen mit ihrem Baby verschwunden, untergetaucht, vielleicht sogar irgendwo im Ausland. Und niemand, *niemand* kann Lena helfen!

»Sie wissen also auch nicht, wie ich die Schusters erreichen kann?«, fragt der Mann.

»Nein«, antwortet Esther. »Deshalb sind wir ja hier.«

»Tja«, Tilmann Kraft lächelt schon wieder, »da kann man nichts machen.« Er klatscht in die Hände, als wäre das Gespräch damit beendet.

»Vielen Dank«, sagt Esther. »Wir wollen Sie auch nicht weiter stören.« Ein auffordernder Blick zu Lena. Die aber steht wie erstarrt am Treppengeländer, krallt sich förmlich daran fest, als würde ihr Leben davon abhängen.

Sie fühlt sich innerlich wie versteinert, kann sich nicht bewegen. Dazu wieder dieser Kloß im Hals, die Tränen, die in ihr aufsteigen und die sie gleich nicht mehr wird zurückhalten können. *Hilfe!*, schreit alles in ihr. *Hilfe! Jemand muss mir helfen!*

»Komm«, fordert Esther sie auf, nimmt ihre Hand, zieht sie vom Geländer weg und führt sie wie eine gebrechliche alte Frau langsam die Treppe hinunter.

32

Im Auto ist es mit Lenas Beherrschung vorbei. Kaum hat sie auf dem Beifahrersitz Platz genommen, laufen ihr die Tränen in ungebremsten Bächen über die Wangen.

»Lena!«, ruft Esther aus, beugt sich vor, holt aus dem Handschuhfach eine Packung Taschentücher und reicht sie ihrer Schwiegertochter. Lena nestelt ein Tuch hervor und wischt sich damit übers Gesicht. »Ich verstehe nicht, weshalb du so aufgebracht bist«, sagt sie. »Die zwei sind weg, haben über Nacht ihre Zelte abgebrochen – nachdem sie dir vermutlich noch ein verstörendes Abschiedsgeschenk hinterlassen haben. Das ist alles.«

Lena nickt stumm, kann aber nicht mit dem Weinen aufhören. Wie auch? Esther hat ja nicht die geringste Ahnung, worum es in Wahrheit geht. Dass dieses verdammte Herz auf dem Friedhof schon lange gar keine Rolle mehr spielt. Dass es um *Lenas* Herz geht! Ihr Herz, das brechen, das in Stücke zerspringen und ausbluten wird, wenn sie ihr Kind, wenn sie Emma verliert!

Esther streichelt sanft über Lenas Hand, die das zerknüllte Taschentuch umklammert. »Vielleicht haben die Schusters ja sogar Angst bekommen, dass du sie anzeigst.«

Wieder nickt Lena stumm. Sie muss sich zusammenreißen. Sie darf jetzt nicht zusammenbrechen. *Verdammt, meine Tochter wurde entführt!*

»Das sind nur die Nerven«, redet Esther weiter beruhigend auf sie ein. Wie eine Mutter, die ein Kind tröstet, das seinen geliebten Teddy verloren hat. »Du hast viel mitgemacht in letzter Zeit. Du musst dringend mal zur Ruhe kommen!« Sie seufzt und streichelt weiter Lenas Hand. »Natürlich ist das alles tragisch … erst die Sache mit dem Grab, dann findest du die tote Rebecca …« Sie steckt den Schlüssel ins Zündschloss. »Und was Josy angeht«, fährt sie fort, »ich denke, sie ist vielleicht tatsächlich mit irgendeinem Jungen oder einer Freundin abgehauen und erlebt gerade das größte Abenteuer ihres Lebens.« Sie startet den Motor. »Trotzdem müssen wir natürlich weiter nach ihr suchen. Ich meine, ihre Mutter ist tot, und Josy ahnt von nichts. Wir müssen alles daransetzen, das Kind so schnell wie möglich zu finden. Sie braucht mich jetzt …«

Das ist zu viel. Es geht nicht mehr.

Angst, Erschöpfung, Verzweiflung – all diese Gefühle brechen schlagartig aus Lena heraus, gewaltig und durch nichts mehr zu bremsen.

»Es ist mir doch scheißegal, wo dieser verzogene Teenager steckt!«, brüllt sie los und schlägt schluchzend mit der Faust aufs Armaturenbrett.

Esther stößt erschrocken einen Schrei aus und setzt zu einer Erwiderung an, doch Lena ist noch nicht fertig.

»Von mir aus soll sich Rebecca doch umgebracht haben! Diese geldgeile blöde Kuh hat sich doch sowieso nur für sich selbst interessiert und für niemanden sonst. Nicht mal für ihre eigene Tochter!«

»Also, ich …«

Lena wendet sich Esther zu, starrt sie böse an, als wäre sie für alles verantwortlich. »Es geht um *mein* Kind, hörst du? Um Emma!« Sie schreit immer lauter, so laut, dass ihre Stimme sich überschlägt. »Deine *andere* Enkeltochter! Mein Baby, mein süßes

Baby!« Noch ein Schlag aufs Armaturenbrett. Lena möchte toben und randalieren und alles um sich herum kurz und klein schlagen. »Josy kann von mir aus bleiben, wo der Pfeffer wächst!« Sie holt noch einmal tief Luft. »Es schert mich einen verdammten Dreck, hörst du?«

Sprachlos starrt Esther sie an. Lena lässt sich im Sitz zurückfallen, schließt die Augen und atmet schwer. Ihr Gesicht glüht, vor Anstrengung schwitzt sie. Ihr Herz rast.

Im nächsten Moment wird Lena klar, was sie getan hat. Dass sie komplett die Beherrschung verloren hat.

»Was redest du denn da?«, fragt Esther vorsichtig, als würde sie jeden Moment einen weiteren hysterischen Ausbruch befürchten. »Emma? Was ist mit Emma? Was meinst du damit? Ich verstehe überhaupt nichts mehr.«

Lena schweigt. Sieht ihre Schwiegermutter nur stumm an, weiß nicht, was sie sagen soll. Sie hat ohnehin schon zu viel gesagt. Viel zu viel.

»Sprich mit mir!«, sagt Esther. Ihre Besorgnis schlägt in Verärgerung um. »Sag mir bitte sofort, was los ist, oder …« Sie lässt den Satz in der Luft hängen. Mit was soll sie auch drohen?

»Es ist *gar nichts*«, sagt Lena wie ein störrisches Kind. Noch immer atmet sie schwer. Nur mit größter Willenskraft gelingt es ihr, nicht sofort wieder in Tränen auszubrechen.

»Nichts? Das soll *nichts* sein? Du schreist hier rum wie eine Verrückte, und dann sagst du, es sei ›nichts‹?«

Lena schließt die Augen, nickt. Dann: »Natürlich ist etwas.« Sie sieht ihre Schwiegermutter an. »Ich habe einfach Angst – schreckliche Angst!«

»Angst? Aber wovor denn?« Esther legt vorsichtig ihre Hand auf Lenas Schulter. Die sitzt da, hat ihre Hände unter den Po geschoben, wie um sich selbst zu bändigen. »Es hat sich doch alles geklärt«, spricht Daniels Mutter weiter und versucht, Zuversicht zu verbreiten. »Ich weiß – du denkst, dass deine Kleine das alles mitkriegt.« Nun lächelt sie und tätschelt Lenas Wange. »Du machst dir Sorgen und Vorwürfe, dass du Emma keine gute Mutter bist, hab ich recht?«

»So … So in der Art«, bringt Lena leise hervor.

»Da kann ich dich beruhigen«, stellt Esther fest. »Du *bist* eine gute Mama!« Noch ein Tätscheln. »Dass die Ereignisse der letzten Zeit dich mitgenommen haben, ist doch ganz normal«, fährt ihre Schwiegermutter fort. »So, und nun sag mir mal, wo deine Freundin Susanne wohnt!«

»Meine Freundin Susanne? Aber warum denn?«

»Weil wir da jetzt sofort hinfahren und Emma abholen. Ich will meine kleine Maus sehen! Und dich wird sie schnell auf andere Gedanken bringen.«

»Das … Das geht nicht!«, ruft Lena fast panisch.

»Weshalb geht das nicht?«

»Weil … Weil – Susanne mit Emma ein paar Tage ans Meer gefahren ist.«

»Deine Freundin ist mit Emma *verreist?*«

»Na ja, nicht *verreist*«, beschwichtigt Lena. »Nur hoch an die Ostsee, Susanne hat da ein Ferienhaus.«

Einen Moment lang wirkt Esther perplex. »Du gibst dein sechs Wochen altes Baby mehrere Tage lang in die Obhut einer Fremden?«

»Ich hab Emma schließlich nicht in die Babyklappe gesteckt!«, gibt Lena gereizt zurück.

»Oh!« Esther hebt abwehrend die Hände. »Fühl dich doch nicht gleich angegriffen!«

»Du *hast* mich angegriffen!«

»Hab ich nicht.« Ihr Mund ist nur noch ein schmaler Strich. »Ich an deiner Stelle hätte so was nur nicht gemacht, das ist alles.«

»Nein, natürlich nicht!« Plötzlich sieht Lena Frau Richter vor sich stehen. Ihre Nachbarin, wie sie sich über das laute Baby beschwert, darüber, dass ihr Emmas Schreien nicht passt. Lenas Wut wird noch größer. »Als Daniel in Emmas Alter war, warst du allerdings nicht gerade Witwe geworden und musstest auch keine Leichen aus dem Wasser ziehen!«

Esther senkt den Blick. »Nein«, murmelt sie leise. »Es tut mir leid, ich war ungerecht.« Sie sieht Lena wieder an, mit zerknirschter Miene. »Frieden, ja? Ich bring dich nach Hause.«

»Okay, Frieden«, antwortet Lena.

Esther nickt stumm, startet den Motor und lenkt den Wagen in den spätnachmittäglichen Berufsverkehr.

Seit über drei Stunden sitzt Lena im Arbeitszimmer vor ihrem Notebook. Guinness liegt schlafend zu ihren Füßen, während sie Babettes und Sebastians Namen in immer neuen Wortverbindungen in diverse Suchmaschinen eintippt. Davor hat sie bereits versucht, Babette mobil zu erreichen. Auch hier nur eine eingeschaltete Mailbox. Mittlerweile verflucht sie das leise Rauschen und das darauf folgende Klicken eines Anrufbeantworters, der sofort und ohne Klingelton anspringt.

Nun also ihre Suche im Netz. Aber nichts. Keine Spur. Die Schusters sind die ungoogelbarsten Menschen der Welt. Zwar sind sie bei der Auskunft verzeichnet – da sogar mit ihrer Adresse in der Tornquiststraße –, aber das ist auch schon alles.

Keine Homepage, kein Facebook. Nicht einmal irgendeine Firmenseite mit einem Hinweis auf einen der beiden, obwohl Sebastian, soweit Lena weiß, bei einer großen Unternehmensberatung tätig ist. Babette hatte vor ihrer Schwangerschaft in einem Blumenladen gearbeitet. Lena weiß aber nicht, in welchem.

Das alles bringt sie nicht weiter. Natürlich ist sie nicht überrascht, dass die beiden keine eigene Internet-Seite haben, auf der sie verkünden, dass sie gerade mit einem gestohlenen Säugling in die USA fliehen. Auch irgendwelche fröhlichen Posts auf Twitter oder sonst wo hat sie nicht erwartet. Aber *irgendeine* Spur hinterlässt doch heutzutage jeder im Netz! Jedenfalls hätte Lena das gedacht.

Frustriert klappt sie das Notebook zu, beugt sich runter zu Guinness und krault ihn hinter den Ohren.

»Na, mein Kleiner?«, fragt sie resigniert. »Kannst du mir nicht helfen?« Eine schöne Vorstellung. Wäre er ein ausgebildeter Polizeihund, ein Mantrailer, könnte sie ihm einen von Emmas Stramplern zum Schnuppern geben und würde mit Guinness kreuz und quer durch Hamburg und Umgebung laufen. Jeden Stein würde sie umdrehen, so lange, bis sie ihre Tochter gefunden hätte. *Jeden einzelnen Stein.* Sie denkt an Suchtrupps und Hundestaffeln, die das Gelände durchkämmen, zu Fuß und mit langen Stöcken. Darüber surrende Hubschrauber mit Wärmebildkameras. Hundertschaften sind auf den Beinen, leuchten mit Taschenlampen in jeden Busch, inspizieren jeden noch so entlegenen Winkel. Die Suche nach einem Kind wird stets mit vollem Einsatz betrieben.

Vielleicht sollte sie doch zur Polizei gehen? Wäre das nicht am vernünftigsten? Allein kommt sie einfach nicht weiter. Und wenn die Polizei gezielt nach den Schusters suchen würde, hätte das Pärchen da überhaupt eine Chance? Mit Sicherheit nicht! Per internationaler Fahndung hätte man sie bestimmt schnell gefunden, würde sie an irgendeinem Bahnhof oder Flughafen aufgreifen. Die Welt ist doch nur noch ein globales Dorf. Wo kann man sich da auf Dauer verstecken?

Aber sie könnten Emma trotzdem noch töten. Es wäre nur eine Sache von Sekunden. Sobald Babette und Sebastian merken, dass sie gesucht werden, bringen sie das Kind möglicherweise einfach um. Selbst wenn sie wüssten, dass sie nicht mehr entkommen können, muss das nicht heißen, dass sie das Baby verschonen.

Lenas Hals schnürt sich zu, ihr wird flau, sie muss würgen. Sie erhebt sich, atmet tief durch. Sie braucht ein Glas Wasser.

Gedankenverloren geht sie Richtung Küche. Guinness tapst auf leisen Pfoten hinter ihr her. Im Flur fällt ihr Blick auf das weiße Kuvert unter der Tür. Es liegt immer noch da. Sobald Esther fort war, hat Lena es wieder hingelegt. Aber niemand ist gekommen, um es abzuholen. Niemand.

Sie ist so frustriert, dass sie den Umschlag in Stücke reißen will, in viele kleine Schnipsel und dann wütend in den Müll stopfen.

Erst als sie die Hand danach ausstreckt, erkennt sie, dass es ein anderer Umschlag ist. *Ein anderer!* Nicht ihrer. *Nicht ihrer!*

Im nächsten Moment hat sie das Kuvert geöffnet. Ein weiteres Bild von Emma. Sie liegt in einer Babywippe, jemand gibt ihr ein Fläschchen mit Milch, ohne dass man die dazugehörige Hand erkennen kann. Eine Welle der Erleichterung durchflutet Lena, vor allem, als sie Emmas rosige Wangen betrachtet. Ihr Mädchen lebt, *es lebt!* Und es scheint ihrer Tochter gut zu gehen, sie ist wohlauf!

Wie zuvor liegt dem Bild eine Nachricht bei.

Du willst wissen, was ich will?
Komm morgen Nachmittag zur Hundewiese an der Alster.
Warte dort von drei bis vier.
Dann erfährst du es.

33

Lena hat eine schreckliche Nacht hinter sich, und auch den Vormittag hat sie nur wie in Trance durchgestanden. Esther hat angerufen und sich nach ihrem Befinden erkundigt. Lena hat ihr wahrheitsgemäß erzählt, dass sie in der Nacht kein Auge zubekommen habe, wenn sie auch geflissentlich verschwieg, aus welchem Grund, und hatte angekündigt, dass sie sich jetzt mit einer Schlaftablette aufs Sofa legen werde. Damit hatte Esther sich zufriedengegeben und versprochen, frühestens am Abend wieder anzurufen.

Es ist erst zwei, als Lena die Hundewiese an der Alster erreicht. Aber sie hatte es nicht mehr länger in der Wohnung ausgehalten. Guinness hat sie zu Hause gelassen. Sie muss auf alle Eventualitäten vorbereitet sein, und das hier ist gewiss kein Spaziergang.

Nervös läuft Lena neben der Wiese hoch und runter. Hier und da sieht sie ein paar Hundebesitzer, die sie von belanglosen Plaudereien unter Tierliebhabern kennt. Einige davon winken ihr zu, sie winkt zurück. Zuletzt haben sie Lena hochschwanger gesehen, seit Emmas Geburt ist sie nicht mehr hier gewesen.

Die Besitzerin eines Collie-Mischlings, mit dem Guinness sonst gern spielt, kommt kurz zu ihr rüber und fragt freundlich, ob das Baby inzwischen da ist – in Anbetracht von Lenas flachem Bauch ein bisschen albern –, was Lena mit einem knappen »Ja« beantwortet, bevor sie sich abrupt von der verdutzten Frau abwendet und Richtung Alstercliff marschiert.

Zehn vor drei. Nachdem Lena im Eingang vom Cliff stehend auf die Schnelle einen Cappuccino runtergestürzt hat – die Hundewiese immer im Blick –, geht sie zurück und setzt sich auf eine freie Bank.

Fünf vor drei. Lena lässt die Wiese nicht aus den Augen. Doch sie sieht nur unauffällige Gestalten, Hundebesitzer, Spaziergänger, Mütter mit Kinderwagen.

Drei Uhr. Am Horizont ziehen Wolken auf. Nachdem es tagelang sonnig und heiß war, sieht es jetzt aus, als würde es bald regnen. *Soll es regnen*, denkt Lena, *soll es hageln und stürmen*. Sie wird sich gewiss nicht von der Stelle rühren. Und ganz egal, wie lange es auch dauern mag, wenn es sein muss, sitzt sie auf dieser Bank bis in alle Ewigkeit. So lange, bis sie ihre Tochter wiederhat.

Fünf nach drei.

Zehn nach drei.

Zwölf nach drei.

Lena steht auf, schlendert vor ihrer Bank hin und her, kickt ein paar Steinchen zur Seite. Beruhigt sich mit dem Gedanken, dass es bis vier Uhr noch achtundvierzig Minuten sind. Auch wenn das Warten grausam ist. Grausam! So grausam wie alles, was ihr in letzter Zeit widerfahren ist.

Viertel nach drei.

Ihr Handy klingelt. Wie ein Stromschlag lässt das Geräusch sie zusammenzucken. Sie reißt die Handtasche von ihrer Schulter, wühlt sich durch den Inhalt. Portemonnaie, Lippenstifte, Hustenbonbons, Schlüssel und Sonnenbrille landen achtlos auf dem Boden, bis sie endlich das Telefon gefunden hat. Sie hofft, nein, *betet*, dass es Emmas Entführer ist. Ein Blick aufs

Display. Eine ihr unbekannte Nummer. Lenas Herz setzt einen Schlag lang aus, bevor es unruhig weiterrumpelt.

»Hallo?« Sie bemüht sich, gefasst zu klingen.

»Hallo Lena«, antwortet eine männliche Stimme. »Martin hier.«

»Martin?«

»Ja, Martin!«, erwidert er.

»Ich kann jetzt nicht!«, fährt Lena ihn an und ärgert sich, dass sie seine Nummer gestern nicht gleich eingespeichert hat. »Ich ruf zurück«, sagt sie und legt auf.

Sie wirft das Telefon frustriert zurück in ihre Tasche. Dann bückt sie sich und sammelt die auf dem Boden verstreuten Gegenstände wieder ein.

Martin! Was will er gerade jetzt von ihr? Sie hätte ihr Handy ausschalten sollen! Allerdings weiß sie ja nicht, ob die Schusters, ob die *Entführer* sie anrufen werden. Oder ob sie sie vielleicht erst eine Weile beobachten, immerhin soll sie eine Stunde lang hier warten. Vielleicht wollen die zwei ganz sichergehen, dass Lena allein ist. Bevor sie Kontakt zu ihr aufnehmen.

Zwanzig nach drei. Lena setzt sich wieder auf die Bank, umklammert ihre Handtasche wie einen Rettungsring.

Dann piept das Handy, verkündet den Eingang einer SMS. Wieder holt Lena es hervor. Martin.

Tut mir leid. Wollte nicht stören. Muss mit dir über Josy sprechen. Wichtig. Melde dich. LG Martin

Lena seufzt, steckt das Handy weg, diesmal in ihre Jackentasche, damit sie es im Zweifel schneller findet. Wo auch immer Josy sich im Moment rumtreibt, das ist zum einen nicht ihr Problem, zum anderen wird sich das später irgendwann sowieso klären. Später. Wenn alles wieder gut ist.

Vier Uhr. Lena steht auf. Sieht sich um. Der Himmel hat sich zugezogen, und es sind nicht mehr viele Leute auf der Wiese. Aber noch immer ist niemand in Sicht, der womöglich nach ihr Ausschau hält.

Die Zeit kriecht im Schneckentempo dahin. Lena geht ein paar Schritte, bleibt immer wieder stehen, dreht sich suchend im Kreis. Nichts. Niemand. Kein Hinweis auf irgendwas.

Schließlich kehrt sie zu der Bank zurück, setzt sich, erschöpft, als hätte sie einen Gewaltmarsch hinter sich.

Wieder klingelt das Telefon. Jetzt hat sie es schneller bei der Hand. Auf dem Display erkennt sie die Nummer von Esther. Sie geht nicht ran. Sie kann jetzt nicht reden. Sie kann nicht mehr denken. Sie ist wie gelähmt. All ihre Hoffnungen sind dahin. Sie weiß nicht mehr, was sie tun soll. Sie kann sich nicht von der Stelle rühren. Kann nur warten. Nur warten.

Als die ersten Tropfen fallen, schreckt Lena auf. Weiß im ersten Moment nicht, wo sie ist. Die Alsterwiese. Die Dämmerung hat eingesetzt. Lena sieht auf die Uhr. Halb neun. Benommen richtet sie sich auf. Sie muss nach Hause. Und sie hat Angst vor dem, was sie dort erwartet.

Im Auto schaltet sie das Radio ein, lauscht den albernen Moderatoren, die ihre Hörer zu irgendwelchen noch alberneren Quizspielen animieren wollen. Langsam fährt sie Richtung Rappstraße, jede rote Ampel ist eine willkommene Verzögerung der Ankunft.

Als sie den Hausflur betritt, sieht sie sofort den Zettel, der an ihrer Wohnungstür klebt. Sie reißt ihn ab, liest die großen, handgeschriebenen Buchstaben, setzt sie zu Worten, zu einem vollständigen Satz zusammen. Einem Satz, den sie nicht gleich versteht:

Wir sind oben bei mir und warten da auf Sie!
A. Richter

Wir? Wer ist *wir?* Ein Luftzug weht Lena den Zettel aus der Hand, die Wohnungstür schwingt nach innen auf und fällt eine Sekunde später wieder zu. Irritiert starrt sie auf das Schloss. Es ist nicht nur offen. Es ist *aufgebohrt.*

Sie wirbelt herum, läuft die Treppe ins nächste Stockwerk hoch, nimmt dabei zwei Stufen auf einmal und klingelt schwer atmend an Frau Richters Tür. Sie hört Guinness kläffen, und nur einen Moment später steht ihre Nachbarin vor ihr.

»Frau Andersen«, sagt sie mit einem Seufzer der Erleichterung. »Da sind Sie ja endlich!«

Der Labrador quetscht sich winselnd und bellend an der alten Dame vorbei, stürzt sich auf sein Frauchen, wedelt dabei so wild mit dem Schwanz, dass er beinahe umfällt.

»Guinness!« Lena geht in die Knie, schlingt beide Arme um das Tier, kuschelt ihr Gesicht an seinen warmen Hals. »Es tut mir leid, mein Kleiner. Frauchen tut es leid!« Tränen rinnen ihr über die Wangen, sickern in das schwarze Fell des Hundes. »Ich bin ja wieder da.«

»Ja«, meldet sich Frau Richter zu Wort, »das wurde aber auch Zeit!«

»Es tut mir wirklich schrecklich leid«, sagt Lena und richtet sich wieder auf, während Guinness sich ganz dicht an ihre Beine presst. »Ich bin – aufgehalten worden. Ich konnte nicht früher nach Hause kommen.«

»Wie können Sie das arme Tier nur stundenlang allein in der Wohnung lassen?«, redet Frau Richter weiter, ohne auf Lenas Worte zu achten. »Sein Bellen war nicht auszuhalten!«

Lena senkt schuldbewusst den Kopf.

»Ich wollte schon die Polizei rufen.« Frau Richter nickt heftig.

»Seien Sie froh, dass ich einen Schlüsseldienst gefunden habe, der mir ganz unbürokratisch die Tür geöffnet hat. Das dürfen die nämlich eigentlich gar nicht!«

»Wie gesagt«, erwidert Lena so ruhig wie möglich, »es tut mir sehr leid. Und ich bin Ihnen dankbar, dass Sie sich um Guinness gekümmert haben. Aber bei mir lag – ein Notfall vor.«

Sofort reißt die Frau erschrocken die Augen auf. »Ist etwas mit Ihrer Tochter passiert?«

Misstrauen – sofort ist es wieder da. Weshalb fragt sie ausgerechnet nach Emma? Sie weiß doch etwas, *irgendwas!* »Wie kommen Sie auf meine Tochter?«

»Na ja«, Frau Richter läuft ein bisschen rot an. »Als ich unten war, hab ich natürlich auch gleich nach der Kleinen geguckt, sie aber nirgends gefunden. Und bei Ihnen ist sie ja offensichtlich auch nicht.«

»Mit Emma ist alles in Ordnung, sie ist bei einer Freundin«, antwortet Lena und verzichtet darauf, Frau Richter anzufahren, was ihr einfällt, in der Wohnung rumzuschnüffeln. »Noch einmal vielen Dank. Und es kommt nicht wieder vor.«

»Das hoffe ich«, sagt ihre Nachbarin.

Zurück in ihrer Wohnung sieht Lena zuerst nach, ob womöglich ein neuer Umschlag auf dem Boden liegt. Aber da ist keiner. Sie drückt die Tür hinter sich zu, die sofort wieder einen Spaltbreit aufklappt. Also schiebt sie den Riegel vor, den sie sonst nie benutzt.

Sie geht in die Küche, füllt Wasser und Futter in Guinness' Napf, sieht ihm beim gierigen Trinken zu und wartet, bis er fertig ist, damit sie mit ihm noch einmal vor die Tür gehen kann.

»Brav, mein Kleiner«, lobt sie ihn und streichelt über seinen Rücken. »Jetzt ist Frauchen ja wieder da.«

Dann geht sie raus in die Diele, um seine Leine zu holen. In diesem Moment sieht sie es. Unter der Tür zum Arbeitszimmer dringt ein Lichtschein hervor. Die Härchen auf Lenas Armen richten sich auf. Sie hat die Lampe *nicht* eingeschaltet! Da ist sie sich sicher.

Langsam geht sie auf das Zimmer zu, hält angespannt die Luft an. Die Holzdielen knarren unter ihren Füßen. Sie bleibt stehen, fragt sich, ob sie eine Waffe braucht, etwas, mit dem sie zuschlagen kann – aber da ist Guinness schon an ihrer Seite. Den Kopf erhoben, die Ohren aufmerksam nach vorn gerichtet. *Braver Junge, guter Hund!* Lena geht weiter. Drückt die Klinke hinunter. Gibt der Tür einen Schubs nach innen.

Aufgeklappt, aber mit dunklem Bildschirm, steht ihr Notebook auf dem Schreibtisch. Auf der Tastatur: ein Foto und eine neue Nachricht.

Sofort ist Lena am Tisch, sinkt auf den Schreibtischstuhl, nimmt das Bild in die Hand: Emma im weißen Gitterbettchen. In dem Schlafsack, den Lena schon kennt. Aber jetzt auf dem Bauch statt auf dem Rücken liegend. Auf dem Bauch! Die falsche Lage für ein Baby …

Aber – *ist das überhaupt Emma?* Von hinten kann sie es nicht genau erkennen. Lena liest die Botschaft:

Gut zu wissen, dass du tust,
was man von dir verlangt.

Mehr nicht. Mehr nicht!

Sie rennt in den Flur, reißt die Wohnungstür auf und stürzt hinaus. Vielleicht erwischt sie noch jemanden, der vorm Haus lauert und sie beobachtet. Guinness folgt ihr auf dem Fuße, bleibt dicht an ihrer Seite. Sein aufgeregtes Bellen hallt durch das gesamte Treppenhaus.

Draußen schüttet es nun wie aus Eimern. Binnen Sekunden ist Lena durchnässt bis auf die Haut. Blind vor Tränen, blind vor Wasser, das ihr übers Gesicht rinnt.

Sie läuft über den gepflasterten Weg vorm Haus Richtung Straße, wischt sich über die Augen, sieht nach links und rechts, hält Ausschau nach demjenigen, der ihr die Botschaft hinterlassen hat. Sucht nach einem Paar, das sich vielleicht zu erkennen gibt. Das begreift, dass es nun genug ist mit der Quälerei, dass hier und jetzt das böse Spiel beendet ist.

»Wo seid ihr?«, ruft sie. »Kommt endlich raus!« Sie lauscht nach einer Antwort. Aber nein, nichts. Gar nichts.

Sie will weiterrennen, die Straße einmal hoch und runter, gerät ins Stolpern, fällt, stürzt aufs Kinn, kann den Schmerz kaum spüren, weil alles andere noch so viel mehr wehtut. Aber sie bemerkt den metallischen Geschmack von Blut, der sich in ihrem Mund, auf ihrer Zunge ausbreitet.

So liegt sie da, bäuchlings auf den nassen Steinplatten, zitternd, das Gesicht im Matsch. Guinness hockt winselnd neben ihr, leckt ihr immer wieder über die Wange, will Frauchen dazu bringen, wieder aufzustehen.

Und Lena steht auf. Sie steht auf und reckt eine Faust in den dunklen Himmel. Reckt sie in den Himmel und schreit aus voller Kehle, so laut sie nur kann: »Was wollt ihr von mir? *Waaaas?* Sagt mir endlich, was ich tun soll!« Dann sinkt sie auf die Knie, verbirgt schluchzend ihren Kopf in beiden Händen. »Bitte sagt es mir!«, wimmert sie leise. »Sagt mir endlich, wo meine kleine Emma ist! Sagt mir doch, was ich tun kann, um mein Baby zurückzubekommen!«

Sie spürt, wie Guinness sie an die Schulter stupst. Als sie ihre Hände vom Gesicht nimmt, leckt er erneut über ihre Wange. Außer dem Prasseln des Regens ist nichts zu hören, nur das »Patsch, Patsch, Patsch« der dicken Tropfen, die zu Boden fallen.

Niemand hört sie, niemand sieht sie, niemand will sie hören oder sehen.

Lena erhebt sich.

Sie blickt auf Guinness hinunter, der sie angespannt beobachtet. Die Rute aufgestellt, wie zum Kampf bereit.

Eine Berührung an der Schulter lässt sie herumfahren.

Frau Richter, natürlich, Frau Richter. In Hausschuhen und mit Regenschirm.

»Frau Andersen, was ist denn jetzt schon wieder los?«

»Nichts«, sagt Lena, »gar nichts.« Dann: »Komm, Guinness!« Ohne ein weiteres Wort verschwindet sie mit dem Hund im Haus, lässt ihre Nachbarin einfach stehen.

Zurück in der Wohnung, steht Lenas Entschluss fest. Sie hält es nicht mehr aus. Nicht diese Tatenlosigkeit, nicht diese grausame Ungewissheit. Sie wird die Polizei anrufen! Sie wird ihnen alles sagen. Sie müssen ihr helfen. Sie werden ihr Baby finden. Sie werden alle Hebel in Bewegung setzen. Sie werden ihr Emma zurückbringen.

Sie greift nach dem Telefon auf der Ladestation. Legt es wieder zurück. Zögert.

Tut sie das Richtige? Oder begeht sie einen Riesenfehler? *Soll sie es tun?*

Wenn ihr doch nur jemand sagen könnte, was richtig ist und was falsch! Jemand, der die Verantwortung übernimmt für diesen Schritt, nach dem es kein Zurück mehr gibt.

Erneut nimmt Lena das Telefon zur Hand. Betrachtet das Display. Es zeigt vier Nachrichten von Esther an. Plötzlich kommt ihr der Gedanke, dass ihre Schwiegermutter vielleicht angerufen hat, um ihr mitzuteilen, dass Josy aufgetaucht ist. Um ihr zu erzählen, dass das Mädchen auf unerklärliche Weise Emma bei sich hatte! Und genau jetzt sitzt Esther zu Hause, das Baby auf dem Arm, und versteht nicht, weshalb Lena nicht zu erreichen ist!

So unwahrscheinlich es auch ist – *es könnte doch sein!*

Mit zitternden Fingern drückt sie die Taste der Sprachbox, um die Nachrichten abzuhören.

16:39 Uhr: *Hallloooo. Wo bist du? Zu Hause gehst du nicht ran, ans Handy gehst du nicht ran. Langsam mache ich mir Sorgen.*
17:46 Uhr: *Ich bin's wieder. Ich war gerade bei dir zu Hause. Wo steckst du denn? Gib doch bitte mal ein Lebenszeichen von dir.*
19:37 Uhr: *Lena! Ruf mich bitte sofort an! Es ist etwas passiert!*
19:58 Uhr: *Lena, Martin ist tot! Ruf mich an! Sofort!*

ICH

Über allen Gipfeln
Ist Ruh,
In allen Wipfeln
Spürest du
Kaum einen Hauch;
Die Vögelein schweigen im Walde.
Warte nur, balde
Ruhest du auch.

Das ist Goethe. »Wandrers Nachtlied.« Wanderst du auch schon durch deine Nacht? Durch deinen finstersten Albtraum, der niemals enden wird? Ich hoffe es! Für dich wird es kein Licht mehr geben. Genauso wenig wie für mich.

34

Martin. Tot. Erschossen im Garten der Villa. Die Waffe gegen sich selbst gerichtet. Sie noch in der Hand haltend, lag er am Pool. Dort, wo Rebecca starb. Zwei Schüsse. Die erste Kugel ging in den Hals, als wäre Martin durch den Rückstoß abgerutscht oder als hätte seine Hand gezittert. Die andere ein Volltreffer, sie schlug in den Schädel ein und zerfetzte ihm das Gehirn.

Nachbarn hatten die Schüsse gehört und sofort die Polizei gerufen. Aber jede Hilfe für Martin kam zu spät. Woher er die Waffe hatte, niemand weiß es. Aber auf dem Hamburger Kiez kann man für Geld alles kaufen. Auch seine eigene Sterbehilfe.

Wieder Befragungen durch die Polizei, die sämtliche Verwandten und Bekannten kontaktierte. So auch Esther und Lena, die gemeinsam im BMW der Schwiegermutter zur Wache fuhren. Das vorläufige Untersuchungsergebnis der Gerichtsmedizin geht nicht von einem Fremdverschulden aus. Also der nächste Freitod aus Kummer und Gram?

Weder Lena noch Esther glaubten das. Sie teilten dem Ermittlungsbeamten ihre Zweifel mit, berichteten jetzt auch von Josys Verschwinden. Der Beamte versuchte zu beschwichtigen. Pubertät, emotionaler Stress durch den Tod des Vaters – das alles hatte er schon tausendfach gehört. Aber er bat sie darum, ihm ein Foto von Josy zu besorgen, versicherte, er werde das Mädchen zur Fahndung ausschreiben. Und dass »die Kollegen« die Augen offen halten, dass sie durch Hamburg fahren und dabei vorzugsweise an Bahnhöfen und bei Treffpunkten für Jugendliche nach Josy Ausschau halten würden. Sie würden sie »in Gewahrsam nehmen«, wenn sie sie fänden.

Dann klärte er sie noch darüber auf, dass auch die Frage, wer in Zukunft für Josy sorgeberechtigt sei, zunächst vom Familiengericht geklärt werden müsse – schließlich seien ja nun beide Eltern verstorben. Zum Abschluss überreichte der Beamte ihnen seine Visitenkarte, notierte ihnen ein Aktenzeichen und verabschiedete sie mit einem »Schönen Abend noch«. Das war's. Keine Hundestaffeln. Keine Hubschrauber.

»Ich habe Angst.« Esther. Noch nie zuvor hat Lena von ihrer Schwiegermutter einen solchen Satz gehört. Während beide nach der Vernehmung wieder in Lenas Küche sitzen, sagt sie ihn. Guinness liegt zu ihren Füßen. Lena hat eine Flasche Rotwein geöffnet.

»Ich auch«, antwortet Lena.

»Jemand will meine Familie vernichten. Will sie zerstören.« Esther betrachtet nachdenklich das Weinglas in ihrer Hand. Schon das dritte heute Nacht. »Daniel. Rebecca. Martin. Tot. Das kann doch alles kein Zufall sein!«

Lena sieht sie an. Sollte sie recht haben? Stehen alle diese Todesfälle in einem Zusammenhang? Um Gottes willen. Was hat das für ihre Tochter zu bedeuten? »Schwer vorstellbar«, gibt sie zu.

»Glaubst du …«, Esther zögert. »Glaubst du, dass Josy auch in Gefahr ist?«

Lena zuckt zusammen. Der Gedanke ist nicht von der Hand zu weisen. Trotzdem sagt sie: »Nein. Josy geht es bestimmt gut!«

Esther seufzt. »Ja, wir dürfen die Hoffnung nicht aufgeben«, und es klingt wie ein Mantra.

»Nein, das dürfen wir nicht.« Auch wenn die Schwiegermutter von Josy und nicht von Emma spricht, sieht Lena wieder ihr kleines Mädchen vor sich. Nicht aufgeben, nicht aufgeben, sie darf die Hoffnung nicht aufgeben!

Beide schweigen. So haben sie hier oft gesessen. Damals, direkt nach Daniels Tod. Sich gegenseitig tröstend. Sich Halt gebend. Das müssen sie auch jetzt tun.

»Wir sollten morgen Emma abholen«, schlägt Esther unvermittelt vor.

»Warum das?« Lena bemüht sich, nicht sofort wieder panisch zu werden.

»Deine Tochter sollte bei dir sein. Gerade jetzt, sie braucht dich.«

»Das sehe ich anders«, widerspricht Lena. »Solange wir nicht wissen, was hier vor sich geht, ist Emma bei Susanne wesentlich besser aufgehoben. Da ist sie wenigstens in Sicherheit.«

Esther sieht Lena an. »Glaubst du?« Doch ehe Lena antworten kann, nickt sie schon. »Vermutlich hast du recht. Obwohl ich die kleine Maus vermisse.«

»Ich auch.« Lenas Hals wird eng, ihre Augen feucht. Wieder Tränen.

»Was hat Martin nur von dir gewollt?« Esther stellt die Frage nicht zum ersten Mal an diesem Abend.

Und nicht zum ersten Mal antwortet Lena: »Ich weiß es nicht.« Wieder nimmt sie ihr Handy, das vor ihr auf dem Tisch liegt, und betrachtet die SMS:

Tut mir leid. Wollte nicht stören. Muss mit dir über Josy sprechen. Wichtig. Melde dich. LG Martin

»Wenn ich nur wüsste, was er von dir gewollt hat …«

Lena merkt, dass der Wein bei ihrer Schwiegermutter seine Wirkung tut, und auch sie selbst ist nicht mehr ganz nüchtern.

Als hätte sie ihre Gedanken gelesen, erhebt sich Esther jetzt, deutet auf den Wein.

»Ich glaube, ich habe ein Glas zu viel getrunken. Ich zieh mich dann mal zurück.«

Lena steht ebenfalls auf, deutet Richtung Wohnzimmer. »Ich mach dir die Couch fertig.«

Esther nickt. »Danke.«

Als Lena am nächsten Morgen um acht die Küche betritt, sitzt ihre Schwiegermutter bereits am Tisch, wie aus dem Ei gepellt, vor sich eine leer getrunkene Tasse Kaffee.

»Ich wollte nur warten, bis du aufwachst.« Esther erhebt sich, lächelt. »Ich mach mich dann mal auf den Weg.«

»Kein Frühstück?«

Esther schüttelt den Kopf. »Ich habe zu Hause noch eine Menge zu tun. Außerdem habe ich vor, heute Mittag zum Internat zu fahren und dort Josys Mitschüler zu befragen. Würde mich freuen, wenn du mich begleitest.«

»Ja, warum nicht?«, antwortet Lena ohne große Begeisterung. Sie geht voran zur Haustür und schiebt die Riegel beiseite. »Ich muss nur noch ein paar Sachen klären und ruf dich an, sobald ich weiß, ob es bei mir geht.«

Esther wirft ihr einen skeptischen Blick zu, sagt aber nichts. Dann haucht sie Lena ein Küsschen auf jede Wange, öffnet die Tür und will raus ins Treppenhaus.

»Oh!«

»Was ist?« Grober als gewollt schiebt Lena ihre Schwiegermutter beiseite, um zu sehen, was diese so überrascht.

Rosen. Ein Strauß karminroter Teerosen mit Schleierkraut und ein paar weißen Blüten dazwischen, zusammengehalten von einer grünen Kreppmanschette und eingeschlagen in Zellophanpapier. Auf ihrer Fußmatte.

Esther bückt sich, hebt den Strauß auf und hält ihn Lena unter die Nase.

»Die sind wohl für dich«, sagt sie. Verwundert. »Wie überaus geschmackvoll. Ein später Kondolenzstrauß?« Esther sieht Lena fragend an. »Daniels Lieblingsblumen.«

Lena zuckt mit den Schultern, hält den Strauß mit einem Sicherheitsabstand von sich ab, als würde sie eine Bombe in Händen halten.

»Von wem sind die?« Die Schwiegermutter hält Ausschau nach einem Kärtchen.

»Keine Ahnung.« Lena versucht, ein Zittern zu unterdrücken, und hält die Blumen so, dass Esther nicht sehen kann, was sie mittlerweile selbst entdeckt hat: Ein Umschlag steckt zwischen der Manschette und den Stielen.

»Dann pack ihn doch aus.«

»Mach ich nachher. Jetzt muss ich mich erst einmal um Guinness kümmern.«

Eine neue Nachricht!, schießt es ihr durch den Kopf. *Von Sebastian und Babette? Oder doch von Josy?*

Von wem auch immer die Blumen sind – Lena wird den Strauß ganz sicher erst auspacken, wenn sie alleine ist, so viel steht fest.

»Wie du meinst«, gibt Esther zurück. »Aber lass sie nicht vertrocknen. Wäre doch jammerschade um die schönen Rosen.« Sie nickt Lena zu, sagt: »Ich warte dann auf deinen Anruf!« und ist verschwunden.

Lena lehnt sich einen Moment von innen gegen die Wohnungstür, den Strauß fest in beiden Händen. Als sie draußen die Haustür zufallen hört, rennt sie los in die Küche. Sie sucht mit fahrigen Händen in der mittleren Schublade nach einem Messer, schneidet das Zellophanpapier und die Manschette auf, so grob, dass der Strauß sich löst und alle Blumen einzeln auf den Boden fallen. Dann hält sie den Umschlag in Händen. Sie reißt ihn auf.

Ein Foto von Emma. Im Gitterbettchen, jetzt wieder auf dem Rücken liegend, eine Hand nach irgendetwas ausgestreckt, das sich außerhalb des Bildes befindet. Und dazu eine neue Nachricht:

Werd die Alte los. Sonst passiert was.

Wer hat den Strauß vor ihre Tür gelegt? Es kann nur jemand gewesen sein, der weiß, wie die ersten Blumen aussahen, die Daniel ihr geschenkt hat. Babette und Sebastian können das unmöglich wissen! Andererseits: Lena ist sich nicht ganz sicher. Wer weiß, ob sie es Babette nicht vielleicht doch irgendwann mal erzählt hat. Sie haben sich gut verstanden, damals. Haben viel miteinander geplaudert. Über das Leben und auch über die Liebe. Schon möglich, dass Lena ihr dabei auch mal von Daniels und ihrem Kennenlernen vorgeschwärmt hat, von dem Strauß Blumen, mit dem er eines Tages an ihrem Auto aufgetaucht war. Sie weiß nicht mehr, ob sie das erzählt hat oder nicht. Ob sie sich vielleicht sogar ein bisschen lustig darüber gemacht hat, dass Daniel den Strauß aus dem überteuerten Laden der Klinik hatte. Es ist möglich. So vieles ist möglich.

Lena sammelt die Blumen zusammen, stopft sie in den Mülleimer. So kommt sie nicht weiter, keinen Deut.

Sie gießt sich ein Glas Wasser ein, setzt sich auf einen der Küchenstühle. Ihr Kopf schmerzt bereits vom fruchtlosen Nachdenken. Sie hat das Gefühl, nicht mehr zu können.

Dann, wie aus dem Nichts, ist eine neue Idee da: Vielleicht haben die Schusters oder Josy oder wer auch immer ihr Kind entführt hat, Emma gar nicht *bei sich*. Ein Baby, ein Säugling – das ist eine Belastung! Gerade wenn man das Kind *verstecken* muss. Da wäre es doch viel leichter, es einfach irgendwo *abzugeben, loszuwerden*.

Lenas Gedanken fliegen wild durcheinander. Was ist mit den verschiedenen Fotos, die Emma zeigen? Wo sind die gemacht worden? Ist das vielleicht ein Anhaltspunkt? Sie springt auf, holt die anderen vier Bilder aus ihrem Nachttisch, setzt sich damit wieder in die Küche und betrachtet sie eingehend. Nein. Keines davon lässt auf einen bestimmten Ort, ein bestimmtes Datum oder eine Uhrzeit schließen. Bis auf das erste, das Polaroid. Das ist hier, in Lenas Wohnung und bei Emmas Entführung entstanden. Ansonsten beweisen die Fotos *gar nichts!* Nicht, wann sie aufgenommen wurden und wo, sie können alle innerhalb weniger Minuten entstanden sein.

»Nein!« Erschrocken schreit Lena auf, als ihr klar wird, was das bedeutet. Es gibt keine Sicherheit, dass Emma überhaupt noch lebt, dass die Bilder das Baby an unterschiedlichen Tagen zeigen!

Sie springt vom Küchentisch auf, wedelt hilflos mit beiden Händen, wie jemand, der sich an einer heißen Herdplatte verbrannt hat, als könnte sie so diese neue grauenhafte Vorstellung abschütteln.

»Komm, Guinness!« Es hält sie nichts mehr in der Wohnung. Sie muss raus, hier bekommt sie keine Luft mehr. Ein paar Schritte mit dem Hund werden helfen, ihre Gedanken besser zu ordnen, und Guinness muss sowieso vor die Tür.

Sie entriegelt die Tür und lehnt sie beim Verlassen vorsichtig an.

Sie überlegt, dass sie sich um einen Schlüsseldienst bemühen muss. Und der Gedanke kommt ihr furchtbar banal vor.

35

Nachdem sie mit Guinness eine Stunde lang ziellos durchs Viertel gelaufen ist, beschließt sie, Esther anzurufen. Unter irgendeinem Vorwand wird Lena behaupten, dass sie nicht mitkommen kann ins Internat. Wahrscheinlich ist genau das gemeint mit der Forderung, die im Blumenstrauß steckte: Sie soll sich von Esther fernhalten.

Sie sucht sich im Innocentia-Park eine etwas abseits stehende Bank, holt ihr Handy hervor und wählt Esthers Festnetznummer.

»Ich kann mir das auch nicht erklären«, sagt Lena, nachdem sie ihre Schwiegermutter darüber informiert hat, dass sie sich ganz offensichtlich ganz plötzlich einen Magen-Darm-Infekt eingefangen hat. »Es kam wirklich von jetzt auf gleich, ohne jede Ankündigung.«

»Kohletabletten?«, schlägt Esther vor. »Vielleicht geht's dann ja wieder.«

»Ich kann mich kaum einen Meter vom Klo entfernen.«

»Ach, wie schrecklich! Brauchst du irgendwas? Soll ich dir wenigstens Guinness abnehmen?«

»Nein, danke, ich komme schon klar. Wenn der Hund rausmuss, lass ich ihn einfach in den Garten. Das eine Mal ist das nicht so schlimm.« Eine Gruppe von Joggern läuft an Lena vorüber, miteinander redend und lachend. Sie hält eine Hand über die Muschel, damit Esther nicht mitbekommt, dass sie nicht zu Hause ist.

»Na gut, wie du meinst.«

»Fährst du trotzdem zum Internat?«

»Natürlich! Ich werde sogar früher losfahren. Heute ist doch Freitag, da werden bestimmt viele der Schüler ins Wochenende verschwinden. Also möchte ich am liebsten noch vor zwölf Uhr da sein.«

»Tut mir leid«, sagt Lena noch einmal. »Aber ich kann echt nicht mitkommen, mir geht es hundsmiserabel.«

»Ist schon in Ordnung. Ruh dich aus und erhol dich, ich fahre dann so in zehn Minuten los.«

»Ich drück die Daumen, dass du was rausfindest.«

»Vorher gehe ich da nicht wieder weg.« Esther gibt sich kämpferisch. »Ich werde jeden befragen, bis ich etwas erfahre.«

Nachdem sie aufgelegt haben, fragt Lena bei der Auskunft nach einem Schlüsseldienst in der Nähe ihrer Wohnung und ruft dort an.

»Bei Andersen?«, fragt die männliche Stimme am anderen Ende der Leitung überrascht, nachdem Lena ihr Anliegen vorgetragen und ihre Adresse genannt hat. »Da habe ich doch erst gestern das Schloss aufgebohrt und einen Hund befreit!«

»Äh, ja«, antwortet Lena. »Das war bei mir.« Obwohl sie dem Mann wahrlich keine Rechenschaft schuldig ist, hat sie das Gefühl, sich erklären zu müssen. »Ein Notfall … ich musste mich um meine Tochter kümmern«, sagt sie lahm. »Sonst hätte ich den Hund nie so lange allein zu Hause gelassen.«

»Ist ja noch mal gut gegangen«, antwortet er. »Wir haben ihn ja rausgeholt. Geht's dem Tier denn gut?«

»Ja, äh, alles wieder in Ordnung. Nur brauche ich jetzt dringend ein neues Schloss.«

»Kein Problem«, sagt der Mann. »Allerdings bin ich bis heute

Abend komplett dicht. Ich könnte höchstens so gegen sechs vorbeikommen.«

»Das passt«, antwortet Lena.

»Gut, dann bis um sechs!«

Sie legt auf. Im nächsten Moment klingelt ihr Handy. Es ist die Nummer von Niklas. Sie muss lächeln. »Die Tage« wollte er anrufen – und das war gestern.

»Hallo, Lena!«, begrüßt er sie, nachdem sie seinen Anruf angenommen hat. »Na? Alles gut?«

»Nein«, gibt sie diesmal unumwunden zu. »Ehrlich gesagt ist im Moment sogar alles ziemlich schlimm.«

»Was ist denn passiert?«

»Rebecca ist tot. Und deren Mann, Martin, auch.«

»Was?« Schockiert, ungläubig. »Wieder ein Unfall?«, will er wissen.

»Nein«, antwortet sie. »Das heißt, ganz genau wissen wir es noch nicht. Vermutlich war es beide Male Selbstmord.«

»Was? Um Gottes willen, Lena, was erzählst du denn da? Das kann doch nicht sein!«

»Es ist aber so.«

»Und wann ist das passiert?«

»Rebecca vor drei Tagen, Martin gestern Abend.«

»Warum hast du mich denn nicht angerufen? Oder mir irgendwas davon gesagt, als ich gestern bei dir war? Rebecca war zu dem Zeitpunkt doch schon tot, wieso hast du mir das nicht erzählt?«

»Tut mir leid«, sagt sie. »Ich bin total durcheinander in den letzten Tagen …«

»Das verstehe ich«, sagt er. »Das sind ja auch wirklich schreckliche Neuigkeiten.«

»Ja.« Sie seufzt. »Ich weiß nicht mehr, wo mir der Kopf steht.«

»Wie geht es Josy damit? Ist sie inzwischen wieder aufgetaucht?«, will Niklas wissen.

»Nein, wir suchen sie noch immer.«

»Dann weiß sie es also noch gar nicht?«

»Nein«, erwidert Lena.

Am anderen Ende der Leitung erklingt ein unterdrücktes Seufzen. »Das wird schrecklich für sie sein.«

»Ja«, stimmt Lena ihm zu. »Wird es.«

»Soll ich vielleicht vorbeikommen?«, schlägt Niklas vor. »Ich habe heute nicht viel zu tun. Wir könnten zusammen einen Kaffee trinken.«

»Ehrlich gesagt lieber nicht. Ich bin ziemlich kaputt und muss dringend mal eine Runde schlafen.«

»Oh, okay.« Er macht sich nicht die Mühe, seine Enttäuschung zu verbergen. »Na, du kannst du mich ja anrufen, wenn es dir wieder besser geht.«

»Das mache ich. Also dann …«

»Lena?«

»Ja?«

»Ich will mich wirklich nicht in dein Leben einmischen. Aber ich will dir sagen, dass ich dich mag. Sehr sogar. Und ich mache mir Sorgen um dich und wäre gern für dich da. Wenn du mich lässt.«

Im ersten Moment weiß sie nicht, was sie darauf erwidern soll. Dann antwortet sie mit einem schlichten »Danke« und legt auf. Gegen ihren Willen muss sie erneut lächeln.

Es ist bereits nach vier, als Lena mit Guinness wieder in die Rappstraße einbiegt. Den Labrador hatte sie bei einem Hundesitter abgegeben und selbst die letzten Stunden im Leseraum der Staatsbibliothek und auf der dortigen Behindertentoilette verbracht. Im Leseraum, weil sie auf einem der öffentlichen

Computer im Internet sämtliche Telefonnummern rausgesucht hat, die sie brauchte – auf der Toilette, weil ihr der abschließbare Raum als halbwegs sicheres Versteck erschien, um von dort aus ungestört zu telefonieren. Mit unterdrückter Nummer hat sie bei allen einschlägigen Adressen angerufen. Bei sämtlichen Babyklappen im Umkreis von zweihundert Kilometern. In Krankenhäusern. Bei Säuglings- und Kinderheimen. Sogar die Kirchen hat Lena kontaktiert, hat die Gemeindebüros angerufen, in der Hoffnung, dass Emma in einem Akt der Barmherzigkeit auf den Stufen eines Gotteshauses abgelegt wurde.

Fehlanzeige, überall. Auf ihre Frage, ob in den vergangenen Tagen möglicherweise ein Baby gefunden oder abgegeben worden sei, das bisher noch nicht zugeordnet werden konnte, bekam sie stets dieselbe Reaktion: die misstrauische Frage nach ihrem Namen und weshalb sie das wissen wolle. Verbunden mit der Aufforderung, persönlich vorbeizukommen, da man ihr am Telefon keine solchen Auskünfte erteilen könne. Sogar eine Polizeiwache hat Lena irgendwann in ihrer Verzweiflung angerufen. Aber auch hier: nichts. Man fragte, ob man eine Streife zu ihr schicken solle, doch Lena hatte nur grußlos aufgelegt.

Nun ist sie müde und ausgelaugt. Leer. War sie zu Beginn ihrer Suche noch mit halbem Herzen optimistisch, dass sie durchaus etwas rausfinden könnte, ist die Hoffnungslosigkeit nun wieder umso größer.

Sie muss sich damit abfinden, dass sie nichts machen kann. Nichts außer warten, dass sie wieder eine Nachricht erhält. Der Gedanke macht sie wahnsinnig.

Als sie mit Guinness ins Treppenhaus kommt, fängt der Hund sofort an, hektisch mit dem Schwanz zu wedeln und an seiner Leine zu zerren. Dazu gibt er ein nervöses Kläffen von sich. Lena hält inne, das macht Guinness normalerweise nie.

Außer natürlich, wenn es Grund zur Aufregung gibt. Lena betrachtet ihre Wohnungstür. Die ist zu, aber natürlich nur angelehnt, denn das Schloss ist noch nicht repariert.

Langsam geht sie darauf zu, versucht, Guinness mit einem »Schsch« zu beruhigen. Als sie die Tür erreicht, gibt sie ihr einen vorsichtigen Stoß und tritt gleichzeitig einen Schritt zurück.

Im selben Moment bemerkt sie einen Schatten. Einen Schatten, der aus der Dunkelheit ihrer Wohnung auf sie zugestürzt kommt. Der Hund kläfft los, völlig außer sich.

»Was hast du mit ihr gemacht?«

Esther. Verheult und mit wutverzerrter Miene fällt sie über ihre Schwiegertochter her. »Wo ist sie?«, brüllt sie. »Was hast du dem Kind angetan?«

»Hör auf!«, schreit Lena, während sie gleichzeitig versucht, Esthers Fäuste abzuwehren, mit denen diese wie von Sinnen auf sie eintrommelt. Sie erwischt die Hände der Schwiegermutter, schafft es, die hysterische Frau zurück in die Wohnung zu schubsen.

Der Hund wirkt jetzt vollkommen verstört, hat aufgehört zu bellen und verkriecht sich mit eingezogenem Schwanz hinter Lenas Beinen. Anscheinend weiß er nicht, wen von beiden er nun beschützen soll.

»Was hast du getan?«, kreischt Esther erneut und will sich von Lena losreißen, die ihre Hände fest umklammert hält. »Ich rufe die Polizei! Sag mir sofort die Wahrheit! Sag mir, was du mit ihr angestellt hast, oder ich schlag dich tot! Ich schlag dich tot, bei Gott, das schwöre ich!« Sie atmet schwer.

»Beruhige dich! Esther! Hör mir zu!«, bringt Lena zwischen zusammengepressten Lippen hervor, weiterhin darum bemüht, ihre Schwiegermutter festzuhalten. Die ältere Dame hat mehr Kraft, als sie gedacht hätte. »Bitte, beruhige dich doch«, fleht sie. »Ich hab Josy *nichts* angetan! Und ich weiß auch nicht, wo sie steckt. Ich habe mit ihrem Verschwinden nichts zu tun, bitte glaub mir doch!«

Unvermittelt hört Esther auf, sie zu attackieren. Ihre Muskeln erschlaffen, und Lena lässt sie los, sodass die Arme ihrer Schwiegermutter kraftlos nach unten sinken. Mit einem eigenartig leeren Blick betrachtet sie Lena.

Dann sagt sie leise, beinahe flüsternd: »Ich meine nicht Josy. Ich rede von Emma.«

36

»Emma? Was meinst du damit?« Lenas Stimme zittert. »Emma ist bei … bei meiner Freundin Susanne, an der Ostsee. Das habe ich dir doch gesagt.«

»Lüg mich nicht an«, gibt ihre Schwiegermutter zurück. »Sag mir endlich die Wahrheit, oder ich rufe auf der Stelle die Polizei!«

»Aber das *ist* die Wahrheit!«, insistiert sie. »Susanne ist mit Emma …«

»Unsinn!«, wird sie von Esther lautstark unterbrochen. »Wahrscheinlich gibt es nicht mal eine Susanne! Und selbst wenn es sie gibt, ist sie garantiert nicht mit meiner Enkeltochter in ihrem Ferienhaus.« Sie geht zwei Schritte auf Lena zu, baut sich vor ihr auf. »Ich will jetzt wissen, was mit meiner kleinen Emma passiert ist!«

»Ich weiß absolut nicht, wovon du redest!«, behauptet Lena, während es unaufhörlich in ihrem Kopf hämmert. *Sie darf es nicht erfahren! Sie darf es nicht erfahren!*

»So?« Verächtlich zieht sie eine Augenbraue in die Höhe. »Das weißt du nicht? Dann weißt du sicher auch nicht mehr, dass du bei deinem Abstecher ins Internat sogar in Josys Zimmer warst.«

»Aber …«

»Halt den Mund!« Mit einer herrischen Handbewegung

bringt Esther Lena zum Schweigen. »Ich habe mit ihren Schulkameraden gesprochen. Zwei von ihnen haben mir erzählt, dass sie dich ins Wohnheim gelassen haben. Und dass du in Josys Zimmer warst. In ihren Sachen hast du rumgeschnüffelt und sogar etwas mitgenommen!« Sie lässt die Worte auf Lena wirken. Beobachtet, wie ihre Schwiegertochter unter den Vorwürfen mehr und mehr in sich zusammensackt.

»Es stimmt«, gibt sie schließlich zu. »Ich war in Josys Zimmer.«

»Und du hast mir nichts davon erzählt!«

»Nein.«

»Warum nicht?«

»Weil … Weil …« Sie gerät ins Stocken. »Ich verstehe gerade nicht, was das alles mit Emma zu tun haben soll.«

»Oh, das kann ich dir erklären!« Esther rückt keinen Millimeter von ihrer Schwiegertochter ab, fixiert sie mit ihren wasserblauen Augen. »Nachdem ich erfahren habe, dass du mich offensichtlich angelogen hast, habe ich versucht, dich anzurufen. Wie gestern habe ich dich nicht erreichen können. Es ging immer nur die Mailbox ran. Daher bin ich direkt hierher, zu dir nach Hause gekommen«, spricht Daniels Mutter weiter. »Aber hier warst du auch nicht. Also habe ich beschlossen, in deiner Wohnung auf dich zu warten, bis du kommst. Die Tür ist ja immer noch kaputt.«

»Esther …«

»Ich bin noch nicht fertig!« Sie blinzelt nicht einmal, starrt Lena an wie ein Raubfisch seine Beute. Wie ein Raubfisch, der jeden Moment zuschnappen wird. »Eine Stunde lang habe ich hier gesessen. Habe mich gefragt, wo du steckst, weil du doch angeblich so krank bist. Und natürlich habe ich mir wieder und wieder die Frage gestellt, weshalb du mir nicht erzählt hast, dass du sogar in Josys Zimmer warst.«

»Ich wollte ja …«

»Jetzt rede ich!«, schreit Esther sie an. Sie holt tief Luft, ehe sie fortfährt. »Irgendwann habe ich dann die Geduld verloren und bin hochgegangen zu deiner Nachbarin. Ich dachte, dass die vielleicht eine Ahnung hat, wo du stecken könntest.« Die nächsten Worte spricht sie betont langsam aus. »Du weißt schon, Frau Richter, zu der du Emma gebracht hast, als du im Internat und bei Rebecca warst …«

Es ist vorbei.

Esther muss gar nicht weiterreden. Muss gar nicht mehr erzählen, wie erstaunt Frau Richter war zu hören, dass Lena behauptet hatte, sie hätte schon mal auf das Baby aufgepasst. Muss nicht mehr berichten, dass Lenas Nachbarin natürlich nichts Besseres zu tun hatte, als Esther unter dem Siegel der Verschwiegenheit zu verraten, dass es in letzter Zeit einige »seltsame Vorkommnisse« gegeben habe. Angefangen von dem ständig schreienden Baby und der darauf folgenden fast unheimlichen Ruhe, über Lenas Unbeherrschtheit und die sonderbare Prügelei mit einem Mann im Treppenhaus, bis hin zu dem eingesperrten Hund und Lenas seltsamem Geschrei vorm Haus.

Nein, das alles muss Esther gar nicht mehr erzählen, damit Lena klar wird, dass es vorbei ist. Dass ihre Lügerei zum Schutze Emmas ein Ende hat, dass ihre Schwiegermutter nicht gehen wird, bevor sie nicht die ganze Wahrheit kennt. Bevor sie nicht ihr Enkelkind gesehen hat.

»Wo also ist sie?«, wiederholt Esther ihre Frage. »Hast du ihr etwas angetan?«

»Nein! Nein, natürlich nicht!« Lena schüttelt erschrocken den Kopf.

»Aber was dann? Was ist hier los?«

Lena öffnet den Mund, will etwas sagen. Aber es kommen keine Worte. Sie sieht Esther aus hilflosen Augen an. Dann bricht sie in Tränen aus. Ihr Kopf sackt auf die Brust, ihr ganzer Körper beginnt zu zittern.

Esther geht auf sie zu, nimmt sie in den Arm, drückt sie. »Bitte, Lena, du kannst es mir doch sagen! Wenn du etwas getan hast … Du musst mit jemandem darüber sprechen!« Ihre Stimme hat alle Schärfe verloren. Ruhig redet sie weiter. »Du warst total überfordert mit der Situation. Daniels überraschender Tod, der schlimme Vorfall bei der Beerdigung und die plötzliche Geburt. Zu deiner Trauer dann noch die Schwangerschaftsdepression, ein ständig schreiendes Baby … Ich hätte dich nicht allein lassen dürfen. Ich habe dir viel zu viel zugemutet.«

Lenas Augen weiten sich. Sie hält die Luft an. »Du denkst … Du denkst, ich hätte Emma etwas *angetan?*«, fragt sie ungläubig nach. »Meiner eigenen *Tochter?*«

»Bitte, Lena«, sagt Esther, statt die Frage zu beantworten. »Ich will dir doch nur helfen. Und egal, was passiert ist, ganz egal, was du getan hast – ich stehe zu dir! Ich lasse dich nicht im Stich, das würde ich niemals tun. Nur musst du mir endlich die Wahrheit sagen, damit ich dir helfen kann!«

Lena sieht ihre Schwiegermutter an. Auf einmal herrscht in ihr eine große Stille. Dann spricht sie. Sie hört ihre eigene Stimme wie die einer Fremden, als sie sagt: »Du hast recht. Lena ist nicht an der Ostsee. Sie ist nicht bei einer Freundin. Es gibt gar keine Susanne.« Esther schnappt nach Luft, doch noch bevor sie etwas erwidern kann, hört Lena sich sagen: »Emma ist weg.«

»Weg?«

»Sie wurde entführt.«

37

Lena erzählt alles. *Alles.* Sie schüttet ihrer Schwiegermutter das Herz aus und spürt, wie gut es ihr tut. Sie hat sich im Wohnzimmer auf das Sofa gesetzt, Esther hat ihr ein Glas Wasser besorgt, aus dem Lena in großen Schlucken trinkt.

»Aber das kann doch nicht sein«, flüstert Esther wie unter Schock, sobald Lena mit ihrem Bericht fertig ist. »Das kann doch alles *überhaupt nicht* sein!«

»Doch«, bestätigt Lena. »Es ist so. Ein Albtraum.«

»Wir müssen die Polizei verständigen. Sofort!«

»Nein!«, ruft sie. »Das ist zu gefährlich, dann wird Emma getötet!«

»Aber wie stellst du dir das vor? Wir müssen doch etwas tun!«

»Das *versuche* ich ja! Ich versuche es schon die ganze Zeit! Halte mich an die Anweisungen und grüble gleichzeitig darüber nach, wo Emma nur sein könnte. Heute habe ich sämtliche Babyklappen, Säuglingsheime und Kirchen abtelefoniert, in der Hoffnung, dass sie irgendwo dort ist.«

»Was ist mit Krankenhäusern?«

»In und um Hamburg habe ich so viele wie möglich angerufen. Aber natürlich noch nicht *alle.* Dafür brauche ich Tage.«

»Dann machen wir zusammen weiter!« Esther scheint den ersten Schock überwunden zu haben, gibt sich wieder kämpferisch.

»Nein«, sagt Lena. »Das ist aussichtslos. Die meisten geben keinerlei Auskunft an Fremde per Telefon. Man muss da selber auftauchen und sich legitimieren.« Sie schweigt erschöpft. Sie ist den Entführern ausgeliefert. *Die* entscheiden darüber, wie es weitergeht. *Die*. Nicht Lena.

»Babette und Sebastian also«, wiederholt Esther.

»Ich gehe davon aus.«

»Wie krank muss man sein? Wie krank, um *so etwas* zu tun?« Esther hat sich an die Terrassentür gestellt, starrt in den Garten hinaus. »Aber das passt trotzdem so gar nicht zum Tod von Rebecca und Martin«, sagt sie mehr zu sich selbst als zu ihrer Schwiegertochter. »Die Schusters werden die beiden ja nicht mal gekannt haben.«

Lena nickt. »Deshalb glaube ich auch, dass der Tod der beiden tatsächlich Selbstmord war und nicht das Geringste mit Emmas Verschwinden zu tun hat.«

Jetzt trommelt Esther mit den Fingern auf der Fensterscheibe herum. »Nein.« Sie schüttelt den Kopf und wendet sich zu Lena um. »Das kann ich mir einfach nicht vorstellen. Es erscheint mir nicht logisch, dass Rebecca und Martin sich das Leben genommen haben sollen. Vor allem Rebecca nicht!« Sie setzt sich zu Lena aufs Sofa. »Es *muss* da einen Zusammenhang geben, Lena! Ich bin mir hundertprozentig sicher, dass der Tod der beiden kein Zufall ist, sondern in Verbindung mit Emmas Entführung steht!«

»Aber dann scheiden die Schusters als Täter aus. Sie werden sie mit Sicherheit nicht umgebracht haben.«

»Bleibt allerdings noch ihr plötzliches Verschwinden.« Esther spinnt den Gedanken weiter. »Der überstürzte Umzug, ohne jemandem Bescheid zu geben, nicht einmal ihrem Vermieter.«

»Ja, das ist seltsam. Kann aber natürlich viele Gründe haben.«

Esther kaut nachdenklich auf ihrer Unterlippe. »Also, nur

mal angenommen, die Schusters waren es nicht – wer kommt sonst noch infrage?«

Lena überlegt, ob sie es sagen, ob sie ihren ersten Verdacht erwähnen soll. Schon einmal hat sie erlebt, wie Esther auf Vorwürfe reagiert, die ihre große Enkeltochter betreffen. »Josy«, sagt Lena also. »Sie ist die Einzige, die mir sonst noch einfällt.«

»Josy? Auf gar keinen Fall!« Esther springt auf, sieht Lena entgeistert an. »So etwas würde sie nie tun!«

»Nein.« Lena nickt, nimmt einen Schluck von ihrem Glas. »So richtig vorstellen kann ich mir das auch nicht. Allerdings … Josy *hätte* ein Motiv.«

»Was redest du denn da?«, fährt Esther sie an. »Josy ist sechzehn! Sie hat gerade ihren Vater verloren! *Und* ihre Mutter und auch Martin!«

»Ich weiß, ich weiß.« Dass das Mädchen vielleicht noch gar nichts von Rebeccas und Martins Tod ahnt, sagt sie nicht. »Aber …« Sie bricht ab.

»Was ist?«

»Ach, nichts.«

»Nun rede schon!«

»Also …« Lena zögert. »Ich habe Josys Tagebücher gefunden«, erklärt sie. »In ihrem Zimmer. Und ich habe sie mitgenommen.«

»Hast du sie etwa gelesen?«

»Ja, *sicher* habe ich sie gelesen!« Es rutscht ihr lauter und heftiger raus, als sie will.

»Und?«

»Sie spricht davon, dass sie mich hasst. Dass sie glaubt, ich hätte ihr den Vater weggenommen.«

»Das ist nicht schön, dass sie so empfindet, aber auch nicht neu.« Lena bemerkt den selbstgerechten Ton in Esthers Stimme. Als wäre sie Josys Anwältin.

»Dann schreibt sie noch, dass ihre Mutter gesagt hätte, sie müsse ihr Erbe teilen, wenn sie ein Geschwisterchen bekommt.«

Lenas Schwiegermutter lacht auf. »Der Gedanke ist typisch für Rebecca – aber nicht für Josy.« Sie schüttelt den Kopf. »Nein, zu Josy passt das wirklich *gar nicht*, das Mädchen hat sich noch nie um Geld geschert.«

Lena seufzt. »Okay, vergiss es einfach. Es macht keinen Sinn.«

»Tut mir leid«, gibt Esther zurück. »Aber bei solch schwerwiegenden Anschuldigungen gegenüber meinem Enkelkind werde ich doch wohl noch etwas genauer nachfragen dürfen!«

Lena sieht ihre Schwiegermutter wütend an. »Darf ich dich daran erinnern, dass Emma *auch* deine Enkelin ist?«

»Ja«, erwidert Esther mit leiserer Stimme. »Natürlich, ich …« Sie stockt, sieht Lena unglücklich an. Sie hat Tränen in den Augen. »Es tut mir leid«, sagt sie leise. »Es tut mir wirklich leid. Der Gedanke, dass Josy etwas mit der Sache zu tun haben könnte, ist einfach so abscheulich.« Sie schluchzt. »Ich *will* einfach nicht wahrhaben, dass diese Möglichkeit besteht.«

»Das verstehe ich. Aber wir dürfen sie trotzdem nicht außer Acht lassen.«

Lenas Schwiegermutter wendet sich ab. Sie weint.

»Esther.« Lena legt ihr eine Hand auf die Schulter, lässt sie dort liegen und sagt nichts. Sie spürt das Beben, das durch den Körper ihrer Schwiegermutter geht.

»Gut«, sagt Esther, als sie sich irgendwann wieder umwendet und mit einer energischen Handbewegung die Tränen abwischt. »Ziehen wir Josy also als Täterin in Erwägung.« Nun wirkt sie wieder kämpferisch und stark, so wie Lena sie kennt.

»Und was heißt das?«

»Dass ich jetzt nach Hause fahre und wir so tun, als wäre nichts«, erklärt Esther.

»Nichts?«

Ihre Schwiegermutter nickt. »Du hast mir nichts erzählt. Rein gar nichts! Denn du hast recht, dass wir Emma auf gar keinen Fall gefährden dürfen.«

Lena sieht sie skeptisch an. »Esther, ich werde beobachtet! Ich bin sicher, dass es den Tätern nicht entgangen ist, wie du hier aufgetaucht bist.«

»Na und, ich bin deine Schwiegermutter. Nach dem Tod deines Mannes muss sich jemand um dich kümmern. Und das tu ich«, erwidert Daniels Mutter. Sie wirkt so entschlossen, so selbstbewusst, dass Lena nur staunen kann.

»Okay.«

»Also, ich fahre jetzt nach Hause. Und bis morgen überlegen wir uns, was wir als Nächstes tun.«

»Ob wir überhaupt etwas tun können«, ergänzt Lena mit matter Stimme.

»Keine Sorge«, sagt ihre Schwiegermutter. »Mir fällt schon etwas ein.«

»Meinst du?«

»Ja.«

Es tut so gut, das zu hören. Dass ein anderer übernimmt. Dass sie, Lena, endlich Unterstützung erhält.

Als Lena wieder allein ist, gibt sie als Erstes Guinness frisches Wasser und das Futter für den Abend. Kurz vor halb sieben erscheint wie angekündigt der Mann vom Schlüsseldienst und macht sich an der Tür zu schaffen. Die Sache ist in einer Viertelstunde erledigt. Sobald der Mann fort ist, schlägt Lena erleichtert die Tür zu.

Sie geht ins Schlafzimmer, holt Josys Tagebücher unter ihrer Matratze hervor und setzt sich damit im Wohnzimmer aufs Sofa. Nachdem sie Esther gegenüber ihren Verdacht geäußert hat, will sie die Kladden noch einmal von vorn bis hinten studieren. Und auf jedes Detail achten. Sie *muss* sichergehen, dass sie nichts übersehen hat.

Sie schlägt die aktuellste Kladde auf, liest von hinten nach vorn. Und ist enttäuscht. Hat Esther doch recht? Ist Josy unschuldig?

Papa ist tot!!!

Der letzte Eintrag vom 2. Juli. Mehr steht da nicht. Danach nur noch ein paar leere Seiten. Keine Rachepläne, keine Flüche, keine finsteren Wunschvorstellungen – rein gar nichts.

Auch die Seiten davor lassen auf nichts Böses schließen, im Gegenteil. Neben den anfänglichen Hasstiraden gegen sie, Lena, und ihr Kind findet Lena Sätze wie: »Ich scheiß auf mein Erbe!«, »Das Geld hat doch keinen in unserer Familie glücklich gemacht«, »Soll Papa mit der Trulla und dem Kind selig werden. Ich führ jetzt mein eigenes Leben, ganz ohne ihn!«

Josys vermeintliches Motiv – es zerrinnt Lena zwischen den Fingern, je tiefer sie in das Tagebuch eintaucht. Die Seiten zeugen von einem traurigen Mädchen. Von einer sensiblen Josy, die beinahe zerbricht an der Tatsache, dass ihr Vater sie »verlassen« hat. Sie nennt Lenas Schwangerschaft zwar einen »Verrat«, aber all das passt nicht zu dem Monster, das sie sein müsste, um zu tun, was sie getan haben soll.

Nein, das Mädchen wirkt verwirrt. Verletzt und ohne jeden Halt – den es dann irgendwann in düsteren Gedichten und Songtexten, in einer sonderbaren Gothic-Welt suchte. Völlig normal und nachvollziehbar. Die traurig-wütenden Gedanken einer Sechzehnjährigen. Aber die einer Kindesräuberin? Womöglich sogar einer Mörderin? Nein. Nicht bei näherer Betrachtung.

Seufzend lässt Lena die Kladde sinken. Sie greift zum nächsten Büchlein und blättert es durch. Und während sie liest und liest, wird sie mit jeder Seite betrübter. Es berührt sie, dass sie bei der Lektüre der Tagebücher das Gefühl bekommt, Daniels Tochter immer besser zu *verstehen*. Und dass sie Josy wohl richtig ins Herz geschlossen hätte – wenn sie sie doch nur ein bisschen besser gekannt hätte.

38

Lena schreckt auf dem Sofa hoch, als es draußen bereits hell ist. Guinness steht fiepend vor ihr. Sie muss eingeschlafen sein. Beim Lesen hat sie gestern Abend offensichtlich doch die Müdigkeit übermannt. Sie schiebt das Tagebuch, das noch immer auf ihrem Schoß liegt, beiseite, steht auf, reckt sich. Als sie ihm die Terrassentür öffnet, flitzt der Hund sofort raus in den Garten und verkrümelt sich hinter einem Gebüsch.

Wieder auf dem Sofa, nimmt Lena die nächste Kladde zur Hand und fängt an, sie zu überfliegen. Dieses Tagebuch stammt aus der Zeit, als Daniel und sie sich kennenlernten. Schwarz auf weiß zu lesen, wie Josy die Situation damals empfunden hat, lässt in Lena ein unangenehmes Gefühl aufsteigen. Ein Gefühl von Schuld. Denn während sie selbst seit ihrer Begegnung mit Daniel von Tag zu Tag glücklicher wurde – von den Anfangsschwierigkeiten mal abgesehen –, muss sie nun erfahren, wie schrecklich die Trennung ihrer Eltern für das Mädchen gewesen ist.

Auch wie sehr Josy in den Monaten davor unter dem Alkoholismus ihres Vaters gelitten hat. Wie sie sich – ein elfjähriges Kind! – verzweifelt darüber Gedanken gemacht hat, wie sie ihrem Papa nur helfen könnte. Lena liest Josys Gedanken darüber, warum ihre Eltern so oft miteinander streiten, warum das Leben so ungerecht ist, warum ihre Familie nicht einfach wie die ihrer Schulfreundinnen sein kann – und schließlich: warum ihr Vater auf einmal nicht mehr sie, Josy, sondern »diese andere Frau« liebt.

Nach ein paar Seiten kann Lena die Tränen nicht mehr zurückhalten. Jedes einzelne Wort des Mädchens ist wie ein Stich ins Herz. Sie hätte mit Josy reden sollen. Ja, das hätte sie wirklich. Hätte sich über Daniels Wunsch, sich aus allem herauszuhalten, hinwegsetzen und dem Mädchen erklären müssen, dass die Trennung seiner Eltern nicht bedeutet, dass sie es nicht mehr lieb haben. Denn das hat offenbar keiner der beiden jemals so richtig getan. Daniel, weil Josy es von ihm nicht hören wollte – und Rebecca? Lena weiß nicht, warum nicht. Alles, was sie weiß, ist, dass es für Erklärungen nun zu spät ist. Viel zu spät.

Sie schlägt eine weitere Kladde auf, obwohl ihr mittlerweile so elend ist, dass sie eigentlich nichts mehr lesen will. Auch glaubt sie nicht mehr daran, dass sie hier noch etwas finden wird, das ihr helfen kann. Trotzdem kann sie nicht aufhören. Josys Gedanken ziehen sie jetzt magisch an. Dieses Tagebuch stammt aus einer Zeit, in der sie und Daniel sich noch gar nicht kannten.

Irgendwo zwischen den Seiten befindet sich ein Foto, das beim Umblättern zu Boden segelt. Lena hebt es auf, betrachtet es. Das Bild zeigt ein Haus. Ein großes altes Haus inmitten einer weitläufigen Landschaft. Mit Wänden aus Fachwerk und einem reetgedeckten Dach. Links davon stehen zwei weitere, kleinere Gebäude und ein paar Obstbäume. Am Ast einer knorrigen Eiche baumelt eine Schaukel. Ein idyllischer, ein friedlicher Anblick. Doch Lena lässt er den Atem stocken.

Der Resthof in Postmoor, den Daniel ihr zeigen wollte! Sie erkennt ihn sofort wieder, dafür muss sie gar nicht erst die Fotos raussuchen, die er ihr damals gemailt hat und die noch irgendwo auf ihrem Notebook liegen. Sie hat das Anwesen viel zu oft betrachtet und sich dabei wieder und wieder die Frage gestellt, ob sie dort wohl leben und sich heimisch fühlen könnte, um jetzt unsicher zu sein.

Wie kommt das Bild in Josys Tagebuch? Sie sucht in der Kladde die fragliche Stelle, aus der das Foto gefallen ist.

Als sie zu lesen beginnt, nimmt ihre Verwirrung nur noch zu. Eines scheint sicher: Daniel hat den Hof *nicht*, wie er Lena gegenüber behauptet hatte, erst vor Kurzem und per Zufall entdeckt. Nein, das war gelogen! Er war früher schon einmal dort. Zusammen mit Josy. Und mit Rebecca. Hat sich das Haus bereits vor Jahren angesehen und schon damals davon geträumt, mit seiner Familie dorthin zu ziehen. Nicht mit Lena und Emma. Mit seiner *ersten* Familie.

Am Sonntag habe ich mit Mama und Papa einen Ausflug an die Nordsee nach St. Peter-Ording gemacht. Wir waren den ganzen Tag am Meer und haben uns da einen Strandkorb gemietet. Ich war ganz oft schwimmen und durfte sogar zwei Eis essen. Am liebsten wäre ich die ganze Woche dageblieben. Aber das ging nicht, weil ich ja am nächsten Tag wieder Schule hatte. Als wir wieder nach Hause fahren mussten, war ich erst ziemlich traurig und hab auch ein bisschen geschmollt, dass ich nicht einfach mal einen Tag schwänzen darf. Na ja, Papa muss ja auch wieder arbeiten.

Aber dann hat Papa uns auf dem Heimweg noch eine Überraschung gezeigt! Er ist mit uns zu einem großen alten Bauernhof gefahren und hat uns gesagt, dass er den Hof gern kaufen und mit uns dahin ziehen möchte! Das ist ein riiiieeesiges Haus, noch viel größer als unseres! Das Beste ist, dass wir dann im Sommer jeden Tag ans Meer können. Bis zum Strand kann ich sogar mit dem Fahrrad fahren. Außerdem könnte Oma dann auch hier wohnen, Platz genug wäre für uns alle.

Mama hat das alles aber überhaupt nicht gefallen, und sie hat wieder angefangen, Papa anzuschreien, ob er jetzt verrückt geworden wäre. Als wir dann wieder zu Hause waren, war die Stimmung ziemlich im Eimer, und ich bin dann schnell hoch in mein Zimmer und hab Hausaufgaben gemacht. Unten im Wohnzimmer hab ich Mama und Papa noch den ganzen Abend rumzanken gehört.

Ach, ich hoffe, dass Papa Mama noch überreden kann. Es wäre sooo toll, da zu wohnen! Das würde ich mir wirklich wünschen.

Lena sieht auf. Bei St. Peter-Ording? An der Nordsee? Wieso St. Peter-Ording?

Sie betrachtet erneut das Foto. Nein, ein Irrtum ist ausgeschlossen, das ist *genau* das Haus, das Daniel ihr auf den Bildern gezeigt hat. Aber sie versteht nicht, wie das *sein* kann. Der Hof ist in Postmoor, nicht an der Nordsee. Das weiß sie doch ganz sicher! Welchen Sinn hätte es sonst gemacht, mit Lena ins Alte Land südlich der Elbe zu fahren, um sich dort den Hof anzusehen?

Ihre Hände fangen an zu zittern, während sie noch das Foto halten. Sie zittern so stark, dass Lena das Bild entgleitet. Wieder fliegen ihre Gedanken wild durcheinander. Josys Eintrag, der Hof an der Nordsee, die geplante Besichtigung mit Daniel – das passt alles nicht zusammen. Es sei denn, dass das Haus auf dem Foto gar nicht bei St. Peter-Ording liegt. Oder nicht in Postmoor?

Hat Daniel sie belogen? Und warum hat er ihr nie erzählt, dass er schon einmal raus aufs Land ziehen wollte – damals, mit Rebecca und Josy? Wollte er Lenas Gefühle schonen, sie nicht verletzen? Eine »fromme Lüge«? Nicht schön zwar, aber doch harmlos und gut gemeint. Keine Frau hört schließlich gern, dass ein Mann gemeinsam mit ihr Pläne schmiedet, die auch schon mal für eine andere vorgesehen waren.

Lena zuckt zusammen, als die Türklingel geht. Sofort kommt Guinness bellend aus dem Garten reingeflitzt und rennt durchs Wohnzimmer in den Flur. Lena springt auf. Am Samstagmorgen um halb acht kann das nur Esther sein.

Tatsächlich steht ihre Schwiegermutter vor ihr, als Lena öffnet. Sie atmet schwer und schwitzt, als wäre sie gerannt.

»Sieh dir das an!«, sagt Esther mit Entsetzen in der Stimme, kaum dass sie in der Wohnung ist. Sie drückt Lena einen Umschlag in die Hand. »Das lag heute früh vor meiner Haustür.«

Lena öffnet das Kuvert. Es wundert sie nicht, dass es ein Foto enthält. Diesmal allerdings ist nicht Emma darauf zu sehen. Das Bild zeigt ihre Schwiegermutter, wie sie nach dem gestrigen Abend Lenas Wohnung verlässt.

Jetzt weiß Lena es also zweifelsfrei, sie wird beobachtet!

Sie liest die Nachricht, die neben dem Foto in dem Umschlag steckt. Sie begreift die Worte kaum, so ungeheuerlich sind sie.

Das kostet dich was!
Auge um Auge. Zahn um Zahn.
Bis um elf liegt eine Vorderpfote des Köters
auf dem Grab deines Mannes,
oder das Baby verliert ein süßes Händchen.

Das kann doch nicht sein, *das kann doch nicht sein!* Guinness? Sie soll ihm eine Pfote – *abhacken?* Lena kann keinen Gedanken mehr fassen. Sie starrt nur stumm den Zettel an.

»Lena.« Ihre Schwiegermutter berührt sie sanft am Arm. Lena löst den Blick von der teuflischen Botschaft, sieht Esther schweigend an.

»Lena«, sagt Esther erneut. »Wir *müssen* es tun.«

»Nein.« Lena schüttelt den Kopf, schluckt schwer und kämpft gegen die Tränen an. »Auf keinen Fall! Das tue ich Guinness nicht an!«

»Aber was sollen wir denn sonst machen? Du willst doch wohl nicht, dass er Emma …«

»O mein Gott!« Lena geht in die Knie, sinkt hinunter auf den Boden, zittert, kauert sich zusammen, legt beide Hände über ihren Kopf, als könne sie sich so vor den bösen Bildern schützen, die auf sie einstürmen. »Nein …« Ihr Weinen ist in ein Heulen übergegangen. »Das geht nicht, das kann ich nicht, das ist – unmenschlich!« Sie hat das letzte Wort herausgeschrien. Guinness kommt an und schiebt seine feuchte Nase in ihr Gesicht. »Nein«, wiederholt sie und umarmt den Hund mit beiden Armen.

Esther begibt sich zu ihr in die Hocke, legt eine Hand auf ihre Schulter. »Ich weiß, was du fühlst. Das ist alles grauenhaft. Aber was bleibt uns für eine Wahl? Wir müssen an Emma denken.«

»Das darf doch alles nicht wahr sein«, flüstert Lena und kuschelt sich noch dichter an Guinness' weiches Fell. »Das bringe ich nicht fertig, nie im Leben kann ich das! Von mir aus hacke ich mir selbst eine Hand ab, aber nicht dem Hund!«

»Genau darum fordert der Entführer das. Er will dich offenbar fertigmachen.«

Nun springt Lena auf. So abrupt, dass Guinness fiepend zur Seite flieht. »Dann soll er herkommen!«, schreit sie. »Dann soll er sich zeigen, wenn er sich traut! Babette, Sebastian, Josy, wer auch immer es ist – mir egal! Ich bin bereit, *jedem* gegenüberzutreten!« Sie stürzt zur Wohnungstür, will sie aufreißen und nach draußen rennen, raus auf die Straße und dort so lange brüllen, bis der Feigling aus seinem Versteck kommt.

»Nein!« Esther reißt sie am Arm zurück. »Bleib hier, das bringt doch nichts!«

»Das werden wir ja sehen!« Sie will sich von ihr losmachen, sie wegschubsen. Endlich handeln, endlich irgendetwas *tun!*

»Beruhige dich, Lena! So bringst du Emma in Gefahr!«

Diese Worte wirken sofort. Lena hält inne, bleibt regungslos in der Diele stehen und lässt die Schultern sinken. Langsam dreht sie sich zu Esther um. Sieht ihre Schwiegermutter an, sucht nach einem kleinen bisschen Zuversicht in ihrem Blick, nach einem rettenden: »Moment, ich habe noch eine Idee!« Aber da ist nichts. Lena weiß, dass ihre Schwiegermutter keine Lösung aus dem Hut zaubern kann, die den Hund retten wird.

»Ich kann das nicht«, sagt Lena und senkt den Blick. »Ich kann es einfach nicht.«

»Das weiß ich«, sagt Esther. »Aber *ich* kann es.«

39

Zwei Stunden später ist alles bereit. Lena hat ihr Auto vom Lehmweg abgeholt. Hat Emmas Sachen wieder in die Wohnung gebracht, die Rückbank des Polos umgelegt und den Innenraum mit Plastiktüten ausgekleidet.

Sobald die Pfote abgetrennt ist, wird sie Guinness zu ihrem Wagen tragen und mit ihm zum Tierarzt fahren. Nicht weit entfernt hat eine Praxis Notdienst, das hat sie übers Internet herausgefunden. Dort wird sie etwas von einem Unfall erzählen, von einer zugeschlagenen schweren Kellertür, in der Hoffnung, damit durchzukommen.

Esther war zuerst strikt dagegen. Zu groß erschien ihr das Risiko, dass der Arzt misstrauisch wird, den vermeintlichen Unfall meldet und sie damit ans Messer liefert. Die sofortige Fahrt in die Tierarztpraxis aber war Lenas Bedingung dafür, es überhaupt zu tun. Dort, wo sie die Pfote abschneiden wollen, verläuft eine Hauptschlagader. Wenn Guinness danach nicht sofort behandelt wird, wird er verbluten, und zwar ziemlich schnell. Selbst wenn Lena zuvor sein Bein abbindet.

Kurz haben sie diskutiert, ob sie nicht gleich mit Guinness in die Praxis sollten, um dort zu fragen, ob man ihnen helfen kann. Oder ob es in Lenas Krankenhaus jemanden gibt, den sie um Hilfe bitten könnten. Aber wie erklärt man einem Veterinär oder auch einem Humanmediziner, dass er einem gesunden Hund eine Pfote amputieren soll? Nein, das geht alles nicht. Sie müssen es selbst tun, eine andere Möglichkeit bleibt ihnen nicht.

Während Lena den Hund in die Praxis bringt, soll Esther zum Friedhof fahren, um die Pfote auf Daniels Grab zu legen. Danach, wenn jede von ihnen ihre »Aufgabe erledigt« hat, wollen sie sich wieder in der Wohnung treffen – für Lena in einer neuen Zeitrechnung.

Sie kann noch immer nicht fassen, dass sie und ihre Schwiegermutter diesen absurden Plan geschmiedet haben, dass sie tatsächlich kurz davor stehen, den Labrador mit eigenen Händen zu verstümmeln.

Auch jetzt, während sie und Esther in der Küche haufenweise Zeitungen und Plastiktüten auslegen, fühlt sie sich wie in einem fürchterlichen, bitterbösen Traum. In einer Szene, die nicht echt sein *kann*, die *unmöglich* in ihrem wirklichen Leben passiert. Aber das hat sie in den vergangenen Tagen schon oft gedacht – und trotzdem war am Ende alles wahr.

Immer wieder fällt Lenas Blick auf Guinness, der mit aufmerksamen Augen verfolgt, was sein Frauchen da gerade tut. Nicht ahnend, was ihm bevorsteht, unschuldig und treu bleibt er wie immer dicht an ihrer Seite. Blindes Vertrauen zwischen Tier und Mensch. Sie muss sich zusammenreißen, um nicht umzukippen. Sie muss den Schwindel bekämpfen, die Übelkeit. Sie muss stark bleiben, sie *muss!* Um Emmas willen darf sie jetzt nicht zusammenbrechen. Unter keinen Umständen.

»Womit machen wir es?«, fragt Lena, als sie mit den Vorbereitungen fertig sind. Bislang hat sie nicht zu fragen gewagt, aber ihre Schwiegermutter scheint sich bereits Gedanken gemacht zu haben.

»Warte«, sagt Esther. »Ich bin gleich wieder da.«

Sie geht raus in den Flur, dann hört Lena die Terrassentür. Einige Minuten später kehrt ihre Schwiegermutter zurück. Sie hält eine große Astschere in der Hand. »Die lag bei euch in der Werkzeugbox im Garten. Daniel hat sie hin und wieder mal mitgebracht, wenn mein Gärtner nicht konnte.« Leise, fast flüsternd, fügt sie hinzu: »Eine Axt wäre vielleicht besser, aber so was habt ihr nicht …« Sie seufzt. Schließt für einen Moment die Augen. »Sollen wir dann …?«

»Ja.« Lena nickt und sieht dabei runter zu Guinness. Doch dann blickt sie wieder auf und hebt eine Hand. »Moment. Eine Sache noch. Das ist das Mindeste, was ich für ihn tun kann.«

Sie geht rüber ins Bad, öffnet den Spiegelschrank über dem Waschbecken. Schon oft hat sie sich gefragt, ob sie das Tavor nicht einfach in den Abfluss schütten soll. Jetzt ist sie froh, dass sie es nicht getan hat. »Davon gebe ich ihm zwei«, erklärt sie, als sie zurück in die Küche kommt und Esther die Tabletten zeigt.

Ihre Schwiegermutter sieht sie zweifelnd an. »Und du glaubst, die wirken bei Tieren genauso wie bei Menschen …?«

»Ich hoffe es.« Sie geht zum Kühlschrank, nimmt zwei Scheiben Aufschnitt aus der bereits offenen Packung im mittleren Regal, rollt die Tabletten darin ein und legt sie in Guinness' Napf. Begeistert macht der Hund sich darüber her, leckt sogar noch die leere Schüssel aus und fordert mit aufgeregtem Jaulen mehr. Lena kniet sich neben ihn und krault ihm den Nacken. »Es tut mir so schrecklich leid, mein Schatz«, flüstert sie ihm ins Ohr.

Die beiden Frauen stehen schweigend vor ihm, warten, beobachten Guinness, der schließlich zu seiner Decke im Flur tappst, sich hinlegt, den Kopf auf die flauschige Unterlage bettet und die Augen schließt.

Nach einer Viertelstunde stupst Esther ihn an, doch Guinness rührt sich nicht.

»Jetzt«, sagt sie.

»Ja«, erwidert Lena mit krächzender Stimme.

Gemeinsam packen sie die Decke an, ziehen sie mitsamt Hund vom Flur in die Küche, wuchten ihn zu zweit auf die Unterlage aus Papier und Plastiktüten. Guinness wacht nicht auf, zuckt nur leicht und gibt ein unwilliges Brummen von sich.

Nun stehen sie also beide in der Küche, betrachten noch einmal das schlafende Tier.

»Müssen wir das wirklich tun?«, fragt Lena ein letztes Mal und sieht Esther hilflos an.

Die Schwiegermutter schluckt schwer. »Ja. Das müssen wir.«

»Warte!« Lena greift nach ihrem Arm und hält ihre Schwiegermutter zurück. Mit einem Mal ist sie ganz aufgeregt. Wie hat sie das nur *vergessen* können? Der Schock über das Ungeheuerliche, das von ihnen verlangt wird, hat sie so verwirrt, dass ihr das Wesentliche fast entfallen wäre!

»Was denn?«

»Ich hab noch was rausgefunden! Kurz bevor du gekommen bist. Ich wollte es dir sofort erzählen, aber dann hast du mir die neue Nachricht gezeigt, und der Gedanke war wie weggeblasen. Aber ich glaube, es ist wichtig.«

»Nun sag schon, bevor die Wirkung des Medikaments nachlässt!«

Lena klammert sich an die letzte Chance, Guinness einfach weiterschlummern lassen zu können. Die letzte Gelegenheit, dafür zu sorgen, dass er irgendwann einfach wieder aufwachen und dass ihm nichts weiter widerfahren sein wird als ein besonders tiefer Schlaf. Wenn – ja, *wenn* ihre neue Erkenntnis irgendwie dazu beitragen kann, dass sie endlich verstehen, was hier vorgeht.

»Der Hof ist gar nicht bei Buxtehude!«, platzt Lena mit ihrer neuen Erkenntnis heraus.

»Welcher Hof?«

»Der Resthof, den Daniel mir am Tag des Unfalls zeigen wollte. Deshalb waren wir doch überhaupt nur unterwegs, um ihn uns anzusehen!«

»Ich fürchte, ich kann dir nicht ganz folgen.«

»Ja.« Lena weiß, dass es sich für ihre Schwiegermutter verwirrend anhören muss. »Also«, setzt sie noch einmal an, »Daniel hatte doch diesen Hof in Postmoor entdeckt. Irgendwo zwischen Buxtehude und Stade, weißt du? Und der hat ihm doch so gut gefallen, dass er ihn mir zeigen und vielleicht da hinziehen wollte.«

»Ja«, Esther nickt, »das weiß ich noch. Aber was hat das …«

»In Josys Tagebüchern habe ich ein Foto entdeckt«, unterbricht Lena sie. Und erzählt ihr dann, was in der Kladde stand und dass der Hof ganz offensichtlich an der Nordsee und gar nicht im Alten Land liegt.

»An das Haus bei St. Peter-Ording erinnere ich mich sogar«, sagt Esther, nachdem Lena ihr alles erläutert hat. »Daniel hat mir damals davon erzählt. Wie schön das Grundstück sei, nur ein paar Minuten vom Meer entfernt. Und dass da sogar genug Platz für mich wäre. In einem der Nebenhäuser, als Ferienwohnung fürs Wochenende.« Sie nickt bei der Erinnerung daran. »Ja, das weiß ich alles sogar noch ziemlich genau.«

»Verstehst du, was das bedeutet?«

Esther sieht sie verständnislos an. »Dass mein Sohn erst mit Rebecca und später mit dir raus aufs Land ziehen wollte?«

»Nein!«, ruft Lena aus, die Ungeduld zerrt an ihren Nerven. »Ich sage dir doch, dass es *derselbe* Hof ist! Der an der Nordsee und der bei Buxtehude, die Fotos zeigen *dasselbe* Gebäude.«

»Das kann doch gar nicht sein!«

»Eben!«, gibt Lena ihr recht. »Es *kann* es nicht. Und deshalb stimmt hier etwas nicht. Es *muss* einen Grund dafür geben.«

»Vielleicht sind sie sich nur sehr ähnlich«, meint Esther. »Hier oben im Norden gleichen sich doch die Höfe wie ein Ei dem anderen. Fachwerk, Reetdach, zwei Pferdeköpfe als Giebelschmuck – da kann man sich schon mal täuschen.«

»Das glaube ich nicht. Ich bin mir im Gegenteil sogar *ganz* sicher. Komm!« Sie greift nach Esthers Hand. »Ich zeig dir die Fotos!«

Wieder betrachtet Lenas Schwiegermutter den schlafenden Hund. Dann wandert ihr Blick zur Küchenuhr an der Wand über dem Herd. Es ist bereits kurz nach zehn. »Dann mach aber schnell«, fordert sie. »Uns läuft die Zeit davon!«

Während Esther am Küchentisch Platz nimmt, rennt Lena ins Wohnzimmer und greift sich das Foto, holt ihr Notebook aus dem Büro.

»Da!«, sagt sie, als sie zurück in die Küche kommt, und wirft Esther das Bild hin, setzt sich dann ebenfalls und fährt den Computer hoch. Einen Moment lang durchforstet sie ihre Mails, dann atmet sie erleichtert auf. Sie hat die Nachricht mit den Bildern gefunden, die Daniel ihr vor Wochen zugeschickt hat. Sie öffnet den ersten Anhang und dreht das Notebook so, dass sie beide den Bildschirm betrachten können.

»Tatsächlich«, sagt Esther nach einer Weile und lässt ihren Blick noch einmal zwischen Foto und Bildschirm hin- und herwandern. »Das ist ein und derselbe Hof.«

In Lena toben widerstreitende Gefühle. Freude darüber, dass sie recht hat, dass es dasselbe Haus ist und sie mit ihrer Vermutung nicht falschliegt. Enttäuschung darüber, dass Daniel sie also wirklich belogen hat. Verwirrung über die Frage nach dem »Warum«. Und schließlich auch ein stechendes Gefühl von

Eifersucht, weil Daniel auch schon mit Rebecca und Josy den Traum vom Neuanfang geträumt hat …

»Aber was heißt das?«, reißt Esther sie aus ihren Gedanken.

»Ich weiß es nicht«, gibt Lena zu.

Esther sieht sie an, wirft dann einen Blick auf die Küchenuhr. Zwanzig nach zehn.

»Ist es nicht möglich, dass Daniel dir vielleicht aus Versehen die falschen Fotos gezeigt hat?«, fragt Esther.

Lena schüttelt den Kopf. »Das kann ich mir nicht vorstellen. Dafür hat er mir viel zu begeistert von den Details berichtet.«

Ihre Schwiegermutter zuckt mit den Schultern. »Das hilft uns leider im Moment trotzdem nicht weiter.« Sie nickt Richtung Uhr. »Wir sollten uns beeilen.«

»Nein!«, ruft Lena aus. Sie will noch nicht aufgeben, sie *kann* noch nicht aufgeben. Sie *muss* wissen, wie all das zusammenhängt. Vielleicht wäre das die Rettung für Guinness. Und für Emma.

»Der Makler!« Lena springt auf. »Ich rufe den Makler an!«

»Welchen Makler?«

Ohne zu antworten, stürzt Lena in die Diele, reißt ihre Handtasche von der Kommode, wühlt darin nach Daniels Mobiltelefon, das sie immer noch bei sich trägt, und fischt es heraus. Auf dem Weg zurück in die Küche schaltet sie es ein, scrollt mit zittrigen Fingern durch die Anrufliste, stößt auf die betreffende Nummer und klickt auf »Wählen«.

»Daniel hat aus dem Auto noch mit dem Makler telefoniert«, erklärt sie Esther, die sie verständnislos mustert. »Der *muss* etwas wissen …«

Es knackt in der Leitung, die Verbindung wird aufgebaut. Dann die Enttäuschung.

»Hallo!«, erklingt eine Automatenstimme. »Dies ist der Anschluss von …« Die gewählte Rufnummer wird angesagt.

Lena wirft ihrer Schwiegermutter einen mutlosen Blick zu. »Es geht nur die Mailbox ran.«

»Sprich was drauf. Die sollen sofort zurückrufen!«

Sie wartet, bittet um dringenden Rückruf und legt dann auf. Dann setzt sie sich wieder zu Esther an den Tisch, stützt beide Ellbogen auf, schlägt die Hände vors Gesicht, schließt die Augen.

Als Esther sich räuspert, hebt Lena den Blick.

»Komm«, sagt Esther, »wir *müssen* es tun. Es ist gleich halb elf, und es ist egal, ob der Makler sich meldet oder nicht. Wir dürfen Emma nicht in Gefahr bringen!«

»Du hast recht.« Mit diesen Worten schiebt Lena ihren Stuhl zurück, steht auf und hockt sich neben Guinness. Sie nimmt die Stoffstreifen, die sie aus einem Küchenhandtuch geschnitten hat, eine von Emmas Windeln und fängt an, damit vorsichtig an Guinness' linkem Vorderlauf einen Druckverband anzulegen. Esther greift sich in der Zwischenzeit erneut die Astschere und probiert aus, wie sie die langen Griffe am besten halten muss.

Nachdem Lena das Bein abgebunden und noch einmal geprüft hat, ob alles fest und gleichmäßig sitzt, beugt sie sich zu dem Hund hinunter. Sie küsst ihn auf die geschlossenen Augenlider. Er zuckt, wird aber nicht wach. »Es tut mir leid«, sagt sie leise. »Es tut mir so leid!«

»Du gehst jetzt besser raus«, befiehlt ihre Schwiegermutter. »Ich mache den Rest ohne dich.«

Kurz zögert Lena, will schon aufstehen und aus der Küche gehen. Aber dann sinkt sie wieder in die Knie und schüttelt den Kopf. »Nein«, sagt sie. »Ich lasse Guinness nicht allein.«

Esther zögert. »Gut«, sagt sie dann, kniet sich ebenfalls neben den Hund und legt die Schere an. Gefangen wie in einem Traum, sieht Lena ihr dabei zu. Ihr Herz rast, als würde es ihr aus der Brust springen wollen. Sie spürt den Schweiß, wie er ihr über den Rücken läuft, kämpft wieder gegen den Schwindel an und fürchtet, dass sie jeden Moment in Ohnmacht fällt.

»Ich krieg sie nicht richtig zu fassen«, flüstert Esther und kämpft damit, Guinness' Pfote zwischen die Schneiden zu schieben.

»Moment«, sagt Lena, legt eine Hand in den Nacken des Hundes und fängt wieder an, ihn zu kraulen. Während sie mit der anderen sein linkes Bein nach vorne schiebt, sodass der Lauf am Handwurzelknochen in die Schere rutscht.

»Gut«, sagt Esther. Umfasst die Griffe der Astschere mit beiden Händen. Holt mehrmals tief Luft. Und fragt: »Bist du bereit?«

»Ja.«

Esther schließt die Augen, atmet noch einmal laut und tief ein – und drückt beim Ausatmen mit voller Kraft die Griffe zu.

Ein grässliches Knirschen ertönt. Das Knacken von Knochen und Knorpeln, das Geräusch der beiden Schneiden, die sich ratschend übereinanderschieben.

Dann ein lautes Jaulen, das aber kein Jaulen mehr ist. Ein elendig langer Schrei ist es, ein verzweifeltes Kreischen, ein Weinen, das bis ins Mark erschüttert. Das Tavor verhindert nicht, dass Guinness aufwacht und vollkommen außer sich ist, dass er aufspringt und wild um sich schnappt.

Die Augen in Todesangst aufgerissen, den Schwanz eingezogen, dreht er sich wie von Sinnen im Kreis, bellt und heult, schnappt wieder und wieder nach Esther und Lena, die erschrocken von ihm wegspringen.

Er stolpert nach vorn, findet keinen Halt, stürzt zu Boden, richtet sich halb wieder auf, bricht erneut zusammen, zieht das verletzte Bein zur Schnauze, will daran lecken. Lena sieht mit Entsetzen, dass die Pfote noch an seinem Bein herunterbaumelt – sie hängt an einem Hautfetzen, ist noch nicht ganz abgetrennt – nicht ganz.

Dann das Blut, überall dieses Blut. Trotz Druckverband läuft es, strömt es aus der Wunde, sickert in die Zeitung, durchtränkt sie in kürzester Zeit, bildet rote Seen auf den Plastiktüten, dazwischen überall verschmierte Abdrücke von Hundepfoten. Guinness' Herz pumpt das Blut heraus, es hört nicht auf zu strömen.

Er wird verbluten, schießt es Lena durch den Kopf, er wird verbluten, hier auf diesem Küchenfußboden.

Sie wirft sich auf ihn und hält ihn fest. Hält ihn fest, obwohl er sich mit aller Kraft gegen sein Frauchen wehrt. Obwohl er jault und bellt und winselt.

Mir ihrem gesamten Gewicht drückt sie ihn zu Boden, redet beruhigend auf ihn ein, tastet mit einer Hand nach der losen Pfote, bekommt sie zu fassen und reißt sie mit einem schnellen Ruck ab.

Wieder ein Aufjaulen, ein Aufbäumen. Esther steht zitternd in der hintersten Ecke der Küche, den Rücken an die Wand gepresst. Lena wirft ihr die Pfote zu. Sie landet zu ihren Füßen.

»Fahr los!«, brüllt Lena. »Nimm die Pfote und fahr los!«

Noch einen kurzen Moment lang starrt Esther sie an – dann beugt sie sich vor und übergibt sich. Sie spuckt und würgt, keucht und hustet, ein Schwall säuerlich stinkender Kotze platscht auf den Boden, spritzt in alle Himmelsrichtungen, trifft Lena, trifft den Hund, besudelt Esther selbst.

»Los!«, schreit Lena noch einmal, während sie weiter mit Guinness kämpft, den langsam die Kräfte verlassen. »Reiß dich zusammen und fahr endlich los!«

Ein paar Mal würgt die Schwiegermutter noch, dann richtet sie sich auf, taumelt, stöhnt. »Okay«, presst sie hervor, »es geht schon wieder.« Sie nimmt ein Küchenhandtuch, geht in die Hocke, nimmt die Pfote und rennt los. Kurz darauf hört Lena sie mit quietschenden Reifen davonrasen.

Der Hund ist mittlerweile ruhig. Er ist bewusstlos geworden. Lena erscheint es wie eine Gnade. Sie hofft, dass er nicht wieder zu sich kommt, bis sie beim Tierarzt sind.

Sie kniet sich vor ihn, schiebt beide Arme unter seinen schlaffen Leib und hebt ihn an. Doch er entgleitet ihr. Lena ist schwach, schwach und ausgezehrt von den vergangenen Wochen. Und vierzig Kilo ohne jede Körperspannung wiegen einfach zu schwer für sie. Sie versucht es erneut, scheitert aber auch diesmal. Es ist unmöglich, das Tier hochzuheben, geschweige denn es bis zum Auto zu schleppen.

Suchend blickt sie sich um, gerät schon in Panik, denn sie weiß, dass sie wertvolle Zeit verliert. Zeit, die sie nicht hat, wenn sie ihren Hund retten will. Die Decke! Sie könnte ihn wieder auf die Decke wuchten und hinter sich her nach draußen schleifen. Doch vor der Haustür sind ein paar Stufen, und der Gehweg bis zum Auto ist mit rauen Waschbetonplatten gepflastert, auf denen der Stoff ganz sicher nicht rutschen wird. Von neugierigen Nachbarn, die sie beobachten könnten, ganz abgesehen.

Sie steht auf, greift zu ihrem Handy auf dem Küchentisch, will Esther anrufen, sie bitten, dass sie zurückkommt und ihr hilft. Doch sie legt wieder auf, noch bevor die Verbindung zustande kommt. Ihre Schwiegermutter hat eine andere Mission, eine, die wichtiger ist als alles andere.

Noch einmal versucht sie, das Tier hochzuhieven, aber es ist zwecklos. Sie kommt mit ihm keinen halben Meter weit.

Was tun? Den Tierarzt anrufen und bitten, dass er sofort herkommt? Wie schnell würde das gehen? Und kann sie rechtzeitig vorher das Blutbad in der Küche beseitigen? Oder soll sie die Geschichte mit der Kellertür vergessen und ohne Umschweife die ganze Wahrheit erzählen? Hauptsache, dem Labrador wird geholfen? Wie hoch ist das Risiko, dass sie damit alles zerstört?

Irgendjemand *muss* ihr helfen! Jemand, dem Lena vertrauen kann. Jemand, der ein Geheimnis bewahrt. Jemand, der den Mund hält – ganz egal, was passiert.

Wieder nimmt sie ihr Handy zur Hand, sucht in ihren Kontakten den richtigen Eintrag, findet ihn. Und ruft ihn an.

»Lena! Das ist ja eine schöne Überraschung!« *Immer! Egal was, egal wann.* Das hat er mal zu ihr gesagt, es ist noch gar nicht lange her.

»Wie schnell kannst du bei mir sein?«

»Was ist denn?«

»Wie schnell?«

»In zehn Minuten.«

»Schaff es bitte in fünf!« Dann legt sie auf. Sie setzt sich auf den Boden neben Guinness und streichelt ihm übers blutverschmierte Fell. Hält Wache. Und wartet. Wartet darauf, dass Jasper kommt. Fünf Minuten.

ICH

Zugegeben: Für den Hund tut es mir ein bisschen leid. Ein bisschen. Es ist hart für ein Tier, wenn es jemandem vertraut. Wenn es sein Leben in die Hände eines Menschen legt. Wenn es ihm treu ergeben ist und dann so hinterrücks verraten wird.

Ja, das ist hart.

Gut, ein Hund hat keine andere Wahl. Er ist Herrchen oder Frauchen eben ausgeliefert. Wir Menschen, wir haben eine Wahl, nicht wahr? Aber dafür müssen wir eben auch die Wahrheit *kennen. Sonst sind wir einander ähnlich ausgeliefert wie ein Köter, dem die Pfote abgehackt wird.*

40

Sie haben es nicht geschafft.

Sie waren zu spät.

Obwohl Jasper nach acht Minuten vor ihrer Haustür stand, obwohl er Lena nicht mit Fragen aufhielt, was das alles zu bedeuten hätte – das viele Blut, die besudelte Astschere auf dem Küchenboden, daneben der verstümmelte und noch immer bewusstlose Guinness – sondern sofort mit ihr den Hund aus der Wohnung getragen und in den Kofferraum ihres Autos gelegt hat. Obwohl sie die Tierarztpraxis keine fünfzehn Minuten später erreichten. Obwohl der Arzt beim Anblick von ihr und Jasper – wie zwei Schlachter standen sie vor ihm, über und über mit Blut bespritzt – und bei Lenas Geschichte mit der Kellertür nicht mal mit der Wimper gezuckt, sondern sofort den Hund behandelt hat. Obwohl er Lena für den Druckverband mit der Windel lobte und ihr versicherte, sie habe alles richtig gemacht. Obwohl sie unter den gegebenen Umständen doch die besten Voraussetzungen für einen glücklichen Ausgang hatten – es hat alles nichts genützt.

Guinness ist tot. Verblutet auf dem Behandlungstisch des Veterinärs. Der Arzt hat den Hund nicht retten können.

Jetzt sitzen sie in Lenas Polo, Jasper am Steuer. Er hat gesagt, dass sie nicht fahren soll. Sie stehen vor der Praxis, und Jasper macht keine Anstalten, den Motor zu starten. Im Wagen riecht es nach Guinness, es riecht nach Fell und Blut.

Sie haben das Tier nicht, wie Lena es zuerst wollte, wieder in den Kofferraum gelegt, um den Hund irgendwo zu begraben. Der Tierarzt und Jasper haben ihr beide davon abgeraten. Haben sie davon überzeugt, dass es besser ist, Guinness in der Praxis zu lassen. Sie würden den »Kadaver beseitigen«, hat der Arzt ihr gesagt und ihr noch einen Totenschein zum Abmelden von Hundesteuer und Haftpflichtversicherung ausgestellt.

Kadaver. Beseitigen. Lena darf diese Worte nicht denken, sonst wird sie verrückt.

»Willst du es mir erzählen?«, fragt Jasper. Seine blauen Augen ruhen auf ihr. Er versucht ein tröstendes Lächeln.

Lena schüttelt nur den Kopf.

»Wirklich nicht?«

Wieder Kopfschütteln.

»Gut.« Er nickt. »Soll ich dich nach Hause fahren?«

Sie erwidert nichts, sagt kein Wort. Starrt nur geradeaus, auf das Auto, das vor ihnen parkt – unfähig, diese eine simple Frage zu beantworten. Sie weiß ja selber nicht, wohin sie will. Nach Hause? Wo ist überhaupt »zu Hause«? Die Wohnung in der Rappstraße? Dort, wo nichts mehr ist, was einmal ihre ganze Welt war? Kein Daniel, keine Emma, kein Guinness, nur die Reste eines Blutbads in der Küche?

Aber wo soll sie schon sonst hin? »Ja«, flüstert sie schließlich. »Nach Hause.«

Jasper fährt los. Sie reden nicht. Nach einer Weile schaltet er das Radio ein. Der Moderator spricht vom »Hamburger Sommerdom«, der morgen zu Ende geht.

Der Sommer geht also zu Ende, denkt Lena. *Dann kommt der Herbst und dann der Winter, und der Winter wird niemals wieder aufhören.*

»Wo ist eigentlich deine Tochter?«, fragt Jasper in die Stille hinein.

»Ich weiß es nicht«, sagt Lena, ohne nachzudenken. Selbst zum Lügen hat sie nicht mehr die nötige Kraft.

»Du weißt es nicht?«

»Nein.«

»Dann ist deine Schwiegermutter mit dem Baby unterwegs?«, fragt Jasper nach.

»Nein.« Sie schüttelt den Kopf. »Die legt gerade die Pfote von Guinness auf dem Friedhof ab.«

»Was?« Er blickt sie verwirrt an, verreißt beinahe das Steuer, biegt in eine Parklücke direkt neben ihnen und macht den Motor aus. »Lena«, sagt er, schnallt sich ab, nimmt ihre Hände, zuckt dabei unmerklich zusammen – sie sind kalt wie Eis. »Ich will mich wirklich nicht aufdrängen, aber glaubst du nicht, es wäre besser, wenn du mir erzählst, was los ist? Ich möchte dir helfen. Du kannst mir vertrauen!«

Sie sieht ihn groß an. »Niemand kann mir helfen.« Dann beugt sie sich vor, legt ihren Kopf an seine Schulter und lässt ihren Tränen freien Lauf. »Und ich kann niemandem mehr vertrauen.«

Zuerst merkt sie, wie Jasper sich versteift. Aber dann spürt sie irgendwann seine warme Hand auf ihrem Kopf, fühlt, wie er ihr sanft durchs Haar streicht, hört sein tröstendes »Schsch, ist schon gut«.

Dann beginnt Lena zu erzählen. Stockend. Erzählt, was sie ihrer Schwiegermutter gestern gestanden hat.

Sie lässt nichts aus. Die Sache mit dem Schweineherzen und dass Josy verschwunden ist. Dass Rebecca und Martin tot sind und dass die Polizei in beiden Fällen von Selbstmord ausgeht. Schließlich auch, dass Emma entführt wurde. Direkt aus ihrer Wohnung, vermutlich durch die offene Terrassentür. Dass der

Entführer sie mitgenommen hat und Lena seitdem erpresst. Und dass sie noch immer nicht weiß, was er oder sie von ihr will.

Diese Beichte ist der schwerste Part. Weil Lena bei jedem Wort befürchtet, dass plötzlich wie aus dem Nichts eine Stimme erklingt, eine höhnisch lachende Stimme, die ihr mitteilt, dass sie soeben das Leben ihrer Tochter verwirkt hat. Doch das geschieht nicht. Im Auto bleibt es mucksmäuschenstill.

Jasper räuspert sich nervös, als sie schließlich zu dem Punkt kommt, weshalb sie beide gerade in einem blutverschmierten Polo sitzen – dass sie und Esther Guinness die Pfote mit einer Astschere abgeschnitten haben.

»Was willst du denn jetzt tun?«, fragt er nach einer Weile des Schweigens.

»Ich weiß es nicht.«

»Aber irgendwas muss man doch tun können! Du musst zur Polizei gehen, Lena. Dort kennt man sich doch mit solchen Fällen aus. Die können das bestimmt geheim halten, wenn du …«

»Nein, nein, nein!« Lena schreit es fast. »Das habe ich alles schon überlegt. Bring mich einfach nach Hause. Ich muss da sein, wenn eine neue Botschaft kommt.« Sie holt tief Luft. »Bitte, Jasper! Ich muss abwarten, was der Entführer von mir will. Ich darf Emma nicht in Gefahr bringen.«

»Okay, hör zu, ich muss noch mal dringend ins Krankenhaus. Ich habe eine Vertretung für einen Kollegen übernommen und komm vor heute Abend da auch nicht raus. Du rufst mich sofort an, wenn sich etwas ergibt, hörst du?«

Lena nickt stumm, und Jasper scheint für den Moment zufrieden. Dann startet er den Motor.

Keine zehn Minuten später parkt er Lenas Polo in der Rappstraße. Sie steigen aus. Lena begleitet Jasper noch zu dessen Auto, ein paar Schritte weiter vorn.

Er nimmt sie zum Abschied in den Arm. Ermahnt sie noch einmal, ihn anzurufen, jederzeit.

Lena verspricht, das zu tun. Sie sieht ihm nicht nach, als er in seinem alten Land Rover davonbraust.

Auch eine Stunde später ist Esther noch nicht wieder zurück. Es ist bereits fast ein Uhr. Lena traut ihr zu, dass sie sich am Grab auf die Lauer gelegt hat, in der Hoffnung, den Entführer auf frischer Tat zu ertappen, wenn er die Pfote holen will. Sie betet, dass Esther sich nicht dabei erwischen lässt.

Ob sie sie anrufen soll? Nein, es war ausgemacht, dass sie sich hier treffen.

Unterdessen hat Lena sich darangemacht, die Spuren des schrecklichen Gemetzels in der Küche zu beseitigen. Sie hat sich ein Paar Gummihandschuhe übergestülpt, hat die durchtränkten Zeitungsseiten und verschmierten Plastiktüten eingesammelt und alles in einen großen Müllsack gestopft. Dann hat sie das stellenweise bereits angetrocknete Blut drumherum mit Küchenkrepp aufgewischt, so gut es eben ging.

Jetzt lässt sie einen Eimer mit warmem Wasser volllaufen, geht auf die Knie, fängt an, den Boden mit einem Lappen zu bearbeiten. Lena wischt und schrubbt und wringt wieder und wieder rote Flüssigkeit aus. Mehrmals leert sie den Eimer, bis das Wasser nur noch blassrot ist. Sie putzt bis in die letzte Ecke, bis in den hintersten Winkel der Küche.

Gegen zwei Uhr ist sie fertig. Schweißgebadet hockt Lena auf dem Boden und sieht sich um. Alles sieht aus wie zuvor. Doch für sie klebt hier noch immer überall Blut. Ekliges, schmieriges Blut, das kein Scheuermittel der Welt jemals wird entfernen können. Sie wird aus der Wohnung ausziehen, so viel ist klar. Sobald sie kann, wird sie diesen Ort für immer verlassen.

Das Haus in Postmoor fällt ihr wieder ein. Sie steht auf und wirft einen Blick auf Daniels Handy, das im Flur auf der Kommode liegt. Bisher noch keine Meldung vom Makler. Und auch nichts von Esther. Weder auf dem Festnetz noch auf ihrem Mobiltelefon hat es ihre Schwiegermutter versucht. Langsam wird Lena nervös. Ob alles geklappt hat? Hat Esther es rechtzeitig geschafft? Sie muss doch *wissen*, dass Lena wartet! Warum meldet sie sich nicht?

Nun ruft Lena sie doch an. Auch hier springt die Mailbox an, bevor es überhaupt ein erstes Mal geklingelt hat. Sie wählt Esthers Festnetznummer. Auch dort hebt niemand ab. Wo steckt sie nur? Tatsächlich noch auf dem Friedhof, hinter irgendeinem Gebüsch kauernd? Ihr wird doch nichts zugestoßen sein?

Lena verbietet sich den Gedanken. Stattdessen wählt sie ab jetzt im Fünfminutentakt abwechselnd die beiden Nummern von Esther, hinterlässt mehrere Nachrichten und schickt zusätzlich eine SMS.

Nach einer Dreiviertelstunde hält sie es nicht mehr aus. Sie schnappt sich ihre Jacke, wirft ihr Handy und das von Daniel in ihre Tasche und bricht auf. Sie wird selbst zum Friedhof fahren und nachsehen, wo Esther steckt. Und ob die Pfote auf dem Grab liegt.

Bereits von Weitem sieht sie ihn. Noch zehn Meter vom Torbogen entfernt, entdeckt Lena den Umschlag, der aufrecht gegen Daniels Grabstein lehnt. Langsam, mit ängstlichen Schritten nähert sie sich. Welche kranke Forderung wartet diesmal auf sie? Will der Entführer jetzt ihre eigene Hand? Hat die Pfote nicht gereicht? Die Tatze von Guinness kann sie jedenfalls nirgends finden, auch nicht, als sie direkt vor Daniels Grabstätte steht.

Sie hebt den Umschlag auf und öffnet ihn. Ein Foto, wie gehabt. Doch diesmal ohne Botschaft. Lena betrachtet das Bild. Kein Foto von Emma.

Es ist Esther.

41

Lenas Schwiegermutter ist an einen Stuhl gefesselt. Ihr Mund ist mit Paketband geknebelt, sie hat die Augen angstvoll aufgerissen. Vor ihrer Brust baumelt die abgetrennte Hundepfote. An ein Seil geknotet und um ihren Hals gehängt.

Bei näherem Hinsehen erkennt Lena, dass das Seil wie ein Galgenstrick geknüpft ist. Entsetzt stopft sie das Foto zurück in den Umschlag, sieht sich panisch um. Dann beginnt sie zu laufen. Ohne nachzudenken. Nur fort von hier.

Zurück in ihrem Auto, wirft sie das Kuvert auf den Beifahrersitz. Sie steckt den Zündschlüssel ins Schloss. Doch dann hält sie inne. Wohin soll sie denn fahren? Was ist jetzt zu tun?

Esther ist also auch entführt. Was hat das nur zu bedeuten? Hat es tatsächlich jemand auf die gesamte Familie abgesehen und holt sie sich nun einen nach dem anderen? Rebecca und Martin – Selbstmord? Nie im Leben! Und was Josys Verschwinden betrifft – vielleicht ist auch das Mädchen ein Opfer dieses kranken Perverslings. Ist also als Nächstes sie, Lena, an der Reihe?

Sie umklammert das Lenkrad mit beiden Händen. Würde es am liebsten aus seiner Verankerung reißen. Das ist doch ein Spiel, ein infames Spiel! Wer auch immer Emma hat – Lena glaubt nicht mehr daran, dass man ihr das Kind wirklich je zurückgeben wird. Selbst wenn sie tut, was von ihr verlangt wird.

Nein, es ist wie bei der Katze, die mit einer Maus spielt – nur um sie am Ende doch zu töten.

Stöhnend lässt sie den Kopf aufs Steuer sinken. Ein paar Minuten verharrt sie so, atmet einfach nur ein und aus, konzentriert sich darauf, vor Schwäche nicht zusammenzuklappen. Schließlich setzt sie sich wieder aufrecht hin, nimmt noch einmal das Foto von Esther zur Hand und betrachtet es genauer.

Ist auf diesem Bild vielleicht irgendein Anhaltspunkt zu entdecken? Irgendetwas im Hintergrund, das darauf schließen lässt, wo ihre Schwiegermutter sich befindet? Sie erkennt nur eine dunkle Wand aus Holz, eine Art Bretterverschlag. Das kann überall sein, in jedem Schuppen, Keller oder Hinterhof …

Plötzlich spürt Lena eine seltsame Unruhe, nein, Ungeduld. Etwas sagt ihr, dass sie zu Hause eine neue Nachricht finden wird. Dass jemand eine Botschaft hinterlassen hat, während sie nach Ohlsdorf gefahren ist, um Esther zu suchen.

Sie startet den Motor, fährt mit quietschenden Reifen los. In der Bebelallee überholt sie eine ganze Autokolonne, ein riskantes Manöver. Höhe Lehnhartzstraße kracht sie beinahe in einen Wagen, der gemütlich mit Tempo vierzig vor ihr hertuckert. Hupend und schimpfend rast sie an ihm vorbei, wie sie es noch nie getan hat.

Am Eppendorfer Baum trägt es sie fast aus der Kurve. Doch sie kann das Steuer gerade noch herumreißen. Dann brettert sie weiter Richtung Hochallee und von dort aus hinein ins Uni-Viertel. Als sie die Rappstraße erreicht, ist sie schweißgebadet, und ihr Herz rast wie nach einem Marathonlauf. Sie parkt ihren Polo schief und halb auf den Bürgersteig, springt mit zitternden Knien heraus und rennt zum Haus.

Mit fahrigen Händen schließt sie die Haustür auf, stürzt sich auf ihren Briefkasten, will ihn öffnen. Vor Aufregung lässt sie den Schlüssel fallen, braucht zwei Versuche, um ihn wieder aufzuheben, bis er im Schloss vom Kasten steckt. Die Tür schwingt nach außen auf.

Und ein großer Umschlag fällt ihr entgegen.

Noch auf dem Weg in ihre Wohnung öffnet Lena das Kuvert mit dem Hausschlüssel. Sie wirft die Tür hinter sich ins Schloss, lässt sich auf den Dielenboden sinken und nimmt das Foto heraus.

Emma!

Es ist ihre Tochter! Wie immer in dem weißen Gitterbett, diesmal in einem hellgelben Strampler. Emma hat die Augen geöffnet, ihre kleinen Hände strecken sich ihr entgegen, als würde sie sagen wollen: »Mama, komm! Komm her und nimm mich auf den Arm!«

Das ist es nicht, was Lena im selben Moment fast das Herz bricht – nein, nicht diese Geste. Es ist Emmas Lächeln. Ein *richtiges* Lächeln! Nicht nur ein reflexartiges »Engelslächeln«, das niemanden meint und die Augen nicht mitlachen lässt. Sie starrt auf das Foto, kann ihre Tränen nicht stoppen. Emmas erstes Lächeln. Das erste ihres Lebens. Und Lena ist nicht dabei – es gilt nicht ihr.

Sie braucht einen Moment, um sich wieder zu sammeln. Dann nimmt sie das Blatt Papier aus dem Umschlag und faltet es auseinander.

Das ist sie also, die Antwort auf die Frage, was der Entführer von ihr will.

Bis Mitternacht bringst du dich um,
oder deine Tochter stirbt.

Wieder und immer wieder liest Lena den Satz. Sie spürt nichts. Nicht einmal Angst. All das ist zu unwirklich. Sie soll sich das Leben nehmen – um Emma das ihre zu schenken? Und sie soll dem Entführer einfach vertrauen? Dass er ihre Tochter verschont, wenn sie die Forderung erfüllt. Wenn sie zum Beispiel jetzt ins Badezimmer geht, die Wanne mit warmem Wasser füllt und sich mit einer Rasierklinge die Pulsadern öffnet?

Lena seufzt, lehnt sich an die Tür in ihrem Rücken, schließt die Augen. Ja, sie *könnte* es tun. Sich wirklich das Leben nehmen. Und hoffen, dass das die richtige Entscheidung ist, dass Emma dann verschont wird. Es hoffen. *Erfahren* wird sie es nie.

Lena springt auf. Nein, das kommt nicht infrage! Auf keinen Fall! Wie kann sie so etwas auch nur in Erwägung ziehen? Sie wird nicht aufgeben, bevor sie Emma nicht wieder in ihren Armen hält, bevor sie nicht weiß, dass ihre Tochter in Sicherheit ist! Danach mag man sie erschießen oder an einem Baum aufknüpfen, es wäre ihr fast egal. Aber nicht *so!*

Sie fährt herum, als in ihrer Handtasche Daniels Handy klingelt. *Der Makler,* schießt es ihr durch den Kopf. Ein Blick aufs Display bestätigt ihr, dass es die Nummer ist, die sie gewählt hat. Sie drückt den grünen Hörer, meldet sich mit Namen.

Ein Moment Stille, dann fragt ein Mann: »Lena? Lena, bist du das?«

Lena ist verwirrt, kann die Stimme nicht einordnen.

Der Mann lacht nervös. »Tut mir leid, aber … Das wird ja immer verrückter … *Du* hast mir auf diesem Telefon die Nachricht hinterlassen? Was ist das überhaupt für eine Nummer, von der aus du angerufen hast?«

»Hier … Hier spricht Lena Andersen«, sagt sie. »Es geht um das Anwesen in Postmoor bei Buxtehude …«

»Was redest du denn da? Was für ein Anwesen? Hier ist Niklas. Niklas Krohn!«

»Aber …« Lena begreift gar nichts mehr. Ja, natürlich erkennt sie jetzt seine Stimme. Sie nimmt den Hörer vom Ohr, sieht noch einmal aufs Display. Doch – das ist eindeutig die Nummer des Maklers, die letzte Nummer, mit der Daniel vor seinem Unfall telefoniert hatte. »Das verstehe ich auch nicht«, sagt sie, das Telefon wieder am Ohr. »Warum hast du denn das Handy vom Makler?«

»Ich habe immer noch keine Ahnung, von welchem Makler du sprichst«, erwidert er. »Und auch nicht, wie du überhaupt an diese Nummer hier kommst.«

»Ich habe sie in Daniels Handy gefunden!«

Wieder Stille in der Leitung.

»Lena, diese Nummer gehörte meinem Bruder«, sagt Niklas schließlich. »Thomas.«

»Was? Thomas?«

»Ja«, sagt er. »Ich hab seine Zweitkarte in ein altes Handy gelegt, weil manchmal noch Leute anrufen, die nicht wissen, dass er tot ist. Carolin hat mich darum gebeten, weil sie es nicht schafft, es ihnen zu sagen.«

Lena braucht einen Moment, um zu erfassen, was Niklas ihr gerade erklärt. Aber dann begreift sie.

»Dein Bruder und Daniel«, sagt sie. »Sie haben sich gekannt!«

42

Niklas muss von seiner Wohnung in Rahlstedt aus geflogen sein, denn bereits eine knappe Viertelstunde später klingelt es an Lenas Tür. Sie lässt ihn herein. Als er im Wohnzimmer neben ihr auf dem Sofa sitzt, wirkt er mindestens so aufgewühlt wie sie. Erst recht, nachdem Lena auch ihn nun in alles eingeweiht, ihm alle Fotos und Nachrichten gezeigt und ihn von ihren verschiedenen Theorien zu der Sache in Kenntnis gesetzt hat. Dass für sie am ehesten die Schusters als Täter infrage kommen. Oder eben doch Josy.

Auch von dem plötzlichen Kindstod des kleinen Oskar, der Wut seiner Eltern und ihrer Begegnung mit den beiden an der Alster hat sie ihm erzählt. Und davon, dass der Hof, den Daniel ihr zeigen wollte, möglicherweise gar nicht im Alten Land liegt, sondern völlig unbegreiflicherweise an der Nordsee … Alles hat Lena ihm erzählt, restlos alles, sie hat kein Geheimnis mehr für sich behalten.

»Und bis Mitternacht sollst du dich – *umbringen?*«, wiederholt Niklas nun zum dritten Mal. »Wie krank ist das denn?«

»Nicht kranker, als ein Baby zu entführen. Oder jemanden dazu zu bringen, seinen Hund zu verstümmeln. Es ist nicht kranker, als eine ältere Dame zu kidnappen und ihr eine abgehackte Pfote mit einem Galgenstrick um den Hals zu hängen.«

Niklas schüttelt den Kopf. »Das kann doch alles nur ein böser Scherz sein! Wer tut so etwas?«

»Eben das muss ich herausfinden.«

»Lass mich dir helfen, Lena«, sagt Niklas. »Seit Wochen grübele ich darüber nach, was Thomas da zwischen Stade und Buxtehude verloren hatte! Und jetzt, wo sich herausstellt, dass Thomas und dein Mann sich kannten …« Er spricht den Satz nicht zu Ende.

»Ja, aber ich verstehe einfach nicht, was das alles mit Emma zu tun haben könnte. Wenn es denn *überhaupt* etwas mit ihr zu tun hat.« Sie sieht ihn an. Nun spürt sie wieder die Angst und die Verzweiflung, die für einen kurzen Moment von ihr abgelassen hatten. »Lass uns mal überlegen«, fährt sie fort. »Daniel und dein Bruder kannten sich. Sie waren beide zur selben Zeit am selben Ort. Das heißt doch wohl, dass sie miteinander verabredet waren.«

»Anscheinend«, pflichtet er ihr bei. »Aber wozu?«

»Ich sehe nur die Möglichkeit, dass dein Bruder Daniel und mir das Haus zeigen wollte«, sagt Lena.

Niklas schüttelt heftig den Kopf. »Nein, Lena. Thomas hat nicht als Makler gearbeitet.«

»Könnte er sonst etwas mit dem Verkauf von Immobilien zu tun gehabt haben?«

»Na ja«, sagt Niklas, »Geld hat Thomas eigentlich immer gebraucht. Auch, als er zum Schluss in fester Anstellung war. So ein Häuschen in Ahrensburg kostet schon was. Aber ob er in irgendwelche Transaktionen verwickelt war?« Niklas zuckt mit den Schultern. »Keine Ahnung.«

»Okay«, sagt Lena. »Also, nur mal angenommen, dass Thomas tatsächlich etwas mit dem Verkauf des Hauses zu tun hatte, das wir uns ansehen wollten.«

»Gut«, sagt Niklas, »nur mal angenommen.«

»Dann bleiben allerdings noch immer zwei Ungereimtheiten«, sinniert sie weiter. »Zum einen ist es ein ziemlich großer Zufall, dass ausgerechnet *die* zwei Leute, die miteinander verabredet sind, in einen Unfall verwickelt werden …«

Niklas wiegt skeptisch den Kopf. »Also ich finde, es gibt größere Zufälle. Gerade eben, *weil* sie in derselben Gegend unterwegs waren, könnte es durchaus möglich sein.«

»Ja«, stimmt sie ihm zu. »Nur bekanntlich waren sie in unterschiedlichen Richtungen unterwegs. Daniel kam aus der Richtung von Buxtehude, dein Bruder aus Stade.«

»Und?«

»Der Unfall ist in einer Kurve auf der Höhe von Hedendorf passiert«, erläutert Lena weiter. »Da sind die beiden in einer Kurve kollidiert. Sie fuhren also auf entgegengesetzten Fahrbahnen aufeinander zu.«

»Worauf willst du hinaus?«, fragt Niklas.

»Aber das ist doch offensichtlich!«, ruft Lena aus.

»Ich fürchte, du musst etwas genauer werden.« Er kratzt sich am Kopf. »Ich kann dir leider nicht folgen.«

»Pass auf!« Sie beugt sich vor und klappt ihr Notebook auf, das auf dem Couchtisch steht. Sie öffnet »Google Maps«, gibt die Namen Buxtehude, Stade, Hedendorf und Postmoor ein und lässt sich dann die Route zwischen den Orten anzeigen. »Guck!«, fordert sie Niklas auf.

Er beugt sich über den Bildschirm. »Ja?«

»Hier«, sie lässt ihren Zeigefinger an der Route entlangfahren. »Von Buxtehude aus liegt Postmoor erst *hinter* Hedendorf. Aber von Stade aus gesehen ist man an der Abfahrt nach Postmoor bereits vor vier Kilometern vorbeigefahren, ehe man überhaupt Hedendorf erreicht.«

»Hm.« Niklas starrt auf den Bildschirm.

Lena fährt fort. »Wenn Thomas und Daniel verabredet waren,

um sich das Haus anzusehen – weshalb ist dein Bruder dann an Postmoor vorbeigefahren?«

Er nickt. »Da hast du allerdings recht. Aber das bedeutet dann ja wohl nur, dass Thomas wohl *doch* nichts mit dem Resthof zu tun hat.«

»Meinst du?«

»Entweder das – oder er war aus irgendeinem Grund so in Gedanken, dass er die Ausfahrt nach Postmoor verpasst hat und schlicht aus Versehen zu weit gefahren ist. Ich meine, wenn man sich nicht auskennt, kann das schon passieren.«

»Hatte das Auto deines Bruders kein Navi?«

»Doch, ich glaube schon. Aber mit dem kann man sich ebenso verfranzen.«

»Ja.« Lena nickt. »Das stimmt. Aber dann ist da immer noch die *Lage* des Hofs. Laut Josys Tagebüchern ist er bei St. Peter-Ording und nicht bei Buxtehude. Was stimmt denn nun?«

»Wir sollten uns ins Auto setzen und das Haus suchen«, schlägt Niklas vor.

Lena wirft einen Blick auf ihre Uhr. Schon halb acht … »Dafür haben wir keine Zeit! Da gehen allein für die Fahrt hin und zurück zwei Stunden drauf. Egal, ob nach St. Peter oder nach Buxtehude. Und dann müssen wir den Hof ja auch erst noch suchen.«

Niklas nickt. »Also, was schlägst du vor?«

Lena zuckt die Schultern. »Wenn wir nur wüssten, woher Daniel und Thomas sich kannten. Es muss da eine Verbindung geben. Wir sehen sie nur nicht.«

»Wo ist Daniel zur Schule gegangen?«, fragt Niklas aufs Geratewohl.

»Johanneum in Winterhude«, antwortet Lena.

»Passt nicht, wir waren beide hier in Rahlstedt. Was ist

mit beruflichen Verbindungen? Hobbys? Sonstiger Freundeskreis?«

»Ich weiß es nicht!« Lena seufzt, schlägt beide Hände vors Gesicht. »Wir kennen uns ja erst seit fünf Jahren, aber den Namen Thomas Krohn hat Daniel nie erwähnt.«

»Welche Verbindung könnte es sonst geben?« Niklas sagt es mehr zu sich selbst.

»Die Frau!«, ruft Lena in diesem Moment aus, so laut, dass Niklas neben ihr vor Schreck zusammenfährt. »Das ist es!«

»Was für eine Frau?«

»Die mit der Tätowierung auf dem Handgelenk!« Jetzt ist Lena erneut aufgeregt, ihre Stimme überschlägt sich, während sie weiterspricht. »Sie war auf beiden Beerdigungen, zusammen mit ihren zwei seltsamen Begleitern. Zumindest hast du das erzählt.«

Niklas sieht sie an. »Du hast recht, das stimmt! Die Frau, die mir gesagt hat, dass sie und ihre Freunde sich für den Tod interessieren.« Er lacht bitter auf. »Das kam mir ja damals schon ziemlich suspekt vor.«

»Auf alle Fälle ist das eine Verbindung. Eine Verbindung zwischen Daniel und Thomas.«

»Könnte sein.«

»Könnte sein? Ich bin überzeugt davon. Die drei waren ganz gezielt bei beiden Begräbnissen und nicht bloß irgendwelche ›Friedhofstouristen‹.«

Niklas nickt. »Auszuschließen ist es nicht.«

»Wenn wir davon ausgehen, dass die drei deinen Bruder und meinen Mann kannten«, überlegt Lena laut weiter, »müssen wir nur einen von ihnen finden und fragen, woher.«

»›Nur‹ ist gut«, sagt Niklas. »Wie sollen wir sie finden?«

»Hast du die Frau damals nach ihrem Namen gefragt?«

»Nein, natürlich nicht.«

»Wir müssen sie finden«, sagt Lena und springt auf.

»Und wie willst du das anstellen?«

»Vielleicht führt uns die Tätowierung weiter. Welche Bedeutung könnte der Skorpion haben?«

»Ich schätze mal, das wird ihr Sternzeichen sein.«

Verwundert sieht sie ihn an. Auf das Naheliegendste ist sie überhaupt nicht gekommen. »Das hilft uns dann kaum weiter.«

»Wohl kaum.«

Angestrengt grübelt Lena weiter nach. Und plötzlich hat sie noch eine Idee. »Gab es bei der Beerdigung von Thomas ein Kondolenzbuch?«

Niklas mustert sie irritiert. »Ja«, sagt er, »das gab es. Das hat jetzt Carolin. Aber …«

»Komm!«, ruft sie aus. »Wir müssen sofort los. Wir brauchen dieses Buch!«

»Wollen wir hoffen, dass sie sich überhaupt eingetragen haben«, sagt Niklas, als sie eine Viertelstunde später in seinem VW-Passat über die A1 Richtung Ahrensburg rasen.

»Auf alle Fälle besteht die Möglichkeit«, sagt Lena. »Und das ist besser als nichts.« Sie beugt sich wieder über das schwarze Kondolenzbuch von Daniels Beerdigung, das sie aus ihrem Nachttisch geholt und zusammen mit allen bisherigen Briefen und Fotos mitgenommen hat.

Konzentriert geht sie Eintrag für Eintrag durch, streicht die Namen aller Leute durch, die sie persönlich kennt oder von denen sie zumindest schon mal etwas gehört hat. Sobald sie das Buch von Carolin haben, werden sie die Einträge miteinander vergleichen. Und beten, dass es Überschneidungen gibt. Das wird dauern, es sind mehr unbekannte Namen als umgekehrt.

Schweigend fahren sie weiter. Lena schließt die Augen, verliert sich für einen kurzen Moment in Träumereien. Am liebsten würde sie einfach immer weiterfahren. Immer weiter auf der A1, bis zur Fehmarnsundbrücke und dann über die Insel bis nach Puttgarden. Von dort die Fähre nach Rödbyhavn in Dänemark nehmen, weiter nach Kopenhagen, dann Malmö, dann weiter nordwärts, nordwärts, nordwärts, hoch in die weitläufigen Landschaften Schwedens. Bis nach Bullerbü, diesen Ort aus Astrid Lindgrens Geschichten, in dem alles idyllisch und gut ist und die Kinder glücklich sind.

Irgendwann, ja, irgendwann will sie Emma aus all ihren Lieblingsbüchern von Astrid Lindgren vorlesen. Will an Emmas Bettchen sitzen und ihr Geschichten erzählen von Ronja Räubertochter und den Brüdern Löwenherz, von Pippi Langstrumpf und Karlsson vom Dach.

Aber damit das überhaupt möglich ist, müssen sie und Niklas jetzt herausfinden, was hier gespielt wird. Lena ahnt, dass die Lösung zum Greifen nah ist, dass sie kurz davorsteht, das Geheimnis zu lüften. Wenn nur die Zeit noch reicht!

Nach ein paar Minuten erreichen sie erst Großhansdorf und dahinter Ahrensburg. Niklas biegt ein paarmal links und rechts ab, schließlich hält er vor einem hübschen Neubau an.

»Wir sind da.«

»Gut.« Lena schnallt sich ab.

»Du bleibst lieber im Auto«, sagt er.

»Warum?«

»Ich hab dir doch erklärt, dass Carolin sehr zurückgezogen lebt. Jedenfalls seit dem Unfall. Besser, ich tauche da allein auf. Sie wird sich eh wundern, warum ich das Kondolenzbuch haben will.«

»Okay«, sagt Lena, »wie du meinst. Dann warte ich hier.«

»Ich beeile mich.« Niklas steigt aus, schlägt die Tür zu und geht auf den Neubau zu. Er klingelt, kurz darauf öffnet ihm eine hübsche Frau mit roten Locken. Zur Begrüßung umarmen sie sich, dann gehen sie hinein.

Eine Weile blickt Lena noch weiter aus dem Fenster, hinüber zu der verschlossenen Tür. Alles in ihr setzt auf diese eine letzte Hoffnung. Dass sie und Niklas mithilfe der Kondolenzbücher die Namen der drei seltsamen Beerdigungsbesucher finden und dass die wiederum wissen, was Daniel und Thomas miteinander verbunden hat. Es ist ein Strohhalm, an den sie sich klammert. Aber was bleibt ihr anderes übrig?

Sie klappt das Buch zu, nimmt ihre Handtasche und holt den Umschlag mit den Nachrichten und den Fotos heraus. Öffnet ihn, kippt den Inhalt auf ihren Schoß. Sie nimmt das erste Bild zur Hand.

Aus den Augenwinkeln sieht sie die digitale Uhr im Armaturenbrett.

Nun also noch drei Stunden. Drei Stunden bleiben. Danach ist alles vorbei. Dann ist Emma tot, und mit ihr wird auch sie selbst sterben. So oder so …

43

Lena schreckt hoch, als plötzlich die Fahrertür aufgerissen wird, so sehr war sie in die Fotos vertieft.

»Ich hab's!«, ruft Niklas und hält ihr triumphierend ein weißes Buch mit schwarzem Kreuz auf dem Deckel entgegen. »War gar nicht schwierig. Meine Mutter ist übers Wochenende bei Carolin zu Besuch, und sie waren gerade dabei, die Kinder ins Bett zu bringen. Carolin hat sich gar nicht weiter um mich gekümmert.« Er lässt sich auf seinen Sitz plumpsen. »Aber es scheint ihr auch insgesamt ein bisschen besser zu gehen. Die Reliquiensammlung meines Bruders ist verschwunden.«

»Gut«, erwidert Lena ungeduldig, der Gemütszustand von Carolin Krohn ist zwar erfreulich, aber … Sie steckt die Fotos zurück in den Umschlag und nimmt ihm das Kondolenzbuch aus der Hand. »Dann lass uns schnell nachsehen. Wir haben nur noch knapp drei Stunden!«

»Ich will nur kurz ein bisschen weiter wegfahren«, erklärt Niklas und lässt den Motor an. »Carolin muss uns dabei nicht beobachten.«

Niklas fährt los, und Lena schlägt das Kondolenzbuch von Thomas auf. Ganz vorn liegt ein kleines Programmheft zwischen den Seiten, ein liebevoll gestalteter Ablaufplan für die Trauerfeier.

»So etwas hatten wir nicht«, sagt Lena.

Niklas blickt kurz zur Seite. »Hat Carolin gemacht.«

»Hübsch«, stellt sie fest. »Dazu wäre ich in meinem Zustand nicht in der Lage gewesen.«

Sie blättert zur nächsten Seite, um sich die Namen der Trauergäste durchzulesen. Sie legt Daniels Buch geöffnet daneben, lässt ihre Augen von links nach rechts wandern.

»Und?«, fragt Niklas, bremst etwas ab und lehnt sich zu Lena rüber. »Schon was gefunden?«

Lena schüttelt stumm den Kopf, und Niklas fährt wieder an. Mittlerweile haben sie den Ortsausgang erreicht, Niklas lenkt den Wagen rumpelnd auf einen Feldweg und hält auf ein Waldstück zu.

»Ist das nicht weit genug vom Haus deiner Schwägerin entfernt?«, fragt Lena.

»Nur zur Sicherheit«, erwidert er. Schließlich hält er am Waldrand an. »Okay, das dürfte reichen«, sagt er, dann wendet er sich Lena zu. »Also, zeig her!«

Gemeinsam beugen sie sich über die Bücher, gehen Eintrag für Eintrag durch. Lena schlägt vor, dass sie am besten die Namen vorliest, die sie nicht kennt, und dass Niklas nachsieht, ob er sie im Buch seines Bruders findet. Einige Handschriften kann sie nicht entziffern, die werden sie zum Schluss vergleichen müssen.

»Nein, nein, nein«, wiederholt Niklas ein ums andere Mal, während Lena ihm die Namen nennt. Die Zahl der verbliebenen Einträge schwindet, die Wahrscheinlichkeit auf eine Übereinstimmung ebenso. *Wie Schiffe versenken,* denkt Lena. Sie brauchen nur einen Treffer, nur einen einzigen! Aber er bleibt aus. Nach einer halben Stunde sind nur noch sechs Namen übrig.

»Chiara Beck«, liest Lena vor und merkt dabei selbst, dass ihre Stimme inzwischen leicht bebt.

Niklas blättert durch sein Buch. Seufzt. »Nicht dabei«, sagt er.

»Holger Kracht.«

Es dauert einen Moment, dann sagt er wieder: »Nein.«

»Petra …«

»Halt!«

»Was?«

»Chiara!«, ruft er aufgeregt. »Chiara Beck! Ich hab sie *doch!* Hier! Hier unten steht sie!«

»Zeig her!« Lena reißt Niklas das Buch aus der Hand, betrachtet die Zeile, auf der eben noch sein Finger lag.

Ein Hoffnungsschimmer: *Chiara Beck.* Dieselbe schnörkelige Handschrift in beiden Kondolenzbüchern – sie haben tatsächlich einen Treffer!

»Das muss die Frau mit der Tätowierung sein.« Lena sieht Niklas voller Hoffnung an. »Sie *muss* es sein!«

»Ja«, stimmt Niklas ihr zu. »Und jetzt?«

Lena überlegt. »Hast du ein Smartphone?«, fragt sie.

»Klar, wer nicht?«

»Ich zum Beispiel«, antwortet Lena. »Und Daniel auch nicht. Wir waren da retro.«

»Aha.«

»Google mal Chiara Beck«, schlägt sie vor.

Niklas nimmt sein Mobiltelefon aus der Jackentasche und betrachtet das Display. »Kein Netz.«

»Kein Wunder, mitten im Nirgendwo!«

Er reicht ihr das Handy, dreht den Schlüssel im Zündschloss um und fährt los. »Guck auf die Signalstärke!«

Sie holpern den Feldweg am Wald entlang, etwas weiter entfernt kann Lena die nächste Ortschaft ausmachen. Angestrengt fixiert sie das Display des Telefons.

»Stopp!«, ruft sie, als das Handy eine Verbindung anzeigt. Dabei stehen sie nun mitten in einem Feld, aber der Empfang scheint hier besser zu sein. Sie gibt Niklas das Telefon.

Er tippt auf dem Gerät herum, wartet. »Mehrere Treffer«, teilt er Lena dann mit.

»Sieh in der Bildersuche nach!«, schlägt sie vor.

»Okay.« Erneut ein Tippen, ein Scrollen. »Ich hab sie!« Er hält Lena das Telefon unter die Nase.

Sie betrachtet das Bild der jungen Frau. »Das ist sie«, stimmt sie Niklas zu. »Ein Eintrag auf Facebook.« Sie klickt den Link an und erhält die Aufforderung, sich bei der Seite anzumelden. »Ich bin nicht bei Facebook«, stellt sie fest.

»Ich aber«, sagt Niklas und nimmt sein Handy zurück. »Moment, ich logge mich kurz ein.« Seine Finger streichen über das Smartphone, dann hält er es wieder zwischen sich und Lena. Das Öffnen der Seite dauert ewig, wie hypnotisiert starren beide auf den Bildschirm, warten darauf, dass der Geist aus der Flasche sich zeigt. Nach einer endlosen Minute erscheint erneut das Bild von Chiara Beck.

»Nichts«, stellt Niklas fest und klingt enttäuscht. »Bis auf Foto, Heimatstadt ›Hamburg‹ und ihr Geburtsdatum keine weiteren Informationen zu sehen.«

»Immerhin wissen wir jetzt, dass sie vom Sternzeichen her nicht Skorpion ist«, wirft Lena ein und deutet auf den Eintrag. »Ihr Geburtstag ist im August, Skorpion ist erst im November dran.«

»Bringt uns trotzdem nicht weiter«, sagt Niklas. »Wir bräuchten den Account von jemandem, der mit Chiara auf Facebook befreundet ist, dann könnten wir ihre ganze Pinnwand sehen.«

»Also brauchen wir einen Freund von Chiara.«

»Kennst du einen?«

»Thomas oder Daniel?«, schlägt sie vor. »Mein Mann war bei Facebook, dein Bruder auch?«

Niklas nickt. »Allerdings bräuchten wir die Zugangsdaten. Die von Thomas kenne ich nicht.«

»Gib mal her!« Lena nimmt Niklas das Telefon aus der Hand. »Mein Mann war da nie sehr einfallsreich, das kann so schwierig nicht sein«, erklärt sie und ist bereits dabei, Niklas ab- und Daniel anzumelden. Sie tippt seine Mailadresse ein. Ein seltsames Gefühl … Sie hat sie seit seinem Tod nicht mehr benutzt. Als Passwort probiert sie wieder ihren Kennenlerntag. Fehlanzeige. Sie schreibt ihren Namen vor das Datum. Falsch. Dahinter.

Sie ist drin!

»Super!«, ruft Niklas begeistert aus. »Und, was ist mit Chiara? Sind sie befreundet?«

»Moment«, sagt Lena. »Die Seite lädt noch immer! Das Ding hat sich wohl aufgehängt.«

»Lass uns aussteigen«, schlägt Niklas vor. »Vielleicht wird der Empfang besser, wenn wir ein paar Schritte nach links oder rechts gehen.«

»Kann das sein?«

»Keine Ahnung. Oder wir fahren noch ein bisschen weiter.«

»Nein«, sagt Lena und hat bereits den Türöffner in der Hand. »Lass es uns hier versuchen.«

Dicht nebeneinander gehen sie vom Auto weg, Lena trägt das Telefon vor sich her wie einen Geigerzähler, der ausschlagen soll; beide starren wie gebannt aufs Display.

»Jetzt geht's«, sagt Niklas. Endlich baut sich die Seite auf.

Wieder das Foto von Chiara. Und diesmal sind noch weitere Informationen zu sehen.

»Sie *sind* befreundet«, sagt Lena.

»Und was steht da? Scroll mit dem Finger runter!«

Sie tut es. Bereits beim ersten Eintrag in Chiaras Chronik stöhnt Lena entsetzt auf.

R. I. P. – Rest in peace

Chiara Beck ist tot.

»Das kann nicht sein«, flüstert Lena. »Das kann doch einfach nicht sein! Tot? Sie auch?«

»Sieht so aus.« Niklas schüttelt den Kopf. »Das begreife ich nicht.«

Lena lässt ihren Finger weiter über den Bildschirm nach unten wandern, Trauerbekundungen stehen dicht an dicht, von »Wir werden dich vermissen!« über »Warum nur?« bis hin zu irgendwelchen Bibelversen haben Dutzende von Menschen hier ihrer Trauer und ihrem Mitgefühl Ausdruck verliehen.

Von Daniel findet sie keinen Eintrag, aber Chiara ist ja auch erst *nach* ihm gestorben.

»Eine Sackgasse«, sagt Lena. »Wieder nur eine verdammte Sackgasse!« Sie fängt leise an zu weinen. Vorsichtig nimmt Niklas sie in den Arm. Zieht sie an sich und hält sie fest. Ganz fest, damit sie nicht zusammenbricht.

»Nicht aufgeben«, flüstert er ihr sanft ins Ohr. »Wir dürfen jetzt nicht den Mut verlieren.«

Sie stößt ihn von sich. »Nicht den Mut verlieren?«, brüllt sie. »Mir bleiben nur noch zwei Stunden, und wir haben nichts in der Hand! Nichts außer einer weiteren Leiche! Wie soll ich da nicht den Mut verlieren?«

»Vielleicht ist Chiara Becks Nummer bei der Auskunft eingetragen«, schlägt Niklas vor.

»Und wer soll dann bei ihr ans Telefon gehen?«

»Vielleicht ein Verwandter?«

»Und der Verwandte weiß dann zufällig etwas über Chiaras Verbindung zu Thomas und Daniel, schon klar!«

Er zuckt entschuldigend mit den Schultern. »Was anderes fällt mir auch nicht ein.«

»Okay«, sagt sie. »Dann versuch's.«

Niklas wählt, hält sich den Hörer ans Ohr und fragt kurz

darauf nach einer Chiara Beck in Hamburg. Als er auflegt, guckt er enttäuscht. »Leider kein Eintrag. Nur etwa zehntausend Leute mit dem Namen ›Beck‹.«

»Tja«, Lena lacht bitter auf, »das war's dann wohl.«

»Lass uns einen Blick auf Daniels Facebook-Seite werfen!«

»Wozu?«

»Keine Ahnung, vielleicht finden wir da was.«

»In Ordnung.«

Sie ruft seine Seite auf. Auch hier zahllose Nachrufe, »We will miss you!«-Einträge von Menschen, die Lena größtenteils nicht kennt. Allein beim Anblick wird ihr schlecht. Wer sind all diese Leute, von denen Lena noch nie in ihrem Leben etwas gehört hat? Gut, die meisten von ihnen werden Daniel über seine Agentur gekannt haben – trotzdem fühlt es sich für Lena an, als erhielte sie gerade Einblick in eine Welt ihres Mannes, die sie überhaupt nicht kannte.

Und natürlich: Sie, Lena, fehlt komplett in dieser Welt. Wie sollte es auch anders sein? Sie hat ihr eigenes Facebook-Profil ja kaum genutzt, bevor sie es wieder gelöscht hat. Und es gab für sie auch nie einen Grund, sich mit Daniel über ein soziales Netzwerk via Smileys und Anstupser auszutauschen. Nein, sie konnte ihn, wenn sie wollte, jeden Morgen anstupsen, wenn sie neben ihm aufwachte. Konnte sich Tag für Tag an ihn schmiegen und dabei seine bettwarme Haut spüren.

Hätte sie ihr Profil behalten, hätte sie dann mehr von Daniel erfahren? Mehr von seinen virtuellen »Freunden«? Zum Beispiel über Chiara Beck – von der sie nun tatsächlich ebenfalls einen Post auf Daniels Seite entdeckt. Von ihr hinterlassen, als sie noch lebte. Tote Spuren im Netz.

»Nun, o Unsterblichkeit, bist du ganz mein!«, liest Niklas vor. »Poetisch.«

»Hm.« Lena kann nichts sagen, es schnürt ihr die Kehle zu.

Hier neben den vielen anderen auch noch den Eintrag dieser Frau zu lesen – dieser Frau, die ihren Mann offenbar kannte … Dieser Frau, die ihr bei der Beerdigung die Hand gedrückt hat, die …

»Geh noch mal zurück zu Chiaras Seite.« Niklas unterbricht ihren Gedankengang. Lena tut es.

»Mist!«, schimpft er jetzt.

»Was ist Mist?«

»Ich hatte gehofft, Chiara und Daniel hätten vielleicht auch gemeinsame Freunde. Das würde dann hier«, er deutet links auf ein Feld, »angezeigt. Aber da steht nichts.«

»Also auch wieder nur eine Sackgasse.« Noch eine Träne kullert ihr übers Gesicht. Dann gibt sie ihm sein Handy zurück. »Das bringt alles nichts! Wir sollten aufhören damit.«

»Willst du jetzt etwa aufgeben?« Er sieht sie fassungslos an. »Es geht doch um deine Tochter!«

Sie atmet tief ein und aus, streckt den Rücken durch. Niklas hat recht. Aufgeben kommt nicht infrage! »Nein«, sagt sie, »ganz sicher werde ich nicht aufgeben.«

Er drückt ihr lächelnd erneut sein Telefon in die Hand.

Wieder lässt Lena ihren Zeigefinger über die Einträge auf Chiaras Seite wandern, schiebt einen nach dem nächsten nach oben. Seltsame Gestalten sind hier zu finden. Profilfotos wie aus dem Gruselkabinett. Leute mit weiß geschminktem Gesicht und schwarz umrandeten Augen, Frauen mit kahl rasierten Köpfen und Nietenhalsbändern, Männer mit langer schwarzer Mähne in Lederkluft. Lena denkt an Josys Zimmer. In dieser Gesellschaft würde Daniels Tochter sich vermutlich wohlfühlen, jeder der Menschen hier könnte bei Marilyn Manson im Background-Chor singen.

»Moment!«, ruft Niklas aus. »Geh mal wieder nach oben!«

»Nach oben?«

»Ja!« Er nimmt ihr das Handy ab, fährt mit einem Finger übers Display. Und sieht Lena an. »Ist das nicht«, will er wissen, »einer von den zwei Typen im schwarzen Mantel?«

Lena betrachtet das Profilbild, auf das Niklas deutet. »Hm«, sagt sie. »Könnte sein. Aber sicher bin ich nicht. Ich hab Chiaras Begleiter nur kurz gesehen, und die Typen hier auf der Seite sehen alle gleich aus.«

»Also, ich kann mich noch gut an alle drei erinnern. Und ich denke, dass der hier einer von ihnen ist.« Er nickt. »›Itchy Ink‹. Was für ein bescheuerter Name!«

»Was hat er auf Chiaras Seite geschrieben?«

»Tja«, sagt Niklas. »Du wirst es kaum glauben. Dasselbe wie Chiara bei Daniel. ›Nun, o Unsterblichkeit, bist du ganz mein!‹«

»Derselbe Satz?«, fragt Lena. Sie schaudert.

»Ja.« Er hält ihr noch einmal das Handy hin, damit sie es selbst sehen kann. »Kommt mir auch irgendwie bekannt vor.«

»Wir müssen diesen Itchy finden!«

»Bin schon dabei.«

Erneut wird Google bemüht. Der Name »Itchy Ink« führt sie zu einem Tattoo-Studio namens »Color Me Badd« im Stadtteil Wandsbek. Im Impressum wird Itchy als Inhaber genannt.

»Das würde passen!«, stellt Lena fest. Nun ist sie wieder voll bei der Sache, mit Feuer und Flamme auf der Suche nach ihrem Kind.

»Ich ruf da an!«

»Es ist gleich zehn, da ist doch keiner mehr!«

»In einem Tattoo-Studio am Samstagabend?« Niklas schüttelt spöttisch den Kopf. »Ich wette, da herrscht gerade Hochbetrieb.« Schon hat er erneut sein Handy am Ohr. Er wartet, Lena hört das Klingeln in der Leitung. »Ja, hallo«, sagt Niklas dann. »Ich würde gern … Ist Itchy Ink zu sprechen?« Niklas sieht Lena bedeutungsvoll an. »Wie lange denn noch?«, fragt er schließlich. »Okay, vielen Dank!« Er legt auf. Dann nimmt er Lenas Hand und zieht sie mit einem »Komm!« hinter sich Richtung Auto her.

»Fahren wir nach Wandsbek?«, will sie wissen.

»Exakt«, antwortet Niklas. »Itchy hat gerade einen Kunden und ist nicht zu sprechen. Die Frau am Apparat hat gesagt, dass es sicher noch eine Stunde dauert. Also ist er in jedem Fall da.«

Mittlerweile haben sie den VW erreicht und steigen ein. Niklas lässt den Motor an und fährt los, so abrupt, dass ein paar Steine hochspritzen und draußen gegen die Türen prasseln.

»Dann hoffen wir mal«, sagt Niklas, mehr zu sich selbst, »dass dieser Itchy noch lebt, wenn wir da sind.«

44

»Sein Tattoo-Studio nach einer abgehalfterten Pop-Kombo aus den Neunzigern zu benennen – darauf muss man auch erst mal kommen!« Kopfschüttelnd parkt Niklas sein Auto zwanzig Minuten später direkt gegenüber von »Color Me Badd« in der Wandsbeker Chaussee ein.

Lena sieht ihn verständnislos an.

»Dafür bist du zu jung«, sagt Niklas.

»Können wir dann?«, will sie wissen. Sie haben nur noch knapp zwei Stunden.

Niklas nickt stumm, und sie steigen aus. Mit eiligen Schritten gehen sie auf den Laden zu. Das Schaufenster ist mit Fotos von tätowierten Körperteilen zugepflastert. Unmöglich, einen Blick ins Innere des Studios zu erhaschen.

Schwungvoll stößt Lena die Tür auf, ein Bimmeln erklingt und kündigt sie als neue Besucher an. Sie befinden sich in einer schummrigen Höhle. Direkt vor ihnen ist ein Empfangstresen zu erahnen, die Frau dahinter nimmt Lena ebenfalls nur schemenhaft wahr.

»Hi«, sagt die Frau und sieht beide an. Zumindest vermutet Lena das. Ihre Augen haben sich noch nicht an die Dunkelheit gewöhnt, selbst auf der Straße draußen ist es heller als hier drin.

»Hi«, erwidert sie. »Ist Itchy da?«

»Der tätowiert«, gibt die Frau zurück. Sie nickt nach links. An der Wand steht ein altes Sofa. »Setzt euch da hin, das dauert noch.«

»Wir müssen ihn dringend sprechen«, meldet sich Niklas zu Wort. »Es ist sehr wichtig!«

»Sorry! Keine Störungen bei einem Job.« Sie schüttelt den Kopf. Mittlerweile kann Lena sie besser erkennen. Sie sieht aus wie ein altmodisches Pin-up-Girl. Ihr schwarzes Haar trägt sie hochtoupiert im Stil der Fünfziger, der schmale Oberkörper steckt in einer engen geblümten Bluse mit Kragen. Und was Lena zuerst für zwei tiefe Grübchen hielt, entpuppt sich bei näherem Hinsehen als ein Piercing in jeder Wange.

»Bitte!«, versucht Lena es noch einmal. »Es dauert auch nur ein paar Minuten.«

»Da kann ich leider nichts machen. Itchy flippt aus, wenn ich ihn unterbreche.«

Nun tritt Niklas ganz dicht an den Tresen heran, stützt sich darauf ab und lehnt sich zu dem Rockabilly-Mädchen hinüber. »Haben Sie Kinder?«, will er von der Frau wissen.

»Äh, nein.«

»Scheiß drauf!«, geht Lena dazwischen. »Für so was haben wir keine Zeit!« Ehe Niklas oder die Frau hinterm Tresen noch etwas sagen können, ist sie schon an beiden vorbeimarschiert, stürzt auf die einzige Tür zu, die sie ausmachen kann, und reißt sie auf.

»Halt!«, ruft das Mädchen ihr hinterher. Aber da ist Lena schon durch die Tür. Mitten in einem kleinen Zimmer, das im Gegensatz zum Geschäft hell erleuchtet ist.

Vor ihr liegt ein Mann mit entblößtem Oberkörper auf einer Art Zahnarztstuhl, ein anderer hat sich mit einer Tätowierpistole über ihn gebeugt und arbeitet gerade an einem Schlangenkopf. Bei der plötzlichen Störung blicken beide überrascht auf.

»Was zum Teufel soll das?«, brüllt der Tätowierer.

»Itchy?«, fragt Lena.

»Raus hier!«

»Sind Sie Itchy?«, wiederholt Lena und rührt sich nicht vom Fleck.

»Wer …« Dann hält er inne. Zieht erstaunt die Augenbrauen hoch. »He!«, sagt er dann. »Dich kenne ich doch!«

Lena nickt.

»Ja, Chiara. Klar weiß ich, wer das ist. Na ja, *war*.« Sie sitzen zu dritt in Itchys Büro, das eher an einen Abstellraum erinnert. Bis unter die Decke zugemüllt mit altem Plunder, der selbst auf dem Trödel wohl kaum noch einen Liebhaber finden würde: kaputte Lampenschirme, ein altes Kassettendeck, halbleere Farbeimer mit vertrocknetem Inhalt, ausgelatschte Schuhe, zerbrochene Teller. Dazwischen, auf dem Boden, stapeln sich Berge von Papier. Der Weg zu Itchys Schreibtisch – ebenfalls unter einem Haufen von Kram begraben – glich einem Hindernislauf. Während der Tätowierer jetzt auf einem Stuhl hinter seinem Müllberg sitzt, bleibt Lena und Niklas nichts anderes übrig, als vor ihm zu stehen. »Aber wieso seid ihr überhaupt hier? Ich verstehe nicht ganz, was ihr von mir wollt.«

»Wir suchen jemanden, der Chiara kennt«, erklärt Lena. »Über Facebook sind wir auf Sie gekommen, Sie sind dort mit ihr befreundet. Und dann haben wir Sie auf Ihrem Foto wiedererkannt, weil Sie auf den Beerdigungen von Thomas Krohn und Daniel Andersen waren.«

»Ja«, er nickt bedächtig. »Da haben wir Chiara begleitet. Ein Kumpel und ich, sie hat uns darum gebeten.«

»Warum?«, will Niklas wissen. »Warum wollte Chiara da mit Ihnen hin?«

»Nur so«, erwidert er.

»Kein Mensch geht ›nur so‹ zu einem Begräbnis!«, stellt Lena fest.

»Wir schon.«

»Hören Sie!« Wieder Niklas. »Wir wollen Sie nicht lange aufhalten, aber wir müssen wissen, was Chiara Beck mit Niklas Krohn und Daniel Andersen zu tun hatte.«

»Das kann ich euch leider auch nicht sagen«, antwortet Itchy. »Ich war nur Chiaras Tätowierer.«

»Haben Sie ihr den Skorpion aufs Handgelenk tätowiert?«, fragt Lena.

»Exakt«, sagt er.

»Was sollte das Tier bedeuten?«, meldet sich Niklas wieder zu Wort.

»Keine Ahnung«, antwortet er. »Ihr Sternzeichen?«

»Nein«, sagt Niklas. »Sie hatte im August Geburtstag.«

»Dann weiß ich es auch nicht.«

»Haben Sie gar keine andere Idee?«, fragt Lena.

»Nee. Die Leute lassen sich alles Mögliche tätowieren. Totenköpfe, Drachenklauen, chinesische Schriftzeichen, die Namen ihrer Kinder oder das Gesicht von Mutti, was weiß ich!« Er gibt ein Grunzen von sich. »Wenn ich da jedes Mal groß nachfrage, warum sie das wollen, käme ich hier zu gar nichts mehr.« Er macht eine ausladende Geste und zeigt auf sein Chaos, als würde er sagen wollen: »Das seht ihr doch!«

»Aber Sie glauben schon, dass der Skorpion etwas bedeuten sollte?«, fragt Niklas noch einmal.

»Klar. Jedes Tattoo hat für denjenigen, der es sich stechen lässt, eine Bedeutung. Sonst würde man's ja nicht machen, so was ist schließlich für immer. Aber warum Chiara ausgerechnet diesen Skorpion haben wollte, hat sie mir nicht gesagt. Ist auch schon länger her, bestimmt über ein Jahr.«

»Können Sie uns sonst etwas über Chiara sagen?«, fragt Lena.

Er sieht sie verständnislos an.

»Keine Ahnung!« Nun wird er langsam ungeduldig. »Ich hatte mit Chiara nicht viel zu tun. Wir haben hin und wieder zusammen abgehangen. Sie, mein Kumpel Mike und ich. War ein nettes Mädchen, mit dem man mal ein paar Bierchen zischen konnten. Bisschen schräg drauf im Kopf«, er tippt sich an die Schläfe, »aber sonst ganz in Ordnung. Mehr kann ich euch echt nicht sagen, das war's.«

»Mehr können Sie uns nicht sagen?«, hakt Lena nach. »Und dann begleiten Sie Chiara gleich auf zwei Beerdigungen?« Sie spürt, dass dieser Itchy etwas verschweigt. Nein, sie weiß es!

»Na ja«, gibt Itchy zu. »Sie war ja schon echt ziemlich niedlich, und als sie gesagt hat, dass sie uns gern dabeihätte, haben Mike und ich eben nicht abgelehnt.« Ein Lächeln huscht über sein Gesicht, das aber sofort wieder verschwindet und einer betrübten Miene weicht. »Die arme Kleine«, fügt er hinzu.

»Woran ist sie eigentlich gestorben?«, will Niklas wissen.

»Sie hat sich umgebracht«, erwidert Itchy. »Hat sich in ihrer Wohnung an einem Türrahmen aufgeknüpft.« Er senkt den Blick. Flüstert: »Ruhe in Frieden!«

»Also Selbstmord«, stellt Niklas fest.

Nun ist das Kribbeln wieder da, Lenas gesamte Haut wird wie von Nadelstichen überzogen. Selbstmord?

»Hab ich doch gerade gesagt!«, gibt Itchy ungehalten zurück. »Sonst noch was?«

»Ja.« Lena nickt. »Sie haben da was auf Chiaras Facebook-Seite hinterlassen. Eine Art Gedicht.«

»Ja und? Was man halt so macht, wenn einer die Kurve kratzt.«

»Aber warum gerade dieses Zitat? Von wem ist das überhaupt?«

Itchy zuckt mit den Schultern. »Nur so«, behauptet er. »Chiara mochte das, wollte es sich sogar mal stechen lassen. Dazu ist es nicht mehr gekommen, da dachte ich, ich schreibe es wenigstens auf ihre Seite.«

»Aha«, erwidert Lena. Sie glaubt ihm kein Wort.

»Also, Leute«, sagt er und stützt sich mit beiden Ellenbogen auf seinem Schreibtisch ab, ein Papierwust verschwindet dabei hinter seinen muskulösen Armen. »Mehr Infos kann ich euch nicht geben. Und ich muss jetzt auch mal wieder ran, die Zeit hier bezahlt mir schließlich kein Mensch.« Er bedenkt sie mit einem Blick, der deutlich zum Ausdruck bringt, dass die Unterredung für ihn beendet ist.

Nicht für Lena, sie ist der festen Überzeugung, dass er mehr weiß ... Dieses Zitat, es muss etwas bedeuten. Immerhin hat Chiara es auch bei Daniel hinterlassen.

»Hat Chiara Beck jemals erwähnt, weshalb dieser Satz ...«, will Lena noch fragen, aber sie wird von Niklas unterbrochen.

»Vielen Dank«, sagt er. »Sie haben uns sehr geholfen!«

»Was?«, ruft Lena entsetzt. »Moment noch, wir ...«

»Komm!« Er ist schon auf dem Weg nach draußen. »Lass uns gehen, wir sollten Herrn, äh, Ink nicht länger stören.«

»Niklas, ich ...« Erneut fasst er sie bei der Hand und schleift sie nahezu hinter sich her aus der Abstellkammer.

»Wir haben nur noch eineinhalb Stunden«, erinnert er sie auf dem Weg nach draußen, während sie sich unwillig gegen seinen Klammergriff wehrt. »Und die werden wir brauchen.«

»Ich will aber noch weiter mit diesem Itchy sprechen!« Draußen vorm Laden schafft sie es, sich von ihm zu befreien. Sie betrachtet ihn empört, er hat sie behandelt wie ein kleines Kind!

»Wozu?«, fragt Niklas. »Aus dem kriegen wir sowieso nichts mehr raus.«

»Ich hab aber das ganz sichere Gefühl, dass er was weiß!«

»Ja«, stimmt Niklas ihr zu. »Ich auch. Nur wird er es uns bestimmt nicht verraten.«

»Wie meinst du das?«

»Ganz einfach: weil er nicht *will!*«

»Warum bist du dir da so sicher?«

»Hast du es denn nicht gesehen?«

»Was?«

»Als er sich eben auf seinem Tisch nach vorn gelehnt hat. Unter seinem T-Shirt, auf seiner Brust!«

»Mir ist nichts aufgefallen.«

»Da hatte er einen Skorpion tätowiert.«

45

»Einen Skorpion? Er auch?« In Lenas Kopf ist alles konfus. Sie sitzt neben Niklas im Auto, der den Wagen erneut umgeparkt hat, damit sie unbeobachtet sind. »Was hat das zu bedeuten?«

»Das versuch ich doch gerade herauszufinden!«, antwortet er, fixiert das Display seines Smartphones, tippt darauf herum.

»Dieser Itchy hat also etwas zu verbergen«, sagt Lena.

»Genau. Und wir werden herausfinden, was!« Er liest eine Weile auf seinem Handy. Dann ruft er: »Ich hab was!«

»Lies vor!«

»Also, hier steht, dass ein tätowierter Skorpion in aller Regel das Sternzeichen seines Trägers darstellt.«

Lena seufzt gequält. »Tja, das scheidet ja aus.«

»Warte! Ich bin noch nicht fertig.« Er liest weiter. »Er ist für seinen tödlichen Stich bekannt und symbolisiert so die Verbindung zwischen Tod, Rache, Verrat und das letzte Argument eines Streits.«

»Verrat?«, wiederholt Lena. »Rache? Wofür denn?«

»Keine Ahnung, ich lese doch auch nur, was ich hier finde.« Er sieht sie ratlos an.

»Such weiter, das ist es noch nicht!«

Niklas konzentriert sich auf sein Telefon. Nach einer Weile liest er weiter: »In der Tattoo-Szene kann der Stachel des Skorpions auch die Tätowiernadel symbolisieren.«

»Hm«, sagt Lena. »Damit wäre zumindest Itchys Skorpion erklärt.«

»Glaube ich nicht, das hätte er uns doch gesagt, als wir wissen wollten, welche Bedeutung das Tier haben kann. Das wäre doch harmlos.«

»Stimmt auch wieder.«

»Ich such weiter.« Während Niklas sich wieder über sein Handy beugt und liest, betrachtet Lena mit wachsender Sorge die Digitalanzeige der Uhr im Armaturenbrett. Nur noch eine Stunde und fünfzehn Minuten bis Mitternacht. Die Angst kriecht erneut in ihr hoch, legt sich wie eine kalte Hand um ihre Kehle und fängt an, immer fester zuzudrücken. In den vergangenen zwei Stunden hat sie die Panik nicht so gespürt. Aber jetzt, während sie hier sitzt und wartet, dass Niklas etwas findet, schlägt sie wieder mit voller Wucht zu.

»Hast du was?«, fragt sie ungeduldig.

»Moment.« Mit Daumen und Zeigefinger vergrößert er den Lesebereich auf dem Display seines Handys. Dann nickt er heftig.

»Nun sag schon!«

»Hör dir das an! Der Skorpion gilt als todbringendes Tier dunkler Mächte. Nicht selten wird er als Symbol für den Freitod benutzt, denn er kann sich selbst mit seinem eigenen Stachel töten.« Nun lässt Niklas das Handy sinken und sieht Lena wieder an. »Das ist es doch, oder?«

»Du meinst die Selbstmord-Symbolik? Wegen Chiara?«

Er nickt. »Genau!«

»Ich weiß nicht«, wendet Lena ein. »Das mag auf Chiara zutreffen – aber nicht auf diesen Itchy. Der machte doch noch einen ziemlich lebendigen Eindruck.«

»Schon«, gibt Niklas zu. »Aber er und sein Kumpel waren auf beiden Beerdigungen.«

»Weil sie Chiara begleiten sollten.«

»Vielleicht, ja. Vielleicht war's aber auch was anderes.«

»Worauf willst du hinaus?« Lena sieht ihn mit großen Augen an.

»Lass es uns mal mit diesem Zitat versuchen«, sagt Niklas und gibt ein paar Worte in die Suchmaschine ein.

»Du meinst den Satz mit der Unsterblichkeit?«

»Genau«, erwidert er. Ein paar Klicks später gibt er ein lautes »Ha!« von sich. Dann: »Das ist ein Zitat von Heinrich von Kleist. Aus seinem Drama *Prinz Friedrich von Homburg*.«

»Tut mir leid, das sagt mir nichts.«

»Das ist auch nicht das Interessante daran«, erwidert er.

»Sondern?«

»Heinrich von Kleist hat sich das Leben genommen. Er hat sich gemeinsam mit seiner Freundin erschossen.«

»Und?« Lena sieht ihn verständnislos an. Doch in Wahrheit fängt sie langsam an zu begreifen, um was es hier gehen könnte. Nur weigert sich ihr Verstand, den Gedanken zuzulassen.

»Vielleicht ist es etwas weit hergeholt«, spricht Niklas das aus, was Lena nicht einmal *denken* will. »Aber ist es möglich, dass mein Bruder und dein Mann sich umgebracht haben?«

Lena starrt ihn an. Sie sieht, wie sich seine Lippen bewegen, aber sie versteht die Worte nicht mehr. Der Gedanke ist zu ungeheuerlich.

»Lena?« Er stößt sie an.

»Was?«, fragt sie. Sie erwacht aus ihrer Betäubung. »Was?«, wiederholt sie.

»Lena! Kann es sein, dass die beiden *absichtlich* zusammengestoßen sind?«

Sie weiß nicht, wie ihr geschieht. Sie schreit. Schreit so laut, dass es in ihren eigenen Ohren schmerzt. So laut, dass Niklas beide Hände schützend an seinen Kopf legt. »Nein!«, schreit sie. Und dann wieder: »Nein! Nein! *Nein!*«

»Lena!« Niklas lässt die Hände sinken, greift nach ihrem Oberarm und drückt fest zu. »Beruhige dich!«

»Nein!« Sie schreit noch immer. Weiß nicht, wie sie aufhören soll. *»Nein!«*

Im nächsten Moment fliegt ihr Kopf zur Seite. Knallt klatschend gegen die vordere Seitenscheibe, der gesamte Wagen erzittert unter dem Aufprall. Niklas starrt sie fassungslos an. Fassungslos über sich selbst. Mit voller Wucht hat er ihr eine Ohrfeige verpasst.

Das hilft. Plötzlich ist es still im Wagen.

»Nein«, flüstert sie. »Das ist ausgeschlossen. Vollkommen ausgeschlossen.«

»Warum?«

»Weil ... Weil ...« Sie gerät ins Stocken, holt tief Luft und spricht dann weiter. »Weil es keinen Grund für ihn gab, sich das Leben zu nehmen. Im Gegenteil!« Nun wird sie wieder lauter. »Wir haben doch ein Kind! Ich habe ein Baby erwartet, Niklas! Welcher Mann bringt sich um, wenn seine Frau schwanger ist?«

»Welcher Mann setzt eben diese schwangere Frau mitten auf der Landstraße aus?«, stellt er die Gegenfrage. Es ist die Frage, die Lena selbst schon so oft durch den Kopf gegeistert ist – aber von einem anderen will sie sie nicht hören, das will sie nicht! Nein, das wird sie nicht *zulassen!*

»Wir haben uns gestritten«, gibt sie zurück. »Ganz furchtbar gestritten. Das habe ich dir doch erzählt!«

»Ja«, erwidert Niklas und ist dabei ganz ruhig. »Über einen alten Bauernhof, der offenbar nicht dort ist, wo dein Mann behauptet hatte, dass er liegt.«

»Das ist doch Unsinn!«

»Ist es das?« Die Art, wie er sie ansieht. Irgendwie – gütig. Wie ein Geistlicher, der einem Todgeweihten einen letzten Trost spenden will.

»Wir wissen nicht, wo genau der Hof liegt, wir haben ja nicht …« Ihre Stimme erstirbt.

»Lena.« Nun nimmt er ihre Hand, was sie geschehen lässt. »Ich weiß, dass der Gedanke grauenhaft ist. Zu grauenhaft, um ihn zuzulassen. Ich selbst möchte auch nicht daran denken, dass die Möglichkeit besteht, dass mein Bruder …« Er bricht ab, kämpft ebenfalls mit den Tränen. »Dass mein großer, mein starker, mein lebenslustiger Bruder …« Er schluckt. »Dass er vielleicht so verzweifelt, so unendlich verzweifelt war, dass er Selbstmord als einzigen Ausweg gesehen hat.« Er wischt sich über die Augen. »Und dass er weder mit mir noch mit Carolin darüber geredet hat. Dass er so einsam war, dass er lieber zusammen mit einem Fremden in den Tod gehen wollte, als sich uns anzuvertrauen. Denkst du etwa, ich möchte, dass es so gewesen ist?«

Sie sieht ihn an. Dann schüttelt sie den Kopf. »Dann lass es einfach nicht wahr sein!«

Jetzt lächelt er beinahe. »Wir können nicht die Augen vor der Wahrheit verschließen!«

»Ach? Eben war es noch eine ›Möglichkeit‹ – und auf einmal ist es für dich die ›Wahrheit‹?«

»Es spricht doch alles dafür«, sagt er. »Die Tatsache, dass mein Bruder und Daniel sich kannten. Das letzte Telefonat, das sie von ihren Autos aus miteinander geführt haben müssen, ihr *allerletztes* Gespräch! Diese seltsame Chiara mit ihren Freunden auf *beiden* Beerdigungen. Dass dein Mann mit ihr auf Facebook befreundet war, dazu das Zitat von Heinrich von Kleist …« Am liebsten möchte Lena sich die Ohren zuhalten, nichts mehr von alldem hören. »Der Umstand, dass es diesen alten Bauernhof gar nicht gibt, jedenfalls nicht in Postmoor. Der Unfall auf einer Landstraße, auf der zumindest Thomas nichts zu suchen hatte … Lena, das kannst du doch nicht alles verleugnen!«

»Nein«, sagt sie. Sie schließt die Augen, lehnt sich im Sitz zurück. Die Tränen laufen ihr über die Wangen. Sie kann nur noch wie tot in Niklas' Auto sitzen und weinen. Und es fühlt sich an, als würde sie nie wieder etwas anderes tun.

»Lena«, hört sie Niklas irgendwann flüstern, spürt wieder seine Hand auf ihrer. »Ich weiß, dass … dass das gerade sehr schlimm für dich ist. Aber trotzdem … Also, wir müssen doch Emma finden!«

Sie öffnet die Augen. Dreht ihren Kopf zur Seite, betrachtet Niklas, der sie hilflos ansieht. »Verstehst du denn nicht, Niklas? Verstehst du nicht, was das heißt?«, fragt sie.

»Was?«

»Ich war doch dabei«, sagt sie. »*Ich war dabei!* Ich habe neben Daniel im Auto gesessen!«

»Ja, aber …« Plötzlich weiten sich seine Augen. Jetzt versteht er. »O mein Gott!«, flüstert er. »Dein Mann wollte dich mitnehmen. Er wollte dich auch töten! Dich und euer ungeborenes Kind!«

46

Nur noch eine gute Stunde bleibt ihnen. Sechzig mickrige Minuten. Und doch kommt es Lena vor, als hätte jemand die Zeit angehalten. *Er wollte uns mitnehmen.* Der einzige Satz, den sie noch denken kann. Er hat ihren Kopf besetzt und weigert sich, diese Festung wieder aufzugeben. *Daniel wollte Emma und mich mit in den Tod nehmen!* Doch, da ist noch ein kleiner Platz für einen weiteren Satz. Oder eher nur ein Wort: *Warum?*

»Warum?«, spricht sie ihre Frage nun laut aus. »Warum wollte Daniel das tun?«

»Ich weiß es nicht«, sagt Niklas. Er hält noch immer Lenas Hand. Sie entzieht sie ihm nicht. »Du hast erzählt, dein Mann hätte früher unter starken Depressionen gelitten. Vielleicht sind sie zurückgekehrt?«

»Das hätte ich doch gemerkt«, erwidert sie. »Und er hätte es mir gesagt! Wir haben uns immer alles gesagt, *alles!*« Im selben Moment, da sie es ausspricht, weiß sie, dass es eine Lüge ist. Nein. *Sie*, Lena, hat ihm immer alles gesagt. *Er* hingegen hatte ganz offensichtlich Geheimnisse vor ihr.

Niklas seufzt. »Das dachte ich auch über Thomas. Aber er hat nicht mit einer Silbe erwähnt, dass es ihm schlecht geht. Es war ihm nichts anzumerken, gar nichts! Mein Bruder war so glücklich mit Caro und den Kindern, er hatte überhaupt keinen Grund …«

»Eben!«, fällt Lena ihm ins Wort. »Daniel hatte auch keinen *Grund!* Erst recht nicht, seine Frau und sein Kind ebenfalls umzubringen.«

»Das hat er ja auch nicht *getan*«, stellt Niklas fest. »Er hat dich an der Landstraße rausgelassen.«

Sie lacht bitter auf. »Rausge*schmissen* trifft es wohl eher!«

»Ich denke, damit wollte er dich retten«, sagt er. »Wenn dein Mann wirklich vorhatte, dich und euer Kind zu töten, hat ihn offenbar etwas in letzter Sekunde davon abgehalten. Etwas hat ihn dazu gebracht, euch zu verschonen.«

»Ja.« *Das Baby kann doch nichts dafür!* »Emma«, sagt sie dann. »Emma hat ihn umgestimmt.«

*

»Wenn wir ein Mädchen bekommen, möchte ich unsere Tochter gern Emma nennen. Nach meiner Lieblingsoma, weißt du?« Lena hatte ihren Kopf auf Daniels Brust gebettet. Die ersten Sonnenstrahlen des Tages fielen durchs Schlafzimmerfenster und kitzelten sie im Gesicht. Sie kräuselte die Nase, weil sie fast niesen musste.

»Okay«, antwortete er, »dann nennen wir sie Emma.«

»Das ist alles?« Erstaunt stützte sie sich auf den Ellbogen auf und sah ihn an. »Einfach nur ›Okay, dann nennen wir sie Emma‹?«

Er runzelte die Stirn. »Was hast du denn erwartet, was ich dazu sage?«

»Na ja.« Lena zog ihre Lippen zu einem Schmollmund. »Eigentlich dachte ich, du bringst auch einen Vorschlag ein!«

Daniel dachte einen Moment lang nach. »Hermine«, sagte er dann.

»Hermine?« Nun setzte Lena sich ganz im Bett auf. »Das ist nicht dein Ernst, oder?«

»Wieso? *Meine* Lieblingsoma hieß eben Hermine!«

»Aber es geht doch nicht um unsere Lieblingsomas!«, gab sie empört zurück.

»Ach, nicht? Aber eben hast du doch genau das gesagt, oder?« Sie merkte ihm an, dass er sich nur mit großer Mühe ein Lachen verkneifen konnte, sein Oberkörper zuckte bereits verräterisch.

»Daniel Andersen!« Nun warf sie ihm einen strengen Blick zu. »Die Namensfindung für unsere Tochter ist eine ernst zu nehmende Angelegenheit!«

»Natürlich.« Er warf die Bettdecke zurück, sodass seine Füße zum Vorschein kamen, schlug in der Luft die nackten Hacken zusammen und salutierte mit der rechten Hand. »Verstanden, Frau Generalfeldmarschall!«, rief er aus. »Ernst zu nehmende Angelegenheit. Jawoll! Wird sofort und ohne jede weitere Verzögerung mit der nötigen Ernsthaftigkeit erledigt!«

»Schatz!« Sie nahm ihr Kissen und schlug es ihm mit voller Wucht auf den Kopf, sodass er erschrocken aufjapste.

»Gnade!«, flehte er, lachte dabei aber gleichzeitig.

»Es gibt keine Gnade«, erwiderte sie und schlug noch einmal mit dem Kissen zu. Dabei musste sie ebenfalls kichern.

»Okay.« Daniel rutschte auch noch ein Stückchen höher im Bett, lehnte sich gegen die Rückwand und zog sie in seinen Arm. »Dann bin ich halt für die Jungsnamen zuständig«, erklärte er. »Ich plädiere für Raimund.«

»Warum nicht gleich Adalbert?«, gab sie zurück und boxte ihn in die Seite.

»Jaaa.« Er zog das Wort in die Länge. »Hat was. Raimund Adalbert Gregorius Andersen. Der Dritte, wohlgemerkt. Ich kenne da einen Honorarkonsul, bei dem wir vielleicht noch einen Doktortitel erwerben können.« Er boxte sie sanft zurück.

»Jetzt musst du bei deiner banalen ›Emma‹ aber noch echt eine Schippe drauflegen!«

»Liebling.« Nun wurde sie ernst. »Mach dich bitte nicht lustig über mich. Es macht mir eben Spaß, darüber nachzudenken, wie unser Baby heißen könnte.« Sie streichelte mit einer Hand über seinen nackten Oberkörper.

»Das verstehe ich ja«, erwiderte ihr Mann. »Aber sollten wir nicht wenigstens abwarten, bis du schwanger bist, ehe wir anfangen, Namensbücher zu wälzen?«

»Das klappt bestimmt bald!«, gab sie zurück. »Ich bin mir sicher, dass wir nicht mehr lange warten müssen.«

Daniel seufzte. »Das hoffe ich natürlich auch. Ich will nur nicht, dass du wieder so schrecklich enttäuscht bist, wenn es doch noch ein bisschen dauert.«

»Keine Sorge«, antwortete sie. Und spürte trotzdem mit einem Mal ein beklemmendes Gefühl in sich aufsteigen. »Jetzt, wo wir alle Untersuchungsergebnisse haben und wissen, dass bei keinem von uns beiden ein Problem vorliegt – da *weiß* ich einfach, dass ein Baby schon so gut wie unterwegs ist.«

»Wo auch immer du diese Gewissheit hernimmst«, erwiderte er, »in erster Linie freut es mich, dass du wieder ein bisschen fröhlicher bist.«

»Ich bin der festen Überzeugung«, sagte sie, »dass es bisher ein rein seelisches Problem war. Wir haben uns einfach nur komplett verrückt gemacht und unter Druck gesetzt, da *kann* das ja nicht funktionieren.« Sie legte den Kopf zur Seite, bettete ihn an die Schulter ihres Mannes und schloss die Augen. »Ich wollte mich übrigens noch einmal bei dir bedanken«, sagte sie leise.

»Wofür denn?«

»Das weißt du doch.«

»Ach, na ja … War am Ende nur halb so wild.«

»Nein, Daniel«, widersprach sie ihm, rückte von ihm ab und sah ihn an. »Mir ist klar, dass dich das eine Menge Überwindung gekostet hat.«

Er räusperte sich. »Tja.« Nun machte er eine Pause. »Ich muss gestehen: Unter Zeitdruck in einem sterilen Klinikzimmer mit einem Couchtisch voller Pornohefte in einen Becher zu onanieren, um sich hinterher von einem Arzt erklären zu lassen, ob mit der eigenen Manneskraft noch alles in Ordnung ist oder nicht … Das erlebt man auch nicht alle Tage. Ist auf alle Fälle was für meine späteren Memoiren.« Nun grinste er breit.

Lena blieb ernst. »Umso dankbarer bin ich, dass du es für mich getan hast.« Sie korrigierte sich. »Für uns.«

Jetzt nahm er ihre Hände und betrachtete sie so liebevoll, mit einem so innigen Blick, dass ihr ums Herz herum ganz warm wurde. »Auch ich wünsche mir nichts sehnlicher, als dass wir ein Kind miteinander haben. Und natürlich bin ich froh, dass das Ergebnis meines Spermiogramms letztlich so gut ausgefallen ist. Ich weiß selbst nicht, warum ich mich so lange dagegen gewehrt habe, mich untersuchen zu lassen. Der Gedanke war mir halt einfach unangenehm.« Erneut machte er eine Pause. »Wenn dir das etwas von dem Druck nimmt, ist das toll! Und mich beruhigt es ja auch.« Sein Blick wurde noch intensiver. »Mir ist nur wichtig, dass du nicht wieder in ein tiefes Loch fällst und so unendlich traurig bist, falls der nächste Schwangerschaftstest trotzdem wieder negativ ist. Zeugungsfähigkeit ist das eine, aber über den Rest entscheidet eben das Schicksal.«

»Hm.« Sie nickte. »Ich weiß, dass du das nicht hören willst, aber es gäbe ja noch mehr Möglichkeiten, wenn …«

»Schsch«, unterbrach er sie und legte seinen Zeigefinger auf Lenas Lippen. »Du musst wissen, dass ich dich über alles liebe.«

Er beugte sich vor und küsste sie. »Es gibt für mich keinen wichtigeren Menschen auf der Welt als dich.«

»Und Josy«, fügte sie hinzu.

»Natürlich, ja, Josy. Aber das ist etwas anderes, sie ist meine Tochter. Du hingegen bist die Frau, für die ich mich entschieden habe. Mit der zusammen ich alt werden möchte.«

Nun war es an ihr, ihn zu küssen. »Und ich mit dir«, erwiderte sie leise.

»Wenn wir ein Baby bekommen, bin ich der glücklichste Mann der Welt«, sprach er weiter und zog sie wieder an seine Brust. »Aber auch ohne ein Kind bin ich mit dir glücklicher, als ich es jemals war.«

»Ich auch«, antwortete sie und schloss erneut die Augen. »Ich bin mir allerdings ganz sicher, dass es schon bald klappen wird. Wenn zwei Menschen sich so sehr lieben wie wir – dann …« Sie unterbrach sich.

»Was, dann?«

Sie kicherte wieder. »Dann wird ihnen dein bescheuertes Schicksal schon ein Baby schenken.«

Eine Weile sagte Daniel nichts. Dann, ganz plötzlich und ohne jede Vorwarnung, schubste er Lena mit dem Rücken aufs Bett und warf sich auf sie. »Na, dann komm!«, rief er. »Helfen wir dem Schicksal ein bisschen auf die Sprünge!«

»Daniel!«, kreischte sie, lachte und wehrte ihn gespielt ab. »Das bringt heute nichts, mein Eisprung ist erst in zehn Tagen!«

»Tja, Pech für ihn«, stellte er fest, »dass ich dann in München bin.« Er stützte sich mit beiden Händen über ihr ab und grinste sie an. »Aber es kann ja nicht schaden, trotzdem fleißig zu üben.«

»Nein«, stimmte sie ihm zu. »Kann es nicht.«

»Dann komm, mein Weib!«

»Mit dir nach München?«, fragte sie hoffnungsvoll. »Sollen mein Eisprung und ich dich doch begleiten? Ich meine, jetzt, wo wir wissen, dass es bei uns beiden geht, sollten wir keine Gelegenheit ungenutzt verstreichen lassen.«

»Nein.« Daniel schüttelte den Kopf. »Das ist Unsinn. Ich werde da die gesamte Woche nur von einem Termin zum nächsten hetzen und überhaupt keine Zeit für dich haben.«

»Na gut.« Sie zog ihn wieder zu sich herunter. »Dann eben ein bisschen Probetraining. Der nächste Zyklus kommt bestimmt.«

»Hm.« Er war bereits dabei, an Lenas rechtem Ohr zu knabbern. »Der kommt. Und dann kommt noch einer und noch einer und noch einer ...«

»Idiopathische Sterilität.« Vierzehn Zyklen später saß Lena wie so oft nachts vor ihrem Notebook und las sich durch verschiedene Schwangerschaftsforen. Und stieß dabei mal wieder auf diese zwei grässlichen Worte, die nichts weiter bedeuteten als ungewollte Kinderlosigkeit ohne erkennbaren medizinischen Grund.

Sie weinte. Wie so häufig in den vergangenen Monaten. In den vielen, vielen Nächten, in denen die Schlaflosigkeit sie durch die Wohnung getrieben hatte, während Daniel nebenan seit Stunden schlummerte und keine Ahnung hatte, mit welchem Kummer seine Frau sich herumschlug.

Das heißt, *natürlich* wusste er es. Und er tröstete Lena auch, wo er nur konnte. Aber während sie von Tag zu Tag trauriger und verzweifelter wurde, war Daniel noch immer der festen Überzeugung, dass ein Kind schon irgendwann kommen würde. Wenn das Schicksal es wollte, würde es passieren. Es gab schließlich keinen Grund dafür, dass es nicht geschehen sollte, das hatten sie ja schwarz auf weiß. Er nannte es ein

»Gottesgeschenk«, auf das sie einfach nur noch ein bisschen länger würden warten müssen.

Das war seine, Daniels, Meinung. Lenas Meinung war eine andere. Sie begann, allein das Wort »Gottesgeschenk« zu verfluchen.

*

Während Lena in Niklas' Auto sitzt und ihm erzählt, was für ein Geschenk Emma ist – was für ein unglaubliches *Gottesgeschenk*, von dem sie nicht mehr zu hoffen gewagt hatte, dass es ihr noch zuteil würde –, kommt sie langsam wieder zur Besinnung. Zur Besinnung darüber, dass jetzt nicht der Zeitpunkt für ein großes Lamento ist.

Egal, wie grauenvoll der Gedanke auch ist, dass Daniel sich umgebracht hat, dass er seine Frau und sein Kind mit in den Tod reißen wollte, egal, wie unvorstellbar das auch ist – Lena darf sich davon nicht aufhalten lassen. Sie muss Emma finden, muss ihr Kind suchen und es finden!

Wäre es nicht ohnehin klar, dass sie das als Mutter tun muss – spätestens nun schuldet sie es Emma auch. Schuldet es ihrer Tochter, die nicht nur sich selbst, sondern auch Lena gerettet hat. Gerettet vor einem Ende in einem ausgebrannten Autowrack.

Die Digitaluhr im VW zeigt zehn nach elf. »Was machen wir?«, fragt Lena Niklas. »Was sollen wir tun?«

»Ich glaube, Chiara und ihre Freunde sind der Schlüssel zu allem.«

»Und wie genau sieht dieser ›Schlüssel‹ aus?«

»Hast du schon mal was von Selbstmordgruppen gehört?«

»Selbstmordgruppen?«

Niklas zuckt mit den Schultern. »Keine Ahnung, ob die so heißen. Ich meine eben Leute, die sich zum gemeinsamen Suizid treffen.«

»Nein«, gibt Lena zu. »Ab und zu liest man von Menschen, die sich zusammen umbringen. Meistens Teenager. Aber das würde ich nicht als ›Gruppen‹ bezeichnen.«

»Ich weiß ja auch nicht genau, ob ich richtigliege. Allerdings müssen wir wohl davon ausgehen, dass Daniel und Thomas … nun, dass sie sich zu dem Unfall – verabredet haben.«

»Ja.« Sie nickt. So schwer es ihr auch fällt.

»Dann haben wir noch diese Chiara und ihre seltsamen Freunde«, spricht Niklas weiter. »Chiara hat sich erhängt – und zumindest dieser Itchy scheint etwas zu wissen und hat auch einen Skorpion tätowiert. Das scheint mir wie ein Erkennungszeichen zu sein.«

»Erkennungszeichen?«

»Keine Ahnung, ich fabuliere frei herum. Aber für mich klingt das sehr danach, als hätten die sich alle – Daniel, Thomas, Chiara, Itchy und dieser Kumpel Mike, den er erwähnt hat – irgendwie gekannt. Wie auch immer. Über einen Verein. Über ein Internetforum, was weiß ich?«

»Ein Internetforum?«

»Ein Forum für Menschen mit einem gemeinsamen Interesse …«

»Selbstmord als gemeinsames Interesse?«

Niklas nickt. »Genau. Woher auch immer die sich alle kennen. Beziehungsweise *kannten.* Einer von denen wird uns mehr verraten, uns weiterhelfen können. Einer von denen, der noch lebt.« Mit diesen Worten öffnet Niklas die Autotür. Er muss gar nicht erklären, wohin er will. Lena weiß es auch so: zurück ins Tattoo-Studio.

»Und wenn dieser Itchy sich weigert, den Mund aufzumachen?«, fragt Lena, während sie neben Niklas Richtung »Color Me Badd« rennt. »Er hat uns ja vorhin auch nichts sagen wollen.«

»Dann prügel ich die Scheiße aus ihm heraus! Und wenn es das Letzte ist, was ich tue!«

Sackgasse. Es gibt nur noch Sackgassen, wohin Lena sich auch wendet. Als sie wieder beim Studio ankommen, ist der Laden geschlossen. Um zwanzig nach elf ist an einem Samstagabend auch in der Tattoo-Szene Schluss.

»Scheiße!«, zischt Niklas und drischt mit der flachen Hand auf die Ladentür ein.

»Was jetzt?« Die Angst hat Lena wieder in ihrer Gewalt.

»Weitersuchen!«, bringt Niklas gepresst und mit schmerzverzerrter Miene hervor, seine Hand hat offenbar unter dem Schlag gegen die Tür gelitten. Erneut holt er sein Smartphone raus. »Vielleicht finden wir diesen Itchy noch woanders. Oder einen anderen von dieser Selbstmordgruppe, wenn es sie denn tatsächlich gibt. Was ist zum Beispiel mit diesem Mike? Kann sein, dass der auch bei Facebook ist.« Niklas drückt den Knopf zur Entriegelung der Tastensperre, wartet darauf, dass das Display aufleuchtet. »Scheiße!«, brüllt er ein weiteres Mal. »Der Akku ist leer!« Schon hebt er die Hand, als wolle er sein Handy auf die Straße donnern, aber Lena fängt seinen Arm ab und hält ihn zurück.

»Hast du ein Ladegerät dabei?«

»Natürlich nicht!« Dann rennt er wieder los.

»Wohin jetzt?«, ruft Lena und hat Schwierigkeiten, mit ihm Schritt zu halten.

»Ich wohne nur zehn Minuten von hier entfernt«, ruft Niklas über die Schulter zurück. »Wir gehen an meinen Computer!«

»Okay«, sagt Niklas, als sie kurz darauf in seine Wohnung in Rahlstedt stolpern. »Mein Büro ist am Ende des Flurs, der

Computer ist eingeschaltet.« Er deutet auf eine Tür links von der Diele. »Fang schon mal an, ich komme sofort. Und häng mein Handy zum Laden ans Kabel, vielleicht brauchen wir das noch!« Mit diesen Worten drückt er Lena sein Telefon in die Hand und verschwindet eilig im Bad auf der rechten Seite.

Lena nickt, dann stürzt sie in sein Büro und setzt sich vor seinen PC. Die Kondolenzbücher, die sie dabeihat, um noch einmal die Namen durchzugehen, wirft sie achtlos auf den kleinen Schubladenschrank links neben sich. Auf der Fahrt zu Niklas' Wohnung hat sie beim erneuten Durchblättern keinen Mike gefunden, aber vielleicht hat sie in der Eile ja einen Eintrag übersehen.

Während sie mit fahrigen Händen auf die Leertaste einhämmert, um den Computer aus seinem Ruhezustand zu wecken, sieht sie sich nach einem Ladekabel um. Direkt neben dem Bildschirm liegt eins, per USB mit dem Computer verbunden. Es entgleitet ihr dreimal, dann hat Lena das Handy zum Aufladen angeschlossen.

Der Monitor wechselt von Schwarz zu Farbe, zeigt ein paar offene Fenster an. Ein Grafikprogramm und Word. Aus dem Lautsprecher dudelt Rockmusik los. Mit dem Zeiger der Maus sucht Lena in der Menüzeile nach einem Webbrowser, findet Firefox und klickt auf das Symbol. Doch anstelle des Internets geht ein neues Fenster auf.

Ein Fotoprogramm.

Mehrere Bilder ploppen auf dem Bildschirm hoch, vermutlich sind sie auf Daniels Handy, das sich gerade mit dem PC verbindet.

Lena will die Fotos schnell wegdrücken, um erneut den Browser fürs Internet zu starten. Bei einem flüchtigen Blick auf eines der Bilder unterdrückt sie einen Schrei und schlägt sich mit einer Hand vor den Mund. Lena erkennt sich selbst. Auf gleich mehreren Fotos ist sie zu sehen. Hochschwanger. Irgendwo an der Alster. Aufgenommen eindeutig *vor* Daniels Beerdigung.

»Scheiße!« Hinter ihr. Lena fährt auf dem Bürostuhl herum. Niklas. Er ist keine fünfzig Zentimeter von ihr entfernt und starrt wütend auf seinen Computer.

47

»Lena!« Mit erhobenen Händen steht er vor ihr, setzt dabei eine beschwichtigende Miene auf. »Ich weiß, wie das aussieht, ich …«

»Was hat das zu bedeuten?«, fällt Lena ihm brüllend ins Wort. Mit einem Finger deutet sie anklagend auf die Fotos. »Was, zum Teufel, ist das?«

»Ich kann das erklären«, sagt Niklas und macht einen Schritt auf sie zu.

»Bleib, wo du bist!«, schreit sie und rückt mit dem Stuhl ein Stück nach hinten, sodass er gegen die Tischplatte knallt.

»Bitte«, versucht Niklas es erneut, »hör mir doch zu, du kriegst das in den völlig falschen Hals, ich kann das erklären …«

»Wo ist Emma?«, unterbricht sie ihn wieder. Sie betont jedes einzelne Wort. Ihr schlägt das Herz bis zum Hals. Was, wenn Niklas sie angreift, wenn er sie packt und niederschlägt? Sie hat keine Chance gegen ihn, sie ist ihm körperlich hoffnungslos unterlegen. Trotzdem – ihr bleibt nur die Flucht nach vorn. Sie erhebt sich vom Stuhl, geht auf ihn zu. Langsam. Bis sie so dicht vor Niklas steht, dass sie seine Wärme spüren kann. »Sag mir sofort, wo meine Tochter ist! Sag es mir, oder ich bring dich um!«

»Ich weiß nicht, wo sie ist«, behauptet Niklas. »Das ist die Wahrheit, ich schwöre es!«

»Was ist das für ein perverses Spiel?«, flüstert Lena. Um sich im nächsten Moment mit erhobenen Fäusten auf ihn zu stürzen. *»Wo ist Emma?«,* brüllt sie und prügelt auf Niklas ein. *»Wo ist sie?«* Wieder und wieder schlägt sie zu.

Niklas versucht, sich zur Wehr zu setzen, ihre Hände abzufangen und sie festzuhalten. Aber tatsächlich ist *er* es, der *ihr* unterlegen ist, er kommt gegen sie kaum an. »Ich weiß es nicht«, bringt er gepresst hervor. »Bitte, hör mir doch zu!«

»Nein!«, schreit sie. »Kein Wort mehr von deinen Lügen! Ich will mein Kind!«

»Ich *hab* Emma nicht!«

»Du lügst!« Für den Bruchteil einer Sekunde spürt Lena Schwäche in sich, eine kurze Unsicherheit. Nur einen Wimpernschlag lang. Aber das reicht aus, damit Niklas beide Arme um sie schlingen kann. Plötzlich ist sie wie von einem Schraubstock umklammert, kann sich nicht mehr bewegen, kann nur noch mit den Füßen treten und wie ein Tier brüllen. Sie ringen miteinander, Niklas versucht, sie zu Boden zu werfen, gemeinsam krachen sie gegen die Schreibtischplatte.

Ein letztes Mal mobilisiert Lena alle Kräfte, holt tief Luft und reißt mit einem Schrei beide Arme hoch, in der Hoffnung, sich so von Niklas befreien zu können. Für eine Sekunde lockert sich sein Griff, sie nutzt die Chance, ihn mit Wucht von sich zu stoßen.

Niklas gerät ins Taumeln. Er stolpert. Er stürzt. Schlägt mit dem Kopf gegen eine Ecke des Schubladenschranks, reißt ihn beim Fallen mit sich um, stöhnt auf – und bleibt dann reglos auf dem Boden liegen.

Schwer atmend steht Lena über ihm. Betrachtet Niklas und bemerkt Blut, das zwischen seinen Haaren hervorsickert.

Lena geht in die Hocke und lauscht. Ist er tot? Er atmet, ist nur bewusstlos. Der Schlag auf den Kopf hat ihn außer Gefecht gesetzt.

Schon will Lena zu ihrem Telefon greifen, die Polizei rufen und den Beamten sagen, dass sie sofort kommen sollen, weil der Entführer ihrer Tochter vor ihr liegt. Will ihnen sagen, dass sie die Wahrheit aus Niklas Krohn herausprügeln sollen, dass sie ihn fertigmachen sollen, bis er endlich verrät, wo Emma ist.

Emma! Sie lässt Niklas liegen, rennt vom Büro in den Flur, reißt alle Türen auf. Neben dem Bad gibt es noch ein Schlafzimmer und die Küche. Die Räume sind leer und verlassen, nirgends ein Gitterbett oder eine Babywippe. Nein, natürlich nicht, *hier* hält er ihr Kind nicht versteckt.

Sie läuft zurück ins Büro. Niklas bewegt sich noch immer nicht.

Jetzt also doch Polizei. Sie holt ihr Handy aus der Tasche.

Nun, o Unsterblichkeit, bist du ganz mein!

Lenas Blick fällt auf diesen Satz. Auf das Zitat von Heinrich von Kleist. In geschwungenen Lettern steht es als Überschrift auf dem Programmblatt von Thomas Krohns Begräbnis. Es liegt direkt vor ihr auf dem Boden. Ist aus dem Kondolenzbuch geflattert, das auf dem Schubladenschrank lag und ebenfalls zu Boden gegangen ist.

Der Ablauf für den Beerdigungsgottesdienst also. Dieses »liebevoll gestaltete« Dokument. Carolin Krohn, die *trauernde* Witwe, hat es erstellt.

Sie weiß über alles Bescheid!

Fünfundzwanzig Minuten vor Mitternacht. Lena rast zurück nach Ahrensburg. Hat sich Niklas' Schlüssel geschnappt und ist in seinen VW gesprungen. Hat ihn bewusstlos in seinem Büro zurückgelassen. Nach einem kurzen Vitalcheck hat sie seine Lage als stabil eingeschätzt. Kein Grund, einen Krankenwagen zu rufen. Die Staatsgewalt wird sie informieren, sobald sie Carolin Krohn zum Reden gebracht hat. Sobald sie endlich, *endlich* weiß, was sie und Niklas mit Emma gemacht haben.

In Lenas Kopf geht es drunter und drüber. Wie so oft versucht sie, sich einen Reim auf all die verwirrenden Puzzlestücke zu machen, sie zu einem großen Ganzen zusammenzusetzen. Fakt ist, dass Niklas sie schon *vor* Daniels Beerdigung beobachtet hat. Er hat sie an der Alster fotografiert. Und wer weiß, wo sonst noch. Hat Lena verfolgt, um sie erst beim Begräbnis ganz »offiziell« kennenzulernen. Um näher an sie heranzukommen, um sich ihr Vertrauen zu erschleichen und dann gemeinsam mit seiner Schwägerin zuzuschlagen. Um danach mit ihr zu »spielen«. Um seine heimliche Freude daran zu haben, zusammen mit Lena zu »recherchieren« und ihr zu »helfen«. Obwohl in Wahrheit er und Carolin hinter allem stecken.

Die ganze Zeit war Lena auf der falschen Fährte gewesen. All ihre Theorien sind null und nichtig. Weder Josy noch die Schusters haben etwas damit zu tun. Rebeccas und Martins Tod – entweder tragischer Zufall oder ebenfalls Teil eines Komplotts, dessen Hintergründe sie gerade erst zu verstehen beginnt.

Mit überhöhter Geschwindigkeit brettert Lena von der Landstraße in die geschlossene Ortschaft hinein. Beinahe übersieht sie die Kreuzung, an der sie nach links abbiegen muss. Sie tritt auf die Bremse, reißt das Steuer herum, der Wagen bricht seitlich aus. Dann donnert Lena mit quietschenden Reifen in die Stormarnstraße und rast weiter durchs dunkle Ahrensburg.

Daniels Tod – vermutlich hat Niklas recht. Es *muss* Selbstmord gewesen sein, etwas anderes kommt nicht mehr infrage. Die Fakten sprechen für sich: seine Freundschaft mit Chiara Beck, der Resthof, zu dem er Lena locken wollte, seine Telefonate mit Thomas Krohn … Auch wenn der Gedanke sie fast um den Verstand bringt, scheint kein Zweifel daran zu bestehen, dass Daniel freiwillig gegangen ist, dass es tatsächlich kein Unfall war.

Aus welchem Grund auch immer: Ihr Mann hat beschlossen, sich am 2. Juli umzubringen. Beschlossen, frontal in ein anderes Auto zu krachen und damit allem ein Ende zu bereiten. Im wahrsten Sinne des Wortes mit einem lauten Knall aus dem Leben zu scheiden. Dass sie, Lena, nicht mit dabei war, war vielleicht ein Akt der Gnade, zu dem Daniel sich in letzter Sekunde durchgerungen hat. Wer weiß, vielleicht wird sie es nie herausfinden.

Wichtiger ist, dass Lena glaubt, Niklas' und Carolins Motiv zu kennen. Es zumindest zu erahnen. *Rache.* Rache für den toten Bruder und Ehemann. Rache dafür, dass Thomas Krohn von Daniel aus dem Leben gerissen wurde.

Weshalb diese Rache nicht nur an Emma und ihr, sondern auch noch an einer ganzen Reihe weiterer Andersens verübt werden sollte – das ist Lena ein Rätsel.

Aber sie wird es lösen, das *wird* sie. Sie wird sich erst ihre Tochter zurückholen und dann herausfinden, warum Niklas und Carolin Krohn so unfassbar grausam, so *unmenschlich* gehandelt haben. Und so ungerecht – denn Thomas und Daniel hatten doch ganz offensichtlich eine Vereinbarung getroffen! Der unverständliche Selbstmord – er wurde in beiderseitigem Einverständnis ausgeführt. Kein Grund also für einen Vergeltungsakt.

Um zehn Minuten vor Mitternacht parkt Lena Niklas' VW vor Carolin Krohns Haus. Springt aus dem Wagen, hechtet zur Tür und drückt anhaltend auf den Klingelknopf. Sofort hört sie aufgeregte Stimmen im Flur, kurz darauf wird ihr geöffnet. Die Frau mit den roten Locken und eine ältere Dame stehen vor ihr, sehen sie überrascht und verängstigt an. Carolin Krohn und, wie Lena vermutet, deren Schwiegermutter.

»Was ist los?«, will Niklas' Mutter sofort wissen. »Wer sind Sie, was wollen Sie um diese Uhrzeit?«

»Mein Name ist Lena Andersen«, stellt sie sich vor. Sie lässt Carolin nicht aus den Augen, meint, ein leichtes Zusammenzucken zu bemerken. Aber sie kann sich auch täuschen. »Ich bin die Witwe von Daniel Andersen«, erklärt sie.

»Ach, Sie sind …?«, beginnt Carolins Schwiegermutter, doch Lena unterbricht sie.

»Tut mir leid, wenn ich Sie erschreckt habe.« Sie fügt eine kurze dramatische Pause ein. »Aber es ist etwas mit Niklas Krohn passiert!«

»Was?« Nun meldet sich Carolin zu Wort. Entsetzen spiegelt sich in ihrer Miene.

»Was ist mit Niklas?«, will die Mutter wissen, nicht weniger besorgt als ihre Schwiegertochter. »Ist er tot?«

»Nein«, erwidert Lena. »Es geht ihm gut. Aber er braucht Ihre Hilfe, Sie sollten mitkommen.« Sie sieht Carolin an, sie muss Niklas' Schwägerin unbedingt allein zu fassen kriegen. »Ich bringe Sie zu ihm.« Dann deutet sie auf Niklas' Wagen, der am Straßenrand parkt.

Carolin zögert. *Natürlich* zögert sie, sie muss sich fragen, ob das hier eine Falle ist. Ob Lena bereits weiß, dass sie und Niklas zwei Kindesräuber sind.

»Ich komme mit!«, schaltet die alte Frau Krohn sich ein. »Schließlich geht es um meinen Sohn!«

»Nein«, sagt Lena schnell. »Es ist besser, wenn …«

Wie im Stillen gehofft, springt Carolin Krohn ihr bei. »Bleib du bitte bei den Kindern, ich fahre mit ihr.« Niklas' Schwägerin sieht Lena mit einem ernsten Blick an.

»Aber ich will wissen, was mit meinem Sohn los ist!« Die Schwiegermutter klingt weinerlich.

»Ich ruf dich an!«

Mit diesen Worten ist Carolin schon aus der Tür, läuft mit Lena zum Auto. Sie reißen die Türen auf, lassen sich auf die Sitze fallen und schnallen sich an. Lena gibt Gas und rast los.

»Also, was ist passiert?«, will Carolin Krohn wissen, sobald sie angefahren sind.

»Gleich«, gibt Lena zurück. In sieben Minuten ist es Mitternacht, aber ein Gefühl sagt ihr, dass Emma nichts passieren wird, selbst wenn diese Frist gleich verstreicht. Sie hat Carolin, sie hat nun auch eine Geisel. *Quid pro quo.*

48

Als Lena die Auffahrt zur A1 erreicht hat, bricht sie das Schweigen.

»Wo ist meine Tochter?«, will sie unumwunden wissen.

»Ihre Tochter?«

»Meine Tochter, mein Baby. Emma«, sagt sie und wirft Carolin einen schnellen Seitenblick zu. »Sie wissen ganz genau, wovon ich rede!«

»Tut mir leid, ich habe keine Ahnung, was Sie meinen. Außerdem will ich endlich wissen, was mit Niklas …«

»Sie haben also keine Ahnung?«, unterbricht Lena sie und drückt energisch das Gaspedal durch. Der Wagen macht einen Ruck nach vorn, der Tacho zeigt hundertachtzig an.

»Sind Sie verrückt geworden?«, schreit Carolin und krallt sich mit beiden Händen an ihrem Sitz fest. »Hier ist hundertdreißig!«

Lena kennt das Gefühl. So hat sie damals im Auto gesessen und sich krampfhaft und voller Angst festgehalten. Auf der B73 zwischen Buxtehude und Stade.

»Wenn Sie nicht endlich mit der Wahrheit rausrücken, reiße ich das Steuer rum!«, droht Lena.

»Was?« Carolin Krohn sieht sie angsterfüllt an. »Ich weiß überhaupt nicht, was Sie von mir wollen! Wo ist Niklas? Was ist wirklich mit ihm?« Ihre Stimme klingt hysterisch, überschlägt sich.

»Ihr Schwager liegt bei sich zu Hause bewusstlos in der Wohnung«, erwidert Lena.

»Was … Was …«, stottert sie. Sie sieht Lena entsetzt an. »Aber was wollen Sie denn von mir? Bitte! Sagen Sie mir doch endlich, was hier los ist!«

»Ich will wissen, wo meine Tochter ist!«

»Ich *weiß* nichts von Ihrer Tochter!«, gibt Carolin zurück, tränenerstickt. »Glauben Sie mir bitte, ich habe keine Ahnung, wovon Sie reden! Ich kenne Sie ja nicht mal!«

Lena schüttelt verächtlich den Kopf. »Dabei haben Sie doch selbst Kinder. Wie können Sie nur so etwas tun? Wie können Sie dazu überhaupt *fähig* sein?«

Carolin kann die Tränen nicht mehr zurückhalten. »Aber ich …« Ihre Stimme erstirbt, ist nur noch ein Schluchzen.

»Sie können sich das Theater sparen!«, fährt Lena sie an. »Ich weiß alles.«

»Alles?«, kommt es verunsichert zurück. »Was meinen Sie?«

Während Lena sich weiter auf die Straße konzentriert und mit unverändert hoher Geschwindigkeit über die Autobahn rast, berichtet sie Carolin in knappen Worten, was sie herausgefunden hat: »Ich weiß, dass Ihr Mann und mein Mann sich beide umgebracht haben. Dass sie zu einem gemeinsamen Selbstmord verabredet waren.«

»Was … Wie …«

»Und ich weiß, dass Sie und Niklas das ebenfalls wissen«, fährt Lena fort. »Das Kleist-Zitat hat Sie verraten. Sie haben schließlich das Programm für die Beerdigung Ihres Mannes entworfen.« Sie lacht bitter auf. »Ja, nur ein kleines Detail, aber es hat Sie verraten. Wirklich zu dumm, nicht wahr? Nur, weil Sie sich das bisschen Pathos nicht verkneifen konnten!«

»Sie wissen das also?« Die Stimmung im Wagen hat sich schlagartig verändert. Carolin weint nicht mehr – sie sieht

Lena nur groß an. »Sie wissen, dass die beiden sich das Leben genommen haben?«

»Ja, allerdings.« Lena muss aufpassen, dass sie vor Anspannung nicht das Steuer verreißt. Endlich redet Niklas' Schwägerin! »Und ich weiß auch, dass Sie und Niklas mich schon eine ganze Weile beobachtet haben«, fährt sie fort. »Ich hab die Fotos gefunden.« Noch ein schneller Blick zur Seite. Carolin Krohn zuckt nicht mal mit der Wimper, sondern sieht sie weiterhin ganz ruhig an. *Zu* ruhig? »Alles, was ich will, ist mein Baby«, sagt Lena und kämpft gegen die Angst an, die auf einmal in ihr aufsteigt. »Wenn Sie es mir zurückgeben, werde ich nichts gegen Sie unternehmen. Das verspreche ich.«

Carolin denkt einen Moment lang nach. Starrt schweigend nach vorn aus der Windschutzscheibe, sieht zu, wie die weißen Begrenzungspfosten links und rechts vorübersausen. »Gut«, sagt sie schließlich. »Fahren Sie langsamer und bei der nächsten Möglichkeit raus.«

»Nein«, antwortet Lena und macht keine Anstalten, das Tempo zu verringern. »Damit Sie fliehen können? Auf gar keinen Fall!«

»Sie wollen doch die Wahrheit wissen, oder?«

Sie blickt starr geradeaus. Nickt dann.

»Dann fahren Sie raus!«

Lena nimmt die Ausfahrt Stapelfeld, fährt runter auf die B435 Richtung Hamburg. Carolin weist sie an, rechts an einer Bushaltestelle zu halten. Lena tritt auf die Bremse. Hält. Sie holt tief Luft. Jetzt muss sie Ruhe bewahren.

»Also«, fängt Carolin endlich zu sprechen an, leise. Sie spielt nervös an ihrer Armbanduhr. »Sie wissen von dem Selbstmord?«

Lena nickt, sie kann ihre Ungeduld kaum noch im Zaum halten.

»Verstehe.« Carolin Krohn senkt den Blick auf ihren Schoß. »Dann ist es jetzt sowieso zu spät.«

»Zu spät? Was ist mit meiner Tochter?«

»Hören Sie mir zu.« Nun sieht sie Lena an. Sie ist blass, Angst steht ihr deutlich ins Gesicht geschrieben. »Es stimmt. Thomas hat sich das Leben genommen. Er hat sich mit Ihrem Mann zu einem Unfall verabredet.« Sie zögert. »Er hat mir einen Abschiedsbrief hinterlassen. Einen Tag nach dem Unfall habe ich ihn erhalten.« Sie räuspert sich, spricht dann weiter. »Thomas hat mir geschrieben, dass wir sehr hohe Schulden haben.«

»Schulden?«

Sie nickt. »Ja. Unser Haus, unser Lebensstil … Er hat geschrieben, dass er den Druck nicht mehr ausgehalten hat. Den Druck, mir und den Kindern etwas bieten zu wollen.«

»Und weiter?« Die digitale Uhr im Wagen zeigt drei Minuten vor zwölf. Wie lange soll Lena sich das hier noch anhören, bevor sie anfängt zu schreien und um sich zu schlagen?

»Thomas hat mir geschrieben, dass er unser gesamtes Geld in Aktien angelegt hat. Weil er gehofft hat, damit eine gute Rendite zu erzielen.« Sie seufzt. »Aber offenbar haben wir alles verloren.« In ihren Augen stehen Tränen. »Und ich habe davon nichts gewusst! Nicht mal geahnt habe ich es, er hat es mit keinem Wort erwähnt.« Schluchzend verbirgt Carolin Krohn ihr Gesicht in den Händen. »Er schrieb mir, dass er vor einem halben Jahr eine hohe Lebensversicherung abgeschlossen hat, und dass die Kinder und ich damit versorgt sind. Allerdings dürfte niemand jemals erfahren, dass er sich umgebracht hat. Weil die Versicherung sonst nicht zahlt!« Sie sieht wieder auf, dreht sich zu Lena um, ihr Gesicht ist tränenüberströmt. »Deshalb habe ich geschwiegen und niemandem etwas gesagt. Ohne das Geld hätte ich vor dem Nichts gestanden. Und ich hab doch Verantwortung für meine Kinder, verstehen Sie das?«

Verantwortung für meine Kinder.

In Lena keimt ein grauenvoller Verdacht. Schwindel ergreift sie. Sie ist schon wieder auf der falschen Spur! Carolin Krohn hat keine Ahnung, wo ihr Baby ist.

»Dann wissen Sie nichts von meiner Tochter? Von Emmas Entführung?«, fragt sie. Sie hat Angst vor der Antwort.

Carolin schüttelt ratlos den Kopf. »Nein«, sagt sie. »Wirklich nicht, ich schwöre es!«

Lena starrt vor sich hin. »Weiß Niklas von der Sache mit der Versicherung?«

»Nein! Ich habe es niemandem verraten, das konnte ich doch nicht!«

»Nein«, wiederholt Lena. »Das konnten Sie nicht.«

Eine Weile schweigen sie. Dann fallen Lena die Fotos wieder ein. Die Bilder, die sie bei Niklas gefunden hat. Hat er doch alles *allein* geplant? Eine andere Möglichkeit scheint nicht zu bleiben. »Carolin«, setzt sie leise an, »Sie müssen mir jetzt helfen. Ich muss meine Tochter finden, und ich bin fest davon überzeugt, dass Ihr Schwager sie entführt hat.«

»Was? Niklas?« Carolin schüttelt energisch den Kopf. »Das ist ganz ausgeschlossen!«

»Ich fürchte, da irren Sie sich. Er hat mich offenbar seit Wochen beobachtet. Ich habe bei ihm Fotos gefunden, die er von mir gemacht hat, schon bevor wir uns auf Daniels Beerdigung kennengelernt haben.«

Ein vorsichtiges Lächeln huscht über Carolin Krohns Gesicht. »Das ist gut möglich«, antwortet sie zu Lenas Überraschung.

»Gut möglich?«

»Ja«, sagt sie. Sie zuckt mit den Schultern. »Niklas wollte Sie aufsuchen und Ihnen sein Beileid aussprechen.« Sie sieht Lena direkt an. »Ich fand das keine so gute Idee und hielt es für wahrscheinlich, dass die Witwe von Daniel Andersen nicht unbedingt Wert darauf legt, dem Bruder des anderen Autofahrers zu begegnen. Aber Niklas war davon nicht abzubringen, hat behauptet, das würde sich einfach so gehören. Erst vorhin, bei seinem Besuch, hat er mir gestanden, dass er tatsächlich bei Ihnen zu Hause war. Dass er schon vor der Beerdigung zu Ihnen gefahren ist. Die Adresse stand in der Traueranzeige, also hat er Blumen gekauft und Sie aufgesucht.« Wieder dieses Lächeln. »Aber dann sind Sie aus dem Haus gekommen, und er hat gesehen, dass Sie in anderen Umständen sind. Da hat ihn schlicht der Mut verlassen, Sie anzusprechen.«

»Aber die Fotos?«, wirft Lena ein. Verzweifelt. »Er hat heimlich Fotos von mir gemacht!«

»Na ja.« Carolin nickt, betrachtet die junge Frau neben sich. »Er hat sich offenbar schon auf den ersten Blick in Sie verknallt.«

»Verknallt?«

»Nennen Sie es, wie Sie wollen. Er ist Ihnen halt ein bisschen nachgegangen und hat Sie mit seinem Handy geknipst. Nicht die feine Art – aber auch kein Verbrechen.«

»Nein«, stimmt Lena ihr zu. »Kein Verbrechen.« Ihr letzter Hoffnungsfunken erlischt. Die Fotos. Völlig harmlos. Es gibt für alles eine vernünftige Erklärung. Auch wenn Lena sie nicht hören will.

»Zu der Beerdigung hat er sich dann schließlich doch getraut …«

»Und das ist also alles?«

Carolin Krohn nickt. »Ja«, sagt sie. »Das ist alles. Jedenfalls alles, was ich weiß.«

»Danke«, erwidert Lena leise.

»Aber was ist denn nun mit Ihrer Tochter?«

»Ich weiß es nicht«, sagt Lena mit heiserer Stimme. »Ich weiß es einfach nicht.« Aus den Augenwinkeln sieht sie, wie die Uhr umspringt. Mitternacht. Vorbei.

»Es tut mir leid, wenn ich Ihnen nicht helfen kann. Aber ich habe Ihnen alles erzählt.«

»Schon gut«, murmelt Lena.

»Wobei ...« Carolin Krohns Stimme klingt auf einmal erregt.

»Ja?«

»Vielleicht stand etwas in dem anderen Brief!«

»In dem *anderen* Brief?«

»Ja.« Sie nickt. »Das hätte ich beinahe vergessen. Es gibt noch einen anderen Brief!« Sie kaut auf ihrer Unterlippe.

»Reden Sie schon!«

»In dem Umschlag, den Thomas geschickt hat, steckte noch ein weiteres Kuvert. Bereits adressiert und frankiert. Thomas hat mir geschrieben, dass ich ihn bitte nach dem Begräbnis des anderen Unfallopfers einwerfen soll. Es sei ein Abschiedsbrief von Daniel.«

»Das sagen Sie mir *erst jetzt?*« Fassungslos starrt sie Carolin Krohn an.

»Es tut mir leid«, gibt sie kleinlaut zurück. »Ich war eben so durcheinander, und davor konnte ich ja nicht ...«

»An wen?«, herrscht Lena sie an. »An wen ging dieser Brief?«

»Ehrlich gesagt dachte ich immer, der sei für seine Frau bestimmt gewesen«, antwortet sie. »Mir wird erst jetzt klar, dass das wohl nicht der Fall war, sonst wären Sie ja nicht ...«

»Wie kommen Sie darauf«, unterbricht Lena sie erneut, »dass der Brief für mich bestimmt war?«

»Na ja«, antwortet sie. »Auf dem Umschlag stand ›Andersen‹.«

»*Lena* Andersen?«

»Das weiß ich nicht mehr«, sagt sie.

»Bitte! Denken Sie nach!«

Sie runzelt die Stirn, dann seufzt sie. »Wirklich, keine Ahnung.« Dann erhellt sich ihre Miene. »Aber ich kann mich an einen Teil der Adresse erinnern. Irgendwas mit Heide – oder Rose?«

Lena schnappt nach Luft.

»Sagt Ihnen das was?«

»Ja. Heiderosenweg. Die Adresse meiner Schwiegermutter. Esther Andersen.«

49

Von Stapelfeld nach Volksdorf sind es normalerweise zwanzig Minuten Fahrt. Lena schafft es in gut zehn. Carolin Krohn hatte darum gebeten, an Ort und Stelle aussteigen zu dürfen, und war sichtlich froh, als Lena keine Anstalten machte, sie noch länger festzuhalten. Ohne ein weiteres Wort hatten sich die beiden Frauen getrennt. Kaum stand Carolin auf der Straße, war Lena losgebrettert.

Unter Missachtung sämtlicher Verkehrsvorschriften rast sie nun durch die dunklen Straßen und hofft, dass ihr niemand bei seinem nächtlichen Spaziergang vors Auto läuft. *Der Brief, der Brief!*, hämmert es unablässig durch ihren Kopf. Sie muss diesen Brief finden!

Sie betet, dass es noch nicht zu spät ist. Dass Emma noch lebt. Und Esther ebenfalls. Auch wenn die Frist bereits abgelaufen ist – ein Blick auf die Uhr verrät ihr, dass es schon siebzehn Minuten nach Mitternacht ist. Aber was soll sie tun? Aufgeben und nach Hause fahren, weil sie es nicht geschafft hat, das gestellte Ultimatum einzuhalten? Nein, sie kann nur hoffen, dass dieser Countdown lediglich ein Bluff ist. Wer kann schon wissen, ob Lena gerade noch lebt oder schon tot ist? Niemand kann das, *niemand!*

Während sie in die Eulenkrugstraße einbiegt, fragt sie sich zum hundertsten Mal, was in Daniels Brief gestanden haben kann. Und warum ihre Schwiegermutter ihr nichts von diesem Brief erzählt hat. Ist er überhaupt je bei Esther angekommen? Oder in der Post verloren gegangen? Das wäre zumindest eine Erklärung für Esthers Schweigen. Oder es muss etwas so Schreckliches darin gestanden haben, dass ihre Schwiegermutter es Lena nicht sagen konnte. Oder es nicht wollte. Etwas, das ihnen allen zum Verhängnis wurde. Etwas, das der Grund für Emmas und Esthers Entführung und vielleicht auch für Josys Verschwinden sowie den Tod von Rebecca und Martin ist. Und Guinness.

Einundzwanzig Minuten nach Mitternacht erreicht sie das Haus ihrer Schwiegermutter im Heiderosenweg. Der fast würfelförmige Bau aus rotem Backstein liegt verlassen da.

Lena springt aus dem Auto, schlägt die Tür hinter sich zu, wirft einen Blick auf die Häuser links und rechts von Esthers Villa. Bei welchem ihrer Nachbarn hat ihre Schwiegermutter vor ihrer Reise den Ersatzschlüssel hinterlegt? Lena rennt zuerst zur linken Seite. Dort brennt im oberen Stockwerk noch Licht. Sie klingelt gleich dreimal nacheinander. Tatsächlich geht kurz darauf im Treppenhaus das Licht an, einen Moment später öffnet ein Mann um die dreißig die Tür und sieht Lena verwundert und auch ein wenig besorgt an.

»Bitte entschuldigen Sie die Störung«, bringt Lena atemlos vor. »Ich bin die Schwiegertochter Ihrer Nachbarin!« Sofort entspannen sich die Züge des Mannes.

»Ja, bitte?«

»Ich müsste dringend in Frau Andersens Haus, und sie hat mir gesagt, dass sie bei ihren Nachbarn einen Schlüssel hinterlegt hat.«

Nun blickt der Mann entschuldigend drein. »Das müssen die anderen Nachbarn sein«, antwortet er. »Wir haben hier keinen Schlüssel.«

»Vielen Dank!«, sagt Lena. Schon hat sie sich umgedreht und sprintet rüber zum Haus auf der rechten Seite.

Erneut klingelt sie Sturm. Es dauert eine ganze Weile, bis ein Rumpeln ertönt und hinter der Eingangstür das Licht angeht. Glück gehabt, sie hat Glück gehabt – es ist jemand da!

Lena hört, wie von innen eine Kette vorgelegt wird, dann geht die Haustür einen Spaltbreit auf, und eine ältere Frau linst ängstlich hindurch.

»Ja?«, fragt sie gedehnt.

»Es tut mir schrecklich leid, dass ich so spät störe«, beginnt sie erneut. »Ich bin die Schwiegertochter von Esther Andersen und müsste dringend ins Haus.«

Nun lächelt die Dame erleichtert. »Ach, Esthers Schwiegertochter!«, sagt sie. »Sie kamen mir gleich so bekannt vor! Ich hab Sie doch mal …«

»Bitte«, fällt Lena ihr ins Wort, »es ist sehr dringend. Haben Sie den Schlüssel? Meine Schwiegermutter wollte ihn während ihres Urlaubs bei einem Nachbarn hinterlegen.«

»Das tut mir leid«, teilt die Dame ihr mit und nickt gleichzeitig. »Sie hat mir schon länger keinen Schlüssel mehr gegeben.«

»Dann entschuldigen Sie bitte …« Lena will sich wegdrehen, aber da fummelt die Frau schon an der Kette herum, öffnet die Tür nun ganz und tritt im Morgenmantel heraus.

»Wie geht es Esther denn? Ich hab schon ewig nicht mehr mit ihr gesprochen.« Sie senkt die Stimme zu einem vertraulichen Plauderton, beugt sich ganz nah an Lena heran. »Ich war ja neulich auch bei der Beerdigung. Und da hat Esther mir *überhaupt* nicht gefallen.« Sie richtet sich wieder auf. »Aber seitdem hab ich sie immer nur zwischen Tür und Angel zu sehen bekommen und kein ruhiges Wort mit ihr gewechselt. Sie hat mir nicht mal erzählt, dass sie in Urlaub fährt …« Tatsächlich schafft die Nachbarin es, bei ihrem letzten Satz beleidigt zu klingen. Dass sie gerade mit der Witwe von Esthers Sohn spricht, scheint ihr nicht mal aufzufallen.

Lena marschiert ohne ein weiteres Wort davon, rüber zum Haus ihrer Schwiegermutter. Andere direkte Nachbarn gibt es hier nicht. Ihr bleibt nichts anderes übrig, als zu versuchen, irgendwie ohne Schlüssel in die Villa hineinzukommen.

Das kleine Tor zum Garten ist nicht abgeschlossen, Lena öffnet es und geht zur Rückseite des Hauses. Ein schmaler gepflasterter Weg führt an einer Rasenfläche vorbei zu einer Terrasse, die direkt an den Wintergarten der Villa anschließt. Im Sommer haben sie hier hin und wieder gesessen. Daniel, Esther und sie, haben miteinander bei einer Tasse Kaffee geplaudert oder auch mal den Grill angeworfen.

Hunderttausend Jahre scheint das zurückzuliegen, dabei ist das letzte Mal erst gut zwei Monate her. Lena hatte hochschwanger auf einem Liegestuhl rumgelümmelt und sich mit Esther über die Namensfavoriten für das Baby unterhalten, während Daniel sich im Garten mit dem Aufstellen mehrerer Maulwurffallen abkämpfte, die er für seine Mutter besorgt hatte. Niemals – *niemals* hätte Lena sich damals vorstellen können, dass sie nur Wochen später allein und verzweifelt vor diesem Wintergarten stehen und fieberhaft überlegen würde, wie zum Teufel sie sich ohne Schlüssel Zutritt ins Haus verschaffen könnte.

Sie blickt sich suchend auf der Terrasse um, ob sie irgendetwas findet, mit dem sie vielleicht eine der Türen aufstemmen könnte. Sie wünschte, sie hätte diesem Marius genauer dabei zugesehen, als er in Josys Zimmer eingebrochen ist. Aber nun ist sie auf sich allein gestellt, und da sie ohnehin nicht glaubt, dass sie mit einer EC-Karte oder einem Messer etwas bewirken könnte, gräbt Lena kurzerhand am Rand der Terrasse einen Pflasterstein aus, nimmt Anlauf und schmettert ihn gegen die Glastür des Wintergartens.

Es erklingt ein ohrenbetäubendes Donnern und Klirren, und sie ist sich fast sicher, dass bereits in wenigen Minuten ein Polizeiauto mit heulender Sirene vorfahren wird. Aber das ist ihr egal. Hauptsache, die Tür ist offen.

Lena kann durch die Öffnung hindurch nach der Klinke greifen und den Schlüssel, der von innen steckt, umdrehen. Zwar verletzt sie sich dabei ihre rechte Hand, aber sie merkt es kaum, so viel Adrenalin pumpt ihr Herz durch den Körper.

Dann ist sie im Haus. Während sie durch Wintergarten und Küche nach vorn zum Eingang läuft, wo Esther in einem Körbchen auf dem Telefontisch ihre aktuelle Post sammelt, denkt sie nur flüchtig darüber nach, was passiert, falls sie hier von jemandem erwischt wird. Und bei »jemand« denkt sie nicht an die Polizei. Sondern an Emmas und Esthers Entführer. Aber auch das ist ihr egal. Lena verspürt keine Angst. Dafür ist es zu spät.

Niklas. Steckt *er* hinter alldem? Oder stimmt, was Carolin vermutet, er hätte die heimlichen Fotos von ihr nur gemacht, weil er sich auf den ersten Blick in sie verliebt hätte? Aber auch darüber kann Lena jetzt nicht nachdenken, sie muss nur den Brief finden. Diesen Brief von Daniel, in dem sich vielleicht eine Erklärung findet. Der ihr vielleicht dabei hilft, endlich ihre Tochter zurückzubekommen.

Das Körbchen mit der Post steht wie immer auf dem Telefontisch. Lena nimmt den Stapel Papier heraus, geht die verschiedenen Briefe und Zettel durch. Zwei Telefonabrechnungen, ein Infozettel der Stadtreinigung, der Flyer eines Pizzadienstes, zwei Schreiben der Rentenkasse, das Monatsprogramm vom Schauspielhaus, ein Abholschein für die Reinigung, zwei handgeschriebene Briefe, die Lena nicht entziffern kann, aber auf keinen Fall ist einer davon von Daniel.

Dann noch ein Blatt mit den aktuellen Angeboten vom hiesigen Supermarkt, ein ausgerissener Zeitungsartikel über die Einrichtung einer verkehrsberuhigten Zone hier in der Gegend und eine Postkarte. Nichts, kein Brief von Daniel, nicht mal eine Notiz von ihm. Aber wenn Carolin, wie sie Lena gesagt hat, den Brief direkt nach der Beerdigung an Esther geschickt hat, ist er vermutlich schon zu alt, um überhaupt noch hier bei der aktuellen Post zu liegen.

Frustriert legt Lena den Stapel zurück. Muss sie das gesamte Haus durchsuchen? Wo könnte Esther Daniels Brief aufbewahren? In ihrem Nachttisch im Schlafzimmer, so wie Lena es tun würde?

Schon will Lena sich abwenden und zur Treppe gehen, die in den Wohnbereich im ersten Stock führt, als ihr Blick noch einmal auf die Postkarte fällt, die nun zuoberst liegt. Bayreuth. Irgendetwas klingelt da.

Sie nimmt die Karte zur Hand. Auf der Vorderseite zeigen vier Fotos Sehenswürdigkeiten der Stadt. Mit schnörkeligen Buchstaben sind die Abbildungen beschriftet: Eremitage, Markgrafenbrunnen, Opernhaus und Richard-Wagner-Festspielhaus.

Bayreuth. Esthers lang geplanter Urlaub in Süddeutschland. Weshalb hat ihre Schwiegermutter sich selbst eine Postkarte von ihrer Reise geschickt?

Lenas Hände zittern bereits, als sie die Postkarte umdreht und den Text liest, der auf der Rückseite steht.

Liebe Esther,
herzliche Grüße aus der Wagner-Stadt senden dir Amelie, Gisela, Heiner und Max! Es ist so schade, dass du nicht mitgefahren bist,

aber wir können dich natürlich verstehen! Auch wenn die Plätze hier unten wirklich toll sind und du uns täglich beim Abschlag fehlst.

Fühl dich umarmt!

PS: Der Opernabend war grässlich und ewig lang, da hast du nichts verpasst!

Lena liest die Karte noch einmal und noch einmal, obwohl sie schon beim ersten Lesen begriffen hat, was diese »Grüße« bedeuten: Ihre Schwiegermutter war nicht mit auf dieser Reise. Sie war gar nicht in Süddeutschland, war überhaupt nicht in Bayreuth oder sonstwo in der Gegend. Lena lässt die Karte zurück auf das Tischchen fallen. Esther war hier. In Hamburg. Die ganze Zeit.

Zweifel melden sich an. Einmal hat Lena schließlich eine Telefonnummer aus Süddeutschland auf dem Display gesehen. Sie versteht das nicht, ihre Gedanken drehen sich wieder im Kreis. Das Einzige, was Lena in diesem Moment begreift, ist, dass ihre Schwiegermutter sie belogen hat. Aber warum? Warum nur?

Sie zittert am ganzen Körper. Und die Angst kehrt zurück, und sie ist schlimmer denn je.

Nur mit größter Mühe schafft sie es, sich irgendwie aus ihrer Starre zu lösen, sich selbst davon zu überzeugen, dass sie jetzt nicht aufgeben darf. Dass sie Daniels Brief suchen muss, dass sie ihn braucht, unbedingt braucht, wenn sie wissen will, was hinter alldem steckt!

Sie rennt die Treppe nach oben, stürzt zuerst in Esthers Schlafzimmer und durchsucht dort sämtliche Schränke, reißt alles achtlos heraus, was sie in den Schubladen findet. Kleider, Socken, Unterwäsche, Handtücher, Bettbezüge fliegen durch die Gegend, der Inhalt der Kommode unterm Fenster und des Nachttischs landen ebenfalls auf dem Boden. Sogar unterm Bett und unter der Matratze sieht Lena nach, ob sie Daniels Brief dort vielleicht findet. Ohne Erfolg.

Nach dem Schlafzimmer nimmt sie sich das Bad vor, danach das Gästezimmer und einen weiteren Raum, den Esther als Bügelzimmer zu nutzen scheint. Nichts – Lena findet rein gar nichts. Hat Esther den Brief weggeworfen? Nein, das ist unwahrscheinlich. Was auch immer Daniel an seine Mutter geschrieben hat – so eine Erinnerung wirft man nicht fort!

Erinnerungen.

Erinnerungen! Lena stürzt hinunter ins Erdgeschoss. Dann weiter, über die Wendeltreppe, in den Keller. Sie reißt die erste Tür zu ihrer Rechten auf. Waschmaschine und Trockner stehen hier, etwas Wäsche hängt unter der Decke auf einer gespannten Leine. Wieder raus, der nächste Raum. Hier bollert die Heizungsanlage vor sich hin. Als Nächstes eine Tür zu ihrer Linken. Das scheint ein Hobbykeller zu sein, über einer Werkbank hängen Schraubenzieher, Zangen und andere Geräte. Zurück im Flur bleibt links nur noch eine Tür. Lena stößt sie auf. Hinter dem Rahmen ertastet sie an der Wand einen Lichtschalter und drückt ihn.

Erinnerungen.

Lena steht inmitten eines Tempels der Erinnerungen. Alles, was sie vor Wochen zusammengepackt hat – hier ist es. So, wie Esther und sie es besprochen haben. Daniels Sachen, im Keller verstaut, bevor sie endgültig auf dem Sperrmüll landen sollen. Allerdings ist nichts mehr in Kartons verpackt. Das Zimmer ist komplett eingerichtet wie Daniels Arbeitszimmer zu Hause in der Rappstraße! Daniels Schreibtisch und Stuhl stehen hinten links in der Ecke, dahinter das große Regal mit seinen Büchern und Akten, sogar sein Lieblingsbild – ein Druck von Andy

Warhol, »The idea of waiting for something makes it more exciting« – hängt an der Wand. Lena hatte überlegt, es zu behalten, es dann aber doch weggegeben, weil es einfach neben seinen Schreibtisch gehörte und sie überall sonst in der Wohnung nur daran erinnert hätte, was nicht mehr ist.

Fassungslos steht Lena in der Tür, betrachtet den Raum, der so aussieht, als könnte jeden Moment Daniel hereinspazieren. Als würde er sich gleich seufzend auf seinen Stuhl sinken lassen, sich zurücklehnen und sagen: »Gott, was war das wieder ein Stress in der Agentur! Die Kunden rauben mir noch den letzten Nerv!«

Und sie, Lena, würde dann von ihrem Schreibtisch aufstehen, an dem sie vielleicht gerade an einigen Abrechnungen für die Krankenkasse gesessen hätte, würde zu Daniel hinübergehen, sich hinter ihn stellen und seinen Nacken massieren. Würde ihm vorschlagen, dass sie es beide für heute gut sein lassen und lieber zusammen kochen und dann einen schönen Film gucken sollten.

Ja, genauso sieht es aus, hier, in Esthers Keller. Nur dass zum einen gleich kein Daniel kommen wird – und dass zum anderen dort, wo immer Lenas Schreibtisch war, nun ein Sessel und eine Leselampe stehen. Daneben ein kleiner Beistelltisch mit gerahmten Fotos darauf. Alle zeigen Daniel. Mal als Kind, mal als jungen Mann, ein paar aktuellere sind auch dabei.

Erinnerungen.

Lena geht zu dem Beistelltisch. Sie beugt sich zu den Fotos, betrachtet sie genauer. Die meisten kennt Lena, viele davon hat sie Esther sogar gegeben, als ihre Schwiegermutter sie nach Daniels Tod darum gebeten hatte. Auch das Hochzeitsfoto ist dabei. Allerdings nur halb – es zeigt nur den lachenden Bräutigam. Die Braut fehlt. Das Foto wurde zerschnitten. Lena richtet sich wieder auf.

An der Vorderseite des Tischchens entdeckt sie eine Schublade. Sie zieht sie auf. Ein paar gefaltete Blätter liegen darin. Das wird er sein, der Brief, den sie sucht, Lena hat nicht den geringsten Zweifel.

Ja. Sie hat ihn gefunden.

Daniels letztes Lebenszeichen.

50

Liebe Mama,
wenn du diesen Brief erhältst, bin ich bereits unter der Erde. Zusammen mit Lena und unserem ungeborenen Kind. Allerdings ist das Baby, das du begraben und beweint hast, nicht meine Tochter. Nicht dein Enkelkind. Emma (so hätte sie heißen sollen) ist nicht mit uns verwandt.

Wer Emmas Vater ist, weiß ich nicht. Eine Vermutung habe ich, aber das spielt keine Rolle. Das Einzige, was eine Rolle spielt: Ich bin es nicht. Mal wieder.

Denn auch Josy ist nicht meine Tochter. Unsere über alles geliebte Josy wurde nicht von mir gezeugt. Von ihr kenne ich den leiblichen Vater, es ist Martin.

Wahrscheinlich verstehst du kein Wort von dem, was ich dir schreibe, also werde ich es dir erklären.

Du weißt, wie unglücklich ich in meiner Ehe mit Rebecca war, wie wenig Lebensmut ich noch hatte, wie sehr ich mich aufgegeben hatte und die Flucht im Alkohol suchte. Die ständigen Depressionen, die Hoffnungslosigkeit. Der Wunsch, nicht mehr leben zu wollen. Selbstmord – ja, das kam mir zu der Zeit tatsächlich wie der einzig sinnvolle Ausweg vor. Rebecca verlassen, das wollte ich nicht – in meinem benebelten Hirn dachte ich, es wäre für Josy leichter, wenn ich tot wäre, als wenn ich freiwillig ging.

Damals verbrachte ich ganze Nächte im Internet, tauschte mich dort mit einer Gruppe von Menschen aus, die sich ebenfalls mit Selbstmordgedanken beschäftigten. Die Gleichgesinnte suchten. Manche von ihnen auch einen »partner in crime«, mit dem sie gemeinsam den letzten Weg antreten könnten.

Einer von ihnen half mir dann bei der Entscheidung, wieder zurück ins Leben zu finden. So absurd es klingt, ausgerechnet ein »Lebensmüder« half mir! Indem er mir schrieb, dass niemand, der auch nur noch einen einzigen Grund zum Leben hätte, sich umbringen dürfe. Und den hatte ich ja – Josy!

Also beschloss ich damals, mir eine letzte Chance zu geben. Ich entschied, ins Krankenhaus zu gehen, um wenigstens vom Alkohol wegzukommen. Danach wollte ich weitersehen, ob es für mich Sinn machte, weiterzuleben oder nicht. Ebendiesen einen Versuch schuldete ich meiner Tochter!

Im Krankenhaus lernte ich dann Lena kennen. Und sie half mir wirklich ins Leben zurück. Ich weiß noch, wie oft ich innerlich darüber lachen musste, dass sie ausgerechnet Hebamme, eine Geburtshelferin, war! Zusammen mit ihr war plötzlich alles so leicht. Zum ersten Mal seit Jahren fühlte ich mich wieder gut, wieder lebendig. Ich war glücklich, richtig glücklich! Und durch sie hatte ich endlich den Mut, mich aus meiner Situation zu befreien.

Ich suchte mir eine Wohnung (den Teil kennst du), und sobald ich eine gefunden hatte, ging ich zu Rebecca und sagte ihr, dass ich mich in eine andere Frau verliebt hätte und mich von ihr trennen wollte. Josy sollte bei mir leben, da die beiden ohnehin nicht die beste Beziehung zueinander hatten.

Rebeccas Reaktion war überraschend: Erst lachte sie. Dann tobte sie. Und als ihr klar wurde, dass ich es ernst meinte – da zerstörte sie alles, was sie zerstören konnte.

Sie teilte mir mit, dass Josy – »deine heißgeliebte Josy!« – nicht meine leibliche Tochter sei. Sie schämte sich nicht einmal, schien auf eine kranke Art und Weise sogar stolz darauf zu sein, dass Josy das Ergebnis einer Affäre mit Martin ist. Sie schlug mir sogar vor, einen Vaterschaftstest machen zu lassen.

Ich fiel aus allen Wolken, natürlich. Den Schmerz, den ich in diesem Moment empfand, kann ich nicht beschreiben. Es war ein kleines bisschen wie sterben.

Aber Rebecca war noch nicht fertig mit mir. Sie drohte mir, Josy alles zu erzählen. Es war ihr egal, wie sehr unsere Tochter darunter leiden würde. Rebecca wollte nur mich treffen, ohne Rücksicht auf Verluste. Sie fragte mich, ob ich etwa wollen würde, dass Josy erfährt, dass ich nicht ihr Vater bin. Sagte mir, dass ich keinerlei Ansprüche auf unsere Tochter hätte und sie sie mir ganz wegnehmen würde.

Das alles wollte ich natürlich auf gar keinen Fall! Es war schlimm genug für mich, aber Josy würde es nicht verkraften, das musste ich unter allen Umständen verhindern. Denn auch wenn sie nicht meine leibliche Tochter war – ich liebte sie doch trotzdem wie mein eigen Fleisch und Blut und wollte sie beschützen!

Rebecca stellte mir Bedingungen: Ich könnte sie gern verlassen, müsste sie und Josy aber finanziell versorgen. Für Josy hätte ich das sowieso getan, und das Geld war mir egal – aber Rebecca war das noch nicht genug. Sie wollte mich so sehr verletzen, wie es nur möglich war.

Sie sagte, dass Josy bei ihr bleiben würde, ich dürfe sie nicht mitnehmen. Meiner Tochter sollte ich sagen, dass ich das so wollte. Ich – der ich mir doch so sehr das Gegenteil wünschte! Auch anderen dürfte ich nicht die Wahrheit erzählen, sonst wäre der »Deal« geplatzt.

So blieb mir nicht anderes übrig, als Rebeccas Bedingungen zu erfüllen und so zu tun, als sei es mein Wunsch, dass Josy bei ihrer Mutter blieb. Nie werde ich vergessen, wie verletzt, wie traurig und fassungslos Josy mich ansah, als ich ihr das sagen musste. Damals brach ihr Weltbild zusammen – und ich konnte nichts tun, um es zu kitten, um es wieder heil zu machen!

Sogar Lena gegenüber behauptete ich, dass ich beschlossen hätte, Josy lieber bei ihrer Mutter zu lassen. Mir waren ja die Hände gebunden, und ich musste befürchten, dass Rebecca Josy die Wahrheit erzählen und mir meine Tochter wegnehmen würde, wenn ich mich nicht an ihre Vorgaben hielt.

Ein paar Wochen nach unserer Trennung teilte Rebecca mir dann mit, dass sie Josy bei einem Internat angemeldet hätte. Auch dagegen konnte ich nichts ausrichten, außer Josy gegenüber so zu tun, als würde ich diesen Schritt befürworten, als wäre das sogar mein Vorschlag gewesen.

Wie viel Hass muss Rebecca für mich empfunden haben? Und wie wenig Liebe für Josy? Für sie selbst war es so natürlich am bequemsten. Das Kind aus dem Weg, ins Internat abgeschoben, freie Fahrt für ein neues Leben mit Martin, das auch noch von mir finanziert wurde.

Eine Zeit lang war dann aber alles ganz in Ordnung. Josy weigerte sich zwar, auch nur ein einziges Wochenende bei mir zu verbringen – unter einem Dach mit »dieser Frau«, wie sie Lena nannte und der sie die Schuld an meiner und Rebeccas Trennung zuschrieb. Aber trotzdem besuchte ich sie so oft wie möglich bei ihrer Schule, gab mir Mühe, das Verhältnis zwischen uns zumindest wieder auf eine einigermaßen »normale« Ebene zu bringen.

Bis es dann mit Lenas Sehnsucht nach einem Baby losging. Ich wusste ja, dass sie sich unbedingt ein Kind wünschte, am liebsten zwei oder drei. Aber seitdem Rebecca mir unsere Tochter weggenommen hatte, seit sie mir die ganze Wahrheit über meine Nicht-Vaterschaft gesagt hatte … Wie soll ich es anders ausdrücken, als dass ich nicht bereit war, noch einmal das Risiko einzugehen, einen solchen Schmerz ertragen zu müssen? Für mich stand fest, dass ich das auf keinen Fall will. Außerdem wollte ich Josy nicht noch mehr verletzen. Sie sollte nicht glauben, dass ich sie einfach ersetzen und komplett vergessen würde, weil ich sie dann nicht mehr »bräuchte«.

Gleichzeitig hatte ich natürlich Angst, Lena zu verlieren, wenn ich ihr das offen und ehrlich sagte. Sie wünschte sich so sehr ein Baby, dass ich dachte, sie verlässt mich, wenn ich kein weiteres Kind mehr will. Dass sie mich zwar liebt, aber nicht bereit ist, diesen Lebenstraum für mich aufzugeben.

Ich weiß, wie egoistisch das war – aber ich schwieg. Nein, ich tat sogar mehr als das, ich gab vor, mir genauso sehr ein Kind zu wünschen wie sie. Während ich in Wahrheit alles tat, um eine Schwangerschaft zu verhindern. Ich täuschte Müdigkeit vor, wenn ich wusste, dass die Zeit gerade »kritisch« war, ich entzog mich ihr mit der Begründung, ich hätte Stress im Büro, und erläuterte zudem, dass mich diese ganze »Planerei« blockieren würde. Ein paar Mal habe ich auch schlicht nur Glück gehabt, und es passierte nichts, Lena wurde nicht schwanger.

Eines Tages verlor sie die Geduld und bat mich, dass wir medizinische Hilfe suchen sollten. Das lehnte ich kategorisch ab. Sagte ihr, dass mir eine künstliche Befruchtung widernatürlich erschien.

Schließlich brachte sie mich so weit, dass ich wenigstens zu einer urologischen Untersuchung bereit war, Lena selbst hatte natürlich schon alles abchecken lassen. Also ließ ich in der Klinik ein Spermiogramm machen, in der Hoffnung, dass sie dann Ruhe geben würde.

Das Ergebnis war vorherzusehen: alles bestens bei mir, einem gemeinsamen Baby mit Lena stand nichts im Weg. Während Lena damit schlagartig ruhiger wurde, fing bei mir erst recht die Panik an. Denn mir war klar, dass meine Frau nicht aufgeben würde. Und dass ich mich nicht ewig rausreden oder auf »Glück« setzen könnte.

Absurderweise brachte mich erst die Untersuchung im Kranken-

haus auf die richtige Idee. Ich fuhr ein paar Tage für eine angebliche Geschäftsreise nach München und ließ dort eine Vasoresektion vornehmen, ließ mich sterilisieren. Lena erzählte ich in den Wochen darauf, mir ginge es nicht gut, ich hätte mir laut Arzt einen hartnäckigen Virus eingefangen. So lange behauptete ich das und hielt mich von ihr fern, bis ich nach einer Abschlussuntersuchung bei einem weiteren Urologen sicher sein konnte, nicht mehr fruchtbar zu sein.

Eines Abends, als ich nach Hause kam, stand Lena in der Küche, kochte etwas Besonderes und empfing mich mit strahlenden Augen. Umarmte mich, küsste mich stürmisch, sodass ich schon dachte, sie hätte im Lotto gewonnen oder irgendwas in der Art. Dann nahm sie ein kleines Plastiketui, das auf dem Küchentisch lag, zog ein weißes Stäbchen heraus und hielt es mir unter die Nase. Ein Schwangerschaftstest. Ein positiver Schwangerschaftstest!

Du kannst dir vorstellen, was in mir vorging. Irgendwas zerbrach in mir in diesem Moment. Ging unwiderruflich kaputt. Und ich konnte es Lena nicht einmal sagen, konnte sie nicht anschreien und zur Rede stellen, sie fragen, mit wem sie mich betrogen hatte.

Als ich wieder klar denken konnte, rief ich sofort meinen Urologen an und bat ihn um ein zweites Spermiogramm. Vielleicht war ja etwas schiefgegangen oder die durchtrennten Samenleiter waren wieder zusammengewachsen, das kommt in seltenen Fällen vor. Das Ergebnis war niederschmetternd: zu hundert Prozent zeugungsunfähig. Es war unmöglich, dass ich der Vater von Lenas Baby war.

Über Wochen und Monate gab ich mir Mühe, die Wahrheit über die Entstehung des Babys auszublenden, sagte mir, es sei vermutlich nur ein unbedeutender Seitensprung gewesen. Hoffte, dass ich mich daran gewöhnen würde, sagte mir, dass ich auch dieses

Kind lieben würde, und dass es dann gar keine Rolle spielte, dass ich es nicht gezeugt hatte. So, wie ich Josy liebte, egal, wer ihr leiblicher Vater war. Ich versuchte sogar, Lenas Schwangerschaft für mich als zweite Chance zu betrachten. Dass mir vielleicht doch noch ein Leben mit einer intakten Familie vergönnt sein würde.

Aber ich schaffte es nicht. Jedes Mal, wenn ich Lena ansah, jedes Mal, wenn sie sich lächelnd über ihren Bauch streichelte, jedes Mal, wenn wir bei ihrem Frauenarzt waren oder sie allein von einer Untersuchung bei ihm nach Hause kam und mir ein neues Ultraschallbild zeigte, jedes Mal, wenn sie von »unserem Kind« oder von »unserer süßen Maus« sprach – jedes Mal stieg in mir eine solche Wut auf, dass ich sie am liebsten umgebracht hätte.

Und natürlich wandte sich Josy komplett von mir ab, als ich es ihr sagte. Da konnte ich reden, wie ich wollte. Als ich sie im Internat besuchte und ihr von Lenas Schwangerschaft erzählte, weil wir nicht länger ein Geheimnis daraus machen konnten, zerriss ich damit den letzten dünnen Faden unserer Verbindung. Ich konnte es ihr ansehen. Sah es in ihren Augen, dass da nichts mehr war, was sie für mich empfand. Nichts außer Verachtung.

Mama, das hier ist die Wahrheit. Meine große Liebe für Lena hat sich mittlerweile in Hass verwandelt. All der Schmerz, all die Enttäuschung darüber, dass sogar die Frau, für die ich alles aufgegeben habe, mich betrogen und mein Vertrauen missbraucht hat – all das hat mir meine Kraft genommen. Ich sehe keinen Sinn mehr in einem Leben, in dem ich niemandem vertrauen kann.

Nein, Mama, dir habe ich immer vertraut, das weißt du. Und ich hätte dir das auch alles erzählt, aber ich musste meine Entscheidung ganz allein und für mich treffen. Ich glaube, du verstehst, was ich meine, wenn ich sage, dass ich in meinen Grundfesten erschüttert bin. Ich will nicht mehr.

In den vergangenen Wochen habe ich mich wieder der Gruppe angeschlossen, zu der ich bereits damals, während meiner Depression, übers Internet Kontakt aufgenommen hatte. Natürlich hatten sich viele von denen, mit denen ich mir vor Jahren geschrieben hatte, mittlerweile umgebracht, aber ich fand schnell Anschluss bei den neuen Mitgliedern.

Sie nennen sich »Die Skorpione«, was ein alberner Name ist, aber er soll darauf anspielen, dass ein Skorpion sich mit seinem Stachel selbst töten kann. Ich habe hier jemanden gefunden, der bereit ist, seinen letzten Weg gemeinsam mit mir zu gehen. Sein Name ist Thomas, du wirst sicherlich mittlerweile wissen, wer es ist: der Fahrer des anderen Autos.

Morgen Mittag sind wir verabredet. Wir wollen auf einer Landstraße frontal zusammenstoßen. Das ist sicher und geht schnell, die Überlebenschancen sind bei so einem Unfall gleich null, da habe ich mich erkundigt. Lena und das Baby nehme ich mit. Meine Frau hat es nicht verdient weiterzuleben – und dem Kind will ich es ersparen, mit so einem Erbe aufwachsen zu müssen.

Diesen Brief wird dir jemand nach meiner Beerdigung zuschicken. Ich weiß, es wird schwer für dich. Aber ich kenne dich, Mama. Du bist eine starke Frau, du schaffst das! Was Thomas Krohn betrifft, sag bitte niemandem, was du weißt. Darauf verlasse ich mich!

Und, Mama, bitte weine nicht. Es ist alles gut, denk immer daran, dass ich es so wollte. Nur einen Gefallen musst du mir noch tun: Kümmere dich um Josy, sie wird dich jetzt brauchen, mehr denn je. Und sag auch ihr nicht, was du weißt! Wenn es geht, hol sie aus dem Internat raus, und beschütze sie vor Rebecca. Bitte, liebe Mama, tu das für mich! Gib meiner Kleinen einen Kuss von ihrem Papa! Sag ihr, dass ich sie liebe! Für immer und alle Zeit.

Finanziell musst du dir keine Sorgen machen, meine Geldanlagen und mein Anteil an der Agentur sind zusammen etwa vier Millionen Euro wert, die du und Josy je zur Hälfte erben werdet.

Nun weißt du alles. Ich denke, du hast ein Recht darauf, es zu erfahren. Und es – das hoffe ich – vielleicht auch zu verstehen. Für mich ist jetzt alles gut.

In Liebe
dein Sohn Daniel

51

Als sie die letzte Zeile von Daniels Brief gelesen hat, wird Lena schwarz vor Augen. Alles dreht sich, sie hat das Gefühl, jeden Moment umzukippen.

Daniel hat sie also belogen. Hat hinter ihrem Rücken vollendete Tatsachen geschaffen, hat sich sterilisieren lassen, ohne ihr etwas davon zu sagen. Nicht mal, dass er keine Kinder will, hat er ihr jemals gestanden. Und die Geschichte mit Rebecca und Josy, die gar nicht seine Tochter ist – auch die hat er für sich behalten.

Aus Angst, dass sie ihn verlassen würde? Oder dass sie seiner »Tochter« alles erzählen würde? Dass er nicht auf sie, Lena, zählen könnte, wenn er es ihr anvertraut hätte? Sie schüttelt den Kopf, heiße Tränen rinnen ihr übers Gesicht, tropfen auf Daniels Brief – zwei Buchstaben verlaufen zu schwarzen Schlieren. So wenig hat er ihr vertraut, so wenig an sie geglaubt? So wenig, dass er solch eine wichtige, solch eine *lebenswichtige* Entscheidung traf, ohne mit ihr – seiner Frau! – darüber zu reden?

Ja, das ist schlimm. Sehr schlimm. *Unverzeihlich schlimm.*

Wieder ein Schwindelanfall, sie kann sich kaum noch gerade auf den Beinen halten. Denn sie weiß, dass sie etwas viel Schlimmeres getan hat. Etwas Unverzeihliches. Sie hat das Gefühl, dass der Boden unter ihr wankt. Dass die Erde sich unter ihr auftut und sie verschlingt.

Denn genau das hätte sie verdient – dass die Erde sie verschlingt!

*

»Lena, das kann ich nicht für dich tun. Bei aller Liebe, wirklich nicht!«

»Bitte! Ich bin total verzweifelt und weiß keinen anderen Ausweg mehr!«

Wie so oft saßen sie draußen vor dem Café neben der Hauptzufahrt zur Klinik und genossen in ihrer Pause ein paar Sonnenstrahlen. In Lena allerdings herrschte finsterste Wolkenstimmung, und das nicht erst seit gestern.

Aber vor ein paar Tagen war ihr die Idee zu einer Lösung gekommen. Eine Lösung, von der sie sich nun fragte, weshalb sie nicht schon viel früher daran gedacht hatte. Für jemanden, der in einem großen Krankenhaus in der Frauenheilkunde arbeitete, war sie jedenfalls relativ naheliegend.

Nur brauchte sie dafür Jasper und seine hervorragenden Kontakte zu den anderen Abteilungen der Klinik, allein würde sie ihren Plan nicht umsetzen können.

»Das verstehe ich ja«, sagte Jasper nun. »Aber damit würde ich mich strafbar machen.«

»Was heißt hier ›strafbar‹? Wir wollen schließlich *beide* ein Kind, Daniel wünscht sich das genauso sehr wie ich!«

»Dann besprich es noch einmal mit ihm, das ist doch dann kein Problem!«

Lena seufzte. »Das habe ich doch bereits zigfach getan, wieder und wieder. Aber er ist bei dem Thema absolut nicht zugänglich! Seiner Meinung nach ist die Reproduktionsmedizin wider die Natur, ›in vitro‹ hält er für einen menschlichen Eingriff in die Schöpfung.«

»Wusste gar nicht, dass er so gläubig ist.«

»Ist er ja auch gar nicht! Trotzdem sagt er, wenn ein Kind kommen soll, dann kommt es auch, da dürfen wir nicht Gott spielen. Ein Spermiogramm ist das Maximale, zu dem ich ihn überreden konnte. Und auch das erst nach zähen und endlosen Diskussionen.«

»Dann warte doch erst einmal die Ergebnisse der Untersuchung ab! Vielleicht ist ja alles super und Daniel ein Potenzprotz, wie er im Buche steht! Dann schlaft ihr einfach weiter miteinander, und irgendwann wird es dann schon mit einem Baby klappen.« Er lachte.

Lena war ganz und gar nicht zum Lachen zumute. Sie kaute auf ihrer Unterlippe herum, die bereits zitterte, darum bemüht, nicht in Tränen auszubrechen. »Und was, wenn nicht? Was, wenn seine Spermien noch einen kleinen Anschubser brauchen?«

»Er hat doch bereits eine Tochter«, rief Jasper ihr in Erinnerung.

»Josy ist fast vierzehn«, erwiderte sie. »Da kann sich in den vergangenen Jahren bei Daniel einiges verändert haben.«

»Ja, sicher. Aber wenn er nicht will, will er nun mal nicht. Ihn zu hintergehen, ist unethisch.«

»Aber er *will* ja, verdammt!«, rief Lena wütend aus. »Wir haben so oft darüber gesprochen, dass wir gern ein Kind hätten. Sogar sehr gern! Nur zu einer Kinderwunschbehandlung ist er schlicht nicht bereit. Weiß der Teufel, warum! Vielleicht ist das irgend so ein komisches ›Männerding‹. Dieses Gerede, von wegen ›gegen die Natur‹, das kaufe ich ihm jedenfalls nicht ab.«

»Ich kann dieses ›Männerding‹, wie du es nennst, durchaus verstehen«, sagte Jasper. »Außerdem finde ich es nachvollziehbar, wenn jemand mit dem Thema künstliche Befruchtung so seine Schwierigkeiten hat.«

»Ach? Findest du?«

»Irgendwie schon. Und wenn Daniel möchte, dass das Schicksal darüber entscheidet, ob ihr Kinder habt oder nicht, solltest du das respektieren.« Er grinste. »Also macht es wie die Katholiken: Sex nur zum Zweck der Fortpflanzung. Und davon am besten jede Menge.«

»Schön wär's«, sagte sie, nun wieder leiser. »Seit wir es mit einem Baby versuchen, läuft ja fast nichts mehr im Bett. Da lastet einfach zu viel Druck auf uns. Ich befürchte, so hat das Schicksal nicht die besten Karten.«

»Dann liegt der Grund ja wohl auf der Hand«, erwiderte Jasper. »Dir als Hebamme muss ich doch wohl nicht erklären, wie man Kinder zeugt.«

»Jasper«, sagte sie und war um einen ruhigeren Tonfall bemüht, »gehen wir meinetwegen davon aus, dass bei Daniel alles in Ordnung ist. Dann können wir natürlich weiterhin miteinander schlafen und hoffen, dass es passiert. Aber dann wäre der Druck immer noch da, dieses Gefühl, rund um den Eisprung miteinander schlafen zu *müssen!* Wenn du mir hilfst, hätte ich wenigstens eine Art Notfallplan. Dann könnten wir den Sex wieder richtig genießen, denn ich wüsste ja, dass ich was in der Hinterhand habe.«

»Hinterhand? Ich glaube, du spinnst!«

»Na ja, nenn es von mir aus ›stille Reserve‹ oder so.«

»Eine ›Reserve‹, von der Daniel aber keine Ahnung hätte. Es würde ihm also überhaupt nicht den Druck nehmen, denn er wüsste es nicht.«

»Daniel empfindet ja überhaupt nicht diesen Druck!«

»Genau das sage ich doch!« Jasper verlor langsam die Geduld mit Lena. »Du willst unbedingt etwas, was Daniel aber nicht möchte. Wenn du es trotzdem hinter seinem Rücken tust, belügst du ihn.«

»Bist du jetzt der neue Moralapostel oder was?«

»Nein. Aber eine Beziehung fußt auf Vertrauen. Wenn du ihn hintergehst, wird dieses Vertrauen zerstört.«

»Hört, hört!« Sie sah ihn spöttisch an. »Der große Beziehungsexperte hat gesprochen!«

»Das sage ich nicht als ›Beziehungsexperte‹, sondern als Arzt. Und als dein Freund.«

»Als mein Freund müsstest du mir helfen wollen.«

»Ich *will* dir ja helfen. Aber doch nicht *so!*«

»Wie denn sonst?« Sie warf ihm einen bösen Blick zu. »Willst du vielleicht mit mir schlafen und mich schwängern?«

Nun grinste er wieder. »Warum nicht?«

Einen Moment war sie sprachlos.

»Tut mir leid«, sagte er schnell, als er ihre Miene bemerkte.

»Hilf mir, Jasper!« Sie nahm seine Hand und drückte sie. »Ich bitte dich!«

»Lena.« Er seufzte. »Ich kann das nicht tun, ich *kann* nicht! Selbst wenn ich einen Kollegen finde, der das macht – was ist, wenn das rauskommt?«

»Das wird es nicht«, sagte sie eilig. Nun lief ihr tatsächlich eine Träne über die Wange. »Das wird es nicht, ich verspreche es.«

Er sah sie lange an. Dann schüttelte er resigniert den Kopf. Und sagte: »Ich werde darüber nachdenken.«

*

»O mein Gott!«, flüstert sie, Daniels Brief in ihren Händen haltend. Die Erinnerungen, sie prasseln wie faustgroße Hagelkörner auf sie ein, rufen ihr unerbittlich ins Gedächtnis zurück, was sie mit größter Willenskraft verdrängt hat. So gründlich verdrängt, dass sie tatsächlich nie wieder daran gedacht hat. Es auch nie jemandem erzählt hat. Bis auf

Jasper – und dem Arzt, der es damals getan hat – weiß es kein Mensch.

Es ist, als wäre es tatsächlich nie geschehen. Weil es bisher nicht wichtig war. Absolut nicht wichtig, nur eine unwesentliche Fußnote in ihrem Leben, ein unbedeutender Umweg, den sie eingeschlagen hat, um Daniel und sich die Chance auf das ganz große Glück zu schenken. Für die Krönung ihrer großen Liebe.

Erinnerungen.

Wie Jasper sie damals nach ein paar Tagen auf der Station ansprach und sie ihm in ein leer stehendes Zimmer folgte. Wie er ihr dort sagte, dass er es tun würde, dass er einen Kollegen aus der Andrologie gefunden habe, der für zehntausend Euro dazu bereit sei, Daniels Samen zu kryokonservieren. Das Sperma bei zweihundert Grad minus in flüssigen Stickstoff einzufrieren und in der Klinik aufzubewahren, bis Lena es vielleicht für eine künstliche Befruchtung bräuchte. Die würde er dann ebenfalls vornehmen, ebenfalls ohne Daniels Zustimmung, für weitere zehntausend Euro pro Versuch. Natürlich heimlich, nicht offiziell, so viel müsse klar sein. Das Geld in bar und ohne die Möglichkeit, irgendetwas zurückzuverfolgen.

Wie Lena Ja gesagt hat, wie sie all ihre Ersparnisse zusammengekratzt und sich den Rest von Jasper geliehen hat und ihm seitdem Monat für Monat in kleinen Raten zurückzahlt, was sie ihm schuldet. Weil sie Daniel ja nur schlecht darum hat bitten können, ihr das Geld zu geben.

Und schließlich – wie sie es dann getan hat. Nach weiteren frustrierenden und erfolglosen Monaten ohne Schwangerschaft, obwohl Daniels Spermiogramm eine völlig normale Zeugungsfähigkeit ergeben hatte, fing sie an, die Hormone zu nehmen und sich Spritzen zu setzen. Erklärte ihrem Mann die

Einstiche und blauen Flecken am Oberschenkel mit einer Eigenbluttherapie gegen ihren Heuschnupfen, ihre Nervosität und Stimmungsschwankungen mit Stress im Krankenhaus. Er hat es geglaubt, natürlich hat er das, sie haben sich gegenseitig ja immer vertraut.

Dann der Tag, zehn Tage nach Einsetzen des befruchteten Embryos, an dem sie morgens einen positiven Test in Händen hielt. Das Glück, dieses *unfassbare* Glücksgefühl, das sie beim Anblick der zwei rosafarbenen Striche übermannte. Sie erinnert sich, wie sie den ganzen Tag lang mit einem breiten Grinsen auf dem Gesicht durch die Gegend lief, so breit, dass es allen Kollegen und Patienten auf der Station sofort auffiel. Wie sie zum ersten Mal seit Langem voller Freude und Seligkeit von Mama zu Mama, von Baby zu Baby ging – nein, regelrecht hüpfte – und ihre Arbeit machte, in dem Wissen, endlich – *endlich* – auch ein Kind zu erwarten.

Und letztlich, wie sie abends darauf wartete, dass Daniel aus der Agentur nach Hause kam. Wie sie extra sein Leibgericht – Coq au Vin – gekocht hatte. Wie sie singend und tanzend vorm Herd stand und immer wieder an den Schwangerschaftstest dachte, der in seiner Plastikhülle auf dem Küchentisch bereitlag, um ihn Daniel zu zeigen.

Dann seine erste Reaktion auf ihre Neuigkeit, seine Sprach- und Atemlosigkeit, die sie als Freude gedeutet hat. Ebenso die Tatsache, dass er sogar nach dem Wein für das Hühnchen griff und sich – trotz ihres Protests – davon ein Glas einschenkte. Ja, für eine Glücksreaktion hat sie das gehalten.

Nun weiß sie es besser. Es war kein Glücksgefühl. Es war das pure Entsetzen.

Lena starrt ins Leere. Fühlt sich wie betäubt. Der gesamte Raum, dieser »Tempel der Erinnerungen«, dreht sich um sie. Immer schneller und schneller. Sie meint, Gelächter zu hören.

Spöttisches Gelächter, das direkt aus ihrem Innern zu kommen scheint. *Du bist schuld*, klingt es in ihren Ohren. *Du allein! Alles das ist nur passiert, weil du gelogen, weil du betrogen hast! Daniel, Rebecca, Martin, alle tot, nur deinetwegen. Guinness tot, Josy verschwunden – auch das ist deine Schuld. Und Emma, ja, Emma, deine eigene Tochter, die hast du ebenfalls auf dem Gewissen. Es ist egal, dass du nicht selbst Hand an sie gelegt hast. Es ist trotzdem allein deine Schuld!*

Als Nächstes kommt die Angst. Große Angst. War Lena bis eben noch wie paralysiert, wie unter Schock und handlungsunfähig, kommt nun Bewegung in sie. Sie muss hier raus! Schnell! Denn wenn das, was sie vermutet, wirklich wahr ist – wenn das wirklich *wahr* ist! –, dann ist Esther natürlich überhaupt nicht entführt worden, sondern sie läuft frei herum. Und sie hat sie alle umgebracht. Ihre freundliche, verständnisvolle Schwiegermutter hat, als sie angeblich auf Reisen war, zielstrebig ihren Rachefeldzug gestartet, hat sich zum Richter und Henker in einer Person ernannt und gewütet wie ein Berserker.

Während Lena die Treppen hochhastet, ins Erdgeschoss, so schnell, dass sie ins Stolpern gerät, setzen sich die Puzzleteile in ihrem Kopf weiter zusammen. Das alles war Esthers Plan, von Anfang an. Alle töten, die ihrer Meinung nach schuld daran sind, dass Daniel sich das Leben genommen hat.

Und ihr, Lena, hat sie das Kind genommen, so, wie sie denkt, dass Lena ihr den Sohn genommen hat.

Emma! Was hat Esther mit Emma vor? Lebt sie noch – oder ist ihre Tochter auch schon längst tot? Bei dem Gedanken fühlt sie einen Stich in ihrem Herzen, so schmerzhaft, dass sie erneut stolpert und eine Hand auf ihren Brustkorb legt. Emma, Emma, *Emma!*

Auf der obersten Treppenstufe hält Lena inne. Sie kann nicht weglaufen, das ist unmöglich! Es geht um ihr Kind, und jetzt, da sie die Wahrheit kennt, kann sie doch nicht wegrennen. Ihre Tochter im Stich lassen, nein, das kann sie nicht!

Sie hält sich am Türrahmen fest, keuchend, versucht, wieder zur Besinnung zu kommen, versucht, einen klaren Gedanken zu fassen. *Polizei!* Sie muss zur Polizei. Mit dem Brief, der alles beweist, mit all den Informationen, die sie nun hat.

Lena faltet den Brief zusammen, steckt ihn in ihre Hosentasche, stößt sich vom Türrahmen ab und läuft weiter. Will raus aus dem Haus, dann in den Wagen und zur nächsten Wache fahren, wo sie ihre Schwiegermutter anzeigen, wo sie die ganze Wahrheit erzählen wird. Endlich, *endlich* die Wahrheit ans Licht bringen.

Nein, Unsinn, zuerst muss sie das Haus durchsuchen. Das gesamte Haus! Vielleicht ist Emma irgendwo hier in einem der vielen Zimmer versteckt!

Oben in der Diele bleibt sie abrupt stehen. Eine vertraute Gestalt versperrt ihr den Weg. Vor ihr, in der Haustür, steht Esther. Lächelnd. Lenas Schwiegermutter hält eine Pistole in der Hand und zielt auf sie.

»Hallo Lena«, sagt Esther. »Du hast es also herausgefunden.« Ihr Lächeln wird breiter. »Respekt. Das habe ich dir wirklich nicht zugetraut.«

ICH

Du wirst büßen für das, was du uns angetan hast, denn du hast unser Leben zerstört.

Es gibt keine Vergebung für diese Schuld, nichts, das du tun könntest, um deiner Strafe zu entgehen. Du hast eine Entscheidung getroffen. Und in dem Moment, in dem du das getan hast, war auch dein eigenes Schicksal besiegelt.

»Warum?«, wirst du dich fragen, »warum geschieht mir das?«

Es wird der Tag kommen, an dem dir das »Darum« klar vor Augen steht. Dann wirst du erkennen. Und dich mit Freuden in das fügen, was für dich vorgesehen ist.

Denn für dich gibt es nur einen einzigen Weg, dich zu befreien.

Dieser Tag – nun ist er da.

52

»Nun weißt du also alles.«

»Ja«, sagt Lena. Sie ist so starr vor Schreck, dass sie kaum atmen kann. »Wo ist Emma?«, würgt sie hervor.

Esther zuckt mit den Schultern. »Keine Ahnung.«

»Keine Ahnung?« Lenas Knie werden weich und drohen nachzugeben. »Was hast du mit ihr gemacht?«

»Gar nichts«, erklärt Esther und lächelt noch immer. »Ich habe machen *lassen*.«

»Lassen?«

»Denkst du, ich habe mir selbst die Hände schmutzig gemacht an deinem Bastard? Denkst du das?« Sie schüttelt den Kopf. »Nein. Ich hab das Balg holen lassen. Habe jemanden dafür bezahlt, dass er es tut.« Einen Moment lang scheint sie zu sinnieren. »Schon erstaunlich, was man für Geld alles kaufen kann. Das habe ich gar nicht gewusst, aber es gibt wirklich nichts, was man auf dem Kiez nicht erstehen könnte. Drogen, Waffen …« Sie dreht die Pistole in ihrer Hand hin und her. »Auftragsmorde … Wusstest du das?«

Lena wird schlecht, sie muss schlucken. »Ist meine Emma …«

»Ich hab dir gesagt, dass ich es nicht weiß.« Esther unterbricht sie harsch. »Jemand hat sie aus deiner Wohnung geholt und für mich ein paar Fotos von ihr gemacht. Was danach mit ihr passiert ist, weiß ich nicht. Es war Teil der Vereinbarung, dass ich das nicht mehr wissen will.«

»Dann lebt sie vielleicht noch?«

Esther zuckt mit den Schultern. »Möglich. Aber was geht das mich an?«

»Was das dich angeht?«, schreit Lena. »Sie ist deine Enkeltochter!«

»Lena!« Ihre Schwiegermutter schmunzelt amüsiert. »Du hast doch Daniels Brief gelesen, oder? Emma ist nicht mein Enkel.«

»Doch!«, schreit Lena. »Das ist sie! Du kennst nicht die ganze Wahrheit, du …«

»Halt den Mund! Ich weiß alles, was ich wissen muss! Emma ist nicht Daniels Tochter, genauso wenig wie Josy. Ihr alle habt ihn betrogen und belogen, ihn benutzt und ausgenommen!«

»Das ist nicht wahr, ich …«

»Sei endlich still! Ein Wort noch, und ich knall dich ab!« Sie hebt die Waffe, zielt direkt auf die Stirn ihrer Schwiegertochter. »Wobei«, sagt sie dann und lächelt wieder, »das mache ich ja sowieso.« Ein bedauernder Ausdruck tritt auf ihr Gesicht. »Eigentlich hatte ich gehofft, dass du das selbst erledigst.« Sie zuckt mit den Schultern. »Nun denn, auf einen mehr kommt's jetzt auch nicht mehr an.«

»Du hast Rebecca ermordet«, stellt Lena fest. »Und Martin.«

»Ja und nein«, antwortet sie. »Rebecca, das stimmt, das war ich. Und es war mir ein großes Vergnügen.«

»Wie hast du es gemacht?« Lena hofft, dass ihre Schwiegermutter eitel genug ist zu erzählen. Hofft, dass sie dadurch etwas Zeit gewinnt. Zeit für das Wunder, das sie jetzt braucht.

»Das war einfach«, sagt Esther und lacht. »Nach meiner kleinen Überraschung auf dem Friedhof – auch das war ein nützlicher Helfer – hab ich sie angerufen und ihr gesagt, dass ich sie dringend sprechen muss. Und zwar allein, dass das niemand wissen darf, nicht mal Martin. Hab ihr gesagt, dass ich weiß, dass Josy nicht Daniels Tochter ist und wir uns unterhalten müssen. Da hat sie natürlich sofort eingewilligt, das geldgierige Luder, wohl aus Angst, dass ich Josys Erbe anfechte. Sie hat ihren Mann weggeschickt und mich bei sich zu Hause empfangen. Der Rest war einfach: Ein guter Schuss Diazepam in Rebeccas Wein, schon war sie dahin, vollkommen weggetreten. In ihrem Deckchair, auf dem sie lag, hab ich sie zum Pool gezogen und sie, schwups, ins Wasser gekippt. Dann noch ein paar kleine Abschiedsworte, in Druckbuchstaben hingeschmiert – fertig war ihr Selbstmord aus Kummer und Gram.«

»Da lag eine Schachtel mit Tabletten, keine Tropfen«, wirft Lena ein. »Außerdem war das Rezept, das die Polizei gefunden hat, auf Rebeccas Namen ausgestellt.«

»Ja, sicher war es das! Denkst du, irgendein Arzt schert sich darum, ob dein Name stimmt, wenn du als Selbstzahler ein Privatrezept willst? Meinst du, er verlangt deine Ausweispapiere oder was?« Sie grinst. »Schon dem ersten Psychiater, zu dem ich ging, hat die Geschichte über meinen toten Sohn völlig gereicht, der hat mir – Verzeihung, Rebecca! – sofort die Tabletten verschrieben. Beim zweiten hab ich dann die Tropfen bekommen, die waren natürlich viel leichter in den Wein zu kippen.« Nun schüttelt sie den Kopf, als könne sie selbst noch gar nicht glauben, wie einfach das alles war. »Tja, ich war ganz schön beschäftigt in den vergangenen Wochen.«

»Du warst nie in Süddeutschland«, stellt Lena fest.

»Doch«, widerspricht Esther. »War ich sogar. Nachdem ich mit Rebecca fertig war, bin ich im Auto runtergedüst, habe in Bayern ein Hotel bezogen und von dort mit dir telefoniert.« Wieder lacht sie. »Wäre vermutlich nicht nötig gewesen, aber es hat mir großen Spaß gemacht, dich an der Nase herumzuführen. Genauso wie die gemeinsame ›Suche‹ mit dir. Dass du die ganze Zeit nicht gemerkt hast, was wirklich los ist!« Sie schüttelt wieder amüsiert den Kopf. »Das Tollste war, als wir bei den Schusters waren. Da hab ich gesehen, dass das Schicksal es gutheißt, was ich tue.«

»Gutheißt?«, fragt Lena nach.

»Ich hatte keine Ahnung, dass die zwei überstürzt weggezogen sind«, erklärt Esther. »Eigentlich hatte ich mich auf eine Szene gefreut. Du, völlig hysterisch und trotzdem dazu verdammt, den Mund halten zu müssen. Babette und Sebastian total ahnungslos, was wir eigentlich von ihnen wollen.« Sie zuckt mit den Schultern. »Na ja, und dann waren sie plötzlich weg, das hat mir natürlich wunderbar in den Kram gepasst.«

»Ich glaube es nicht«, sagt Lena leise. »Ich glaube das alles nicht.«

»Ja, nicht wahr?«, fragt Esther. »So ein Glück muss man erst mal haben! Aber ich sag's dir, bei den beiden hatte ich ausnahmsweise *wirklich* nicht die Finger im Spiel, die haben vermutlich aus Kummer beschlossen, Hamburg zu verlassen und woanders ein neues Leben zu beginnen. Was weiß ich. Die Leute werden oft komisch, wenn sie ein Kind verlieren, nicht wahr?« Sie lacht herzlich auf.

»Und Martin?«, will Lena dann wissen. »Wie hast du das gemacht? Und warum?«

»Der ist doch genauso schuld an Daniels Tod!«, schleudert Esther ihr entgegen, schlagartig ist ihr Lächeln verschwunden. »Der hat doch alles gewusst, von Anfang an – aber aus Feigheit nicht das Maul aufgemacht! Erst nach dem Tod seiner Frau, da hat er Schiss gekriegt, mich angerufen und mir alles erzählt, was ich aber ja längst wusste. Hat mich gefragt, was er tun soll, und gesagt, dass er auch mit dir reden will.«

»Und dann hast du ihn auch getötet.«

»Falsch! Das war ich dann wieder nicht. Zu viel Mühe für diesen kleinen Schwächling. Und einen Schuss wie einen Selbstmord aussehen zu lassen, das hab ich mir dann doch nicht zugetraut und da lieber auch einen Profi engagiert.« Für den Bruchteil einer Sekunde sieht sie beinahe traurig aus. »Bei Guinness hast du ja gesehen, dass ich nicht ganz so hartgesotten bin, wie du vermutlich jetzt denkst.« Sie schüttelt sich. »Bei dem Anblick ist mir wirklich übel geworden.«

»Warum der Hund?«, will sie wissen. *Sie ist verrückt,* hämmert es durch Lenas Kopf, während sie noch immer in den Lauf der Pistole starrt. *Vollkommen verrückt! Ich muss sie aufhalten, ablenken, irgendwie, egal womit!*

»Ach, das war leider nötig«, erklärt Esther und macht eine wegwerfende Handbewegung. »Am liebsten hätte ich ihn gleich laufen lassen, als ich ihn von dir mitgenommen habe. Aber ich wusste, dass ich ihn noch brauche, um dich auf die Probe zu stellen.« Sie zuckt mit den Schultern. »Kam mir ganz hübsch vor, so als letzter Test.«

»Du bist krank!«, stößt Lena hervor.

»Nein«, sagt Esther vollkommen ruhig. »Ich war noch nie so gesund wie jetzt. Und wenn ich dich erst erledigt habe, ist alles so, wie es sein soll.«

»Du bist krank«, wiederholt Lena. Jetzt flüstert sie. »Nichts ist so, wie es sein soll.«

»Da irrst du dich«, erwidert ihre Schwiegermutter. »Du und das Baby, ihr solltet nicht leben, das hat Daniel nicht gewollt. Ich vollende nur das, was er leider nicht geschafft hat.«

»Aber Emma *ist* sein Kind!« Sie schreit es. Schreit es so laut hinaus, dass noch die Nachbarn es hören müssten. »Ich schwöre bei Gott, dass Emma Daniels Tochter ist!«

»Dann erzähl ihm das persönlich«, sagt Esther, »du wirst ihn gleich sehen. Komm, dreh dich um und sei brav, wir gehen jetzt wieder nach unten.« Mit erhobener Pistole geht sie ein paar Schritte auf ihre Schwiegertochter zu.

»Was ist mit Josy?«, fragt Lena, statt sich auch nur einen Millimeter vom Fleck zu rühren. »Hast du die auch umgebracht? Daniel wollte, dass du dich um sie kümmerst.«

»Ja«, sie nickt, »das wollte er. Und das habe ich auch getan.«

»Wie denn?«, spuckt Lena aus. »Auch erschossen? Ersäuft? Erhängt? Und dann irgendwo verscharrt?«

»Was denkst du denn?« Esther reißt entsetzt die Augen auf. »Doch nicht meine kleine Josy!« Sie schüttelt den Kopf. »Nein, mit der habe ich nichts gemacht. Ich habe sie nur in Rebeccas Namen bei der Schule entschuldigt und ihr eine Reise in die USA geschenkt. Es geht ihr gut, sehr gut sogar, wir telefonieren jeden Tag.« Esther runzelt die Stirn. »Natürlich weiß sie noch nicht, was hier passiert ist, und es wird sie sicher bestürzen, wenn sie es von mir hört. Ich werde ihr sagen, dass ich Angst hatte, sie übersteht die Rückreise nicht, wenn sie es in Amerika erfährt, und dass ich deshalb warten wollte. Nach ein paar Wochen, wenn sie sich von dem Schock erholt hat, wird es Josy mit Sicherheit bestens gehen. Ich nehme sie vom Internat, und sie lebt dann bei mir. So, wie Daniel es sich gewünscht hat.« Noch einmal schüttelt sie den Kopf. »Nein, Josy habe ich natürlich nichts getan. Warum denn auch? Das Mädchen kann schließlich nichts dafür.«

»Emma auch nicht«, bringt Lena weinend hervor. »Du hast geschrieben, dass ich bis Mitternacht Zeit habe!«

»Richtig. Aber das war erstens gelogen, und zweitens stehst du ja noch recht lebendig vor mir.«

»Monster!«, flüstert Lena. »Du bist ein Monster!«

»Das musst du sagen? Ausgerechnet du?« Wieder lacht Esther auf. Um dann schlagartig wieder ernst zu werden. »Also,

Lena, nun weißt du alles. Es ist genug, wir gehen jetzt runter.« Mit diesen Worten tritt sie dicht an ihre Schwiegertochter heran, setzt ihr die Pistole direkt auf der Brust auf und nickt ihr zu. »Dreh dich um, und dann ab in den Keller.«

Lena bleibt keine Wahl, sie muss tun, was Esther sagt. Sie hat keinen Zweifel daran, dass ihre Schwiegermutter schießen wird. Nicht eine Sekunde lang bezweifelt sie das. Also wendet sie sich langsam um. Dann steigt sie die Treppe hinab. Den Lauf der Pistole spürt sie im Rücken, direkt unterm linken Schulterblatt. Ein Mucks, eine falsche Bewegung, und sie ist tot.

Die Treppe knarrt. Nur noch wenige Stufen, bis sie unten sind. Was kann sie tun, was kann sie nur tun? Sich nach vorn stürzen, kopfüber nach unten und hoffen, dass Esther sie verfehlt? Soll sie das wagen? Wenn sie erst unten sind, wird Esther sie erschießen, ganz sicher wird sie das. Oder soll sie versuchen, ihr die Waffe aus der Hand zu schlagen? Sobald sie unten angekommen ist, herumwirbeln und hoffen, dass Esther auf der Treppe das Gleichgewicht verliert und stürzt?

Es ist ihre einzige Chance. Sie holt tief Luft. Noch drei Stufen, dann wird sie zuschlagen.

Eins.

Zwei …

Direkt hinter Lena erklingt ein dumpfer Schlag, gefolgt von einem lauten Schrei. Und einem Schuss. Etwas Schweres fällt gegen ihre Beine, erschrocken springt sie zwei Stufen nach unten, fängt sich mit einer Hand am Geländer ab, schafft es nur knapp, sich irgendwie festzuhalten. Noch schwankend dreht Lena sich um.

Vor ihr auf der Treppe liegt Esther. Blut sickert aus ihrer Schläfe, Kopf und Hals wirken seltsam verrenkt. Direkt über ihrem reglosen Körper, das Gesicht kreidebleich, steht Niklas.

In seiner rechten Hand hält er den Pflasterstein, mit dem Lena die Scheibe eingeschmissen hat. Und den er benutzt hat, um Esther niederzuschlagen.

»Alles in Ordnung?«, will er wissen.

53

Sie sitzen nebeneinander auf der Treppe. Lena und Niklas. Beide den Blick auf Esther gerichtet. Niklas hat versucht, sie zu reanimieren. Zwecklos. Beim Sturz hat sie sich das Genick gebrochen, wie Lena mittlerweile festgestellt hat.

Während Niklas mit seinen Wiederbelebungsversuchen beschäftigt war, hat sie überall im Haus nach Emma gesucht. Ist vom Keller bis hoch zum Dachboden gerannt, hat jedes Zimmer durchforstet in der Hoffnung, ihre Tochter irgendwo zu finden. Aber keine Spur von ihrem kleinen Mädchen.

Nun sitzt sie also wieder neben Niklas auf der Treppe. Beim Anblick von Esthers Leiche hat Lena kein Gefühl von Vergeltung oder Rache. Nein, aber Esthers Tod bedeutet, dass keine Chance mehr besteht, etwas über Emmas Verbleib zu erfahren, falls Daniels Mutter doch gelogen hat.

»Wie hast du mich gefunden?«, fragt sie jetzt.

»Carolin«, antwortet er, wendet seinen Blick aber nicht von der Toten ab. »Sie hat mich nach deinem Besuch angerufen und mir alles erzählt. Da war mir klar, dass du zu Esther willst. Caro wusste den Straßennamen, also bin ich mit dem Taxi den gesamten Heiderosenweg abgefahren und hab dann mein Auto entdeckt.«

»Danke«, sagt sie leise.

»Weißt du, das mit den Fotos …«

»Schsch«, macht Lena. »Nicht jetzt, bitte. Lass uns reden, wenn das hier alles vorbei ist.«

»Du hast recht.« Er nickt. Betrachtet noch einmal Esthers Leiche. »Wenn das hier alles vorbei ist.«

»Wir müssen die Polizei rufen.« Lena erhebt sich.

»Mein Akku ist schon wieder leer«, sagt Niklas.

»Macht nichts«, erwidert Lena. »Ich hab ja auch noch mein olles Handy.« Sie holt das Telefon aus ihrer Hosentasche und betrachtet es. Und dann, ganz plötzlich, bricht sie in Tränen aus. Schluchzt hemmungslos und laut, schlägt die Hände vors Gesicht und weint und weint.

»Lena!« Niklas ist aufgesprungen, legt seine Arme um sie und zieht sie an sich.

»Emma!«, bringt sie flüsternd hervor. »Wo ist meine kleine Emma?«

Eine Weile stehen sie so da, eng umschlungen auf der Kellertreppe von Esthers Haus. Dann löst Lena sich von ihm. Sie nimmt erneut ihr Handy und wählt den Notruf. Kurz erläutert sie dem Beamten am Telefon, was passiert ist. Er verspricht, sofort ein Einsatzfahrzeug zu schicken. Während sie mit ihm redet, wächst wieder neue Hoffnung in ihr. Die Polizei, ja. Jetzt werden sie anfangen, nach Emma zu suchen. Werden in und um Esthers Villa jeden Stein umdrehen, werden hinter jeden Grashalm im Garten gucken und etwas finden, das Lena zu ihrem Baby führt.

Als Lena das Gespräch beendet, legt Niklas erneut einen Arm um sie.

»Komm«, sagt er. »Gehen wir nach oben.«

Lena folgt ihm ins Erdgeschoss, dreht sich nicht mehr zu der Treppe um, will kein weiteres Mal sehen, wie ihre Schwiegermutter mit verrenktem Hals auf den Stufen liegt.

In diesem Moment hören sie es. Ein Klopfen. Erst leise, dann lauter. Lena und Niklas bleiben stehen, horchen. Da ist es wieder! Es kommt von unten, aus einem der Kellerräume.

Lena macht auf dem Absatz kehrt, eilt über die Treppe nach unten. Niklas folgt ihr, stolpert über Esthers Körper und kann sich nur im letzten Moment abfangen.

»Hallo?« Eine gedämpfte Stimme ist zu vernehmen. Ein verängstigtes Rufen wie hinter einer Wand. »Hallo? Ist da jemand?«

»Wir sind hier!«, schreit Lena, die inzwischen im Kellergang steht. Sie kennt diese Stimme. Das letzte Mal, als sie sie hörte, hat sie »Mörderin!« geschrien.

Josy.

»Josy, wo bist du?«, ruft Lena und sieht sich verwirrt im Flur um. Sie hat hier unten doch überall nachgesehen, das Mädchen war in keinem der Zimmer, alle Räume waren leer.

»Ich bin hier!« Nun ist Josy deutlicher zu hören. Ihre Stimme scheint von rechts zu kommen, aus der Waschküche oder dem Heizungskeller. *Esther hat ihre Enkeltochter hier unten eingesperrt! Sie ist nicht in Amerika, sie war die ganze Zeit hier!* Sofort spürt sie wieder Hoffnung in sich aufkeimen. Wenn Josy hier im Haus ist, dann vielleicht doch auch Emma?

Lena läuft in den Waschkeller. Sieht sich hektisch in dem kleinen Raum um, sucht die Wände nach einer weiteren Tür, einem Einbauschrank oder irgendeiner Nische ab, wo Josy sein könnte. Aber da ist nichts.

Nun klopft es in unmittelbarer Nähe. »Hier!«, ruft Josy erneut. »Hinter dem Heizungskeller!«

Sie stürzt wieder in den Flur, rennt dabei in Niklas, der gemeinsam mit ihr in den Raum mit der Heizung stolpert.

Da! Halb verdeckt von dem großen Kessel befindet sich tatsächlich noch eine weitere Tür. Sie hat keine Klinke, nur ein Schloss mit Knauf, der sich weder drehen noch sonst wie öffnen lässt.

»Josy?«, ruft Lena. »Bist du da drin?«

»Ja«, antwortet das Mädchen. Kurze Pause. »Wer ist denn da?«

»Ich bin's – Lena.«

»Hol mich hier raus!« Das Mädchen hört sich weinerlich an. »Hol mich hier raus!«

»Keine Sorge«, ruft Lena. »Die Polizei ist gleich da!«

Anstelle einer Antwort erklingt ein Aufjaulen, ein verzweifelter Schrei.

»Bleib ruhig!«, ermahnt Lena Daniels Tochter. »Es kann nicht mehr lange dauern.«

»Ich habe Angst!«, schreit das Mädchen. »Ich hab ganz schreckliche Angst! Bitte, hol mich doch raus!«

Niklas berührt Lena am Arm. »Warte mal. Vielleicht finde ich was, womit ich die Tür aufstemmen kann.« Er sieht sich in dem Raum um. Als er nicht fündig wird, läuft er zurück in den Flur, während Lena versucht, weiter beruhigend auf Josy einzureden. Kurze Zeit später kehrt Niklas zurück, in der Hand hält er eine große Eisenfeile. »Die war im Hobbyraum«, erklärt er, »vielleicht geht's damit!«

»Versuch es«, sagt Lena und tritt einen Schritt zur Seite.

Niklas schiebt die Feile auf Höhe des Knaufs zwischen Türblatt und Rahmen. Umfasst den Griff mit beiden Händen, setzt das Werkzeug wie einen Hebel an und drückt mit einem kräftigen Ruck dagegen. Ein Krachen erklingt – die Tür springt auf.

»Lena!« Eine tränenüberströmte Josy stolpert ihr entgegen, wirft sich ihr an den Hals. Schluchzend, zitternd, völlig außer sich. Lena hält das Mädchen im Arm, ganz fest hält sie Josy, so, wie sie das Kind noch nie gehalten hat.

»Ist gut«, sagt Lena leise und streichelt Josy über den Rücken. »Es ist alles gut! Du bist in Sicherheit.«

»Oma hat mich vom Internat abgeholt«, erzählt Josy stockend. »Sie hat gesagt, dass wir einen Ausflug machen, nur sie und ich.« Noch einmal schluchzt sie auf. »Wir sind hierhergefahren, weil sie noch etwas aus dem Haus holen wollte. Dann sind wir in den Keller gegangen. Sie hat gesagt, ich soll ihr dabei helfen, etwas hochzutragen.« Wieder ein herzzerreißendes Schluchzen, so heftig, dass Josys gesamter Körper erzittert. »Und dann hat sie mich hier unten eingesperrt. Hat die Tür zugeworfen und mich nicht mehr rausgelassen.«

»Jetzt ist es vorbei«, sagt Lena. Ihr Blick wandert über Josy hinweg durch den Raum. Ein hübsch eingerichtetes Zimmer, alles in Weiß und mit Blumenmustern. Hübsch. Wenn es nicht als Kellerverlies gedacht wäre …

Sie erstarrt. Jetzt erst sieht sie es: Hinten links in der Ecke, direkt vor einer hölzernen Wand, steht ein Bett. Ein kleines weißes Gitterbett. Daneben ein Stuhl, auf dem noch Seile und Klebeband liegen. Ein Blutfleck deutet auf die Pfote von Guinness hin, die aber nirgends zu sehen ist.

Lena schiebt Josy von sich fort, geht rüber zu dem Gitterbett, betrachtet es, dreht sich dann fragend zu Josy um. »Emma war hier? Und die Fotos von Esther wurden auch hier gemacht?«

Der Teenager nickt. »Ja«, sagt Josy. »Esther hat das Baby nach ein paar Tagen mitgebracht und von ihm Fotos gemacht.«

»Und das Bild von Esther?«

Josy weint erneut los und nickt wieder. »Das musste ich machen«, sagt sie. »Ich sollte Oma fesseln und fotografieren. Sie hat gesagt, dass alle sterben, wenn ich das nicht tue!«

»Alle?«, fragt Lena nach.

»Ja. Du. Und das Baby. Und meine Mama und Martin.« Sie schlägt beide Hände vors Gesicht. »Ich hatte so schreckliche Angst!«

»Hab keine Angst mehr«, meldet sich nun Niklas zu Wort. Er legt dem Mädchen von hinten beide Hände auf die Schultern. »Wir bringen dich jetzt nach oben.«

Lena hält Josy zurück. »Weißt du, wo Emma jetzt ist?«

Ein Kopfschütteln. Ein verfluchtes, ein verdammtes Kopfschütteln.

»Nein«, antwortet Josy. »Oma hat gesagt, sie hätte das Baby weggegeben.«

Während Niklas die noch immer weinende Josy aus dem Zimmer führt, um sie nach oben zu bringen und dort mit ihr auf die Polizei zu warten, bleibt Lena in dem Zimmer zurück. Sie betrachtet den Stuhl und das Bett. Dieses Gitterbettchen, in dem ihre Tochter noch vor Kurzem lag. Auf dem Fußboden links daneben steht auch die Babywippe, in der Emma lag und gefüttert wurde. Hier war sie also, ihre Tochter. Erst vor wenigen Tagen hat sie hier gelegen. Hat ihre Händchen emporgereckt, hat gelächelt und darauf gewartet, dass Mama kommt und sie holt. Aber Lena ist nicht gekommen. Sie ist zu spät.

Wo auch immer ihre Tochter jetzt gerade ist, sie kann nur hoffen, dass die Polizei hier unten einen Hinweis findet und ihr Baby aufspüren kann.

Beim Verlassen des Raums greift Lena nach dem Knauf, will die Tür hinter sich schließen. Sie klemmt, bleibt an einer Matte auf dem Boden hängen. Lena schiebt sie ein Stück zur Seite.

Ein Schlüssel. Da liegt ein Schlüssel, halb guckt er unter der Matte hervor. Lena bückt sich, hebt ihn auf und betrachtet ihn. Und während sie ihn ins Türschloss schiebt und dabei feststellt, dass er passt, wird ihr klar, was das bedeutet. Der Schlüssel zu diesem »Gefängnis«. Lena hat ihn *im* Zimmer gefunden!

»Niklas!«, schreit sie und stürzt hinaus in den Flur. »Niklas!«

Sie läuft auf die Treppe zu, hastet die Stufen hoch, über die Leiche von Esther hinweg. »Josy hat …«

Oben im Türrahmen hält sie abrupt an.

»Ich weiß«, sagt Niklas. Er steht in der Diele. Zusammen mit Josy, die ihn mit Esthers Pistole in Schach hält.

»Josy!«, ruft Lena erschrocken aus.

»Geh rüber zu ihm!«, fährt der Teenager sie an und wedelt mit der Waffe. »Stell dich zu deinem Freund.«

»Josy, ich …«

»Mach, was ich dir sage!«

Lena hebt beide Hände in die Luft, um zu signalisieren, dass sie gehorcht.

»Josy, das hat doch keinen Zweck«, sagt Lena. »Die Polizei wird gleich hier sein, also lass doch den Unsinn!«

»Das ist kein Unsinn«, gibt das Mädchen zurück. »Es ist genau so, wie es sein soll.«

»So soll es sein?« Lena starrt Josy entsetzt an. »Deine Eltern tot und Esther auch? Emma verschwunden? Das ist es, was du willst?«

»Nein«, sagt Josy und schüttelt den Kopf. Lena bemerkt, dass ihr eine Träne über die Wange läuft. Trotzdem sieht sie entschlossen aus. »Oma sollte nicht sterben. Du solltest tot sein!«

»Josy, bitte!« Nun versucht Niklas, das Mädchen zu beruhigen. »Ich verstehe ja, dass du verwirrt bist. Der Tod deines Vaters …«

»Der da hält sofort die Klappe!«, schreit Josy in Lenas Richtung. Niklas verstummt augenblicklich. »Habt ihr überhaupt eine Ahnung?«, fragt sie. »Könnt ihr euch überhaupt vorstellen, wie die letzten Jahre für mich waren? Mama und Papa getrennt, ich selbst in diesem furchtbaren Internat? Keine Sau hat sich mehr für mich interessiert, keine Sau! Alle waren froh, dass ich weg war. Dass ich niemanden mehr gestört habe!«

»Das stimmt doch nicht«, widerspricht Lena.

»Natürlich stimmt es! Oma war die Einzige, der ich noch etwas bedeutet habe!«

»Deinem Vater hast du sehr viel bedeutet! Er hat …«

»Meinem *Vater?*«, schneidet das Mädchen Lena das Wort ab. »Er war ja gar nicht mein Vater!«

»Aber er hat dich geliebt, als wärst du sein eigenes Kind!«, ruft Lena aus. »Das kannst du mir glauben, Josy.«

»Ausgerechnet dir soll ich was glauben?« Josy schüttelt den Kopf. »Du hast ihn mir doch überhaupt erst weggenommen!«

»Nein, Josy, ich …«

»Halt endlich dein Maul!« Sie hebt die Pistole, feuert einen Schuss in die Decke ab. Stille tritt ein. Josy atmet schwer, dann spricht sie weiter: »Nachdem Oma mich aus dem Internat geholt und hierher gebracht hatte, hat sie mir alles gesagt. Hat mir den Brief gezeigt und mir erzählt, wie sehr ich von allen verraten worden bin. Von *allen!*«

»Und dann hat sie dich dazu überredet, es allen heimzuzahlen?«, will Niklas wissen.

Josy sieht ihn an. Und lächelt. »Na ja, zuerst war ich natürlich total geschockt. Ich meine, dass Papa gar nicht mein Vater war – das hat mich ziemlich fertig gemacht. Trotzdem habe ich mich anfangs geweigert, mitzumachen. Aber irgendwann habe ich begriffen, dass Oma recht hat. Dass das, was uns angetan wurde, gerächt werden muss. Und ihr Plan war einfach genial!«

»Genial?« Beinahe muss Lena würgen.

Josy nickt. »Es wusste ja keiner, wo ich bin, also konnte ich mich hier im Haus verstecken und zusammen mit ihr in Ruhe alles durchziehen. In den ersten Tagen habe ich dann hin und wieder noch mit Mama«, sie spuckt das Wort regelrecht aus, »telefoniert, damit sie keinen Verdacht schöpft. Aber nachdem ich dann offiziell verschwunden war, lief der Rest wie von allein.« Jetzt verändert sich ihr Gesichtsausdruck, das triumphierende Lächeln erstirbt. »Oma hat immer gesagt, dass wir zusammen mit Emma weggehen, sobald alles vorbei ist. Sie hat gemeint, dass meine kleine Schwester ja nichts dafürkann. Dass sie genauso ein Opfer ist wie ich, und dass wir zu dritt auf den Hof an der Nordsee ziehen und ein neues Leben anfangen.«

»Ihr wolltet mit Emma da hin?« Lenas Stimme verrät ihre Erregung. »Wo ist sie? Wo ist meine Tochter?«

»Keine Ahnung. Das hat Oma mir nicht verraten.« Josy zuckt mit den Schultern. »Und es sieht beinahe so aus, als würde sie das nun auch nicht mehr tun. Sie hat mir nur gesagt, dass sie meine Schwester holt, wenn es so weit ist.«

»Bitte, Josy!«, fleht Lena. »Du *musst* doch etwas wissen!«

»Tut mir leid. Ich weiß *gar nichts!*« Kurz senkt sie den Blick, um ihn dann sofort wieder zu heben, um Lena und Niklas erneut wütend anzusehen. »Ich weiß überhaupt nichts. *Mir* hat ja nie jemand etwas gesagt.« Urplötzlich sieht sie nicht mehr wütend und entschlossen, sondern verzweifelt aus. Sie weint. Weint wie ein kleines Kind. »Ich bin doch immer allen scheißegal gewesen!« Mit diesen Worten hebt sie erneut die Waffe an, ein leises Klicken erklingt. Lena und Niklas schreien erschrocken auf, ducken sich beide nach unten weg.

Sie hören den Schuss.

Dann sieht Lena aus den Augenwinkeln, wie Josy zu Boden geht.

54

Du bist tot, ich muss leben …

Lena weiß nicht, ob Emma tot ist. Ob ihr Kind dort ist, wo all die anderen sind. Daniel, Rebecca, Martin, Esther und Guinness. Thomas Krohn und Chiara Beck. So viele Tote.

Josy ist nach einem Krankenhausaufenthalt, bei dem sie sich von ihrer Schussverletzung erholt hat, mittlerweile in der forensischen Psychiatrie untergebracht. Es geht ihr besser, immerhin. Auch wenn sie mit jedem Tag, den sie körperlich und seelisch mehr gesundet, umso schwerer unter ihrer Schuld leidet. Der Schuld an dem, was sie getan hat. Und der Verzweiflung darüber, Lena nicht sagen zu können, wo ihre Tochter ist.

Lena besucht sie oft. In den langen Gesprächen, die sie dann miteinander führen, haben sie sich Stück für Stück einander angenähert. Wie es mit Josy weitergeht, wie lang sie noch im Maßregelvollzug bleiben muss oder ob man sie irgendwann wieder auf freien Fuß lässt, steht in den Sternen. Die Zeit wird zeigen, welche Chance das Mädchen in diesem Leben noch erhält.

Das Leben – es ist beinahe wieder »normal«. Der Medienrummel hat sich mittlerweile gelegt. In den ersten Tagen stand die Geschichte in so gut wie jeder Zeitung, überall auf Seite eins. Lief im Fernsehen, im Radio, wurde im Internet auf Facebook und sonst wo diskutiert. Die Flut an Briefen, Anrufen und E-Mails, die Lena erreichten, war nicht zu bewältigen. Auch heute, ein halbes Jahr danach, kommen noch vereinzelte Anrufe und Nachrichten, obwohl sie seit fünf Monaten in einer anderen Wohnung lebt, obwohl sie Handynummer und Mailadresse längst geändert hat. Trotzdem wird sie immer mal wieder von einigen »Mitfühlenden« aufgespürt, die ihr sagen wollen, wie schlimm ihr Schicksal ist. Als wüsste sie das nicht selbst. Und auch ein paar nicht so mitfühlende Menschen sind dabei. Solche, die Lena beschimpfen, die ihr Vorwürfe machen, dass sie ihr Kind an dem Tag, als es verschwand, unbeaufsichtigt gelassen hat. Als würde sich Lena diese Vorwürfe bis heute nicht selbst machen. Tag für Tag, Stunde für Stunde, jede Sekunde denkt sie daran.

Aber das reicht manchen Leuten nicht, sie kriechen aus ihren Löchern hervor und kippen ihre boshafte Selbstgerechtigkeit kübelweise über Lena aus. Vor allem, wenn in der Zeitung in Ermangelung irgendwelcher anderen Nachrichten mal wieder ein paar Spalten ihrem Fall gewidmet wurden. Gern verbunden mit dem Hinweis, wie »mysteriös« die ganze Angelegenheit war. Dann tauchen sie erneut auf, sowohl die Mitleidigen als auch die, die Lena insgeheim von vornherein zur Täterin abgestempelt haben, die vermuten, dass sie lügt und Emma ein Opfer ihrer eigenen Mutter geworden ist.

Und immer mal wieder lungern noch Journalisten oder Paparazzi vor Lenas Wohnung herum, woher auch immer sie ihre Adresse haben. Die die Geschichte noch einmal »neu aufrollen« wollen, dabei aber nicht sagen, dass sie in Wahrheit mehr an ein »Auswalzen« denken.

Lena lernt täglich, mit alldem besser umzugehen. Mit den Betroffenen ebenso wie mit den Spinnern, mit der Boulevardpresse wie mit fremden Menschen, die sie manchmal auf offener Straße anstarren oder sich im Supermarkt gegenseitig anstoßen und geflüsterte Bemerkungen austauschen.

Ja, damit kommt sie klar. Aber mit der einen Frage, die sich jeder, der mit ihrem Fall vertraut ist, nach wie vor stellt – mit der kommt sie nicht klar: Was ist mit Emma passiert? Ist das Baby tot? Oder hat Esther Josy die Wahrheit gesagt und Emma irgendwo versteckt, um sie später zu holen? Irgendwo im Ausland vielleicht? Dort, wo niemand mitbekommen hat, was wochenlang durch die Medien ging, wo Emma trotz der immensen Aufmerksamkeit bisher von keinem entdeckt wurde? Ist sie vielleicht in einem Heim, irgendwo in Osteuropa? Oder – und das ist es, was Lena sich am meisten wünschen würde, wenn ihre Tochter denn schon nicht bei ihr sein kann – ist Emma bei einer neuen Mama und einem neuen Papa? Bei netten Eltern, von denen ihr Kind ein Leben lang denken wird, dass es ihre leiblichen sind?

Natürlich gab es eine Großfahndung nach Emma – Hundestaffeln, Hubschrauber, ganze Hundertschaften waren unterwegs auf der Suche nach dem Kind. Am Ende ergebnislos, nirgends eine Spur, nicht die allerkleinste.

Deshalb weiß Lena keine Antwort auf die Frage, wo ihr Kind jetzt ist. Und es nicht zu wissen, ist fast schlimmer, als wenn sie mit der Tatsache leben müsste, dass Esther ihre Tochter getötet hat. Dass sie von Anfang an keine Chance hatte, dass ihre Schwiegermutter Josy belogen und Emma schon längst umgebracht hat.

Nein, es ist egoistisch, so zu denken. Sich Klarheit zu wünschen, nur, damit sie wieder ihren Frieden finden kann. Sie wird lernen müssen, ohne diesen Frieden zu leben.

Und leben, das will Lena. Jemand hat sie zurück ins Leben geholt – Niklas.

Mit jedem Tag ein kleines Stück mehr, Millimeter um Millimeter. Er hat ihr neue Zuversicht gegeben, in einer Zeit, als sie glaubte, dass sie auch sterben müsse. Er hat deutlich gemacht, dass sie sich nicht so einfach aus der Affäre ziehen dürfe, sie habe ja gesehen, wie viel Unglück dieser vermeintliche Ausweg über andere Menschen bringt.

Sie kann nicht genau sagen, warum, aber es hat gewirkt. Nach ein paar Wochen, die Niklas fast nicht von ihrer Seite gewichen ist, in denen er jede freie Minute mit ihr verbracht und ihr dabei geholfen hat, Schritt für Schritt eine neue Existenz aufzubauen. Vom Umzug über die Suche nach einem guten Therapeuten bis hin zu den Formalitäten, die sie für ihre Kündigung im Krankenhaus und die Erbschaftsangelegenheiten benötigte – Niklas hat sich um alles gekümmert.

Sie weiß, dass er sich in sie verliebt hat, er hat es ihr gesagt. Ein Gefühl, das sie nicht erwidert, nicht erwidern kann. Vielleicht noch nicht, vielleicht auch nie. Aber auch darüber haben sie gesprochen, und er hat ihr glaubhaft versichert, dass er seine Unterstützung nicht vom Grad ihrer Zuneigung abhängig macht. Er will für sie da sein. Einfach so.

»Wie geht es dir heute?« Wie jeden Morgen weckt Niklas sie um kurz vor neun per Telefon. Sie hat ihn darum gebeten, damit sie nicht doch wieder versinkt in der Depression, die weiterhin ihre langen Arme nach ihr ausgestreckt hält und sie zu erwischen versucht.

»Danke, ganz gut. Ich denke, ich schaffe es durch den Tag.«

»Das höre ich gern!«

Lena liegt auf dem Rücken im Bett und lächelt ins Telefon. Sie lässt ihren Blick über die hohe und stuckverzierte Decke ihres Schlafzimmers wandern. Ein paar Strahlen der Frühlingssonne fallen durchs Fenster und kitzeln sie an der Nase.

Sie mag ihr neues Reich, auch wenn es mit zwei Zimmern, kleiner Küche und Bad nicht gerade riesig ist. Sie hätte sich etwas Größeres leisten können. Aber das braucht sie nicht, nicht für sich allein. Sie hat beschlossen, einen Großteil von Daniels

Erbe zu spenden. Vielleicht an eine Babyklappe oder eine andere Einrichtung für Kinder. Sobald sie eine Entscheidung getroffen hat, wird sie es tun.

Dass Daniel so wohlhabend war, hat sie während ihrer Ehe nicht geahnt. Wie auch? Er hat es ihr so genau nie gesagt und außerdem immer geschuftet wie ein Irrer. Zumindest den Teil mit der Arbeit kann Lena verstehen. So langsam sehnt sie sich danach, wieder eine richtige Aufgabe zu haben, statt zu Hause nur Löcher in die Luft zu gucken. Deshalb hat sie in der Nacht einen Entschluss gefasst, den sie Niklas nun mitteilen will.

»Ich will gleich ins Krankenhaus fahren«, sagt sie.

»Fühlst du dich nicht wohl?« Sofort klingt er besorgt.

»Doch.« Sie lacht. »Ganz im Gegenteil. Ich fühle mich sogar so wohl, dass ich überlege, wieder zu arbeiten.«

»Wirklich?«

»Ja«, antwortet sie. »Ich möchte es wenigstens versuchen.«

»Aber jetzt schon? Ich meine, es ist gerade mal ein halbes Jahr her!« *Es.* Er sagt meistens *es*.

Lena setzt sich im Bett auf und zuckt mit den Schultern. »Mir fällt die Decke auf den Kopf, wenn ich den ganzen Tag nur in der Wohnung rumsitze.«

»Das verstehe ich«, sagt er. »Und jetzt willst du wieder in die Klinik gehen …« Er spricht nicht weiter, aber sie weiß auch so, woran er denkt – dass sie dort jeden Tag mit Babys zu tun hätte.

»Keine Ahnung, ob es eine gute Idee ist«, gibt sie zu. »Das weiß ich erst, wenn ich es ausprobiere. Aber wenn ich das nicht tue, erkranke ich bestimmt bald an Hospitalismus.«

»Hospita… *Was?*«

»Vergiss es!« Sie muss lächeln. »Jedenfalls würde ich gern wieder arbeiten.«

»Wenn du meinst. Nötig hättest du es eigentlich nicht.«

»Nein, das nicht.« Nein, sie müsste nicht arbeiten, nie wieder, jedenfalls nicht, um ihren Lebensunterhalt zu verdienen, selbst wenn sie das meiste Geld spendet. »Aber ich werde heute Vormittag zumindest mal in der Klinik vorbeischauen und mit meinem alten Chef sprechen.«

»Wie wäre es danach mit einem schönen Mittagessen? Quasi zur Feier des Tages? Ich kann bestimmt zwei Stunden von der Arbeit weg.«

»Ja, gern!«

»Dann komm ich gegen eins bei dir vorbei. Ich reservier einen Tisch beim Italiener an der Ecke.«

»Gut, ich freu mich.«

Nachdem sie aufgelegt haben, steht Lena auf, geht ins Badezimmer und macht sich fertig. Vorm Spiegel fällt ihr auf, dass sie etwas zugenommen hat. Ihr Gesicht wirkt voller und gesünder als noch vor Wochen. Sie dreht sich zur Seite, mustert ihren flachen Bauch, ihre immer noch schmale Silhouette. Schmal – aber nicht ausgemergelt. Die deutlichen Spuren, die die Ereignisse bei ihr hinterlassen hatten, bald sind sie kaum mehr zu erahnen. Lena weiß, dass sie nie völlig verschwinden werden, in ihrem Innern werden sie immer bleiben. Wie Narben von tiefen Wunden, die nie ganz verblassen. Aber das macht nichts. Sie halten die Erinnerung wach.

Nachdem sie geduscht und sich für Jeans und Bluse entschieden hat, föhnt sie ihre Haare, steckt sie hoch und legt ein leichtes Make-up auf. Zufrieden betrachtet sie ihr Spiegelbild. Ja, so kann sie in der Klinik auftauchen, sie macht einen guten Eindruck.

Kurz überlegt sie, ob sie sich nicht telefonisch anmelden sollte. Oder sie könnte Jasper Bescheid geben, dass sie gleich vorbeischauen wird. Könnte ihn anrufen und bitten, ihr das Feld zurück in den Job ein wenig zu ebnen.

Aber dann lässt sie es. Es ist ihr lieber, zu sehen, wie ihre früheren Kollegen und ihr Ex-Chef spontan reagieren, wenn sie ihnen mitteilt, dass sie wieder als Hebamme anfangen will.

Im Flur zieht Lena einen hellen Trenchcoat über, nimmt ihre Handtasche und verlässt die Wohnung. Sie geht beschwingt durch den Hausflur, so sehr freut sie sich auf einmal, ihre alte Arbeitsstätte wiederzusehen, vielleicht schon bald wieder ganz normal am Berufsleben teilzunehmen. Oder zumindest so normal wie möglich.

Sie reißt die Haustür auf. Und bleibt abrupt stehen.

Sebastian.

55

Sebastian Schuster. Direkt vor ihr, auf dem Fußweg zum Haus, kommt er auf sie zu.

»Hallo Lena«, sagt er. Er wirkt betreten.

Sie will etwas erwidern, aber ihr versagt die Stimme.

»Freut mich, dich zu sehen«, fährt er fort. »Du siehst gut aus.«

»Was … Was …?«

»Deine Nachbarin hat mir gesagt, wo du jetzt wohnst. Die ältere Dame im ersten Stock.«

»Frau Richter«, sagt sie.

»Ja, genau.« Er wirkt angespannt, tritt von einem Fuß auf den anderen.

»Und was willst du von mir?« Auch wenn Lena ihn und Babette damals zu Unrecht verdächtigt hat – sie will ihn nicht sehen. Die bloße Erinnerung löst höchst unangenehme Gefühle in ihr aus, Gefühle, die Lena nicht mehr haben will.

»Ich würde dir gern etwas zeigen«, sagt er.

»Was denn zeigen?«

»Dafür musst du mitkommen.«

»Warum sollte ich?« Sie verschränkt ihre Arme vor der Brust, fragt sich, was das hier werden soll. Was will Sebastian von ihr, warum ist er hier aufgetaucht?

»Bitte«, sagt er. »Komm einfach mit.«

Sie sieht nach links und nach rechts, sucht mit Blicken die Straße ab. Da! Etwa fünfzig Meter entfernt entdeckt sie Babette, sie steht an ein Auto gelehnt und sieht zu ihnen hinüber.

»Erst wenn du mir sagst, worum es geht.« Lena rührt sich nicht von der Stelle.

Er seufzt. Dann hebt er beide Arme, winkt Babette und bedeutet ihr, dass sie zu ihnen kommen soll.

Seine Frau wendet sich zum Auto, öffnet die hintere Tür, beugt sich hinein und nimmt etwas heraus. Als sie sich umdreht und langsam den Bürgersteig entlanggeht, werden Lena die Knie weich.

Ein Kind. Babette trägt ein Kind auf dem Arm! Ein Baby, schlafend, dicht an ihre Schulter gedrückt, eine Hand schützend über sein Köpfchen gelegt. Lena sieht von Babette zu Sebastian.

»Ein Baby?«, fragt sie, »wieso …«

»Das ist Emma«, unterbricht Sebastian sie.

Schwindel ergreift Lena. Für den Bruchteil einer Sekunde glaubt sie, ohnmächtig zu werden. »Was?«, bringt sie nur krächzend hervor.

»Deine Tochter«, bestätigt er. »Wir bringen sie dir zurück.«

Noch eine Sekunde lang bleibt Lena wie angewurzelt stehen. Und dann stürzt sie los. Rennt die wenigen Meter, die noch zwischen ihr und ihrer Tochter liegen. Vor Babette bleibt sie stehen. Auf einmal unsicher, was sie tun soll. Sebastians Frau weint. Weint tonlos und hält das Baby fest an sich gedrückt, küsst es sanft aufs Köpfchen, das unter einer Mütze hervorlugt. Babettes Miene – sie zeigt Trauer und einen Schmerz, den Lena nur zu gut kennt.

»Hier«, sagt sie schließlich, schiebt das Baby vorsichtig von ihrer Schulter weg und reicht es Lena.

Wieder zögert sie kurz. Dann nimmt sie Emma entgegen. Umschließt das kleine Bündel, das ihr trotzdem riesig erscheint, mit beiden Armen. Das Kind gibt ein kurzes Quaken von sich, kuschelt sich dann aber wieder schlafend an Lenas Hals.

»Emma«, flüstert sie und küsst nun ebenfalls ihr Köpfchen. »Meine Emma!«

Babette schluchzt laut, ihr Körper wird wie von Krämpfen geschüttelt. Sebastian tritt neben seine Frau, legt tröstend einen Arm um ihre Schulter.

»Warum?«, fragt Lena. Nicht mehr. Einfach nur: »Warum?«

»Wir haben es nicht gewusst«, erklärt Sebastian. »Wirklich nicht, erst vor zwei Wochen haben wir es erfahren.«

»Was denn?«

»Dass …«, will er weitersprechen, aber Babette unterbricht ihn.

»Deine Schwiegermutter war bei uns«, sagt sie. Noch immer weint sie, aber sie reißt sich zusammen. »Tauchte einfach bei uns zu Hause auf und sagte uns, dass wir dein Baby aufnehmen sollen.«

»Was?«

Sie nickt. »Ja. Sie hat uns erzählt, dass sie total verzweifelt ist. Dass sie befürchtet, dass Emma bei dir nicht sicher ist. Dass du den Tod deines Mannes nicht verkraftest und so schwer depressiv bist, dass sie Sorge hat, du könntest dem Kind etwas antun.«

»Das hat sie gesagt?« Lena schließt für einen Moment die Augen und drückt Emma ganz fest an sich. Dann sieht sie Babette und Sebastian wieder an.

»Ja«, bestätigt er. »Sie war völlig außer sich, hat uns erzählt, dass sie Emma schon mehrfach bei dir zu Hause ganz verwahrlost vorgefunden hat. Hungrig, schreiend und mit vollen Windeln in ihrem Bettchen, während du betrunken oder vollgepumpt mit Medikamenten in deinem Bett lagst. Und dass du im Suff immer wieder gesagt hast, dass du das Baby einfach nur loswerden oder am liebsten umbringen würdest.«

»Was?« Sie kann sich gerade noch beherrschen, es nicht herauszuschreien, damit Emma auf ihrem Arm sich nicht erschreckt.

»Das war natürlich naiv von uns«, spricht Babette weiter. »Aber wir haben ihr geglaubt. Sie war so überzeugend, hat uns erklärt, dass sie schon bei den Behörden war, ihr aber niemand helfen würde. Dass sie immer nur zu hören bekäme, es sei normal, dass du in deiner Lage Zeit brauchst, man dir deshalb aber nicht das Kind wegnehmen könne.« Sie zuckt mit den Schultern. »Sicher, das hätten wir deiner Schwiegermutter niemals abkaufen dürfen.« Nun senkt sie den Blick, spricht leiser. »Aber natürlich *wollten* wir es auch glauben.«

»Und dann?« Lenas Stimme zittert, und sie ist sich nicht sicher, ob sie überhaupt hören will, was die beiden ihr da gerade erzählen. Aber andererseits muss sie es wissen, *muss* endlich die ganze Wahrheit erfahren.

»Esther hat uns gesagt, dass sie selbst zu alt ist, um das Baby zu nehmen«, erklärt Sebastian. »Und dass das natürlich auch nicht ginge, weil es gesetzlich nicht erlaubt wäre. Dass sie ihm aber eine liebevolle Familie wünscht und dass sie so auf uns gekommen ist, weil sie ja unsere Geschichte kennt. Sie hat uns vorgeschlagen, dass sie Emma nimmt und zu uns bringt.«

»Entführt«, geht Lena dazwischen. »Dass sie Emma entführt.«

»So hat sie es nicht gesagt«, verteidigt er sich und seine Frau, klingt dabei aber unsicher und verschämt.

»Und wie sollte es dann weitergehen?«

»Sie hat uns gesagt, die einzige Bedingung dafür wäre, dass wir sofort mit dem Baby das Land verlassen. Für genügend Startkapital und einen gefälschten Kinderausweis würde sie schon sorgen. Und dass sie, wenn wir es nicht tun, auch ein anderes Paar finden wird. Eines, das vielleicht nicht so gut passt wie wir, aber auf gar keinen Fall würde sie zulassen, dass dem Kind in deiner Obhut etwas passiert, dass es vielleicht sogar ums Leben kommt.« Er sieht seine Frau an, die weiterspricht.

»Da haben wir schließlich Ja gesagt«, sagt sie. »Ich kann nicht mal behaupten, dass es eine Kurzschlussreaktion war. Ehrlich gesagt haben wir zwei Tage und Nächte darüber diskutiert.« Sie räuspert sich. »Wir haben auch überlegt, ob wir nicht zu dir fahren, uns persönlich ein Bild von deiner Situation machen und mit dir reden sollen. Aber letztlich …«

»Letztlich habt ihr beschlossen, dass es richtig ist, mir mein Kind wegzunehmen«, vollendet Lena ihren Satz.

Beide nicken stumm und blicken zu Boden.

»Ja.« Babette, ihre Stimme ist kaum noch zu hören. »Wir haben gedacht, dass wir etwas Gutes tun.«

»Etwas Gutes?«

Sie sehen Lena wieder an. »Wir haben es uns einfach eingeredet«, gibt Sebastian zu. »Haben uns gesagt, dass es das Beste für das Baby ist, dass es Eltern braucht, die es lieben. Und die konnten wir ja wirklich sein.«

Lena schüttelt den Kopf. Eltern, die es *lieben?* Sie glaubt noch immer nicht, was sie hier gerade hört.

»Wir wissen, dass es falsch war.« Babette klingt kläglich, wie ein kleines Kind, das bei Mama weint, weil es absichtlich etwas getan hat, von dem es genau weiß, dass es das nicht soll. »Aber natürlich haben wir es auch als eine zweite Chance gesehen. Als eine Chance, die das Schicksal uns schenkt.« Sie schluckt. »Weißt du, mit einem zweiten Kind hat es bei uns nicht geklappt, und da dachten wir … Na ja, du weißt schon, was wir gedacht haben.«

»Ja«, sagt Lena. »Das weiß ich.« Und nicht nur das. Sie kann es sogar nachvollziehen. So krank, so absurd es ist, das zu tun, was Babette und Sebastian getan haben – unter den gegebenen Umständen kann sie es beinahe verstehen.

»Ich gebe zu, dass da natürlich auch ein Rachegedanke mit im Spiel war«, sagt Babette.

»Ich weiß«, wiederholt Lena. *Ich hoffe, dass du auch alles andere erleben darfst.* Sie weiß noch genau, wie Babette das zu ihr an der Alster gesagt hat, vor gefühlten hundert Jahren.

»Aber wir schwören dir«, versichert Sebastian eilig, »dass wir es nie im Leben getan hätten, wenn wir die Wahrheit gewusst, wenn wir sie auch nur geahnt hätten!«

»Ich weiß«, sagt Lena zum dritten Mal. Tatsächlich glaubt sie es auch.

»Wir sind mit Emma nach Brasilien geflogen«, erzählt Sebastian. »Wollten ein neues Leben beginnen, dort, wo uns niemand kennt.«

Lena sieht die beiden fragend an. »Und warum seid ihr zurückgekommen?«

»Wie gesagt.« Sebastian zuckt mit den Schultern. »Wir haben erst vor zwei Wochen erfahren, was hier passiert ist. Dass alles überhaupt nicht so war, wie Esther es uns erzählt hat. Im Ausland haben wir davon nicht das Geringste mitbekommen, Babette ist nur durch Zufall auf eine Meldung im Internet gestoßen, weil sie neulich mal sehen wollte, ob sie herausfinden kann, wie es dir heute geht.« Er schlägt die Augen nieder. »Sie ist völlig aufgelöst zu mir gekommen und hat mir davon berichtet. Dass wir einer schrecklichen Lüge aufgesessen sind.«

»Und da habt ihr beschlossen, mir Emma zurückzubringen?«

»Nicht sofort«, gibt Babette zu. »Aber nach ein paar Tagen war es klar.«

»Warum?«, fragt Lena erneut. »Ich hätte euch bestimmt nie gefunden.«

»Wir …«, setzt Babette an, muss sich aber schluchzend unterbrechen. Sie holt tief Luft, bevor sie ihren Satz beendet: »Weil niemand erfahren sollte, wie es ist, ein Kind zu verlieren. Selbst du nicht.«

Eine Weile sagt keiner von ihnen ein Wort. Sie stehen einfach nur da, sehen sich an und schweigen.

Schließlich ist es Lena, die wieder spricht. »Dann habt ihr mir den Tod von Oskar – verziehen?«

Babette und Sebastian schütteln den Kopf. »Nein«, sagt sie. »Das können wir nicht. Aber das eine hat mit dem anderen nichts zu tun.«

Lena nickt. Sie drückt Emma noch fester an sich, wendet sich ab und geht.

»Warte!«, ruft Sebastian ihr nach.

Lena bleibt stehen, dreht sich zu ihm und seiner Frau um.

»Ich nehme an, du wirst uns anzeigen?«

»Nein.« Mehr sagt sie nicht.

Zurück in ihrer Wohnung, geht Lena ins Schlafzimmer, baut auf ihrem Bett mit Kissen und Decken ein Nest, in das sie vorsichtig Emma legt, und zieht dem Baby Mützchen und Schühchen aus. Dann bleibt sie nur so stehen, neben ihrem Bett, beobachtet ihre Tochter dabei, wie sie noch immer selig schlummert.

Am liebsten würde sie sie nun doch aufwecken, damit Emma sie ansehen, sie vielleicht sogar anlächeln kann. Aber sie lässt es. Sie muss sich gedulden und das Kind schlafen lassen. Es ist in Ordnung, sie hat ja noch ein ganzes Leben mit ihrer Tochter.

Nach einer Weile geht sie hinaus in den Flur, nimmt das Telefon und wählt.

»Na?«, fragt Niklas, als er sich meldet. »Warst du schon in der Klinik?«

»Ich habe Emma zurück!«, ruft sie in den Hörer.

»Wie bitte?«

»Emma! Sie ist wieder da! Sie haben mir meine Tochter zurückgegeben!«

»Tut mir leid, aber ich verstehe gerade kein Wort. Was ist passiert? *Wer* hat dir Emma zurückgegeben?«

»Das ist doch völlig egal!«, ruft sie. »Niklas, ich hab sie wieder! Ich habe endlich mein Kind zurück!«

Er schweigt. Und dann fängt er an zu lachen. Eine ganze Minute lang hört sie nichts außer seinem Lachen.

»Gut«, prustet er schließlich japsend ins Telefon. »Ich muss auflegen.«

»Was?«, brüllt sie entsetzt. »Du kannst doch jetzt nicht auflegen!«

»Doch«, erwidert er. »Ich muss beim Italiener anrufen. Wir brauchen einen Tisch für drei.«

Es klickt in der Leitung, gleichzeitig erklingt aus dem Schlafzimmer ein Quaken. Emma ist aufgewacht.

Epilog

»Sie hat Ja gesagt.« Er lacht ins Telefon. »Sie hat tatsächlich Ja gesagt!«

»Herzlichen Glückwunsch!«, erwidert sie. »Wohin soll ich die Blumen schicken?«

»Bitte, Schatz! Jetzt sei nicht so!«

»Was erwartest du denn? Einfach ist das für mich nicht …«

»Für mich doch auch nicht.«

»Dann sag das bitte auch mal! Und tu nicht so, als gäbe es gerade *wirklich* was zu feiern.«

»Entschuldige bitte«, antwortet er. »Ich wollte … Ja, das war blöd von mir … Ich dachte nur …«

»Schon gut«, unterbricht sie ihn. »Wann ist es denn so weit?«

»In drei Wochen.«

»Oh, das ist schnell!«

»Sie spricht immer wieder davon, dass sie einen Großteil ihres Erbes spenden will. Wer weiß, wie lange ich sie davon noch abhalten kann? Je schneller wir vorm Altar landen, desto besser!«

Sie seufzt. »Ich finde allein die Vorstellung furchtbar.«

»Bald ist es vorbei, Liebling.«

»Das hoffe ich.« Sie schweigt einen Moment lang, spricht dann leise weiter. »Ich frage mich ständig, ob wir nicht zu viel wollen. Wäre es nicht besser gewesen, wir hätten nach Thomas'

Tod das Geld von der Versicherung genommen und einfach aufgehört? So, wie es ganz am Anfang mal geplant war?«

»Klar«, erwidert er. »Das hätten wir tun können. Wenn du nicht diesen bescheuerten Brief abgeschickt hättest!«

»Ich weiß.« Sie klingt zerknirscht. »Das war ein Fehler.«

»Ein großer sogar!« Er schnalzt mit der Zunge. »Ich meine, ich beobachte extra die Frau, gehe zur Beerdigung ihres Mannes, um herauszufinden, ob sie irgendwas über die Sache mit dem Selbstmord weiß – und du trägst in der Zwischenzeit Daniel Andersens Abschiedsbrief zur Post!«

»Es war aber doch sein letzter Wille, dass seine Mutter die Wahrheit erfährt. Wenn ich mir vorstelle, ich wüsste nicht, warum eines meiner Kinder …« Sie unterbricht sich. Seufzt.

»Trotzdem.« Er klingt verärgert. »So richtig verstehen kann ich es noch immer nicht. Wir waren uns doch einig, dass wir sowieso tierisches Glück hatten, dass er mir den Brief gegeben hat, damit meine ›Witwe‹ ihn bis nach seiner Beerdigung verwahrt. Und dass niemand wissen darf, was darin steht.«

»Ja«, sagt sie. »Ich weiß. Es war eine Kurzschlussreaktion. Außerdem hat er seine Mutter doch gebeten, niemandem etwas zu sagen. Dass sie völlig durchdreht, konnte ich doch nicht ahnen!«

»Natürlich nicht.« Nun wird er wieder versöhnlicher. »Aber wenn ich mich da nicht eingemischt hätte, wäre alles umsonst gewesen.«

»Wäre es nicht«, sagt sie. »Wir hätten mit der ganzen Sache überhaupt nichts zu tun gehabt, hätten das Geld aus Thomas' Lebensversicherung genommen und fertig!«

»Liebling«, sagt er. »Spätestens nach der Sache mit dem Schweineherzen *konnte* ich mich doch gar nicht mehr raushalten! Und nachdem das Baby verschwunden war, erst recht nicht. Wie gut, dass ich noch das Handy hatte und Lena mich darauf angerufen hat, sodass ich sie unter Kontrolle hatte, sonst hätte sie alles allein rausgefunden.«

»Vielleicht aber auch nicht.«

»Das Risiko war doch viel zu groß. Und dann hätten wir jetzt nichts.«

»Wir hätten uns!«

»Wie schön.« Nun klingt er ironisch. »Glücklich vereint in einer Sozialbauwohnung, herrlich!«

»Bitte, Schatz!« Wieder seufzt sie. »Ich weiß ja, dass du recht hast. Es ist eben nur so verdammt schwer. Vor allem, so lange ohne dich zu sein. Und ich habe furchtbare Angst.«

»Ich doch auch. Und natürlich vermisse ich dich. Aber jetzt sind wir schon *so weit* gekommen … Wir müssen nur noch ein ganz kleines bisschen länger durchhalten.«

Sie schweigt.

»Ich bin die ganze Zeit wirklich ein unglaubliches Risiko eingegangen. Und ich will, dass sich das am Ende auch gelohnt hat!« Jetzt schwingt wieder ganz deutlich Ärger in seiner Stimme mit. »Als du mir damals gesagt hast, dass du Thomas verlassen willst, aber nicht weißt, wie du das schaffen sollst, habe ich keine Sekunde gezögert, dir zu helfen.«

»Ich weiß«, sagt sie, »aber ich …«

»Denkst du, es war ein Kinderspiel, Thomas davon zu überzeugen, dass er unbedingt noch eine Lebensversicherung braucht? Ausgerechnet einen Mann vom Fach? Und dann diese Selbstmordspinner aufzutreiben und einen zu finden, der passt? Mich als Thomas auszugeben und mit Daniel all diese stundenlangen pathetischen Telefonate über die Sinnlosigkeit des Lebens zu führen? Denkst du das?«

»Nein, ich …«

Erneut unterbricht er sie, hat sich in Rage geredet. »Ihn zu treffen, um unseren ›Unfall‹ zu planen? Meinen Bruder zu bitten, mich zu meinem Auto nach Stade zu fahren? Und dann auf dem Rückweg hinter ihm zu bleiben und Daniel per Handy so anzuweisen, dass Thomas in ihn hineinrauscht – und nicht *ich?* Dabei zusehen zu müssen, wie es passiert, wie mein eigener Bruder stirbt? Glaubst du, das war leicht für mich? Für dich habe ich das getan! Für uns!«

»Ich weiß«, sagt sie leise. »Das weiß ich ja alles.« Sie räuspert sich. »Aber für mich ist es auch nicht einfach. Auf einmal fühlt es sich an, als würde alles aus dem Ruder laufen.«

»Gar nichts läuft aus dem Ruder«, erwidert er. »Es läuft sogar perfekt.« Nun lacht er auf. »Sogar die Geschichte mit den Schulden von Thomas hat sie dir abgekauft, sie hat doch bis jetzt nichts gemerkt! Uns kann gar nichts mehr passieren.«

»Das hoffe ich.«

Seine Stimme wird wieder weicher. »Du musst jetzt einfach nur ruhig bleiben. Ich brauche dich, ohne dich kann ich das nicht bis zum Ende durchziehen.«

»Ja«, erwidert sie. »Ich bin doch da.«

»Gut.« Er atmet tief aus. »Also – in drei Wochen heiraten wir. Und nächstes Jahr, ich denke, so in sechs Monaten, haben Mutter und Kind einen Unfall.«

»Eine grässliche Vorstellung …«

»Sie hätten schon viel früher sterben sollen! Reines Glück, dass Lena damals nicht im Auto saß. Es ist einfach ihr Schicksal! Sie und ihre Tochter haben noch ein kleines bisschen Zeit geschenkt bekommen. Sogar zweimal! Wäre ich nicht bei der Alten aufgetaucht und dazwischengegangen, wären sie spätestens dort in Volksdorf gestorben. Zumindest Lena. Ihre Schwiegermutter hätte sie eiskalt abgeknallt. Und wenn nicht die, dann hätte Josy das erledigt. Und die kleine Emma wäre noch immer bei den Schusters, irgendwo in Brasilien. Glaub mir, mein Schatz, die zwei können ihrem Schicksal wirklich danken!«

»Ich hoffe so sehr, dass alles klappt, wie du es geplant hast.«

»Das klappt schon, mach dir da keine Sorgen.« Er lacht erneut. »Auf dieser Familie scheint einfach eine Art Fluch zu liegen. Wie bei den Kennedys. Wirklich tragisch.«

Sie versucht ein verhaltenes Lachen. »Ja«, sagt sie dann.

»Ich liebe dich, Carolin. Nur dich. Schon immer.«

»Ja«, flüstert sie ins Telefon. »Ich liebe dich auch, Niklas.«

»Gut. Dann werden wir es auch schaffen.«

»Ich vertraue dir.« Sie macht eine Pause. »Kannst du nicht noch wenigstens für eine Stunde herkommen? Ich vermisse dich ganz schrecklich, und die Kinder möchten dich auch so gern mal wieder sehen.«

»Na gut«, antwortet Niklas. »Eine Stunde. Aber wir müssen wirklich vorsichtig sein.«

»Ja, natürlich. Dann also bis gleich. Ich freue mich auf dich!«

Er legt auf, fädelt sich von der rechten auf die linke Spur ein, um statt in Richtung Alster zum Horner Kreisel zu fahren. Wenn er sich beeilt, kann er es in zwanzig Minuten bis nach Ahrensburg schaffen, und wenn er dann eine Stunde dort bleibt, ist er trotzdem noch rechtzeitig zurück, um mit Lena und Emma wie versprochen zum Babyturnen zu gehen.

Am Kreisel fährt er auf die A1 Richtung Lübeck, hinter dem Autobahndreieck Hamburg-Ost schaltet er das Radio ein und gibt Vollgas. Wie gern würde er jetzt eine Zigarette rauchen. Aber Lena geht davon aus, dass er Nichtraucher ist. Wie sollte er da ein vollgequalmtes Auto erklären?

Niklas beschließt dennoch, dass eine einzige Zigarette nicht so schlimm sein kann. Er wird einfach die Autofenster offen lassen, solange er bei Carolin ist. Er beugt sich vor, öffnet das Handschuhfach und kramt darin nach der Schachtel Marlboro, die er irgendwo ganz weit hinten versteckt hat.

Als er wieder aufblickt, sieht er direkt vor sich auf der Spur den Laster mit Warnblinkanlage stehen. Erschrocken steigt er in die Bremsen, ein lautes Quietschen erklingt, ein furchtbares Kreischen. Sekunden später ein lauter Knall. Das Letzte, was Niklas noch hört.

Dank an …

- Britta Hansen, Programmchefin vom Diana Verlag, die mich mit so viel Sachverständnis und Leidenschaft bei der Arbeit an diesem Roman begleitet und unterstützt hat.

- Heiko Arntz, der mit seinem gnadenlosen Lektorat das Beste aus meiner Geschichte herausgeholt hat. Hier und da schmerzhaft – aber durchaus notwendig!

- meine Agentin Dr. Petra Eggers, die mir immer mit Rat und Tat zur Seite steht. You are the best!
  www.agentur-eggers.de

- Ulrich Genzler, der mich schon seit meinen ersten Schritten im Thriller-Segment begleitet und auch diesem Buch wieder eine schöne Heimat bei Random House gegeben hat.

- Alexandra Heneka, ohne deren dramaturgische Beratung ich nie wieder arbeiten möchte!

- Sybille Schrödter. Danke für deine langjährige Freundschaft – und unsere Tage auf Usedom, die absolut erhellend waren!

- meine Freundin Janine Binder, Kriminalkommissarin in Köln. Wie immer hat sie mit kritischem Blick alles gelesen und dabei angemerkt, gemeckert und verbessert. Danke!

- Dr. Sandra Pühringer, Tierärztin in Velbert. Sie hat mich für die heikle Szene mit Guinness beraten, auch wenn ihr das überhaupt nicht behagt hat. Von daher ein doppeltes Dankeschön! Und ganz wichtig: Bei Sandra sind Haustiere in den allerbesten Händen! Ich muss es wissen, denn ich kenne Sandra seit der 6. Klasse! ☺
www.tierarztpraxis-puehringer.de

- die wunderbare Ricarda Ohligschläger. Freundin, Leserin, Kritikerin. Was will man mehr?

- Rainer Sass, der mich in Versicherungsfragen höchst kompetent aufgeklärt hat.

- Dr. Christian Perro, Facharzt für Psychiatrie in Hamburg, für seinen Rat in Sachen Medikamente und Todesursachen.

- Karina Sadowky von der Pressestelle der Hamburger Polizei für ihre Auskünfte bezüglich der Ermittlungsarbeit. Die Polizei, dein Freund und Helfer!

- Mama. Es ist immer wieder toll, dass du meine Sachen liest und mir wertvollen Input gibst! Ohne dich wäre das Ende dieses Thrillers deutlich düsterer ausgefallen, mehr so griechische Tragödie. ☺

- Papa. Für den Sommer 2014. Fürs Dasein. Fürs Helfen.

- Mein größter Dank geht an Matthias Willig.
  Für deine Liebe und für das Leben mit dir und Luzie. Für dein Verständnis und deine Unterstützung. Und natürlich auch für dein hilfreiches und sehr strenges Lektorat als Erstleser!